Georges Ohnet

AU FOND DU GOUFFRE

LES BATAILLES DE LA VIE

ISBN : 978-1722769420

10 9 8 7 6 5 4 3 2 1

Georges Ohnet

AU FOND DU GOUFFRE

LES BATAILLES DE LA VIE

Table de Matières

PREMIÈRE PARTIE

I

Dans la salle à manger des Étrangers du Club des Chauffeurs, le dîner prenait fin. Il était dix heures. Les maîtres d'hôtel apportaient le café, les valets de pied s'étaient retirés, et dans le salon voisin les boîtes de cigares préparées attendaient les fumeurs. Douze convives, six hommes et six femmes, et pour amphitryon Cyprien Marenval, le célèbre industriel qui a fait une immense fortune en fabriquant et en vendant le racahout qui porte son nom. Autour de la table ornée de fleurs rares, étincelante de cristaux et d'argenterie, dans un désordre et une familiarité que l'excellence du repas et la qualité des vins expliquaient, les demi-mondaines et les aimables viveurs réunis par Marenval, écoutaient un grand garçon blond qui, malgré des interruptions fréquentes, continuait à parler avec une imperturbable tranquillité :

— Non ! je ne crois pas à l'infaillibilité humaine, même chez ceux qui ont pour profession de rendre des arrêts et qui, par conséquent, peuvent se targuer d'une expérience particulière. Non ! je ne crois pas que dès qu'un citoyen, comme vous et moi, est assis sur le banc de bois de la tribune d'un jury, il soit foudroyé par des révélations supérieures qui lui donnent la science infuse. Non ! je ne crois pas que de braves pères de famille, et même des célibataires, parce qu'ils ont revêtu une robe noire ou rouge, avec ou sans hermine, ne soient plus susceptibles de se tromper et rendent des arrêts qui soient indiscutables. En résumé, je réclame le droit de croire à l'aveuglement de nos compatriotes en général et des juges en particulier, et je pose, en principe, la possibilité de l'erreur judiciaire !…

Il y eut un tumulte dans l'assistance. Un concert d'imprécations s'éleva et quelques-unes de ces dames commencèrent à frapper leurs verres avec la lame de leurs couteaux. Les amis de l'orateur essayèrent une fois encore de lui imposer silence :

— Maugiron, tu nous assommes !

— À l'amende d'un souper, Maugiron !

— Il file comme un macaroni, cet animal-là !

— En voilà un qui est vieux jeu ! Il s'occupe de la magistrature !

— Demande une place de substitut, dis !

— Vous êtes tous des idiots, cria Maugiron, profitant d'une accalmie.

— En voilà un malhonnête, déclara Mariette de Fontenoy. Dites donc, mes enfants, si on s'en allait en le laissant tout seul.

— Marenval, pourquoi nous fais-tu dîner avec des gens qui ont des conversations sérieuses au dessert ? demanda la jolie Lucette Pithiviers.

— Tiens ! regarde Tragomer, dit Laurence Margillier à Maugiron, qui écoutait impassible toutes ces apostrophes. Voilà un gentil garçon, et qui n'est pas assommant à table. Il n'a parlé que pour dire des choses aimables. J'ai un béguin pour lui, moi. Et s'il veut, je te lâche, pour t'apprendre à faire des conférences.

— Ah ! ah ! dit Maugiron, Tragomer, tu fais tes affaires, mon brave. Et aussi les miennes. Voilà Laurence qui veut me quitter pour toi... N'hésite pas, cher ami : prends-la. Ne rate pas ton bonheur, même au prix de mon désespoir. Mais, avant tout, dis-nous ton opinion sur les erreurs judiciaires.

— Oh ! assez ! Il recommence ! Il est complètement paf ! À la Bodinière ! Faites-lui avaler sa serviette !

Toutes ces interruptions partirent au milieu des éclats de rire. Cependant, celui des convives auquel s'était adressé Maugiron, était resté silencieux et impassible. C'était un homme de trente ans, grand, bâti en force, une tête carrée au teint hâlé, couverte de cheveux noirs bouclés, éclairée par des yeux bleus magnifiques. Sa bouche se serrait grave, sous la moustache brune, et le menton rasé offrait tous les caractères de la fermeté, presque de l'entêtement. Le front large, barré par les sourcils, était blanc, vallonné d'admirables sinuosités, où se révélaient les facultés de réflexion et d'imagination. À le voir ainsi, soudain sérieux, un peu sombre, l'animation des convives se refroidit subitement et ce fut avec une sorte d'inquiétude que le vieux Chambol, l'ami inséparable de Marenval, interrogea le jeune homme dont la gravité contrastait si fort avec la gaieté de cette fin de repas :

— Eh ! là ! Monsieur de Tragomer, qu'est-ce qu'il y a donc ? Est-ce ce jeune godiche de Maugiron qui vous a fâcheusement impressionné avec ses paradoxes ? Ou bien la déclaration de notre gentille Laurence vous paraît-elle un cataclysme social ? Vous êtes bien silencieux et bien triste, pour un homme à qui on a mis sous le nez les plus nobles échantillons d'une cave sans pareille, et sous les yeux les plus jolies épaules de Paris.

Tragomer leva son front penché et un sourire éclaira son visage :

— Laurence est charmante, mais, si j'acceptais sa proposition, elle m'en voudrait demain de l'avoir laissée quitter Maugiron, et Maugiron ne me pardonnerait pas de la lui avoir prise. Double perte que je ne risquerai pas. Si vous m'avez vu un instant absorbé, c'est que je pensais à ce que notre ami vient de dire et que, sous les excès de verve auxquels il s'est livré, je crois qu'il y a un fond de vérité…

— Ah ! s'écria triomphalement Maugiron. Vous voyez ! Tragomer, gentilhomme breton, dont vous ne contesterez pas la sincérité, puisqu'il refuse de me tromper avec ma bonne amie, qui, sans façon le lui offrait, partage l'opinion que j'avais l'avantage de développer devant l'honorable assistance. Parle, Tragomer, tu dois avoir des arguments à fournir à tous ces crétins, qui me huaient, tout à l'heure, et qui t'écoutent maintenant, bouche bée, parce que tes airs de beau ténébreux leur laissent pressentir des révélations sensationnelles. Vas-y, mon vieux, lâche les écluses à ton éloquence. Convaincs-les ! Aplatis-les, Marenval surtout. Car il a été ignoble avec moi, en m'interrompant tout le temps, comme si je faisais l'éloge d'une contrefaçon de son racahout, la plus affreuse saleté du reste qu'on ait jamais fabriquée dans les deux hémisphères !

— Oh ! le voilà reparti ! s'exclama Marenval avec désespoir. Qui arrêtera ce moulin à paroles ?

— Tais-toi ! cria le chœur des convives.

— Tragomer ! Tragomer !

Et les couteaux de frapper les verres en cadence, avec un bruit assourdissant. Le jeune Maugiron fit un geste de la main, pour réclamer le silence, et d'une voix flûtée, il dit :

— La parole est à M. le vicomte Christian de Tragomer, sur l'erreur judiciaire et ses fatales conséquences.

Puis il se rassit, alluma une cigarette, et le silence s'établit, profond, comme si tous les assistants soupçonnaient que Christian avait des révélations importantes à faire.

— Vous n'ignorez pas, dit alors Tragomer, que je suis parti, il y a deux ans, pour un voyage autour du monde, qui m'a tenu éloigné de Paris et de mes amis, jusqu'à l'automne dernier. J'ai, pendant ces vingt-quatre mois, parcouru des pays nombreux et variés, y promenant mon ennui et ma tristesse. J'avais eu, pour quitter la France, des raisons sérieuses. Un grand chagrin avait bouleversé ma vie. Un événement mystérieux, encore inexplicable pour moi, avait amené l'arrestation, le jugement et la condamnation de mon compagnon de jeunesse, Jacques de Fréneuse…

— Oui ! nous nous souvenons de cette déplorable affaire, dit Chambol, et d'autant plus que Marenval était un peu parent, ou allié, de la famille de Fréneuse, et que ce pauvre ami avait été vivement affecté du scandale affreux produit par le procès.

— Ce n'était pas drôle, n'est-ce pas, dit Mariette de Fontenoy, pour un homme comme Marenval, qui est la correction et le chic mêmes, de voir, sur les bancs de la cour d'assises, quelqu'un de ses proches.

Marenval adressa à la belle fille un sourire reconnaissant. Il prit une attitude solennelle et déclara :

— Il y avait de quoi me faire un tort immense dans le monde. J'y entrais, je venais de le conquérir, j'ose le dire, par la tenue de ma maison, par le luxe de mes fêtes et le choix de mes relations. Il n'en aurait pas fallu davantage, pour me couler à jamais. J'étais déjà un industriel, enrichi dans les denrées alimentaires, variété difficile à imposer dans les cercles et à implanter dans la meilleure société. Je passais, du coup, à l'état de parent d'un condamné à mort… Non ! Ce n'était pas drôle !

— Ça, tu peux dire, mon enfant, dit Laurence Margillier, que, pour un snob, tu avais une entrée qui n'était pas ordinaire !

— Je ne suis pas snob, protesta Marenval avec vivacité. J'ai horreur qu'on m'appelle snob ! J'aime seulement la distinction, en tout. Ma vie entière s'est écoulée au milieu de fréquentations nauséabondes. J'en ai assez ! Je ne veux plus voir que des gens bien !

— Tu te ferais fesser pour tutoyer un duc !

— Tu as raison, Marenval. Il ne faut jamais regarder qu'au-dessus de soi !

— Et rechercher ceux qui vous méprisent !

— En tout cas, je risquais d'être méprisé, à cause de cette maudite affaire ! répliqua Marenval d'un air vexé. Aussi je vous prie de croire que j'en ai eu des cheveux blancs !

— Où ça, tes cheveux blancs ?

— Il les teint !

— Pour ne pas les exposer à rougir !

— Je n'en ai pas moins accompli mon devoir envers la famille de Fréneuse. Je me suis mis à la disposition de la mère du malheureux et coupable Jacques.

— Coupable ? interrompit Tragomer avec force. En êtes-vous sûr ?

Il y eut un effet de saisissement, à cette question si nettement posée.

— J'ai partagé, hélas ! la conviction des magistrats, du jury et de l'opinion publique, dit Marenval. Car, malheureusement, il était impossible de douter. L'accusé, lui-même, au milieu de ses protestations, de son affolement, ne trouvait pas un argument à fournir, pas un fait à relever pour sa défense. Aucun témoignage favorable. Et vingt témoignages accablants. Ah ! on peut dire que tout a concouru à le perdre. Et sa propre imprudence, et sa conduite antérieure, et tout, tout enfin ! Je suis navré de parler ainsi, mais ma conviction m'y oblige. Je ne crois pas, je ne puis croire à l'innocence de celui dont M. de Tragomer nous parle et, à moins d'être insensé, il est impossible de douter qu'il ait tué sa maîtresse, la ravissante Léa Pérelli.

— Pour la voler ? ajouta ironiquement Tragomer.

— Il avait, lui-même, engagé la veille, au mont-de-piété, tous les bijoux de la pauvre fille.

— Alors pourquoi la tuer puisqu'elle lui avait donné tout ce qu'elle avait ?

— Les reconnaissances valaient certes vingt mille francs… Jacques devait une somme pareille à la caisse du cercle. La dette fut payée à l'heure voulue et les reconnaissances furent présentées, le jour même, et les bijoux dégagés… Léa Pérelli, à ce moment-là, vivait encore, elle ne fut tuée que le soir… Ah ! cette maudite affaire m'est bien présente à l'esprit.

— Oui, tout ce que vous venez de raconter là est exact, reprit Tragomer ; le pauvre Jacques avait engagé les bijoux, mais il a toujours nié avoir vendu les reconnaissances. Il prétendit que ce devait être le véritable assassin, qui les avait volées et qui avait dégagé les pierreries, avant que le meurtre fût connu. Eh bien ! ce dont on accusait Jacques, ce dont il se défendait, ce meurtre, pour lequel on l'envoya en cour d'assises, s'il n'avait jamais été commis, que diriez-vous ?

Cette fois, le beau Christian ne put douter d'avoir empoigné ses auditeurs. Ils se turent tous et leurs yeux fixés sur lui avec une ardeur passionnée, leurs attitudes tendues par une curiosité violente, attestèrent l'intérêt qu'il avait su exciter dans tous les esprits.

— Alors ? demanda enfin Mariette.

— Alors, dit lentement Tragomer, il a été commis là, je crois, une erreur judiciaire, et notre ami Maugiron parlait, tout à l'heure, avec beaucoup de raison.

— Mais Jacques de Fréneuse et Léa Pérelli ? demanda Laurence Margillier. Je l'ai beaucoup connue, Léa, c'était une aimable fille et qui chantait délicieusement.

Les autres perdirent patience et, incapables de se contenter à si peu de frais, ils crièrent :

— L'histoire ! L'histoire ! Il y a une histoire ?

— Certes, répondit tranquillement Tragomer. Mais vous n'espérez pas que je vais vous la raconter ?

— Pourquoi donc ça ?

— Parce que je sais que j'ai affaire aux dix langues les mieux pendues de Paris, et que je ne tiens pas à ce que mon secret…

— Il y a un secret ?

— À ce que mon secret coure, demain, les rues, les boudoirs et les journaux.

— Oh !

Ce fut un cri de réprobation général. Maugiron lui-même abandonna le parti de Christian et passa à l'ennemi, en criant plus fort que tous les autres :

— À bas Tragomer ! Honte à Tragomer !

Mais le gentilhomme breton les regardait de ses yeux bleus tranquilles, et le coude sur la table, le menton dans sa main, écoutait impassible leurs malédictions. Il les laissa exhaler leur mécontentement, puis il dit de sa voix calme :

— Si M. Marenval veut m'écouter, je vais lui raconter, à lui, ce que je sais.

— Pourquoi à lui plutôt qu'à nous ?

— Parce qu'il est allié à la famille de Fréneuse et parce que, comme il le disait tout à l'heure, il a grandement souffert de cette situation. Je trouve donc équitable, aujourd'hui, de lui donner occasion d'en tirer avantage…

— Et comment cela ?

— C'est ce que je me réserve de lui expliquer, à lui-même, dans un instant…

— Très bien ! Il nous met à la porte, par-dessus le marché !

— Maugiron, je te pardonne, tu as trouvé ton maître. Tragomer est encore plus assommant que toi !

— Comment ! Chambol, l'inséparable Chambol ne sera pas toléré ?

— Il est onze heures, dit Tragomer, l'Opéra réclame Chambol, on donne Coppélia. S'il ne paraissait pas, que diraient les petites de la danse ?

— Eh bien ! mes enfants, vous voyez, nous avons beau être charmants, on ne nous retient pas !

— Non ! Marenval, tu insisterais vainement pour nous faire rester !

— Épargne-toi les supplications. Nous serons inflexibles. Nous partons ! Marenval, nous partons !

— Allons, ne faites pas les niais, dit Marenval avec solennité. La circonstance, vous le voyez, est grave. Laissez-moi, gentiment, avec Tragomer. Et, pour votre peine…

— Ah ! ah ! Cadeau ! crièrent les femmes.

— Eh bien ! oui, là ! Cadeau ! dit Marenval, vous recevrez un petit souvenir, demain, dans la journée.

Elles battirent des mains. La générosité de Cyprien était connue. Le souvenir serait de valeur. Maugiron entonna, sur l'air de la marche du Prophète :

— Marenval ! Honneur à Marenval !

Et tous, en chœur, reprirent avec lui l'hymne pompeux, aussitôt interrompu par celui qui en était le héros :

— Silence ! Vous allez faire venir les commissaires du cercle. Soyez raisonnables ! Allez-vous-en sagement. Embrassez-moi, et bonsoir.

Tous les frais visages s'approchèrent des lèvres gourmandes de Marenval, et se frottèrent à ses rudes favoris. Des poignées de main furent échangées, la bande joyeuse passa dans le salon voisin, pour se vêtir. Marenval ferma la porte, et, seul avec Tragomer, il vint se rasseoir, alluma un cigare, et dit au jeune homme :

— Maintenant, parlez.

— Vous savez, mon cher ami, quels liens d'affection m'unissaient, depuis l'enfance, à Jacques de Fréneuse. Nous avions été camarades de collège. Au régiment nous avions servi ensemble. Notre existence s'était déroulée, pareille. Toutes ses folies de jeunesse, je les avais partagées. Nous péchions par un peu trop d'emportement dans nos plaisirs, et, souvent, nous prêtions à la critique, mais nous étions pleins d'ardeur, de force, et nous méritions un peu d'indulgence.

— Vous, mon cher, vous qui avez toujours conservé, même dans les excès, une tenue et une correction parfaites, mais Jacques…

— Oui, je sais bien, Jacques manquait de mesure, il ne savait pas s'arrêter à temps. C'était un outrancier. Et, dans la joie, comme dans la tristesse, il allait à l'extrême… Je l'ai vu repentant, après quelque grosse sottise, pleurer dans les bras de sa mère, comme un enfant, ce qui ne l'empêchait pas de recommencer, le lendemain. Le malheur, en cela, était que la fortune des siens ne lui permettait pas les prodigalités, auxquelles il se livrait, et que bientôt, l'héritage de son père étant dévoré, mon malheureux ami se trouva à la charge de sa mère et de sa sœur.

— Ah ! mon cher, c'est là que j'ai cessé de le comprendre et que je suis devenu sévère pour lui. Tant qu'il n'avait fait qu'entamer son capital je le jugeais imprudent, car je le considérais comme incapable de se suffire à lui-même, mais je ne le blâmais pas. Chacun a le droit de faire de son argent ce qui lui plaît. L'un thésaurise, l'autre gaspille. Affaire de goût. Mais imposer des sacrifices aux siens, être à la charge de deux pauvres femmes, et cela pour aller faire la noce avec des demoiselles de moyenne vertu ? Voilà où je deviens sévère.

— Eh ! vous n'êtes pas le seul, et tous les conseils que je lui donnai alors furent conformes aux principes que vous posez très justement. Jacques, emporté par la fougue de ses passions, ne tenait aucun compte de mes remontrances. Il me répondait que la morale m'était facile, car je l'étayais sur cent mille livres de rentes, que les riches avaient beau jeu à prêcher la régularité à ceux qui n'avaient pas le sou et que, certes, s'il pouvait ne pas faire de dettes, il serait le plus heureux des hommes. Il en faisait, j'en sais quelque chose. Il aurait mis ma caisse à sec, si je l'avais laissé y puiser à son gré, mais quoique je l'aimasse tendrement, je dus calmer son ardeur à l'emprunt, parce que je vis promptement qu'il me mettrait dans l'embarras, sans en sortir lui-même. Et puis Mme de Fréneuse m'avait supplié de ne plus faciliter à Jacques le désordre en l'aidant de mes deniers. Elle en était, la pauvre femme, à croire qu'en serrant la bride à un cheval emporté on arrive à l'arrêter, comme si toute contrainte, toute résistance, ne servaient pas, au contraire, à exaspérer sa folie.

— N'y avait-il pas, à ce moment-là, un projet d'union entre Mlle de Fréneuse et vous ?

Tragomer pâlit. Sa physionomie devint dure et douloureuse. Ses yeux s'enfoncèrent sous ses sourcils, et leur bleu s'assombrit comme une eau sur laquelle passe un noir nuage. Il baissa la voix et dit :

— Vous me rappelez là un des moments les plus cruels de ma vie. Oui, j'aimais, j'aime encore Marie de Fréneuse. Je devais l'épouser, lorsque la catastrophe eut lieu... Je vois encore la mère de Jacques arrivant chez moi, un matin, à moitié folle d'épouvante et de douleur, se jetant sur un canapé de mon salon, car ses jambes ne la portaient plus, et me disant au milieu de ses sanglots : On vient d'arrêter Jacques… On l'a ramené chez moi, tout à l'heure !

— Le meurtre de Léa Pérelli venait d'être découvert…

— Oui, on avait trouvé, dans la chambre de Léa, une femme tuée d'un coup de revolver et dont le visage était rendu méconnaissable par la blessure…

— Une femme ! répéta Marenval, très intrigué par la forme de la phrase et par le ton dont Tragomer l'avait dite. Douteriez-vous donc que la morte fût Léa Pérelli ?

Tragomer inclina la tête gravement :

— J'en doute.

— Mais mon cher, reprit Marenval avec vivacité, pourquoi n'avez-vous pas dit cela plus tôt ? C'est au bout d'un an que vous venez avancer une opinion aussi extraordinaire ? Qui vous a empêché de parler, au moment du procès ?

— Je n'avais pas, à cette époque-là, les raisons que j'ai, aujourd'hui, de douter.

— Et quelles sont vos raisons ? Sacrebleu ! Vous me faites bouillir, avec votre sang-froid. Vous racontez des choses à bouleverser l'esprit, avec l'air d'un monsieur qui lirait le programme des théâtres ! Pourquoi croyez-vous que Jacques de Fréneuse n'a pas tué Léa Pérelli ?

— Tout simplement parce que Léa Pérelli est vivante.

Cette fois-là Marenval fut abasourdi. Il ouvrit la bouche, mais aucun son ne sortit de ses lèvres. Il roula des yeux effarés, et toute son émotion se traduisit par un hochement de tête, et un claquement de ses mains appliquées sur la table avec force. Mais Tragomer ne lui laissa pas reprendre ses esprits, il redoubla tout de suite :

— Léa Pérelli est vivante. Je l'ai rencontrée à San Francisco, il y a trois mois, et c'est parce que j'ai eu la conviction que j'étais en face d'elle que j'ai abrégé mon voyage et suis rentré en France.

L'enthousiasme dans lequel ce récit jeta Marenval fut plus fort que son scepticisme. Il se leva, fit un tour dans la salle à manger, disant d'une voix entrecoupée :

— Incroyable ! Renversant ! Sacré Tragomer ! Ah ! bien ! je comprends qu'il ait renvoyé les autres. Quel potin ils auraient fait ! En voilà une affaire !

Christian, très calme, le laissait s'agiter, s'étonner, s'exclamer. Il attendit que son auditeur fût revenu auprès de lui, ramené par sa violente curiosité. Il ne le regardait pas. Il paraissait suivre du regard, très loin, une vision, et un sourire triste passait sur ses lèvres. Il dit lentement :

— Quand je pense que Jacques est au milieu de bandits, enfermé dans un bagne, pour un crime qu'il n'a pas commis, une tristesse profonde s'empare de moi. Est-il destin plus épouvantable que celui d'un malheureux, à qui l'on affirme violemment sa culpabilité, à qui on la prouve, que l'on jette dans un cachot, au secret, et qui, pendant qu'on l'insulte dans le cabinet du juge d'instruction, sur les bancs de la cour d'assises, subissant, en public, l'agonie morale et physique du plus atroce martyre, répète aux autres et à lui-même jusqu'à en devenir fou : « Mais je suis innocent ! » et voit accueillir sa protestation par des huées, par des sarcasmes. Les juges se disent : Quel monstre ! Les jurés pensent : Quel scélérat endurci ! Les journalistes font de l'esprit, dans leurs comptes rendus, le public entier marche à la suite. Et voilà un homme dont le sort est décidé sans recours possible. La société, par ses juges, l'a estampillé : assassin, il faut qu'il soit et demeure assassin. N'essayez pas de discuter, la loi est là, et derrière la loi, les juges qui ne se trompent pas, car on nous l'a dit tout à l'heure : il n'y a pas d'erreur judiciaire, ce sont des blagues inventées par les romanciers. Et si, de temps en temps, on réhabilite un condamné, dont l'innocence a fini, le plus souvent quand il est mort, par être démontrée, c'est qu'une faction puissante a su arracher à la justice infaillible l'aveu de son erreur. Encore, est-ce de mauvaise grâce qu'elle se rétracte. Et si, par grand hasard, l'homme est encore vivant, la force publique, au lieu de lui faire solennellement des excuses, de chercher à réparer le tort matériel et moral qui lui a été causé, en lui confiant un poste honorifique et lucratif, en le traitant, en un mot, comme une victime, le fait venir, lui déclare, en rechignant, qu'il est libre, et l'envoie en liberté, comme on envoie au diable, en lui disant, ou à peu près : « Allez ! mon garçon ! Et qu'on ne vous y reprenne plus ! » Belle justice ! Bonne justice ! Bien payée, très décorée, et grandement honorée ! Je t'admire !

Il éclata de rire. Ce n'était plus le tranquille et froid Tragomer, dont les belles filles se moquaient gentiment, parce qu'elles le trouvaient trop réservé. Le sang lui était monté au visage et ses yeux brillaient. Il se tourna vers Marenval qui l'écoutait stupéfait et silencieux :

— Depuis deux ans, Jacques agonise sous le poids écrasant d'une condamnation qu'il n'a pas méritée. Sa mère est en deuil, sa sœur se désespère et veut se faire religieuse. Tout cela parce qu'un coquin inconnu a commis un crime qu'avec une habileté extrême, il a su mettre à la charge de ce malheureux qui semblait, du reste, avoir tout combiné d'avance, à force de désordre, d'imprudence et de folie, pour qu'on le soupçonnât coupable et qu'à partir de ce moment il lui fût impossible de prouver qu'il ne l'était pas.

Marenval commença à s'agiter. Les commentaires de Christian, sur la prétendue infaillibilité des juges, avaient laissé son enthousiasme se refroidir. Il trouva que l'intérêt du récit languissait et, avec toute la rigueur d'un critique qui demande une coupure dans le dialogue, il dit :

— Nous nous égarons, Tragomer, revenons à Léa Pérelli. Vous m'avez déclaré que vous l'aviez rencontrée. Mais où, dans quelles circonstances ? C'est là ce que je veux savoir. Voilà le nœud de l'intrigue. Laissons le reste, nous y reviendrons plus tard : mais parlez-moi de Léa Pérelli. Vous étiez à San-Francisco et c'est là que vous vous êtes trouvé en face d'elle. Où ? Comment ?

— De la façon la plus inattendue et, pourtant, la plus simple. J'étais arrivé la veille, avec Raleigh-Stirling, le fameux sportsman écossais, qui excelle à pêcher le saumon, et que j'avais rencontré sur le lac Salé, en train de capturer des monstres. Il m'avait suivi, il se proposait de faire quelques prises dans le Sacramento. Moi, j'avais chassé dans le Canada, et tué quelques bisons. Il y avait plusieurs semaines que, lui et moi, nous vivions au désert. Ce fut un agréable changement de nous retrouver au milieu de l'animation civilisée d'une ville, parmi des compagnons aimables. Et, justement, le plus riche banquier de la ville, Sam Pector, était un parent de mon compagnon de route. Aussitôt averti de notre arrivée, il nous envoya chercher dans sa voiture, fit prendre nos bagages à l'hôtel, et, moitié de gré, moitié de force, nous installa chez lui. C'est un célibataire de cinquante ans, riche comme on l'est dans ces pays-là, vivant comme un prince, et ne craignant pas le plaisir. Après un excellent dîner, le premier soir, il nous dit : Il y a représentation, à l'Opéra. On donne Othello avec Jenny Hawkins dans Desdemona et Rovelli, le grand ténor italien, dans le personnage du More. Nous irons, si vous le voulez bien, les écouter dans ma loge. Si vous vous ennuyez, nous rentrerons, ou nous irons au cercle Californien, à votre choix. À dix heures nous faisions notre entrée dans l'avant-scène de Pector, et nous trouvions le public emballé par les chanteurs qui vraiment avaient du talent, mais étaient entourés de malheureux artistes dont la nullité faisait de cette représentation, en dehors des scènes tenues par les protagonistes, un véritable scandale musical.

Jenny Hawkins ne se montra qu'à la fin de l'acte. Et, dès son entrée, je fus troublé par l'impression très nette que je connaissais la femme qui venait de paraître devant moi. C'était une brune, aux traits accentués, aux yeux hardis, à la taille élancée. Elle s'avança vers la rampe, et commença à chanter. À la même seconde, comme si la mémoire me revenait soudainement, je me rendis compte de la ressemblance qui m'avait frappé. Jenny Hawkins était le portrait de Léa Pérelli. Mais une Léa aussi brune que l'autre était blonde. Plus grande aussi et plus forte. L'impression que je ressentis fut extrêmement pénible. Je me détournai et regardai dans la salle, pour ne plus voir ce fantôme, qui venait, au bout du monde, me rappeler les circonstances si douloureuses, à la suite desquelles je m'étais expatrié. Mais si je ne la voyais plus, je l'écoutais et c'était le beau et large chant de l'Ave Maria que sa voix pure apportait à mon oreille. Bien souvent, j'avais entendu chanter Léa, autrefois, quand j'allais chez elle avec Jacques. Et je ne retrouvais plus son organe. C'était cela et ce n'était pas cela, comme le visage de Jenny Hawkins était celui de la morte, et, cependant, en différait par certains détails. Et puis comment cette chanteuse eût-elle été Léa Pérelli, qui avait été tuée rue Marbeuf, deux ans auparavant, et, en expiation du meurtre de laquelle, le malheureux Jacques de Fréneuse était relégué à Nouméa ? Folie ! Vision ! Rencontre fortuite, qui ne pouvait avoir aucune conséquence. Sensation qui me troublerait, l'espace d'une soirée, pendant cette représentation, et cesserait dès que la toile serait tombée. Hélas ! Les terribles réalités, auxquelles je me trouvais ramené par cette ressemblance, seraient plus durables et rien ne pourrait faire qu'elles ne fussent pas cruellement et irrévocablement acquises. Je me disais ces choses, en écoutant chanter l'artiste, et cependant l'émotion que j'avais ressentie, en la voyant entrer en scène, avait été si vive que je voulus la contrôler par un nouvel examen. Je me retournai et regardai la femme. Elle était à genoux, sur un prie-Dieu, sa belle tête appuyée sur ses mains croisées, et les yeux fixés vers le ciel comme pour l'implorer. Je frémis. Pour la seconde fois, mais d'une façon infiniment plus intense que la première, j'eus la sensation que Léa Pérelli était devant mes yeux. Un soir que Jacques la boudait, après une des violentes querelles qu'ils avaient trop souvent ensemble, je l'avais vue s'agenouiller ainsi, près du fauteuil où Jacques se tenait enfoncé. Elle avait posé ses coudes sur le bras du fauteuil, et, la joue appuyée sur ses mains croisées, elle avait regardé son amant avec un tendre et suppliant sourire. C'était la même physionomie, le même geste, le même regard et le même sourire. Était-il possible qu'une pareille ressemblance, je ne dis pas physique, mais morale, existât ? Cette épreuve affermit ma croyance plus que je n'aurais souhaité. Un trouble extraordinaire s'était emparé de moi. Je me penchai vers notre hôte, et lui demandai :

— Est-ce que vous connaissez cette Jenny Hawkins ?

— Certainement. C'est la troisième fois qu'elle vient chanter à San-Francisco, et, chaque fois, elle y a eu du succès.

— Lui avez-vous parlé ?

— Plus de dix fois ; j'ai soupé avec elle, lorsqu'elle était la maîtresse de mon ami John-Lewis Day, le grand marchand d'or de Sacramento. C'est une très aimable fille.

— Quel âge croyez-vous qu'elle ait ?

— Mais, vingt-cinq ans, peut-être. Elle paraît un peu plus âgée à la ville qu'à la scène, parce qu'elle n'a plus le maquillage, et puis cette existence d'artiste en tournée est très fatigante et fane la beauté d'une femme. Elle est très agréable. En ce moment, elle n'a personne, si elle vous plaît, je vous présenterai.

À la pensée de me trouver en présence de cette femme, mon cœur battit violemment et je dus devenir un peu pâle, car Pector se mit à rire et dit :

— Oh ! êtes-vous si impressionnable, mon cher, ou bien l'abstinence vous a-t-elle donné une telle fringale que la vue de la chair fraîche vous met hors de vous ? Le fait est que les squaws des Indiens des lacs ne sont pas régalantes, n'est-ce pas ?

La grosse gaîté de l'Américain me laissa le temps de me remettre. Je continuai mon interrogatoire :

— Est-ce que Jenny Hawkins parle l'anglais sans accent ?

— Elle le parle très purement, mais vous savez que nous autres, en Amérique, nous avons comme vous, en France, diverses prononciations suivant la province où nous sommes nés. Je ne serais pas surpris que Jenny Hawkins fût canadienne. Il y a un arrière-goût français, dans sa manière d'accentuer certains mots.

— Elle parle étonnamment l'italien…

— Oh ! il a bien fallu qu'elle l'apprît, dans l'intérêt de sa carrière. Toutes les troupes qui passent ici chantent en italien ou en allemand…

— Est-elle gaie de caractère ?

— Non. Plutôt mélancolique.

— Et les cheveux qu'elle montre, dans son rôle, sont-ils à elle, ou porte-t-elle une perruque ? Est-elle brune réellement ?

— Êtes-vous bizarre ! Qu'est-ce que cela peut vous faire ? N'aimez-vous les femmes que quand elles sont d'une certaine couleur ? Avec les eaux de teinture, peut-on aujourd'hui savoir si une chevelure est naturelle ? Voulez-vous mon opinion ? Eh bien ! je crois que Jenny Hawkins est naturellement brune, mais qu'elle a dû autrefois se teindre en blonde…

— En blonde ! m'écriai-je, très troublé. Elle a un léger accent français et elle s'est teinte en blonde !

— Allons ! mon cher, vous verrez que toutes les chances seront pour vous : la Jenny sera une vraie brune et une fausse Américaine ! Mais voici le rideau qui tombe. Allons sur le théâtre, si cela vous plaît : nous parlerons à la prima donna, et nous l'inviterons à souper.

— Encore un mot, dis-je, combien y a-t-il de temps que, à votre connaissance, Jenny Hawkins chante en Amérique ?

— Il y a certainement trois ans.

— Trois ans ! Et sous le nom de Hawkins ?

— Mais oui.

Toutes mes combinaisons se trouvaient dérangées par cette affirmation que la chanteuse était connue à San-Francisco depuis trois ans, et sous le nom qu'elle portait actuellement. Comment aurait-elle pu être Léa Pérelli à Paris et Jenny Hawkins en Amérique, au même moment ? Elle avait passé toute une année, sous mes yeux, il y avait trois ans seulement, dans cet appartement de la rue Marbeuf où on l'avait trouvée morte, un matin. Ce dédoublement était inadmissible. L'identité de l'Américaine était clairement établie. Cependant elle était l'image vivante de la malheureuse dont Jacques expiait le meurtre. Et une force plus puissante que le raisonnement, que la vraisemblance, que la sagesse, opprimait ma pensée et je me répétais malgré tout : c'est Léa Pérelli.

Nous étions sortis de la loge, et nous traversions le couloir du vaste théâtre. Une clef, que Pector avait dans sa poche, ouvrit la porte de communication, et nous passâmes de la lumière des lampes électriques aux ténèbres des coulisses. Je suivis mon guide qui évoluait parmi les portants, les décors et les accessoires, avec l'assurance d'un vieil abonné. On le saluait au passage. Il rencontra le directeur de la tournée, qui se précipita au-devant de lui, comme s'il était un souverain. J'en demandai la raison à Raleigh-Stirling. Il me répondit flegmatiquement que son parent était un des quatre propriétaires du théâtre, qui mettaient cette magnifique salle, presque gratuitement, à la disposition des impresarii, afin d'assurer à leurs concitoyens et à eux-mêmes des plaisirs artistiques. Le manager nous conduisait maintenant. Nous avions escaladé un étage et nous suivions le couloir des loges d'artistes. Devant une porte nous fîmes halte, notre guide frappa et dit :

— Peut-on entrer, ma chère miss Hawkins ?

— Qui est avec vous ? demanda, à l'intérieur, une voix qui n'était pas celle de la cantatrice.

— M. Pector et deux de ses amis.

— Qu'ils entrent.

La porte s'ouvrit et la servante nous accueillit dans un salon, qui précédait le cabinet de toilette où s'habillait Jenny Hawkins. Par la porte entre-bâillée, une vive lumière, une odeur d'eau de Cologne et de poudre, un bourdonnement de paroles, venaient jusqu'à nous. Une roulade se fit entendre. La chanteuse s'exerçait, insoucieuse de notre présence, tout en changeant de robe.

La femme de chambre était entrée auprès de sa maîtresse. Nous étions seuls dans le salon. Pector et Raleigh s'étaient assis près de la cheminée. Moi, invinciblement attiré vers cette porte entr'ouverte, je m'étais avancé, à pas légers, le nez au vent, l'oreille tendue, aspirant l'air, écoutant les bruits vagues. J'avais le dos à la muraille, et par l'ouverture de la porte, il était possible de me voir. Soudain j'entendis près de moi une exclamation étouffée et ces mots dits en français, à voix basse : « Prends garde ! » puis mon nom : « Tragomer ! »

Au même moment, la porte se ferma, et le silence se fit. Cependant je n'avais pas rêvé. Cette fois, j'étais bien sûr d'avoir entendu. Les deux mots « prends garde » précédant l'indication de mon nom, avaient été prononcés et, j'en aurais juré, par une bouche d'homme. Toute cette affaire se développait, si mystérieuse, que je fus pris d'une fièvre d'impatience. Sans me soucier de ce qu'en pourraient penser mes compagnons, je fis un pas pour tourner le bouton de la porte, si singulièrement refermée, et pénétrer dans la pièce voisine, quand cette porte s'ouvrit d'elle-même, et, sur le seuil, Jenny Hawkins parut.

Elle s'avançait souriante, le regard assuré. Ses yeux tombèrent sur moi, le premier, et je ne les vis pas se troubler. Il y avait, sur ses lèvres, une grâce insouciante et elle me fit de la tête un signe amical, avec la facilité d'accueil qui caractérise les artistes, habitués, comme les princes qui traversent la foule, à recevoir les hommages d'inconnus. Pector était venu au-devant d'elle et présentait son cousin et moi-même. À l'énoncé de mon nom la cantatrice inclina la tête, avec une nuance d'intérêt étonné, et dit gaiement à Pector :

— Ah ! gentilhomme français ! En Amérique, espèce rare ! Parlet-il l'anglais ?

— Oui, madame, dis-je, sans plus attendre. Assez mal pour m'exprimer, mais assez bien pour vous deviner.

J'avais appuyé à dessein sur le mot « deviner ». La chanteuse ne parut pas comprendre la portée menaçante que j'avais donnée à ma réponse, elle sourit et me tendit la main en disant :

— Enchantée, monsieur, de faire votre connaissance.

Il faut que j'en convienne. À cette minute décisive, il n'y avait en Jenny Hawkins, que bien peu de chose de Léa Pérelli. Comme ces portraits effacés par le temps, qui ne laissent distinguer que les traits affaiblis du modèle, la ressemblance s'atténuait, et la morte disparaissait chassée par la vivante. Je cherchais, déjà vainement, tous les détails qui auraient pu me rappeler Léa Pérelli, et je ne les retrouvais pas. L'attitude de la femme que j'avais sous les yeux n'était plus la même que celle de la pauvre disparue. La naïve gaîté, l'air rieur, les gestes d'enfant, tout ce qui caractérisait l'italienne, était remplacé, chez l'Américaine, par la fierté froide, l'assurance grave, et le ferme maintien de l'artiste sûre du public et d'elle-même.

— Je ne vous garderai pas longtemps auprès de moi, quelque plaisir que j'en aie, dit Jenny Hawkins, il faut que je descende en scène pour le dernier acte. Comment avez-vous trouvé Rovelli ? Il a bien chanté, n'est-ce pas ? C'est un grand artiste.

— Son succès n'a été qu'égal au vôtre, dis-je, et je le trouve mieux partagé que vous par le compositeur.

— Oui, dit-elle avec une légère inclination de tête. Ce rôle n'est pas le meilleur de mon répertoire. Si vous venez m'entendre chanter la Traviata, je vous y plairai davantage.

— Je ne crois pas, répondis-je hardiment. Il me serait très pénible de vous voir mourir en scène.

Elle leva le front, plongea son regard dans le mien et dit :

— Pourquoi ?

— Parce que cette mort me rappellerait de poignants souvenirs.

Elle se mit à rire :

— Ah ! Français ! Impressionnable et sentimental. Qu'a de commun la musique de Verdi avec vos souvenirs ?…

— Je vous l'expliquerai, si vous le voulez…

— Je n'ai pas le temps, et c'est dommage.

— Eh bien ! ma chère, intervint Pector. Voulez-vous venir souper avec nous, ce soir, après la représentation ?

— C'est très aimable à vous de m'y engager, mais je serai trop lasse. Il faut ménager ma voix.

— Alors, demandai-je, voulez-vous me permettre de me présenter chez vous, demain, dans la journée ?

— Bien volontiers. Je loge à l'Hôtel des Étrangers, place de l'Hôtel-de-Ville ; à partir de quatre heures, si cela vous plaît. Vous accepterez une tasse de thé et nous causerons.

Je m'inclinai sans répondre. Elle tendit la main à mes compagnons et à moi-même, nous conduisit jusqu'au couloir des loges et rentra chez elle, en refermant soigneusement la porte.

Une fois hors de la présence de cette femme, je repris la faculté d'analyser, de discuter et de comprendre. Si je n'avais pas entendu mon nom et les brèves paroles adressées à Jenny Hawkins par l'homme qui se trouvait dans sa loge pendant que nous étions dans le salon, j'aurais pu renoncer à établir, entre Léa Pérelli et la cantatrice, un rapprochement, qui se faisait plus vague à mesure que je précisais mes observations. Mais il y avait les paroles et le nom entendus. Qui était l'homme, dont j'étais connu, et qui disait à la Hawkins de prendre garde quand j'apparaissais ?

L'identité des deux femmes, détruite par les différences d'allure, d'expression que j'avais remarquées, par toutes les impossibilités matérielles de temps, de condition, de nationalité, relevées par Pector, se trouvait rétablie par la seule intervention de cet inconnu, qui me signalait à Jenny Hawkins, évidemment comme un danger. Je me sentais repris de toutes mes angoisses, emporté par une ardente curiosité. Je ne me souciais plus de la cantatrice. Je voulais savoir qui était son compagnon, ce français qui me connaissait, et qui, seulement entrevu, devait m'éclairer la situation.

Arrivé dans la salle, Pector demanda :

— Restons-nous ?

— Ma foi, dis-je, j'ai un peu mal à la tête. Depuis six mois, je n'avais pas été à pareille fête. Et toutes les notes de la partition se battent dans ma cervelle. Je ne serais pas fâché de prendre l'air.

— Eh bien ! Je renverrai la voiture. Nous rentrerons à pied.

Après un temps très court, nous sortions dans la rue et, fumant un excellent cigare, nous flânions dans les vastes quartiers de la ville. Le hasard nous avait amenés sur la place, où se dresse le monumental Hôtel de Ville. Je demandai :

— Où est l'Hôtel des Étrangers ?

— En face de nous, cette large façade éclairée. Ce n'est pas une maison à dix-sept étages, comme celles de New-York. Nous avons de la place ici, pour construire. Voulez-vous entrer ? Il y a un excellent restaurant…

Pector, avec sa manie américaine de flâner dans les lieux publics, d'aller, dans les bars, manger un sandwich, boire un cocktail, servait ma fantaisie. Je venais de concevoir le projet d'attendre Jenny Hawkins, devant la porte de l'hôtel, pour la surprendre avec son compagnon. Un pressentiment me disait qu'elle rentrerait en sa compagnie, et que là, en une seconde, j'apprendrais le secret de cette femme. Car il n'y avait pas à en douter : elle avait un secret. Je suivis mes deux compagnons dans l'intérieur de l'hôtel, je m'assis, avec eux, devant une table chargée de rafraîchissements composés pour mettre le feu dans le corps. Puis, au bout d'un instant, j'appelai le garçon :

— À quelle heure finit le théâtre ?

— Vers minuit.

— Bien.

Pector me demanda, en riant :

— Est-ce que vous voulez guetter Jenny Hawkins ?

Il semblait avoir lu dans ma pensée. Je lui répondis :

— Ma foi, je ne serais pas fâché de voir comment elle est, à la ville, après l'avoir vue à la scène. Les femmes perdent tellement, quand elles abandonnent leur costume et leur fard ! Si elle n'en vaut pas la peine, je lui brûle la politesse demain.

— Croyez-moi, elle en vaut la peine.

— Parbleu ! Je vais bien voir !

— Faites ! Nous vous attendons.

Je partis vite. J'avais obtenu, avec beaucoup de chance, la liberté d'action que je souhaitais. Maintenant restait à obtenir du hasard la faveur de me trouver sur le passage de la chanteuse. Le portier, gratifié d'un dollar, se chargea de me renseigner.

— Milord, la dame descend de voiture sous la voûte, traverse le vestibule, monte par cet escalier. Son appartement est au premier… Elle ne tardera pas à rentrer…

Je sortis sous la voûte. Je relevai le collet de ma pelisse. Il faisait froid, ce soir-là, quoiqu'on fût en avril. Et fumant, en marchant, j'attendis. Un grand bruit de piaffements, le roulement des roues sur le trottoir, m'avertirent, après quelques minutes, que la voiture de la diva arrivait. Le portier s'avança pour aider à descendre. La portière s'ouvrit et, tout emmitouflée dans ses fourrures, Jenny Hawkins s'élança, leste, en montrant une jambe charmante. Elle regarda, autour d'elle, m'examina rapidement, ne me reconnut pas, car j'enfonçais ma figure dans mon col et mon cigare fumait terriblement, et s'adressant à une personne restée dans l'intérieur, elle dit en français :

— Allons, ami.

Celui qu'elle appelait s'apprêtait à sortir de la voiture, je m'avançais vers lui. À ce moment précis, j'eus la certitude que je tenais la clef du mystère. Mais l'homme qui penchait la tête, m'aperçut et rentra vivement à l'intérieur. Il dit seulement, d'un ton bref :

— Jenny !

Et c'était bien la même voix qui avait parlé dans la loge. La chanteuse, inquiète, s'approcha de la portière, se pencha à l'intérieur, puis, se tournant vers le cocher :

— Union Square…

Elle pivota sur ses talons, entra, en coup de vent dans le vestibule et disparut. La voiture tourna, sortit. Et sans avoir pu voir son mystérieux occupant, je restai seul sous la porte cochère. Le portier s'approcha de moi et me dit :

— Jolie femme, milord. Le monsieur n'est pas rentré, ce soir, avec elle… Si milord veut écrire, je puis monter la lettre.

Je donnai un second dollar à ce complaisant serviteur et je regagnai la salle où Pector et Raleigh savouraient leurs liqueurs nationales.

— Eh bien ? demanda le banquier.

— Décidément, vous avez raison : elle en vaut la peine. J'irai demain.

Nous rentrâmes nous coucher. Mais le lendemain à l'heure du déjeuner, comme Pector paraissait dans la salle à manger :

— Mon cher vicomte, vous n'avez pas de chance dans vos tentatives galantes. Je viens d'être averti, par la direction de l'Opéra, que la troupe italienne ferait relâche ce soir. La Hawkins a attrapé froid, hier soir, elle ne pourra pas chanter. Et, comme elle est attendue, après-demain, à Chicago, elle part tantôt, par le rapide. Adieu le rendez-vous. Du reste, voici une lettre qui vous est adressée et qui vous apporte, sans doute, ses regrets.

J'ouvris l'enveloppe. Sur un carré de bristol, au coin duquel était timbré ce chiffre J. H. entouré de cette devise : *Never more*, je lus ces lignes : « Je suis désolée de manquer votre visite, dont je me promettais un grand plaisir, cher monsieur, mais les artistes ne sont pas toujours maîtres de leur volonté. Aujourd'hui je n'aurais pu vous parler, car je suis enrouée. Je pars pour Chicago et New-York, où je passerai quelques semaines. Si les hasards de votre voyage vous y amènent, je serai heureuse que vous me donniez une revanche. Une poignée de main amicale. Jenny Hawkins. »

Je restai songeur. Mes deux compagnons se moquèrent de ce qu'ils appelèrent mon sentimentalisme. Ils ne pouvaient soupçonner les graves préoccupations, les soucis poignants que me causait ce brusque départ. Après les divers incidents de notre mise en présence, l'indisposition, assurément feinte, de la chanteuse, et son parti pris de me fuir, étaient une confirmation de mes soupçons, presque un aveu.

Je réfléchis profondément à la situation. Si Léa Pérelli, par un enchaînement de circonstances, inexplicable pour moi, vivait, après que Jacques de Fréneuse avait été condamné pour l'avoir tuée, il était évident que ce mystère recouvrait une monstrueuse iniquité. Je pris la résolution inébranlable de l'éclaircir et de réparer le mal qui avait été fait à mon malheureux ami. Mais ce n'était pas en Amérique, vaste continent où Jenny Hawkins errait vagabonde, que je pouvais tenter de suivre une piste, de procéder à une enquête, et essayer d'établir la vérité. Là, j'étais seul, sans appui, sans ressources, tout à fait désarmé. Le crime avait été commis en France. C'était en France qu'il convenait de poursuivre la révision du procès. Et la première précaution à prendre, la plus élémentaire, devait consister à rompre tout contact avec Jenny Hawkins et son compagnon inconnu. Il fallait les laisser se remettre de leur alarme, leur rendre une complète sécurité, afin de les mieux surprendre quand le moment paraîtrait favorable. Et pour cela, avant tout, il importait qu'ils n'entendissent plus parler de moi.

Cette résolution arrêtée, je m'y tins fermement. Je traversai l'Amérique, m'embarquai à la Nouvelle-Orléans, et, il y a trois semaines, j'arrivai à Paris. Je me suis, pendant ce temps-là, occupé à reprendre pied, à renouer les relations, détendues par une absence de dix-huit mois, et à chercher l'occasion d'entamer les hostilités. Cette occasion m'a été fournie ce soir. Je vous ai narré mon aventure, et je vous demande, si vous, Marenval, avec votre grande fortune, votre goût pour les choses qui ne sont pas communes, et la hardiesse que vous montrez à heurter, quand vous le jugez bon, les idées courantes, vous voulez collaborer, avec moi, à réhabiliter un innocent et à confondre un coupable ? Et puis, mon cher, voyez-vous, ce ne sera pas banal. Il y aura une grande maestria à tenter cette œuvre-là. Ce n'est pas à la portée du premier venu. Jacques de plus est votre parent. Vous remporterez, aux yeux de tout Paris, un vrai triomphe, si vous réussissez. Et je crois que vous aurez une page étonnante dans l'histoire de ce temps-ci, qui se distingue par son égoïsme et sa veulerie. À la fin du XIXe siècle, quand personne ne croit plus à grand'chose, n'est pas qui veut un justicier et un redresseur de torts. Et, en conscience, mon cher ami, tenir cet emploi, c'est être sûr de jouer un rôle unique.

Marenval avait écouté le récit de Tragomer avec une attention passionnée. Il avait palpité aux épisodes et frémi aux péripéties. Il avoua, plus tard, qu'il s'était senti empoigné comme jamais il n'avait eu l'occasion de l'être, et qu'une voix secrète lui avait murmuré à l'oreille : Marenval, il y a une affaire « épatante » à mener là, et c'est toi qui en auras l'honneur ! Lorsque Christian eut terminé, il retrouva la parole, et éclata comme une chaudière dont les soupapes ont été trop comprimées :

— Eh bien ! Tragomer, je ne regrette pas ma soirée ! Oh ! vous venez de me donner chaud, mon bon ! Quelle histoire ! Vous avez eu un fameux flair de me la raconter. Je suis, en effet, l'homme qu'il vous faut. Nous allons manigancer ça, dans les grands numéros. On ne me met pas dedans, moi ; j'ai l'habitude des affaires, et je connais les hommes. Les femmes aussi ! Ah ! mon brave Tragomer ! Vous avez dû vous en faire du sang d'encre, pendant la traversée, quand vous ruminiez toute l'aventure ! Mais, à partir de maintenant, nous allons mettre les fers au feu, et ça va marcher !

Christian interrompit son impétueux compagnon :

— Surtout de la prudence. Pas une parole prononcée au hasard. Vous ne soupçonnez pas toutes les difficultés auxquelles nous pouvons nous heurter.

— Comment ! Des difficultés ! Mais tout le monde va nous aider. La justice, les pouvoirs publics, le chef du gouvernement... Dès que nous aurons des preuves sérieuses à fournir de l'erreur commise, chacun s'empressera de la vouloir réparer. La seule partie délicate de l'affaire, c'est l'enquête.

— Tout est délicat, dit Tragomer. Ne comptez pas sur le concours de la justice. Sa première pensée sera de se défier, la seconde de résister à nos efforts. Il n'est jamais agréable d'avouer qu'on s'est trompé. Et la justice, par profession, n'admet pas qu'elle soit sujette à l'erreur. Vous savez combien de temps, de travaux, de vouloir et de puissance, il a fallu pour obtenir les rares réhabilitations qui ont été consenties par la magistrature. Presque toutes ont été arrachées à la justice par la politique. Ne vendez donc pas la peau de l'ours : il n'est pas encore par terre. Nous avons de beaux atouts dans la main : votre immense fortune, vos grandes relations, votre ténacité et votre intelligence. J'ajouterai, si vous le permettez, mon courage et ma volonté.

— Oui, certes, bon Christian, s'écria Marenval, en serrant les mains du jeune homme. À nous deux, nous réussirons. Je serai silencieux, circonspect, je vous le promets. Vous n'aurez pas un reproche à m'adresser.

— C'est bien ! Écoutez-moi encore, pendant quelques instants. J'ai des renseignements complémentaires à vous fournir. D'abord Jenny Hawkins n'est plus en Amérique, elle est en route pour l'Angleterre.

— Pour l'Angleterre ! Elle y chantera ?

— À Londres, à Covent-Garden. Je l'ai appris par les journaux anglais, ces jours-ci. Enfin, le hasard m'a servi mieux que je ne l'espérais, et m'a fourni, sur l'homme mystérieux qui accompagnait la chanteuse à San-Francisco, des données précieuses...

— Vous le connaissez ?

— Je crois le connaître. L'autre soir, au cercle, je jouais, avec des amis, au bridge, lorsque, à la table voisine de la nôtre, un des joueurs, en allumant sa cigarette au chandelier placé près de lui, renversa l'abat-jour qui prit feu. Son partenaire dit alors vivement : « Prends garde ! » Et je sursautai à ces deux mots prononcés. Je venais de reconnaître la voix, l'intonation, l'accentuation qui m'avaient frappé en ces mêmes paroles, entendues par moi dans la loge de Jenny Hawkins. Je me retournai brusquement, et je regardai celui qui venait de parler. Il m'avait vu me retourner, et lui aussi me regardait. Nos yeux se croisèrent, se fouillèrent. Et, au fond des siens, je lus nettement cette pensée : il m'a reconnu. Il affecta de sourire et dit gaîment :

— Ne brûlons pas le matériel, n'est-ce pas Tragomer ?…

— Et cet homme, interrompit Marenval, ce membre du cercle, qui vous traitait si familièrement… C'était ?…

Tragomer devint sombre, l'animation de son visage fit place à une morne pâleur et, baissant la tête, il dit :

— C'était le comte Jean de Sorège, l'ami intime, le camarade de plaisir de Jacques de Fréneuse, au temps où il était libre et heureux.

Marenval frappa dans ses mains, fit entendre un sifflement, qui dénotait le plus complet désappointement, puis, avec une expression désolée :

— Tragomer, voilà le dernier nom que j'attendais. Tout devient obscur, tout est inexplicable. Comment soupçonner Jean de Sorège d'avoir commis le crime ? Pour quelle raison ? Sous quel prétexte ? Si quelqu'un est impossible à accuser, c'est bien lui. Et, dès les premiers pas, nous voilà arrêtés.

— Ne vous découragez pas si vite, répliqua gravement Christian. Rien n'est impossible, rien n'est invraisemblable. Vous vous heurtez à la personnalité de Sorège, et à sa qualité d'ami de Jacques. L'intérêt qu'il a eu à perdre cet innocent, vous échappe comme à moi. Mais ne doutez pas que nous trouvions les mobiles qui l'ont fait agir. Car c'est lui, vous entendez, qui était à San-Francisco, et c'est lui le coupable. Je le prouverai, avec peine, mais, je n'en doute pas, d'une façon irrécusable. Pour établir la culpabilité d'un prévenu, il faut des présomptions nombreuses et évidentes. Et, ici, nous n'avons pas à poursuivre seulement un criminel, nous avons à innocenter un condamné. Il faut donc trois fois plus de certitude que pour une affaire ordinaire. C'est ce qui doit nous enflammer, Marenval. Car, plus la tâche est difficile, plus le succès sera éclatant. Êtes-vous toujours prêt à me seconder ?

— Oui, dit Marenval, malgré tout !

Le breton regarda son compagnon avec fermeté :

— C'est bien ! Vous êtes l'homme que je pensais. Nous réussirons.

Il prit sa montre :

— Voilà qu'il est une heure du matin. Assez causé, pour une première fois. Notre pacte d'alliance est conclu ?

— Parole donnée. S'il y a de la dépense à faire, cela me regarde. Et s'il y a du danger…

— Je m'en charge, dit Tragomer.

— Doucement ! protesta Marenval. Vous ne m'avez pas compris : part à deux. Je veux me signaler et risquer le coup, avec vous, en frère.

— Eh bien ! Soit !

Ils se serrèrent la main, et, par la porte intérieure, ils rentrèrent dans le cercle.

II

Il y a à Paris, des maisons tristes et des maisons gaies, sur la façade desquelles se lit la mélancolie ou la joie, qui paraissent faites pour abriter le plaisir ou la douleur, et dont les pierres ont une physionomie comme des êtres vivants. Ces maisons attirantes ou repoussantes donnent envie de les habiter ou de les fuir. Il semble, pour les unes, que toutes les faveurs de la destinée doivent combler ceux qui y séjournent ; pour les autres, que tous les maux de l'humanité doivent fondre sur ceux qui s'y arrêtent. Le passant, impressionné, hâte sa marche, quand il arrive dans l'ombre inquiétante de ces asiles du malheur, et détournant les yeux, pense à part lui : pour rien au monde je ne logerais dans ce tombeau. Au contraire, quand il se trouve devant un de ces coquets et riants séjours, il s'attarde à regarder autour de lui, comme pour s'imprégner de l'influence favorable, et s'éloigne, à regret, en se disant : ici doit habiter le bonheur.

De toutes ces maisons silencieuses, noires, faites pour le deuil, la tristesse et la malchance, il n'en est pas de plus lugubre et de plus désolée que celle située rue des Petits-Champs, n° 47 bis, devant la porte cochère de laquelle s'arrêta, de bonne heure, le lendemain de Noël, la voiture de Cyprien Marenval. D'un air important, le visiteur dit à son cocher :

— Pierre, promenez le cheval, au pas, pendant un quart d'heure, il a très chaud… J'en ai pour un peu de temps, ici, et il y a vraiment un courant d'air atroce dans cette rue.

Il remonta le col de sa pelisse, leva les yeux sur la porte cochère, dont la voûte sombre s'ouvrait devant lui, et, déjà morose, rien que d'avoir regardé le rébarbatif passage, il s'engagea résolument dans la cour. Au fond, un hôtel d'aspect monacal, à la façade noircie par le temps, aux fenêtres fermées de leurs persiennes, comme des yeux clos, offrait son entrée, à laquelle on accédait par un perron de quatre marches verdies par les pluies. Marenval sonna, et le coup de timbre retentit dans l'hôtel, troublant le silence, d'un bruit sacrilège. Au bout d'un instant, à travers les vitres, le visiteur aperçut un vieux domestique qui se hâtait, et la porte s'ouvrit. Le serviteur, avec un étonnement joyeux, s'empressa, retirant à Marenval son paletot, disant avec une familiarité attendrie :

— Oui, monsieur, ces dames sont là… Elles vont être heureuses de voir monsieur. Il y a longtemps que monsieur n'est venu…

— Elles sont si tristes, mon brave Giraud… Si tristes, qu'il est difficile de se mettre au même diapason… Si affligé qu'on se sente soi-même, on craint, en essayant de les consoler, d'offenser leur douleur…

— Oui, monsieur, c'est bien vrai ! dit le domestique en baissant la tête. Leur douleur est inconsolable.

— Mais comment vont-elles ? Leur santé ?

— Bonne, monsieur. On ne peut dire quelle ne soit bonne… Ah ! si l'état d'esprit était pareil… Mais il ne l'est pas. Non ! Il ne l'est pas !

— Enfin, Giraud, il faut espérer. Qui sait ? Ça peut changer.

— Oh ! non, monsieur, il est impossible d'espérer… Mais, pardon, si monsieur veut prendre la peine d'entrer, j'irai prévenir ces dames.

Marenval entra dans un vaste salon, un peu sombre, meublé d'un mobilier ancien en tapisserie. Sur les murs étaient accrochés quelques tableaux intéressants, reste d'une remarquable collection, dont des ventes successives avaient dispersé les plus précieuses toiles. Dans les angles, des vitrines étaient vides. Épaves d'un grand luxe, brusquement disparu, auquel n'avait survécu que la noble ordonnance d'une habitation jadis somptueuse.

Il était facile de voir que les habitantes de l'hôtel ne se tenaient pas habituellement dans cette pièce d'apparat. Rien ne s'y trouvait des objets familiers à deux femmes intelligentes et actives. Tout était correct, froid et lugubre. Une porte s'ouvrit, et le vieux domestique reparut :

— Si monsieur veut prendre la peine de me suivre, madame prie monsieur d'être assez bon pour monter chez elle…

Le grand escalier de pierre à rampe de fer forgé fut gravi par Marenval, et sur le palier du premier étage, à l'entrée d'une galerie obscure, une jeune fille, tout en noir, s'avança au-devant du visiteur. Le vieux Giraud s'esquiva sans bruit, et Marenval se trouva, un peu gêné, en face de Mlle de Fréneuse. Elle lui tendait la main, en souriant. Mais quelle navrante mélancolie, dans l'expression de ce beau visage ! La délicatesse des traits était empreinte d'une gravité douloureuse. Les yeux noirs, doux et profonds, se cernaient, mortifiés par les larmes. Un front admirable couronné de cheveux blonds, ondulés, noués derrière la tête, sans coquetterie, donnait à cette fière physionomie une incomparable noblesse. Marenval regarda un instant sa belle parente, hocha tristement la tête, et dit d'un ton affectueux :

— Eh bien ! mademoiselle Marie, toujours aussi peu raisonnable ?

— Toujours aussi malheureuse, monsieur Marenval.

— Et votre mère ?

— Vous allez la voir.

Elle introduisit Cyprien dans une petite pièce, sorte de sanctuaire, où Mme de Fréneuse avait réuni tout ce qui lui rappelait son fils. Portraits, livres, dessins, évoquaient celui qu'elle n'avait jamais cessé de pleurer, malgré ses fautes, et qu'elle regrettait tous les jours de sa vie. Elle se leva d'un fauteuil bas, et, vêtue de deuil, la taille voûtée par le chagrin, le visage blême sous ses cheveux blancs, très douce et très résignée, elle remercia tout d'abord Marenval de sa visite, en femme, non pas heureuse de voir rompre la solitude de son existence, mais touchée d'une démarche qui attestait un souvenir affectueux.

Marenval, après s'être assis, dirigea ses regards sur un magnifique portrait représentant un grand et élégant jeune homme, au visage ouvert et joyeux. Un amer sourire plissa la lèvre de Mme de Fréneuse. Elle laissa le visiteur contempler à son aise la toile, puis d'une voix étouffée et presque sans timbre, elle dit :

— Voilà ce qu'il était. Qu'est-il maintenant ? Qu'en a-t-on fait ? Depuis deux ans, il a été impossible d'obtenir qu'il laissât faire une photographie, que nous aurions payée bien cher... Il n'a jamais voulu consentir à ce que nous ayons, sous les yeux, un Jacques, les cheveux et la barbe rasés, portant la veste de bure...

— Avez-vous de ses nouvelles ?

— Régulièrement.

— Dans quel état est-il ?

— Matériellement, il ne se plaint pas. Il est si jeune, si fort. Et puis il est, paraît-il, bien traité. On l'a mis, dernièrement, dans les bureaux... Il rend des services. Son existence est moins misérable. Mais moralement...

— Continue-t-il à protester de son innocence ?

À cette question, une flamme passa sur le pâle visage de Mme de Fréneuse, ses yeux étincelèrent et, d'une voix qui recouvrait de la vigueur, elle s'écria :

— Jusqu'à la mort, il déclarera qu'il n'a pas commis ce crime atroce. Il n'a pas pu le commettre. Jamais, vous entendez bien, Marenval, ma fille et moi, nous ne cesserons de le proclamer : il y a eu, contre Jacques, un effroyable accord de circonstances accablantes. Les hommes ont pu se tromper sur son compte et le juger en toute sincérité, mais nous, sa sœur et sa mère, jusqu'à notre dernier souffle, nous répéterons, avec lui qu'il était innocent.

Marenval regarda les deux femmes d'un air approbateur, puis, redressant sa tête de vieux beau, il dit d'un ton ferme :

— C'est tout à fait mon opinion.

À ces paroles que, pour la première fois, il faisait entendre à la

35

mère désolée, Mme de Fréneuse se redressa, elle rougit, et, avec une soudaine vivacité :

— Marenval, qu'est-ce que cela signifie ? Jamais vous n'avez été aussi affirmatif. Il y a plus : je vous accusais de ne pas partager notre ardente conviction. Vous nous aviez toujours paru moins étonné qu'humilié de ce qui était arrivé, et subitement, vous prenez une attitude toute différente. Marie, tu le vois, il n'est plus le même. Il a changé du tout au tout. Oh ! mon Dieu ! Est-ce que vous auriez appris quelque chose d'heureux ? Est-ce que, après avoir tant désespéré, nous pourrions enfin…

— N'allez pas si vite, interrompit Marenval avec un peu de mécontentement, car, en une seconde, il se voyait débordé et craignait déjà d'en avoir trop dit. Vous étiez injuste en m'accusant de n'avoir pas eu foi, comme vous, dans l'innocence de Jacques. Vous n'ignorez pas que je l'ai défendu, avec toute l'énergie d'un homme que le monde englobait, avec malignité, dans la catastrophe dont vous étiez atteinte. Oui, j'ai vu, dans son plein, à cette époque, la canaillerie humaine. Tout ce que l'envie, la bassesse, la méchanceté peuvent inventer, pour éclabousser une personnalité honorable, on l'a tenté contre moi. J'ai souffert de vos malheurs, certes, autant que vous-même, car, dans le monde parisien, pendant plus d'un an, on ne m'a appelé que Marenval « le cousin de Fréneuse ». Ah ! je sais de bons compagnons qui auraient bien voulu insinuer que je méritais le bagne moi-même. Et tout cela, pourquoi ? Parce que je suis riche, bon vivant, que j'ai un bel hôtel, une belle chasse, de beaux chevaux et une loge entre colonnes à l'Opéra. Vraiment, y a-t-il là de quoi vous faire aller aux galères ? Eh bien ! J'ai des amis qui voudraient m'y voir ! Vous jugez de ce que ces bonnes âmes ont pu dire sur mon compte, au moment du malheur ? Je ne vous ai pas paru héroïque, ma chère cousine, à cette heure périlleuse. Je vous accorde qu'il y a du vrai. J'aurais pu être plus chevaleresque, me ranger, auprès de vous, plus fermement, mais il faut prendre les gens pour ce qu'ils sont. Je suis un peu nouveau, dans le monde où je vis. Il n'y a pas dix ans que je suis sorti des pâtes alimentaires. Et dame, on n'a pas pour moi la considération qu'on témoigne à un Montmorency. Les hommes sont égaux devant la loi. Ils ne le sont pas devant le monde et on me l'a fait voir. Ceci vous explique bien des choses, qui vous étaient demeurées obscures. Je ne crains pas de me confesser à vous, parce que j'ai la conscience de vous être si dévoué, que vous me pardonnerez facilement, un jour, mes défaillances apparentes.

Mme de Fréneuse avait écouté, un peu assombrie, les explications de Marenval. Elle craignit de trouver, dans les tardifs scrupules de leur parent, les raisons de cette affirmation de l'innocence de Jacques, qui l'avait si violemment agitée, au début de leur entretien. Mais les dernières paroles, prononcées par lui, semblaient un retour à cette conviction si inattendue et la pauvre femme se sentit reprise de son anxiété :

— Est-ce simplement pour me faire une profession de foi, dont je suis très touchée, que vous êtes venu aujourd'hui ? reprit Mme de Fréneuse. Je vous serais très reconnaissante de cette affectueuse démonstration. Les sympathies sont d'autant plus précieuses qu'elles sont plus rares. Et je vous remercierais de tout mon cœur, Marenval, de ne pas nous abandonner.

— Vous abandonner ! s'écria le vieux beau. M'en avez-vous cru capable ? Je vous prouverai que je suis fidèle, et brave, et…

Il fut arrêté, dans son expansion, par un geste de Mlle de Fréneuse. Plus calme que sa mère, elle avait, depuis le commencement de l'entrevue, étudié l'attitude de leur parent et elle avait été frappée de tout ce qu'elle offrait d'embarrassé. Il y avait, entre les assurances du Marenval présent et les réticences du Marenval passé, un tel désaccord, qu'il fallait bien des paroles pour les rattacher les unes aux autres. Un plus éloquent que l'ancien fabricant de pâtes y eût perdu son temps. Mais, heureusement pour Marenval, la fille, aussi bien que la mère, n'avait retenu de ce qu'il avait dit que la chaleur de son discours. Elles avaient été pénétrées d'une joie secrète. Toutes deux y avaient retrouvé des espoirs depuis longtemps disparus et, en quelques mots, Mlle de Fréneuse résuma la situation :

— Mon cher cousin, vous ne croyiez pas, autrefois, à l'innocence de mon frère, et, à présent, pour une raison qui nous échappe, vous y croyez.

Marenval leva, sur les deux femmes, des yeux ravis et, avec une expression qui leur tira des larmes :

— C'est vrai ! Je crois, à l'heure actuelle, que Jacques est innocent. Mais il ne suffit pas de le croire, il faut le prouver. Que nous, en famille, nous nous consolions avec de bonnes paroles, c'est bien ; mais n'oublions pas qu'une réhabilitation éclatante doit être le but unique de nos efforts. Vous avez, certes, pensé à l'entreprendre ?

Mme de Fréneuse baissa la tête avec découragement.

— Et comment y aurions-nous pensé ? C'est la plus dure extrémité du malheur de se voir impuissant je ne dis pas même à démontrer la réalité d'un fait auquel on croit comme à Dieu, mais seulement à en discuter la possibilité. Nous sommes, depuis deux ans, restées écrasées sous le poids effroyable de la condamnation. Et, oserai-je vous l'avouer, Marenval, si je n'ai jamais douté de l'innocence de mon fils, il m'a fallu me détourner de l'examen des accusations qui étaient dirigées contre lui, car, à les prendre une à une, elles étaient tellement graves, terribles, prouvées, que j'en venais à nier l'évidence, et c'était, pour moi, un supplice horrible. Je me suis donc réfugiée dans une sorte de négation fanatique, qui exclut tout raisonnement, toute clarté, et qui est le cri de mon cœur maternel. Je ne crois pas à la culpabilité de Jacques, parce qu'il est mon enfant, et que mon enfant n'a pas pu commettre le crime qu'on lui a reproché. À tout ce qu'on a pu m'arguer, me prouver, j'ai toujours répondu, du fond de ma conscience : C'est mon fils ! Il est innocent ! Mais, mon ami, s'il me fallait démontrer cette innocence, comment ferais-je ? Où trouverais-je la force d'intelligence nécessaire pour briser le faisceau des preuves accumulées ? Comment convaincrais-je les juges ? L'avocat de Jacques, lui-même, après la condamnation, cet admirable maître Duranty, qui a défendu le pauvre enfant avec une éloquence si passionnée, m'a dit, quand je l'interrogeais :

— Je ne sais pas. Quand je l'entends crier qu'il n'est pas coupable, je crois. Quand j'étudie le dossier, je doute.

— Eh ! ma chère cousine, il est certain que les preuves apportées étaient éclatantes. Moi-même, j'en ai été aveuglé, je puis vous l'avouer, puisque nous en sommes à parler en toute franchise : j'ai cru pendant longtemps que le pauvre Jacques, affolé, emporté par le besoin d'argent, avait pu, dans un moment d'irresponsabilité… Oui, j'ai admis qu'il avait pu être aussi criminel. Mais, depuis hier, j'ai changé, du tout au tout, et je suis aussi ardent à affirmer l'innocence de votre fils, que j'ai été disposé à accepter sa culpabilité.

— Et pourquoi, depuis hier ? demanda Mlle de Fréneuse. Quel revirement s'est fait dans votre esprit ? Et qui l'a causé ? Avez-vous eu connaissance de quelque fait qui éclairerait la situation d'une lumière nouvelle ? Ma mère vous a fait part de ses défaillances de pensée, mais moi je ne les ai pas partagées, sachez-le bien. Et lorsque tout le monde abandonnait ce malheureux enfant, moi, en toute conscience, je suis restée fidèle à sa cause. J'ai cherché, je cherche encore à expliquer ce qui, pour moi, demeure un mystère impénétrable. Vous pouvez donc parler, vous me trouverez toute préparée pour vous écouter et vous comprendre.

Marenval regarda la jeune fille avec attendrissement :

— Oui, je sais, Marie, que vous n'avez point transigé et que tous ceux qui ont paru ne pas faire cause commune avec vous, dans cette redoutable circonstance, vous les avez rejetés de votre cœur. Hier soir, je me suis trouvé avec un homme, qui vous aimait tendrement, et que vous avez éloigné de vous, sans pitié…

Le visage de Mlle de Fréneuse devint sombre. Elle se dressa et parut plus grande encore. Un frémissement passa sur ses lèvres, mais elle ne prononça pas une parole. Toute sa physionomie exprimait un douloureux dédain :

— C'est de Christian de Tragomer qu'il s'agit, ajouta Marenval…

Mais il se tut lui-même, tant l'effet produit par ce nom fut différent de ce qu'il attendait.

— Je pensais bien qu'il s'agissait de M. de Tragomer, dit froidement Mlle de Fréneuse. Eh bien ! mon cher cousin, si vous voulez m'être agréable, ne m'entretenez jamais de lui. Nous l'avons, ma mère et moi, effacé de notre souvenir, comme il nous avait effacées de son cœur. Il a donné, à l'heure où nous avions besoin de tous nos amis, l'exemple de la défection. C'est lui, je puis vous l'avouer, dont l'abandon, aux heures tristes, nous a le plus affectées. Il était mon fiancé. Il a rougi de moi. Je ne le connais plus.

— Il vous aime toujours, dit vivement Marenval.

— J'en suis bien aise, répliqua Mlle de Fréneuse avec force. Et puisse-t-il en souffrir !

Elle passa la main sur son front, se tourna vers sa mère qui l'écoutait en silence, et s'agenouillant sur un tabouret, auprès d'elle :

— Je vous demande pardon. J'ai détourné M. Marenval de confidences que vous attendiez avec impatience, pour parler de choses misérables. Cela ne m'arrivera plus.

— Ma chère enfant, dit Marenval, avec bonhomie, nous aurons l'occasion de nous voir souvent, car nous allons entreprendre une campagne qui peut être longue. Ne brusquons donc rien, ni en ce qui touche aux circonstances, ni en ce qui concerne les personnes. Bien des choses seront éclaircies, bien des attitudes expliquées. Vous ne voulez point que je vous parle de Tragomer, en ce moment. Plus tard, vous me demanderez, peut-être, vous-même, qui sait, de vous l'amener. Quand vous saurez ce qu'il a déjà fait et ce qu'il est disposé à faire pour votre service, vous serez plus indulgente. En tout cas, sachez que si je suis ici, c'est lui qui en est cause. Je ne songeais à rien entreprendre pour le malheureux Jacques, je vous le confesse humblement, lorsque ce diable de Christian m'a bouleversé par des renseignements si inattendus qu'il m'a été impossible de rester indifférent.

— Mais, au nom du ciel, qu'a-t-il donc découvert ? demanda Mme de Fréneuse, avec une telle angoisse que sa fille la prit dans ses bras, s'efforçant de la calmer.

Marenval secoua la tête avec importance :

— Ma chère cousine, ne me demandez rien, je ne pourrais parler. La réussite, possible, ne sera obtenue qu'au prix d'une discrétion absolue. Un mot imprudent peut tout compromettre. Espérez. Jamais les chances n'ont été aussi favorables. Mais consentez à marcher en aveugle, dans la voie que nous allons ouvrir.

— Ah ! Dieu ! Si le salut est à ce prix, je consens à toutes les épreuves que vous voudrez m'imposer. Depuis deux ans je vis dans une tombe. Un faible rayon de lumière y entre, grâce à vous. Soyez béni, pour le soulagement que vous me causez.

— Si je ne dois pas vous parler de nos espérances nouvelles, ma chère cousine, cependant il est des choses, sur lesquelles il faut que je me renseigne auprès de vous. Et, dans l'intérêt de notre succès commun, je vous demande de me répondre sans réticences.

— Interrogez. Ma mémoire est bien affaiblie, mais ce que je ne me rappellerai pas, ma fille pourra certainement le préciser.

— Parmi les amis de votre fils, il en était un, plus intime, plus cher que les autres, et qui avait été élevé avec lui : le comte Jean de Sorège.

Mᵐᵉ de Fréneuse répondit vivement :

— Oui, Jean de Sorège... C'était un charmant garçon, de très bonne famille. J'ai beaucoup aimé sa mère. Il la perdit trop jeune, pour son malheur... Il avait grandi avec Jacques. Les deux enfants ne se quittaient guère pendant leur jeunesse... Il avait fallu les relations nouvelles, qui ont fait tant de tort à mon fils, pour les séparer...

— Le comte de Sorège n'était donc point parmi ses mauvais compagnons de plaisirs ?

— Bien au contraire, il a tout fait pour le séparer d'eux, et c'est par haine et dégoût de ces gens-là qu'il s'est écarté de mon fils, à mon grand regret ; car toute l'influence qu'il avait sur lui ne pouvait être qu'excellente.

— Ainsi vous considériez M. de Sorège comme une bonne connaissance pour Jacques ?

— Pour la meilleure qu'il pût avoir.

— Ce jeune homme était-il riche ?

— Non. Et c'est justement pour cette raison qu'il s'est éloigné de mon fils, ne pouvant pas faire les mêmes dépenses que lui, et ne voulant pas s'endetter pour mener un pareil genre de vie, il a rompu avec Jacques... Ce fut le commencement du désastre.

— Pardonnez-moi si j'insiste d'une façon un peu particulière, mais cela est de toute nécessité. Lorsque votre fils connut cette malheureuse femme qui l'a conduit à la folie... cette Léa Pérelli, M. de Sorège était-il encore en relations avec lui ?

— Assurément. Il y eut même des scènes très vives, entre M. de Sorège et Jacques, à propos de cette femme. Le comte Jean a fait tout au monde pour le décider à rompre avec elle. Jusqu'à lui écrire qu'elle le trompait et lui offrir les moyens de la surprendre.

— La lettre dont vous me parlez existe ?

— Elle a été remise, par moi, à la justice, et doit figurer au dossier. Elle avait été trouvée par notre vieux domestique, en entrant, dans la chambre de Jacques... Il y eut, à la suite, entre mon fils et son ami, une violente altercation... Ils faillirent se battre... Ce furent des amis communs qui arrangèrent l'affaire.

— Jamais votre fils n'a-t-il manifesté quelque sentiment de rancune ou d'hostilité contre son ancien ami, depuis le fatal événement ? Ne l'a-t-il jamais soupçonné de mauvaises intentions à son égard ?

— Pas que je sache. Mais si la confiance que j'avais en M. de Sorège était complète, si je n'ai jamais eu que des sympathies pour lui, je dois reconnaître que, dans ma maison, tout le monde ne pensait pas de même.

— Et qui donc lui était défavorable ?

— Ma fille, d'abord, à qui il a toujours déplu, et le vieux Giraud, mon domestique, qui n'a jamais pu le souffrir.

— Ah ! Mlle Marie trouvait l'ami de son frère sujet à caution ?

— Ne me faites pas dire ce que je ne pense pas, répliqua vivement Mlle de Fréneuse. Sous aucun prétexte je ne voudrais porter tort dans votre esprit au comte de Sorège. Il avait un caractère qui ne m'était pas agréable, voilà tout.

— Et quel caractère vous paraissait-il avoir, Mlle Marie ?

— Il se montrait hautain et railleur, et j'ai peine à supporter cette façon d'être. Il calculait froidement et n'agissait jamais à la légère. C'était un homme pratique, avant tout. L'envers du pauvre Jacques qui ne réfléchissait jamais et se jetait au travers des difficultés, sans savoir comment il en sortirait. Je blâmais l'étourderie de l'un, mais je regrettais la prévoyance de l'autre. Il y avait excès, des deux parts. Et si mon frère paraissait fou, M. de Sorège semblait trop habile.

— Habile jusqu'à la rouerie ?

— Je n'en sais rien, mon cher cousin, ce que je vous traduis là n'était qu'une impression. Je n'ai jamais su comment M. de Sorège se conduisait dans la vie, autrement que par ce qu'en racontait mon frère, et, devant moi, il ne pouvait parler librement. Cette impression n'est donc confirmée par aucun fait. Mais elle s'est établie très nette, dans mon esprit, et elle y est restée telle.

Marenval regarda Mme de Fréneuse et dit :

— On ne peut considérer ce jugement comme défavorable, dans le temps où nous vivons. Et un monsieur trop habile paraîtrait, assez justement, doué d'une façon exceptionnelle pour réussir au-

jourd'hui. Mais j'entends bien que ma belle cousine juge M. de Sorège, à un point de vue spécial, celui d'un gentilhomme et non d'un
homme d'affaires. Et c'est ce qui rend son blâme parfaitement com-
préhensible. Enfin résumons-nous. Pour Mme de Fréneuse, M. de
Sorège était un galant homme qu'elle a regretté de voir brouillé
avec son fils. Pour Mlle de Fréneuse, M. de Sorège était un gaillard
froid, décidé à tirer son épingle du jeu, en toutes circonstances,
quitte à piquer un peu le voisin, en opérant.

— Mais pourquoi ces questions ? demanda Mme de Fréneuse.

— On nous a dit que nous serions questionnées, chère mère, dit
la jeune fille, mais non que nous serions renseignées. Ayons de la
patience.

Mme de Fréneuse eut un sourire résigné :

— Nous en avons l'habitude.

Marenval se levait :

— Ma chère cousine, dit-il du ton le plus affectueux, je vous quitte,
mais je reviendrai vous voir prochainement. Nos conférences seront fréquentes. Cela sera nécessaire et j'espère que cela ne vous
paraîtra pas désagréable. J'ai hâte de pouvoir vous éclairer sur la
situation, mais il faut d'abord que je m'éclaire moi-même. Je vais,
en descendant, si vous le permettez, causer avec le bon Giraud.

Comme Marenval avait serré la main de Mme de Fréneuse, Marie
sonna, et, ouvrant la porte, elle conduisit elle-même l'allié inattendu, à travers les pièces démeublées et tristes, jusqu'au vestibule. Là,
le vieux domestique accourant, elle dit à Marenval, avec un clair
regard :

— Je vous remercie, quoi qu'il puisse advenir, mon cousin, du
réconfort que vous nous avez apporté. Je n'oublierai jamais que,
le premier, vous aurez partagé avec nous la conviction que nous
conservions de l'innocence de mon frère.

Il hocha la tête :

— Ce ne serait pas juste, dit-il, ma belle cousine ; car celui qui, le
premier, aura partagé avec vous cette conviction, ne s'appelle pas
Marenval, il se nomme Tragomer.

Mlle de Fréneuse fronça le sourcil, eut un dernier geste affectueux
et, sans ajouter une parole, rentra dans les appartements.

Giraud tendait à Marenval sa pelisse.

— Un instant, mon brave, dit l'ancien fabricant de pâtes, il faut que je vous dise quelques mots, avant de partir. Où serons-nous le moins dérangés ?

— Si monsieur veut entrer dans le petit parloir, il n'y a pas de risque qu'on vienne y voir. Non ! personne ne vient jamais… La Mariette est dans sa cuisine, et la femme de chambre de ces dames au second, dans la lingerie. Je suis aux ordres de monsieur… Ah ! non, on n'est pas dérangé ! Le service de la porte est une sinécure, ici… Un tombeau. Un vrai tombeau !

Marenval s'adossa à la cheminée, pour ne pas s'asseoir en laissant debout, devant lui, le serviteur à cheveux blancs. Le bourgeois enrichi avait de ces délicatesses. Toujours il se montrait doux aux humbles. Il dit :

— Giraud, je veux vous parler de votre jeune maître et d'un de ses amis… Il y a des choses que les parents ne savent jamais et que les gens de la maison connaissent… J'ai questionné ces dames, mais je veux vous interroger aussi. Répondez-moi, en toute franchise, et sans rien omettre.

— Ah ! monsieur peut être bien tranquille, je raconterai tout ce que je sais. Je n'ai rien à craindre, ni rien à perdre. Quel tort pourrait-on me faire, plus grand que celui qu'il m'a fallu endurer, le jour où j'ai vu emmener M. Jacques. Un enfant que j'avais élevé, un gamin qui me grimpait sur les genoux quand il était petit, que j'allais chercher tous les dimanches au collège, quand il faisait ses études. Ah ! monsieur, il y a de bien grandes infamies, dans ce monde… Et ce ne sont pas les braves gens qui sont le mieux traités.

— Vous aussi, alors, vous êtes convaincu de l'innocence de M. de Fréneuse ?…

— Convaincu, monsieur ? C'est peu dire. Mais je mettrais ma tête sur le billot qu'il n'était pour rien dans l'affaire… Il n'y avait qu'à le voir, dès le premier instant, quand cette espèce de sauvage de commissaire de police l'a ramené ici, pour être sûr qu'il n'avait rien fait, et qu'il ne savait même pas ce qu'on lui voulait. Si je n'avais écouté que mon premier mouvement, nous l'aurions, moi et Michel, le cocher, empoigné votre commissaire, jeté à la cave, comme un paquet, et gardé là jusqu'à ce que M. Jacques se soit mis en sûreté. Libre, il aurait bien su se défendre, prouver qu'il n'avait pas tué la femme… Lui, monsieur, tuer une femme ? Un garçon qui se serait précipité à l'eau, pour sauver un chien en train de se noyer. On n'a pas idée d'une stupidité pareille. Tuer, cette femme ? Pourquoi ? Elle l'aimait. Pour la voler ? À quoi bon ? Elle lui avait donné tout ce qu'elle possédait. Oh ! Elle était assez jalouse de lui. Un soir, qu'elle est venue ici, pour lui parler, elle paraissait folle, tant elle avait de chagrin. Elle est restée dans le vestibule, assise, près de la grande banquette, pendant plus d'une demi-heure, à pleurer comme une Madeleine, et elle m'offrait ce que je voudrais, sa bourse, une bague en diamant pour que je la laisse monter chez M. Jacques. J'avais beau lui dire : « Mais, madame, il n'est pas à la maison. À quoi ça vous servirait-il de voir sa chambre ? Vous pouvez rencontrer une de ces dames, sa mère ou sa sœur. Quel scandale. Non ! Vous n'y pensez pas. » Elle disait en sanglotant : « Oh ! j'aimerais mieux me tuer ! » Elle a dit ça. Oui, monsieur, elle a dit ça ! Et j'ai toujours été convaincu qu'elle s'était tuée elle-même. Je l'ai raconté au juge d'instruction. Il a levé les épaules. Ils ne sont pas polis ces gens de justice. Il paraît qu'à lui ce n'était pas son idée. Et, comme je revenais à la charge, expliquant mes raisons, il m'a sèchement interrompu, en m'indiquant bien qu'il considérait que je rabâchais. Je ne rabâchais pas, monsieur, et, vrai comme je vis, depuis soixante-cinq ans, sans avoir jamais fait de tort à personne, M. Jacques n'avait pas tué la femme. Non ! Il ne l'avait pas tuée !

Marenval avait attentivement écouté le domestique. De son ancienne profession il avait gardé de la patience. Il ne brusquait jamais rien, ni personne. Il avait dû attendre le client. Il savait qu'après des tâtonnements et des hésitations, tout d'un coup, les affaires se décident. Il guettait un détail imprévu, une circonstance nouvelle, dans le récit passionné du vieux Giraud. Tout ce qu'il venait d'entendre, il le savait déjà. Il se décida à aborder le sujet qui, pour lui, était intéressant à élucider :

— Quelle influence, pensez-vous qu'ont pu avoir, sur la conduite de Jacques, les amis dont il s'entourait ?

— Oh ! monsieur, c'est bien difficile à juger. M. Jacques était dans des conditions particulières. Il vivait chez sa mère, qui était veuve, et il y avait une jeune fille dans la maison. Il ne pouvait donc pas recevoir beaucoup de monde ici… Ses amis, on ne les connaissait pas, sauf M. de Tragomer ou M. de Sorège. Les autres, il les voyait au cercle, au théâtre, aux courses, dans le monde. Vous savez que M. Jacques était très répandu. Si aimable et si beau garçon, on l'attirait partout. Et il ne se faisait pas prier, quand il s'agissait de rire et de festoyer… Il avait de l'ardeur. Oh ! trop d'ardeur. Toute cette folie, qui l'emportait et qui l'a mené si loin, c'était de son père qu'il la tenait. Un homme terrible, M. de Fréneuse, le père ! Vous l'avez bien connu, pendant ses dernières années. Ah ! monsieur, on peut dire que la pauvre madame n'a pas eu d'agrément dans la vie. Et si Mlle Marie, qui est une sainte, n'avait pas racheté la faute des autres, par sa douceur et sa tendresse, madame aurait été une vraie martyre.

Marenval, doucement, revint à ce qui lui tenait au cœur.

— Je ne vous interrogerai pas sur M. de Tragomer, c'est un homme qui n'a rien de caché pour moi et qui est tout à fait recommandable. Mais je voudrais avoir votre opinion sur M. de Sorège.

Giraud hésita un instant. Mais il avait promis de dire ce qu'il pensait, il tint parole :

— Sauf le respect que je dois à un maître, monsieur, celui-là est une canaille.

— Sur quoi vous appuyez-vous pour le traiter si durement ? demanda Marenval, avec un peu d'étonnement devant tant de véhémence.

— Sur rien, monsieur. Je ne l'ai jamais vu commettre une action répréhensible, je ne l'ai jamais entendu dire une chose vilaine. Mais ça n'empêche pas que, pour moi, c'est une canaille.

— Mais enfin, Giraud, pourquoi êtes-vous si sévère, sur le compte de ce jeune homme, qui, vous l'avouez, n'a jamais rien fait pour justifier un tel jugement.

— C'est instinctif, monsieur, ça ne se discute pas. Il y a, dans la rue à côté, un marchand de tabac, chez lequel j'allais, depuis dix ans, acheter mon cornet de tabac à priser. Jamais je n'avais pu me faire à sa figure. Il avait essayé de me donner la main, malgré moi j'avais retiré la mienne. Tout le monde l'estimait, il était bien vu dans le quartier. Eh bien ! monsieur, il y a trois mois, il a levé le pied, en emportant l'argent du gouvernement, les fonds du titulaire du bureau, et on a découvert, après, des horreurs sur son compte.

Ça n'a été qu'un cri dans tout le quartier, on n'en revenait pas qu'un si honnête homme pût être un si affreux gredin. Monsieur me croira s'il veut, il en a été, à mon point de vue, pour M. de Sorège, comme pour le marchand de tabac. Il s'est montré toujours poli, même prévenant avec moi, ce jeune homme, mais il avait, dans la physionomie, un je ne sais quoi qui m'éloignait, et qui me fait dire, aujourd'hui, sans hésiter : celui-là est une canaille, et on s'en apercevra bien, un jour.

— Venait-il souvent ici ?

— Oui, monsieur, dans les premiers temps, et même cela m'avait donné de singulières idées. J'avais pensé qu'il songeait à épouser Mlle Marie. Mais ses assiduités ne tardèrent pas à changer de forme et il se retira devant M. de Tragomer. La vérité, voyez-vous, c'est qu'il voyait la fortune fondre rapidement. Il était assez au courant des folies de son ami, il les encourageait trop, peut-être, pour avoir la moindre illusion sur l'avenir de ces dames. Il ne doutait pas qu'elles ne fussent mises sur la paille, par le fils de la maison. Car, si je crois à l'innocence de M. Jacques, je ne suis pas aveugle, monsieur, et je sais bien tout ce qu'il a fait de répréhensible. Le pauvre enfant, toutes ces dilapidations, tous ces écarts lui ont été assez reprochés, au jour du malheur ! Son passé a pesé d'un poids bien lourd sur lui, quand il a eu à se justifier. Le Sorège savait bien que madame et mademoiselle donneraient jusqu'au dernier sou, pour ne pas laisser compromettre leur nom dans des affaires louches. Et, comme le malheureux M. Jacques était devenu la proie des aigrefins, son sort était facile à deviner. Hélas ! monsieur, il n'a pas eu le temps de ruiner ces dames. La destinée a mis bon ordre à sa conduite. Et cependant je suis bien sûr, moi, que sa mère et sa sœur aimeraient mieux se voir à la mendicité que de savoir ce pauvre enfant où il est.

— Cela n'est pas douteux, Giraud. Mais, pour en revenir à M. de Sorège, les relations entre Jacques et lui étaient moins suivies, dans les derniers temps. Ils se voyaient moins.

— Ici, mais au dehors, comment le savoir ? Pour moi, monsieur, le comte de Sorège, avec son apparente bonne conduite, a été le mauvais génie de mon maître. Il l'a jeté dans les difficultés, dans les embarras… Il lui a donné les pires conseils. Oh ! j'en suis bien sûr.

Il se réjouissait de le voir s'enfoncer. Pourquoi ? Je n'en sais rien. Mais il avait une raison de désirer la ruine et la perte de monsieur. Ce n'est pas un pauvre domestique, comme moi, qui peut pénétrer les pensées des maîtres. Mais quand on est toujours à attendre les ordres, à s'empresser pour le service, on voit bien des choses, on entend bien des paroles. Et, quand on réfléchit après, quand on rapproche les phrases, quand on se souvient des physionomies, il y a des convictions qui se font dans l'esprit, et qui deviennent invariables. Un soir, monsieur, que les affaires de ce pauvre enfant allaient tout à fait mal, M. de Sorège était avec lui, dans son fumoir, j'étais descendu pour leur chercher du thé. Quand je rentrai, ils étaient si animés qu'ils ne firent pas attention à moi. Et puis, M. Jacques ne se cachait guère de ce qu'il faisait. Ce n'était pas un sournois comme l'autre. Et j'entendis mon jeune maître qui disait avec emportement : « Oui, cette existence-là devient impossible. Je partirai, ou je me ferai sauter. » Alors, si vous aviez vu la figure de M. de Sorège ! Ses lèvres s'étaient pincées, comme pour désapprouver, mais ses yeux brillaient de joie. Oui, monsieur, il avait le contentement qui lui sortait par les yeux. Et son ami lui disait qu'il était à bout de tout ! Oh ! Ce soir-là, j'ai senti la haine qui couvait dans ce cœur. Pourquoi détestait-il mon maître ? Qu'est-ce que M. Jacques lui avait fait ? Il était si léger, si imprudent, si fou, qu'il pouvait très bien blesser un ami sans le vouloir, sans le savoir. J'aurais bien désiré entendre la suite de leur conversation, mais M. Jacques attendit ma sortie pour parler de nouveau. Il se promenait, pendant que je rangeais le service à thé sur la table, il allait, dans le fumoir, de long en large, comme un tigre. Il était tout pâle et crispait les poings. Oh ! il y avait quelque chose de bien sérieux, ce soir-là, car M. Jacques, prenait d'habitude, les choses en riant, et il en fallait, pour le faire sortir de son insouciance ! Comme je fermais la porte, M. de Sorège reprit l'entretien et dit : « Tu es fou, mon pauvre garçon. Tu as déjà Léa, vas-tu t'en mettre… » Il fallut fermer et renoncer à entendre le reste. J'ai eu bien envie, cette fois, la seule de ma vie, monsieur, d'écouter à la porte, quoique ce ne soit pas un procédé convenable pour un serviteur qui se respecte. Mais les habitudes de discrétion l'emportèrent, et je m'en allai, sans savoir ce qu'il était peut-être si intéressant de connaître. Car il s'agissait de cette Léa, qui a perdu M. Jacques, qui était folle de lui. Et, si j'ai bien compris, sur le moment, ce que M. de Sorège voulait dire, mon jeune maître aurait été engagé dans une nouvelle intrigue, avec une autre femme. Il avait déjà cette Léa, il songeait à s'en mettre une seconde sur le dos. Seigneur Dieu ! n'était-ce pas assez de l'Italienne ? Cette gueuse, qui fondait l'argent comme du beurre dans une poêle, qui avait rendu M. Jacques joueur, pour profiter du gain et lui laisser l'embarras de la perte. Ah ! monsieur, la mauvaise femme ! Si on savait où une mauvaise femme peut conduire un pauvre garçon faible et vaniteux ! Nous l'avons appris, nous, pour notre malheur.

— Et quelle a été l'attitude de M. de Sorège, au moment de la catastrophe ?

— Très bonne, monsieur, trop bonne !

— Comment cela ?

— Oui, monsieur, il n'a pas paru assez bouleversé. Il est arrivé, dès le premier moment, pour se mettre aux ordres de Madame. Et calme et froid. Son maintien sentait la préparation. Rien de naturel. On eût dit un acteur, monsieur. Je ne sais pas si je me fais bien comprendre.

— Parfaitement.

— M. de Tragomer, lui, était comme fou. Il ne trouvait pas un mot à dire. Quant à M. de Maugiron, il pleurait toutes les larmes de son corps. Ils avaient tous perdu la tête. Mais M. de Sorège avait gardé la sienne. Il me demanda les clefs et chercha, longtemps, dans les tiroirs de monsieur. Mais la perquisition avait été faite par le commissaire de police et il n'y avait plus rien à glaner. C'était surtout une photographie qu'il s'acharnait à trouver. Il me demanda des renseignements : une grande carte, qui était dans le tiroir à cigares de monsieur, et que j'avais bien dû remarquer. Je lui dis que je savais où elle était. M. Jacques l'avait justement prise la veille et mise dans son nécessaire de voyage. Il n'eut pas de cesse que je ne la lui eusse montrée. Il sauta dessus, c'est le cas de dire, et crac, crac, en vingt morceaux, le temps de le faire, sans que j'eusse pu l'empêcher... Mais je n'y songeais guère. Une photographie de femme ! Comme c'était rare, chez nous, et précieux, quand tout s'écroulait, quand ces dames étaient à demi mortes, et que les journaux jetaient des pelletées de boue sur mon malheureux maître ! J'ai, depuis, pensé à cet empressement de M. de Sorège à détruire le portrait, et j'en ai été tracassé. Mais je n'ai pu arriver à comprendre quel motif il avait d'agir ainsi. Peut-être, après tout, était-ce dans l'intérêt de M. Jacques ? Peut-être était-ce aussi dans un intérêt personnel ? Cela, je n'ai pu le découvrir. Après ces preuves de sympathie, dès le premier moment, données à Mme de Fréneuse, peu à peu M. de Sorège s'écarta de la maison. Je ne le lui reproche pas. Il a fait comme tous les autres. Il a déposé au procès, avec beaucoup de chaleur, en faveur de mon maître. Il a cherché, autant que j'ai pu savoir, car je n'étais pas présent tout le temps, à l'innocenter, ou à atténuer sa responsabilité. Enfin tout le monde l'a approuvé, et madame l'a remercié. Grand bien lui fasse ! Depuis, nous ne l'avons plus revu. Il y a deux ans de tout cela. Ma pauvre tête s'est bien affaiblie, dans la solitude et le chagrin. Sans doute j'oublie des circonstances, et puis je ne sais pas très bien mettre mes idées en ordre. Mais ce qui domine tout, voyez-vous, c'est que M. de Sorège n'était pas un ami sincère, qu'il jalousait monsieur, et que, le jour où il l'a vu perdu, s'il s'est donné des airs de vouloir essayer de le sauver, c'était parce qu'il avait la certitude de ne pas y réussir.

Le vieillard se tut. Ses mains tremblaient d'émotion et de grosses larmes mouillaient ses joues. Il resta devant Marenval, qui songeait profondément. Enfin voyant que l'industriel ne lui adressait plus de questions, il se hasarda à lui en poser une :

— Si Monsieur me permettait de lui demander pour quelle raison Monsieur se met en tête de revenir sur ce triste passé ? Ce n'est certainement pas par curiosité et pour le plaisir de remuer tant de mauvais souvenirs. Est-ce que monsieur espérerait un changement dans la situation ?

Marenval sortit de sa méditation, il regarda le domestique avec un intérêt qu'il ne lui avait jamais manifesté, il lui posa la main sur l'épaule :

— On ne sait jamais ce qui peut arriver, mon brave Giraud. Rien n'est définitif, en ce monde, que la mort. Votre maître est vivant. On dit même qu'il se porte bien.

— Ah ! monsieur, il était si jeune et si vigoureux. Mais le chagrin, le repentir. Ça use. Et le climat !

— Pas mauvais, Giraud, pas mauvais du tout. Quant aux informations que je suis venu prendre ici, sur M. de Ṣorège, elles m'étaient indispensables. Il s'agit d'un mariage pour ce jeune homme.

— Un mariage ! Ah ! Par exemple ! Un mariage pour M. de Sorège ! Tenez, monsieur, je ne suis qu'un pauvre homme, et M. de Sorège est comte, il a de la fortune et des relations, et tout. Eh bien ! si j'avais une fille… j'aimerais mieux la voir coiffer sainte Catherine que de la lui donner !

Marenval se mit à rire :

— Rassurez-vous. Je crois bien que l'affaire est manquée. Merci pour vos confidences, Giraud. Tout ce que vous m'avez raconté pourra servir.

Il mit son paletot de fourrure, adressa un geste amical au vieux domestique, et reconduit par lui jusqu'à la porte, il sortit dans la cour. Il regagna sa voiture et donna l'ordre de le conduire chez M. de Tragomer. Il était quatre heures. Au trot cadencé de son cheval, le coupé roulait et Marenval, pelotonné dans l'angle de la voiture, réfléchissait à tout ce qu'il venait d'entendre dire de contradictoire sur le personnage qui l'intéressait.

D'une part, Mme de Fréneuse tenait M. de Sorège pour un parfait galant homme, qui n'avait exercé qu'une favorable influence sur son fils. De l'autre, Mlle Marie déclarait que l'ami de son frère lui avait toujours déplu, qu'elle le jugeait plus habile que loyal. Enfin, plus grave, et vraiment impressionnante, au travers de tous ses rabâchages de vieux, l'opinion émise par le domestique de confiance. Celui-là avait été, comme il le disait, bien placé pour voir et pour juger. S'il n'est pas de grand homme pour son valet de chambre, à plus forte raison n'est-il pas d'apparente sagesse, de factice bonté, de sincérité de commande, pour le serviteur qui voit et entend tout.

Forcément Giraud avait été un fidèle observateur et de son maître et des amis de son maître. Tous avaient passé au crible de ses quotidiennes remarques. Et la conviction, qu'il avait dû se faire, était assurément la plus justifiée. D'ailleurs, que de détails vraisemblables dans ce qu'il rapportait des rapports de Sorège avec Jacques. Que de petites lueurs qui éclairaient la conduite de l'ami, étant donné ce que Marenval soupçonnait. Il n'était pas possible de comprendre encore, mais, déjà, les grandes lignes de l'aventure apparaissaient.

Sorège, à n'en pas douter, y était mêlé. Comment ? À quel titre ? C'était là l'obscur, ou mieux, c'était là l'aventure même. Dans ce qui s'était passé, deux ans auparavant, il y avait eu des circonstances difficiles à expliquer, même quand l'identité de Léa Pérelli n'était pas contestée. Mais maintenant ? C'était l'incompréhensible. Et des protestations, que Jacques avait fait entendre, et dont on n'avait tenu nul compte, revenaient à la mémoire de Marenval.

Lorsque Jacques avait été arrêté, il se trouvait au Havre. Jamais il n'avait pu expliquer, clairement, ce qu'il était allé y faire. Mais on n'avait pas su établir pourquoi il y était resté vingt-quatre heures, au lieu de prendre le paquebot et de partir pour l'Amérique. Qui attendait-il ? L'accusation disait : un complice. Mais quel complice ? Il avait été impossible d'en trouver un. Était-ce Sorège ? Marenval se le demandait, et il ne trouvait pas une réponse acceptable. Si Sorège avait été un complice, alors qu'était la femme trouvée morte rue Marbeuf ? Car il ne fallait pas perdre de vue qu'un crime avait été commis, en réalité, et que, si Léa Pérelli était vivante, une autre avait été tuée à sa place.

Alors quelle autre, et par qui ? Voilà où le problème devenait insoluble. Car si, à la rigueur, on apercevait l'intérêt que Jacques avait pu avoir à frapper Léa, il n'était plus possible de comprendre pourquoi il aurait frappé une autre femme ? Le bon Cyprien, qui n'avait jamais brillé par les facultés inventives, se cassait loyalement la tête à chercher l'énigme, mais il ne la trouvait pas. Il enrageait. Il devinait bien qu'il y avait un mystère, mais il ne se sentait pas de force à le découvrir.

Un retour de son esprit pratique lui mit, alors, devant les yeux toutes les difficultés auxquelles il allait se heurter, de gaîté de cœur, et tous les ennuis qui, pour lui, pourraient en résulter. Quoi ! À son âge, quand il avait tout pour vivre heureux : une immense fortune, une bonne santé, une société agréable, des amis empressés, et toutes les femmes qu'il voulait, il rêvait de se jeter dans le casse-cou d'une réhabilitation, fort problématique, parce qu'un audacieux lui avait monté la tête et montré un beau rôle à jouer. Mais le beau rôle, n'était-ce pas de vivre aussi agréablement que possible, en écartant de soi toutes les complications ? L'existence était douce, fallait-il la rendre insupportable par des alertes et des secousses ? Ne valait-il pas mieux se laisser descendre mollement, au courant du fleuve, que de ramer furieusement, pour aborder sur des rives semées d'embûches et de dangers ?

Marenval, pendant ces quelques minutes où sa raison d'homme de plaisir lui donnait de si égoïstes conseils, se vit bien perplexe. Il eut, sur sa destinée, un regard d'une netteté parfaite. Il jugea tout ce qu'il risquait et, à son grand honneur, il se décida pour le péril, quand il n'avait qu'un mot à dire pour assurer sa tranquillité. Un beau mouvement l'emporta. La mère et la sœur de Jacques, irrémédiablement désolées dans leur retraite, s'évoquèrent telles qu'il venait de les quitter, et, en même temps, le malheureux Jacques, relégué à des milliers de lieues, souffrant, outragé, courbé sous le fardeau d'une honte imméritée.

Puis, comme par enchantement, tous les amis du club, tous les camarades de la vie facile, les belles jeunes femmes de l'aristocratie qui n'avaient, pour lui, que des regards indifférents, semblant estimer fort peu le richissime épicier qu'il avait été, les ravissantes filles, qui le tutoyaient gentiment, et qui le traitaient comme un oncle généreux, mais sans la déférence émue qu'il aurait voulu constater chez elles. Tous ceux et toutes celles qui composaient la galerie, pour l'admiration de laquelle il se démenait, avec tant d'ardeur, depuis qu'il était retiré des affaires, se groupèrent devant lui, ainsi qu'en un tableau, et il lui sembla que tous ces arbitres du succès, de la renommée, dirigeaient leurs regards vers lui, comme pour demander :

— « À quoi va-t-il se résoudre ? Prendra-t-il en main la cause des opprimés, ou sacrifiera-t-il l'innocence à son oisiveté ? Aurons-nous l'occasion de le ranger parmi les personnalités qui attirent l'attention, dès qu'elles paraissent quelque part, ou continuerons-nous à le traiter, par-dessous jambes, comme un parvenu ? Enfin sera-t-il un héros, ou un pleutre ? »

À cette conclusion, Marenval bondit sur les coussins de son coupé. Un flot de sang lui monta au visage, il serra les poings et dit, tout haut, comme répondant à tous ces personnages curieux, railleurs ou bienveillants, qui le guettaient, pour le juger en dernier ressort :

— On m'a plaisanté, on m'a dédaigné, eh bien, on verra de quoi Marenval est capable. Quand le diable y serait, j'irai au fond de cette affaire, et je l'éclaircirai, comme si c'était un compte de marchandises.

La voiture s'arrêtait, au même moment. Il pensa : Il n'y a plus à reculer, maintenant. Je me suis donné parole, à moi-même. Voyons ce que Tragomer va penser des nouvelles que je lui apporte. Et il descendit.

<h1 style="text-align:center">III</h1>

De son côté, l'allié de Marenval n'était pas resté inactif. Depuis qu'il était revenu de son voyage autour du monde, il avait été fort pris par les soins de sa réinstallation. Un garçon riche, bien apparenté, membre des principaux cercles, ne campe pas comme un étranger, qui vient passer six mois à Paris. Il avait fallu trouver un appartement, le disposer à son gré, y placer son mobilier, chercher des chevaux, et engager des domestiques. Tragomer, pendant ces quelques semaines, avait vécu en camp volant, s'occupant de ses affaires, mangeant au cercle, voyant ses parents et quelques amis intimes. Le dîner, où il s'était rencontré avec Marenval, était sa première apparition dans le monde joyeux. Il avait été amené par Maugiron, et ne se doutait pas de l'étrange suite qu'allait avoir ce repas, auquel il avait pris part sans arrière-pensée.

Mais réfléchi, calme et tenace, le gentilhomme breton, à partir de l'instant où il avait lié partie avec Marenval, n'avait plus eu qu'une pensée : réussir dans l'entreprise proposée. Et, dès le lendemain, il s'était mis en campagne. Depuis deux ans, il ignorait tout de Sorège. L'intimité avait cessé, tout naturellement, après la condamnation de Fréneuse, puisque Jacques était le lien qui les rattachait l'un à l'autre. Il avait vu le comte très affecté, en apparence, du malheur de l'ami commun, déplorant les folies qui l'avaient conduit à cette catastrophe, le défendant, avec une généreuse ardeur, contre le blâme des indifférents. Puis il s'était éloigné de Paris, de la France, et ce qu'était devenu Sorège, il ne le savait pas.

Au cercle, ils se rencontraient : bonjour, bonsoir, la main, et puis chacun tirait de son côté. Une froideur de glace existait entre ces deux hommes, qui avaient vécu pendant des années côte à côte, qui se tutoyaient, et qui maintenant avaient peine à se parler, comme s'ils se haïssaient. Tragomer, cependant, ne se sentait pas de sentiments hostiles à l'égard de Sorège. Il ne l'avait jamais aimé, dans le temps même de leur camaraderie. La franche et vive nature de l'un ne s'accordait point avec le tempérament froid et calculateur de l'autre. Toujours Sorège avait été sur la réserve vis-à-vis de Tragomer, et lorsque celui-ci en faisait la remarque à leur ami commun, celui-ci répliquait en riant :

— Laisse donc, il faut prendre Jean comme il est, tu ne le changeras pas. C'est un diplomate. Il ne dit jamais ce qu'il pense.

C'était, justement, cette certitude où il était, que jamais Sorège ne parlait franchement, qui éloignait de lui Tragomer. Bien souvent il avait dit à Fréneuse qui lui reprochait de se tenir à l'écart :

— Que veux-tu ? C'est plus fort que moi. Il m'est impossible de prendre du plaisir avec ce garçon-là. Il me semble toujours me trouver en face de quelqu'un qui a un masque.

— Alors c'est un compagnon tout trouvé pour le bal de l'Opéra ! avait répliqué gaiement Jacques, qui riait de tout, et dans sa turbulence, ne trouvait pas le loisir d'observer le caractère de ses compagnons de plaisir.

Avec cela, il était impossible de ne pas rendre justice à Sorège, et Tragomer ne songeait pas à contester que l'ami de Jacques ne fût un homme parfaitement élevé, instruit, de bonne tournure et d'agréable visage, très brave, il l'avait prouvé en diverses occasions, et de bon conseil, quand on le consultait sur une affaire difficile. Il atteignait la trentaine, était de moyenne taille, les cheveux châtains, la barbe taillée en pointe et claire, les moustaches retroussées, et les yeux très couverts par la paupière, ce qui donnait à sa physionomie un aspect fermé. Quand il restait silencieux, avec son regard voilé, qui glissait imperceptible entre ses cils, il était impossible de savoir ce qu'il pensait.

Tel Tragomer l'avait quitté, tel il le retrouvait au bout de deux ans, avec la même contenance froide et assurée, le même parler précis et réservé. Il chercha auprès de qui il pourrait se renseigner sur celui qu'il suspectait, sans craindre d'éveiller la curiosité ou de provoquer une indiscrétion. Maugiron lui parut tout indiqué. C'était un de ces furets parisiens, qui se faufilent partout, connaissent tout et devinent le reste.

Camarade d'enfance, à ne se gêner d'aucune façon avec lui, et sûr d'un accueil chaleureux, Tragomer se mit en route, vers onze heures et demie, et, de son appartement de la rue Rembrandt, il descendit à pied jusqu'au boulevard Malesherbes, où, presque au coin de la place de la Madeleine, demeurait Maugiron. C'était un principe invariable pour le jeune viveur de déjeuner toujours chez lui.

— Si vous voulez, même au milieu des excès de table les plus suivis, conserver votre estomac, prétendait-il, déjeunez tous les matins chez vous. Vous y mangerez médiocrement, c'est ce qui vous sauvera.

Bien que résolu à ne jamais manquer à cette règle, il ne poussait pas la sagesse jusqu'à déjeuner seul. Toujours, à midi, on était sûr de le rencontrer. Aussi la sonnette chômait rarement, et, presque tous les jours, une voix d'homme, ou de femme, disait gaîment :

— Un couvert, Maugiron, je viens médiocrement manger avec toi !

Le sage hygiéniste, alors, faisait monter les meilleurs vins de la cave, et, comme par hasard, il y avait un menu délicat et copieux auquel son, ou sa convive faisait fête avec lui. C'était ce qu'il appelait se conserver l'estomac. Ce matin-là « c'était fête à la Tour », comme s'exclama Mariette de Fontenoy, quand, en entrant avec Laurence Margillier, elle aperçut Tragomer, qui fumait une cigarette, dans le cabinet de Maugiron :

— Où est le patron ? dit Laurence, en jetant son chapeau, à la volée, sur le divan et en embrassant gentiment Tragomer.

— Il met une fleur dans ses cheveux… Eh bien ! Mariette, voilà tout ce que vous me dites ? Je vous ferai remarquer que votre amie a été singulièrement plus expansive que vous.

— Elle est de la maison. Elle en fait les honneurs. Mais du reste, mon petit Christian, s'il ne faut qu'un baiser pour vous satisfaire, dit la belle fille, j'ai toujours tout ce qu'il faut sur moi.

Elle sauta au cou du breton, puis pirouettant sur ses talons :

— Cette chair d'homme, ça donne faim !

— Alors, mes petits enfants, à table ! s'écria Maugiron, en soulevant une portière. Les œufs brouillés aux truffes viennent de paraître. Ne les faisons pas attendre. Nous nous dirons des politesses au premier service.

Ils passèrent dans la salle à manger, où le luxe bien compris du bon vivant se révélait par l'ordonnance d'un couvert étincelant de fins cristaux, de belles porcelaines et de riche argenterie.

— Bonjour, mon petit Gigi, fit Laurence, tu as bien dormi par-dessus ton agitation d'hier soir. Tu étais joliment paf, mon cher époux, après le dîner.

— Moi ! dit Maugiron, j'étais frais, comme une rose. C'est Tragomer qui était parti. Nous en a-t-il raconté, ce monstre-là.

— Oui, parlons-en de ce qu'il a raconté. Il a fait ses confidences à Marenval. Quant à nous… balai de crin !

— Plains-toi, nous avons fini la soirée à l'Olympia. C'était délicieux. La Rustigieri a dansé avec sa gorge et chanté avec ses pieds. Evviva l'Italia ! J'en ris encore.

— Qu'on nous rende la Loïe Fuller !

— Oh ! non ! Elle fait mal aux yeux.

Il y eut un silence : on dégustait un château Yquem, sur lequel Maugiron avait attiré l'attention de ses convives, et qui paraissait la retenir. Tragomer, qui, à l'ordinaire, buvait de l'eau, dit au maître de la maison :

— Ton cidre est assez bon… Dis donc, j'ai rencontré Sorège, hier, il m'a paru bien grave. Est-ce qu'il lui est arrivé des malheurs ?

— Tu peux le dire, vieil ami. Il se marie.

Il y eut une exclamation générale :

— Oh ! que c'est vieux jeu de blaguer le mariage. Oh ! Maugiron, tu baisses.

— Le mariage, dit Mariette, est une institution qui doit être soigneusement conservée. D'abord, parce que, sans lui, il y aurait une quantité de célibataires, ensuite parce que les décavés de bonne famille ne sauraient plus comment se refaire, et enfin parce que les demoiselles d'Amérique perdraient un sérieux débouché.

— Cette Mariette est étonnante. Pourquoi n'écris-tu pas à la *Vie Parisienne* ?

— Par pitié pour la rédaction.

— Alors Sorège se marie ? reprit Tragomer, qui ne voulait pas laisser dévier la conversation.

— C'est un bruit qu'on répand, depuis quelque temps.

— Et avec qui ?

— Avec une de ces américaines, dont Mariette se préoccupe à si juste titre. Avec Miss Maud Harvey, de Minneapolis. Le père est le grand éleveur de bestiaux, qui a fait une si grosse fortune, et dont les fils continuent le commerce.

— Mais Julius Harvey habite Paris. C'est lui qui a fait construire ce bel hôtel, avenue du Bois-de-Boulogne.

— Il a le moyen. Dans les journaux d'outre-mer on parle de sa fortune comme d'une des plus sérieuses du Nouveau-Monde.

— Et miss Harvey, comment est-elle ?

— Petite, maigre, brune. Il y a du sang mexicain dans la race. On dit que la mère était une métisse que Harvey a épousée à son quatrième enfant. Elle reste à Minneapolis, on ne la voit pas à Paris. Quant à la jeune personne, c'est une excentrique. Le froid Sorège aura de la besogne avec elle.

— Et quand ce mariage a-t-il été décidé ?

— Oh ! il y a déjà longtemps que les négociations sont engagées, mais ça a traîné beaucoup. Il y a plus de six mois que Jean tourne autour de cette ponette noiraude. Mais elle paraît difficile au montoir. Il a fallu le voyage d'Amérique, pour mettre les choses au point.

— Le voyage d'Amérique ?

— Oui, le père Harvey a emmené Sorège dans ses propriétés, l'été dernier. Il lui a dit : Venez voir mes bœufs. Et notre Jean a pris le paquebot avec la demoiselle.

— L'embarquement pour Cythère, quoi !

Tragomer ne poussa pas plus avant ses investigations. Il savait l'important : Sorège était allé en Amérique. Ce fait capital était acquis. Au moment où il avait cru reconnaître sa voix, dans la loge de Jenny Hawkins, à San-Francisco, Sorège était en Amérique, donc sa présence devenait vraisemblable, et toutes les conjectures qu'elle entraînait à sa suite, s'affirmaient avec une force soudaine. Tout ce que Tragomer avait espéré se réalisait. Les soupçons, conçus par lui, n'étaient plus chimériques. Ils reposaient sur un fond réel : Sorège était présent en Amérique. Donc plus d'alibi. Vainement l'Amérique était grande. Pour Tragomer, il suffisait que Sorège eût traversé l'Océan, pour que la certitude qu'il était l'inconnu de San-Francisco, s'imposât indiscutable. Il n'y avait point un autre Français ayant pu prononcer son nom, dans de semblables circonstances.

Mais là s'arrêtait l'enchaînement des déductions de Christian. De ce que Sorège avait passé par San-Francisco, à la même époque que lui, de ce qu'il avait été surpris par lui dans la loge de Jenny Hawkins, il ne résultait pas qu'il fût un criminel. Et pourtant, si Jenny Hawkins était Léa Pérelli ? Arrivé là, Tragomer se trouvait en face d'un grand trou noir, qu'il essayait en vain de sonder. Il devinait la profondeur du gouffre, les horreurs qu'il cachait, mais il ne distinguait rien. Des ténèbres épaisses l'emplissaient, qu'il ne pouvait percer.

Il pensa : cette tâche est l'affaire du temps. Vais-je prétendre, du premier coup, élucider un problème aussi ardu, aussi compliqué, et sur lequel des hommes de bonne foi, des juges compétents et sages se sont déjà escrimés sans en trouver la vraie solution. Si Sorège est coupable, s'il est complice, si, seulement, il est en possession de la vérité et l'a laissée fausser si outrageusement, c'est qu'il a eu un grave intérêt à le faire. Et, maître de lui-même, comme il l'est, habile et calculateur par excellence, il a dû prendre toutes ses précautions pour se garder d'une surprise. Il sera donc extrêmement difficile de le démasquer. Mais il est allé en Amérique. Il a passé par San-Francisco et attachait un grand prix, non pas peut-être à ne pas y être rencontré par moi, mais à ne pas être vu en compagnie de Jenny Hawkins. C'est donc cette femme qui tient la clef du secret que nous pressentons. Il fut interrompu dans ses réflexions par les convives.

— Eh bien ! Est-ce que c'est le mariage de Sorège qui te jette dans la mélancolie ? Te voilà tout baba.

— Mon petit Christian, on n'a pas voulu vous faire de peine.

— Vous l'aimez tant que ça, Sorège ?

— Ça n'est pourtant pas un gars bien sympathique.

— Il est beau garçon.

— C'est un beau froid.

Tragomer reprit :

— Lui avez-vous connu des maîtresses ?

— Oh ! ce n'était pas un monsieur à aimer dans notre milieu, dit Laurence. Il lui fallait des liaisons discrètes et économiques. Il m'a toujours fait l'effet d'un rat consommé…

— Avec ça que les femmes du monde ne coûtent pas aussi cher que nous, s'écria Mariette. Demande à Maugiron, pour combien il a payé, chez Doucet, et chez Worth, quand il était honoré des bontés de la belle Mme de…

— Pas de nom propre ! interrompit Maugiron.

— Oh !… Comme si Paris entier ne le savait pas. Tu avais beau te cacher, mon pauvre Gigi, tu ne faisais illusion à personne, et au mari encore moins qu'à tout autre. Tu m'as avoué, toi-même, que la dame t'avait rincé tellement à fond que tu t'étais mis avec moi pour faire des économies.

— À ta santé, Laurence, tu es une petite femme qui n'entraînes pas…

— Dis donc, malhonnête.

— Au point de vue de l'argent, s'entend, car en ce qui concerne le cœur…

On se levait de table. Les deux couples passèrent dans le salon où, comme trois heures sonnaient, Tragomer prit congé, afin de rentrer chez lui pour attendre Marenval. Ils s'étaient donné rendez-vous pour mettre en commun leurs informations. Chacun devait revenir de sa chasse aux nouvelles et renseigner son collaborateur. Tragomer achevait de s'habiller, pour aller dîner au cercle, lorsque Marenval sortant de chez Mme de Fréneuse, arriva rue Rembrandt. L'industriel avait un air grave et presque solennel.

— Eh bien ! dit Christian, vous voilà avec une parfaite exactitude. La volonté n'a pas fléchi depuis hier ? Vous êtes toujours décidé à marcher de l'avant ?

— Plus que jamais. Ce n'est certes pas ce que j'ai vu et entendu chez Mme de Fréneuse qui me découragerait. Ces deux femmes, mon ami, sont admirables de patience et de courage. Elles, non plus, elles ne doutent pas. Ah ! je leur ai causé, par mon intervention, une bien vive joie. Elles ne sont pas gâtées, les pauvres créatures, et on peut dire qu'elles ont été gaillardement lâchées par tout le monde.

Tragomer eut un geste de protestation.

— Oh ! je ne parle pas pour vous, cher ami, dit avec bonhomie Marenval, mais pour moi. Je sais que vous avez été mis, pour ainsi dire, à l'écart par Mlle de Fréneuse. Mais je n'ai pas été éloigné, moi ; je me suis bien éloigné, de mon propre mouvement, et cela n'a pas été joli, joli, ce que j'ai fait là. Un chevalier eût agi autrement. Je n'étais pas un chevalier, j'étais un millionnaire, à peine décrassé de son commerce et qui craignait pour ses relations nouvelles. Je me suis repenti de ma conduite et je veux la réparer... Morbleu ! j'y réussirai, grâce à votre concours, et après, nous verrons si quelqu'un osera me blâmer.

Christian avait écouté Marenval avec une visible impatience. Une question se pressait sur ses lèvres :

— Mlle de Fréneuse a-t-elle parlé de moi ?

— Oui.

— En quels termes ?

— Écoutez, Tragomer, nous ne sommes pas là pour nous faire des politesses, n'est-ce pas ? Mais pour dire carrément la vérité. Eh bien ! Marie est sévère pour vous. « Il nous a abandonnées, ma mère et moi, je l'ai effacé de mon souvenir, comme il m'avait effacée de son cœur. » Voilà textuellement ce qu'elle a répondu aux assurances de dévouement et d'affection que je lui donnais de votre part.

Christian baissa le front avec tristesse.

— Elle n'est peut-être pas sans droit de me traiter si durement, dit-il, mais elle manque d'indulgence. Dans le paroxysme de sa douleur, elle s'est enfermée, elle a refusé de voir même ceux qui voulaient rester fidèles. Elle a ainsi facilité l'abandon. Sous ses yeux, je n'aurais jamais été si faible. J'aurais puisé de l'énergie dans son désir de résister à la mauvaise fortune. Nous nous serions encouragés l'un l'autre. Mais son chagrin farouche a, dès le premier moment, jugé sans recours ceux qui ne se sont pas déclarés hautement en faveur de son frère. Je n'ai pas eu ce beau dédain du qu'en dira-t-on, je m'en accuse humblement. Mais si elle voulait réfléchir, elle comprendrait combien j'ai de circonstances atténuantes.

— Eh ! sa mère vous défend, vous excuse… Elle même, – c'est affreux ! – cette pauvre femme avoue que tout en étant convaincue de l'innocence de son fils, elle se voit dans l'impossibilité de l'établir. Alors, comment ne pas pardonner aux étrangers un peu d'hésitation ? Surtout quand ils s'offrent, pour tâcher de réparer leur faute.

Christian eut un douloureux hochement de tête, et changeant la conversation :

— Ainsi, dans la maison, ils n'ont pas varié dans leur conviction.

— Ils sont plus fermes que jamais, seulement ils ne savent rien sur le compte de notre homme, ou si peu de chose que ce n'est pas la peine d'en parler. Des impressions morales, et c'est tout. Autant dire que je reviens bredouille.

— Moi, je suis plus renseigné. J'ai appris que Sorège était fiancé à miss Maud Harvey et qu'il était allé en Amérique.

— Voilà donc pourquoi, pendant six mois, il avait disparu ? Quel cachottier ! Et il épouse la petite Harvey ? Jolie fortune ! Le père vaut certainement quarante millions de dollars. Mais il y a, au moins, six enfants. Et les fils sont toujours avantagés, en Amérique. N'importe ! C'est un gros sac. Mais comment conciliez-vous les projets matrimoniaux de ce gaillard-là et ses relations avec Jenny Hawkins ?

— Je ne les concilie pas, je les mets en présence. Et j'étudie les faits. Une liaison, avec Jenny Hawkins, n'exclut pas un projet de mariage avec miss Harvey, au contraire. Si la maîtresse veut de l'argent, elle doit encourager Sorège à épouser une fille riche. Si le mariage est un moyen de masquer ce qu'il peut y avoir de périlleux dans les relations qui existent entre Sorège et la chanteuse, il est admissible que Jenny Hawkins, surtout si elle tient à son amant, y prête les mains. Enfin, si Sorège a formé le projet de s'expatrier et d'aller habiter à New-York, par exemple, pour se mettre à l'abri des investigations, le mariage est tout expliqué.

— Tout cela est juste, dit Marenval. Le diable, c'est qu'il faudrait savoir ce qu'est exactement Jenny Hawkins.

— Il n'y a que Sorège qui pourrait nous l'apprendre et il s'en gardera soigneusement. Ou bien…

— Ou bien ?

— Ou bien, Jacques de Fréneuse.

Marenval fit entendre le sifflement qui lui servait, habituellement, à exprimer ses doutes :

— Oui, mais, cherche ! Il est loin.

— Peuh ! fit Tragomer. Vingt jours de traversée avec un navire qui marche convenablement.

Marenval eut un haut-le-corps :

— Quoi ! vous songeriez à aller en Nouvelle-Calédonie ?

Le breton regarda tranquillement Cyprien :

— Pourquoi pas ? Si c'est nécessaire.

L'ancien commerçant jeta un regard d'épouvante sur son associé. Il pensa : Bon Dieu ! Dans quel guêpier me suis-je fourré ? Ce garçon est terrible. Il ne reculera devant rien. Il parle d'aller à Nouméa, comme de prendre le train pour se rendre à Marseille. Il villégiature aux antipodes avec une facilité inouïe. Il en revient, il y repart. Crac ! Mais moi ? moi, Marenval, retiré des affaires, pour jouir de la vie. Ne suis-je pas fou ?

Christian ne lui laissa pas le temps de conclure :

— Ce serait une occasion inespérée pour vous, cher ami, de vous montrer sous des dehors vraiment sport, en masquant habilement, de ce voyage d'agrément, les causes véritables et si graves de notre croisière. Voyez, mon bon Marenval, comme les Vanderbilt viennent facilement d'Amérique en France et Gordon Bennett n'est-il pas, avec la Namouna, plus souvent à Nice qu'à Newport ? Je ne vous pousserai pas jusqu'à acheter une île dans l'embouchure du Saint-Laurent, comme votre concurrent, d'ailleurs très chic, et qui fait de sa fortune un si bel emploi. Il vous suffirait d'annoncer d'un air négligent aux amis du cercle, que vous partez avec moi pour une expédition à Alaska, par exemple. Vous verriez l'effet ! Les journaux s'empareraient de la nouvelle, on la ferait mousser adroitement, vous seriez le personnage en vedette, au moins pendant une semaine. Dès lors, vous entreriez dans le grand état-major des sportsmen pour qui la distance n'existe pas, qui commandent à la mer, et qui sont, en somme, les vrais Princes de notre époque embourgeoisée. Y a-t-il là de quoi vous déplaire, et n'auriez-vous pas, à l'âge que vous paraissez, fort et vigoureux comme vous l'êtes, l'estomac de risquer une semblable partie ?

Marenval, un peu effaré, avait passé par plusieurs sentiments contradictoires, pendant l'exposé de Tragomer. D'abord il s'était senti bouleversé à l'idée d'un séjour prolongé sur un navire. L'inconstance des vents, l'agitation des flots lui inspiraient une sage frayeur. Il frémissait, en pensant qu'il coucherait, la nuit, dans une étroite cabine contre la paroi de laquelle les vagues viendraient battre, sans trêve, menaçant de défoncer les bordages. Quel sommeil résisterait à ces émotions ? Puis, il avait été chatouillé dans son orgueil, en se voyant mettre au rang des grands seigneurs modernes, qui domptaient les difficultés matérielles par la puissance de l'argent. Après tout, ce que les autres faisaient, ne pouvait-il l'essayer ? Était-ce donc si aventureux, d'imiter leur exemple ? Et ses terreurs n'étaient-elles pas du même ordre que celles des petits bourgeois qui écrivaient leur testament, autrefois, avant de monter en chemin de fer ? Le progrès avait tout simplifié, facilité, agrémenté. Les voyages sur mer étaient des parties de plaisir, réservées seulement aux millionnaires. Ceux que Tragomer lui avait cités, parmi ces hôtes de la mer, étaient renommés pour leur goût du luxe et du confort. Ils n'avaient donc pas à souffrir, pendant leurs fréquentes traversées, et ils n'auraient certainement pas dépensé tant d'argent pour se procurer un désagrément assuré.

Enfin, il n'y avait pas à le nier, leur nom était dans toutes les bouches, et le Roi des sports, le plus coûteux, le plus rare, le plus brillant, c'était le yachting. Alors, pourquoi ne se rangerait-il pas, lui, Marenval, parmi les dix ou douze souverains maîtres de l'Océan ? N'en avait-il pas les moyens ? On ne savait pas assez combien il était riche. Et, cette fois, on ne pourrait pas douter que sa fortune allât de pair avec les plus grandes, en le voyant jeter l'argent à pleines mains.

Il eut, cependant, un retour de crainte. Jamais il n'avait navigué que pour aller du Havre à Trouville et de Calais à Douvres. Il avait même eu le temps d'être très malade. Pourtant, de ces malaises, dans la fièvre qui l'échauffait, il ne se souvenait pas. Mais l'acquisition d'un navire, son organisation, le choix des hommes et du capitaine. Que de difficultés, pour lui, insurmontables. Il pensa, vaguement : c'est trop difficile, cela sera impossible à réaliser. Et il eut un soulagement délicieux. Il regarda Tragomer en essayant de rire :

— Mais, cher ami, dit-il, vous ne connaissez pas d'obstacles. Pour naviguer il faut un navire. Un navire ne se construit pas si vite…

— Peuh ! fit le breton, on en trouve à louer, tant qu'on veut. Les ports du Solent sont pleins de yachts excellents, qui sont à la disposition des amateurs. Si le cœur vous en dit sérieusement, en quinze jours, vous trouverez un steam bien aménagé, bon manœuvrier, avec un équipage d'élite et un capitaine parfait. C'est une industrie anglaise. On loue des yachts, de l'autre côté de la Manche, comme on loue des maisons de campagne. Il y a même du choix.

— Ah ! dit Marenval, frissonnant. C'est si simple que cela ?

— Tout est simple, avec de l'argent. Dans l'ordre matériel, il n'y a guère de limites. Il n'y a que dans l'ordre moral qu'on trouve des bornes. Il y a encore des consciences qu'on n'achète pas, des loyautés qui sont sans prix, et des vertus qui défient l'enchère. Disons-le bien vite, à l'honneur de l'humanité. Pour le reste, frappez sur votre gousset, d'un certain air, et vous aurez ce qui vous plaira. Mais ne vous mettez pas en route si promptement, cher ami, nous avons encore beaucoup à faire ici, en admettant même que nous ayons jamais besoin d'entreprendre le voyage. À l'heure actuelle, nous avons à pousser nos démarches préliminaires. Moi je compte voir Sorège et lui parler.

— Quoi ? Vous allez démasquer nos batteries ?

— Elles le sont, n'en doutez pas. Il faut donc que j'aie l'avantage de savoir comment notre homme prétend se défendre. J'agirai prudemment, soyez tranquille. Mais il est nécessaire que j'essaie de lire dans son jeu.

— Et moi, que ferai-je ?

— Vous, vous devriez essayer d'apprendre ce qu'est Jenny Hawkins, d'où elle vient, ce qu'elle fait. Et puis peut-être serait-il bon de causer avec un magistrat d'un rang élevé, de la possibilité d'une erreur commise par la justice. Connaissez-vous le procureur général ?

— Non, mais un des neveux de Chambol, Pierre de Vesin, est

avocat général. C'est un garçon très distingué et qui peut nous donner un bon avis. Je l'ai connu gamin… Il m'aime beaucoup. J'irai le voir.

— C'est au mieux.

Marenval eut une hésitation, puis il demanda :

— Alors, vous êtes satisfait de moi ?

— Vous m'étonnez, tout simplement. Je ne vous aurais pas cru capable d'une endurance pareille. Je me disais : Marenval est parti en guerre, tout de suite, parce qu'il a une âme généreuse. À l'idée qu'un malheureux souffre injustement, il a pris feu, mais cela ne durera pas. Aux premières difficultés il se rebutera et me laissera continuer ma tâche tout seul. Car j'étais décidé à poursuivre, quand même. Je suis têtu. Je n'admets pas qu'une entreprise commencée reste inachevée. À moins qu'il ne soit démontré qu'il est impossible d'aller plus loin. Mais vous n'avez pas reculé, vous acceptez les pires éventualités, avec le calme d'un homme résolu. Votre crânerie est extraordinaire.

Marenval baissa la tête.

— Ne me mettez pas si haut dans votre estime. Il faut que je vous confesse qu'au fond j'ai eu plus d'une hésitation. Je ne suis pas né téméraire. C'est à force de volonté que je me mettrai à la hauteur des circonstances. S'il y a des risques à courir, ne vous étonnez pas de me voir trembler un petit peu. Ce sera la nature qui se manifestera. Mais j'espère que j'arriverai à la dompter par le raisonnement. Car vous l'avez fort bien dit, tout à l'heure : un malheureux souffre injustement, et si je ne faisais pas tout ce qui dépendra de moi pour le sauver, je ne pourrais plus avoir une heure de tranquillité dans la vie. Mais je suis content de vous avoir confié mes faiblesses. S'il le faut, vous me prêterez la main pour en triompher et, Dieu aidant, nous ne resterons pas en route.

Tragomer ne répondit rien, il était sincèrement ému. Il se dit : « Voilà un des hommes les plus courageux que je connaisse. Car il sait qu'il est poltron et il marche tout de même. » Il ne voulut pas confier ce qu'il pensait à Marenval, il craignit de l'épouvanter, en lui faisant comprendre à quel point il le jugeait digne d'estime. Il lui tendit la main :

— Et bien, cher ami, séparons-nous, et, ce soir, au petit Cercle, si vous n'avez rien à faire. Nous conviendrons de nos faits, pour demain.

— C'est entendu. Mais je vous vois tout habillé. Voulez-vous que je vous jette quelque part ?

— Soit. À la Madeleine.

Ils partirent, très contents l'un de l'autre. Marenval parce qu'il se sentait grandir à ses propres yeux. Tragomer parce qu'il concevait l'espoir d'arriver à se réhabiliter aux yeux de Mlle de Fréneuse.

Sorège était au cercle, lorsque Tragomer, vers sept heures, entra dans le salon. Adossé à la cheminée, le comte causait, au milieu d'un groupe d'habitués, et la conversation lui laissait cette physionomie froide et fermée, qui masquait si bien ses impressions. Il parlait, les yeux à demi clos, sans que rien trahît sa pensée intime. Visage de diplomate, aux lignes détendues et sournoises, qui pouvait être aussi un visage de traître. Tragomer ne s'approcha pas du groupe. Sorège ne fit pas un mouvement pour aller à lui. Ces deux hommes se connaissaient depuis vingt ans, ils avaient vécu, l'un près de l'autre, dans une intimité complète. On eût dit deux ennemis.

Tragomer prit un journal illustré sur la table, mais il n'eut pas le temps d'en tourner deux pages. Maugiron lui frappa sur l'épaule :

— Tu dînes ?

— Oui, avec toi, si tu veux ?

— Je le crois bien. J'ai une table avec Frécourt.

— Bon ! j'ai justement un renseignement à lui demander.

Frécourt, dit « la clef du caveau », est un des musiciens amateurs les plus érudits de Paris. Il connaît toutes les partitions, toutes les écoles, tous les chanteurs, et il n'est pas jusqu'au plus petit pont-neuf, dont il ne puisse indiquer l'origine. Il est précieux, quand on monte une revue dans le cercle. Il suffit de lui montrer un couplet, ou de lui lire un rondeau pour savoir sur quel timbre il pourra être chanté.

— Ça, mon petit, c'est fait pour l'air de *Calpigi* ;… ou bien : Il faut ajuster ça sur l'air de *La pipe et les bottes*.

Il était inépuisable. De là son surnom : la clef du caveau. Il avait connu tous les chanteurs et toutes les chanteuses, depuis trente-cinq ans. Il parlait avec attendrissement des débuts de la Patti et racontait les commencements d'Yvette Guilbert au *Divan Japonais*. Son éclectisme était absolu et il s'étendait, avec autant d'enthousiasme, sur le compte de Paulus que sur celui de Reszké. Il disait :

— Évidemment, il y a une hiérarchie des genres, mais chacun d'eux est remarquable à un degré égal.

Il chantait, lui-même, d'une voix de fausset à écorcher les oreilles les plus complaisantes, et c'était une partie de plaisir dans le monde, après dîner, de lui faire dire quelque chansonnette. Il se vengeait en jouant du Gluck, du Spontini, ou du Stradella, puis il finissait par le *Régiment de Sambre-et-Meuse*. Il était bon garçon, et vivait avec une petite danseuse de l'Opéra dont il avait deux enfants.

Le maître d'hôtel passa dans le salon, disant :

— Ces messieurs sont servis.

Et chacun s'achemina vers les salles à manger.

Il y avait une moyenne habituelle de quarante à cinquante convives. Une grande table de vingt-cinq couverts, de petites tables, dans les coins, et dans la salle voisine. Beaucoup de généraux en retraite, des célibataires qui, par hasard, n'étaient point invités à dîner en ville, et des passants comme Tragomer.

— Frécourt, mon vieux, tu vas nous faire le plaisir de nous parler de tout excepté de ta satanée musique.

C'était Maugiron qui, dès le potage, lançait à son camarade ce sévère ultimatum.

— Oui, mon bon, dit Frécourt, nous savons que tu n'es pas mélomane. Veux-tu que je te parle cuisine, stratégie, peinture, politique ?

— Ne parle pas…

— Rose, je t'en supplie… Air de Sylvain, Dragons de Villars, acte deux, scène…, dit Frécourt en riant.

— Là ! Voilà mon animal parti !

— Laisse donc Frécourt tranquille, intervint Tragomer. Moi je trouve sa musicologie très digestive. Au Texas, les chefs indiens se font chanter des airs pendant leurs repas.

— Tu entends, Frécourt : les sauvages !

— Oh ! depuis que la civilisation existe, la musique a été l'accompagnement obligé des festins…

— Tu vas demander des Tziganes ?

— Regarde le tableau des Noces de Cana. Il y a des musiciens qui raclent le boyau, en costumes somptueux, pendant que les convives vident les amphores où l'eau s'est changée en vin… Ce sont les Tziganes du temps.

— Est-ce qu'ils enlevaient déjà les princesses ?

— C'est bien probable. Alain Chartier fut baisé sur les lèvres par une reine, et ce n'était qu'un poète.

— Juge un peu s'il avait été musicien.

— Oui, dit Tragomer, mais les ménades ont tué Orphée.

— Elles étaient ivres. Et puis qui sait ? Il n'avait peut-être pas voulu leur jouer un petit air.

— Un p'tit air de mirliti… un p'tit air de mirliton ! fredonna Maugiron.

— Ah ! Maugiron, je t'y prends, s'écria Frécourt. C'est toi qui chantes.

— À l'amende. Fais apporter du champagne.

— Ces musiciens, quels hérétiques ! Du champagne. Pourquoi pas de la limonade ? Tu vas goûter un Château-Laffitte, comme on n'en trouve nulle part. C'est moi qui l'ai procuré au cercle. Car je puis vous le dire : le commissaire des vins n'y connaît goutte.

Le dîner se poursuivait, et dans les autres salles, peu à peu, le ton des conversations montait. C'était l'heure bienfaisante où les estomacs contentés répandent dans tout l'être une béatitude. Maugiron était bienveillant, il ne taquinait plus Frécourt. Sorège, lui-même, assis à la grande table, assez loin des trois amis, souriait, moins énigmatique. On apportait l'entremets, Tragomer qui était depuis un instant silencieux se tourna alors vers Frécourt, et d'un air indifférent :

— Vous qui connaissez tous les chanteurs de l'univers, qu'est-ce que c'est que Jenny Hawkins ?

— Ah ! Jenny Hawkins, dit le mélomane, celle qui fait des tournées à l'étranger avec Rovelli ?… Eh bien ! mais, c'est Jeanne Baud.

Tragomer à cette déclaration ne put retenir un mouvement.

— Jeanne Baud ? C'est un nom français.

— Tout ce qu'il y a de plus français. Jeanne Baud a chanté l'opérette aux Variétés, dans une reprise de la *Périchole*, elle n'était pas en vedette, la brave fille, elle jouait le rôle d'une des suivantes de la princesse de Mantoue. Jolie, bien faite, et une voix qui promettait. Mais il fallait travailler, et ma Jeanne s'amusait trop pour avoir le temps de piocher le solfège. Cependant moi, j'avais prédit son avenir...

— Mais, interrompit Tragomer, est-ce qu'elle chantait sous son nom ?

— Elle se faisait appeler Jane Baudier. Oh ! vous n'avez pu la connaître, vous, Tragomer. Vous ne vous occupiez pas de théâtre... Et puis elle était totalement ignorée, si ce n'est comme jolie fille.

— Quel âge peut-elle avoir ?

— Une trentaine d'années.

— Au physique comment était-elle ?

— Ah ! une belle brune, les traits réguliers, des yeux noirs magnifiques, une assez grande bouche, mais des dents comme des perles... Un beau matin, elle a filé et on n'en a plus entendu parler que sous le nom de Jenny Hawkins, qui fait infiniment mieux, pour les Anglo-Saxons, que Jeanne Baud ou Jane Baudier, convenez-en. D'abord ils la croient leur compatriote. Et ça les flatte.

— Combien y a-t-il de temps qu'elle est partie ?

— Peut-être trois ans... Mais si cela vous intéresse, il y a un homme qui vous renseignera très exactement...

— Qui ça ?

— Le correspondant dramatique Campistron. C'est lui qui recrute toutes les troupes de tournées, il en connaît parfaitement les sujets... Même ceux auxquels il n'a pas affaire...

— Et où demeure-t-il, ce correspondant ?

— Campistron ? Rue de Lancry, 17. Mais tout le monde connaît Campistron.

— Espèce de fou, toi, tu le connais, intervint Maugiron avec humeur, parce que tu vis dans un sale monde de cabots, mais, Tragomer, comment connaîtrait-il ton placeur de rossignols ?

— Quand il ne le connaîtrait que pour l'avoir vu au cercle. Il y est venu, assez souvent, pour traiter d'un spectacle, quand on sentait le besoin de donner un peu d'embêtement à tout le monde, en organisant une soirée de Menus-plaisirs. Mon Campistron tient de tout, depuis le grand premier rôle jusqu'au tireur de carabine qui casse des œufs sur la tête de son enfant, comme Guillaume Tell, en passant par le montreur de chiens savants et le briseur de chaînes... C'est du reste un type étonnant. Il a chanté les forts ténors en province.

— Ah ! tu ne vas pas nous raser avec ce cabot déraciné, n'est-ce pas ? interrompit furieusement Maugiron... Tu assommes Tragomer...

— Mais non, il m'intéresse, au contraire, dit doucement Christian. Toi, Maugiron, quand on te sort de la dégustation des vins, tu ne connais plus rien. Écoute ce que nous disons, en finissant ton Laffitte... Alors vous, Frécourt, vous l'avez connue, cette Jeanne Baud ?

— Oui, mon ami, je l'ai connue au Conservatoire, dans la classe d'Achard. Elle avait une charmante voix de mezzo. Mais elle faisait une noce échevelée, et rien n'est plus mauvais pour les cordes vocales. Elle arrivait faubourg Poissonnière, dans un coupé attelé d'un cheval de cent cinquante louis... Alors vous voyez la tête du père Ambroise Thomas... Décadence et corruption, monsieur ! Il en levait les bras au ciel. Ma gaillarde rata son prix et n'eut qu'un accessit. Encore faillit-il y avoir une émeute, dans la salle, à cause de la toilette avec laquelle elle concourait, et des perles qu'elle avait aux oreilles. C'était Salveneuse qui l'entretenait, à cette époque-là : il flanqua des coups de canne, sur le boulevard, à Armand Valentin, qui avait fait une chronique féroce sur sa bonne amie. Ma Jeanne Baud lâcha la carrière musicale, pendant cinq ou six ans, fit la fête avec les gars les plus dans le train... Puis, un beau matin, elle paraît aux Variétés, où elle montre dans une Revue la plus jolie paire de jambes, et la gorge la plus solide qu'on eût vues depuis longtemps.

— Vrai, Tragomer, est-ce qu'il te divertit, ce vieux monsieur de l'orchestre ?

— Mais, oui, je fume, je me repose, je suis bien.

— Moi, je le trouve antédiluvien, avec sa Jeanne Baud et son Salveneuse, que je vois encore pincé dans son corset, les favoris teints et un monocle carré à l'œil ; il me semble qu'il me raconte les histoires de mon grand-père… Il va nous parler de Valentino, tout à l'heure, et de Markowski.

Tragomer se mit à rire :

— Allons ! jeune vieillard, un peu d'indulgence pour les vieux jeunes gens. Narrez, Frécourt, je suis suspendu à vos lèvres.

— Ah ! mon cher ami, si les histoires de cette époque vous amusent, j'en sais d'autres bien étonnantes.

— Non, protesta le breton avec inquiétude, restons-en à Jeanne Baud, celle-là est entamée, finissons-la.

— Qu'est-ce que cette Jeanne Baud peut te fiche ? grogna Maugiron. C'est inouï comme tu es stupide, ce soir.

— Tu ne comprends pas, Maugiron, dit gravement Tragomer. Un jour, je te donnerai des explications, et tu seras stupéfait.

— Alors, vieux Frécourt, marche, puisque décidément tu es palpitant.

Et Maugiron, allumant un cigare, se mit à fumer d'un air de mauvaise humeur. On servait le café, et déjà quelques dîneurs étaient sortis des salles à manger. L'intimité du lieu devenait plus grande. Frécourt hasarda un coude sur la nappe, et poursuivit :

— Notre demoiselle, si elle avait su se tenir, était en route pour la grande fortune. Elle eut un hôtel rue de la Faisanderie, et son train devint somptueux. De là date sa liaison avec Woréseff, mais aussi sa passion pour Sabine Leduc.

— Vlan ! Toute la lyre ! Elle était complète ta Baud. Mon Dieu ! que j'ai horreur de ce genre de femmes-là !

— Tu n'es pas le seul. Il est probable que Woréseff était de ton avis, car il lâcha brusquement la belle, qui vécut, pendant un an, des épaves de son luxe, puis serrée de près, par ses créanciers, sans doute, s'éclipsa pour reparaître à l'étranger sous le nom de Jenny Hawkins… L'hôtel fut vendu, après son départ, et, depuis, on n'entendit plus parler d'elle que par les journaux et elle ne remit pas le pied à Paris, comme si elle gardait rancune à la grande ville de sa déconfiture.

Ils s'étaient levés, en même temps que Frécourt achevait son récit, et se dirigeaient vers les salons. La moitié des dîneurs étaient déjà partis. Sorège, étendu dans un fauteuil, paraissait digérer avec une satisfaction complète. Tragomer, quittant ses compagnons, s'approcha du jeune homme, et, par-dessus le haut dossier du siège, lui touchant l'épaule :

— Bonsoir Jean, tu vas bien ?

Les yeux de Sorège s'ouvrirent et lancèrent de bas en haut un rapide regard sur Tragomer, puis les paupières voilèrent de nouveau les mystères de la pensée. Un vague sourire passa sur les lèvres minces, et d'une voix tranquille, il dit :

— Tiens, Tragomer, tu étais là ? Pourquoi n'as-tu pas dîné à la grande table avec nous ?

— Maugiron m'avait gardé une place à sa table. J'y ai même appris une nouvelle importante pour toi. Il paraît que tu te maries ?

Un léger frémissement agita le coin de la bouche de Sorège, mais il continua à sourire :

— Ah ! on t'a parlé de ce projet…

— Projet ! N'est-ce donc pas assuré ?

— Eh ! Sait-on jamais ?

— C'est une Américaine, que tu as choisie ?…

— Oui, une charmante personne, miss Harvey… La connais-tu ?

— Je n'ai pas cet honneur. Mais j'espère que tu voudras bien me présenter à elle ?

— Avec plaisir, quoique tu sois un compagnon dangereux, toi, Christian, avec ta carrure et ton aspect de vigueur… Ces primitifs d'Amérique ont un culte pour la force…

Tragomer observait Sorège avec toutes ses facultés tendues et en éveil. Il écoutait les intonations de la voix, guettait les mouvements du visage. Rien ne trahit l'agitation du comte, excepté le petit tremblement de la bouche, qui pouvait être nerveux. Alors couvant de son regard celui qu'il soupçonnait, Tragomer dit, en appuyant sur les mots, jusqu'à prendre un ton menaçant :

— Est-ce pendant ton voyage en Amérique, que tu as connu miss Harvey ?

Sorège ne leva pas les yeux, il resta fermé et impassible, mais il se redressa lentement, se mit sur ses pieds, prit une cigarette et, allant à la cheminée, il l'alluma, comme s'il voulait se donner le temps de réfléchir, puis il dit :

— Non, je la connaissais avant. C'est son père qui m'a emmené en Amérique.

Tragomer fut décontenancé. Il avait espéré que Sorège, brusquement attaqué, prendrait peur, perdrait la tête, et nierait le voyage, ou tout au moins paraîtrait troublé par la question qui lui était si inopinément posée. Mais son adversaire ne perdait pas la tête si facilement et n'avait jamais peur. Christian en eut aussitôt la preuve. Sorège ouvrit les yeux tout grands, montra son regard bleu, d'une inquiétante clarté, et se mit à rire franchement :

— Et toi as-tu été content de ton déplacement ? Tu ne paraissais pas beaucoup t'amuser, à San-Francisco, dans la belle loge où tu écoutais Othello.

Ce fut Tragomer qui perdit pied. Il ne s'attendait pas à cette audacieuse riposte. Non seulement Sorège ne se dissimulait pas, mais il allait au-devant des explications.

— Tu m'as donc vu ? demanda le breton, avec une âpre curiosité.

— Dame ! Le moyen de ne pas te voir, dit le comte gaiement. Tu viens me bloquer dans une loge d'actrice, au moment où j'avais le plus besoin de conserver mon incognito.

— Et comment ?

Sorège s'assit, à califourchon, sur une chauffeuse, de façon à avoir dans le dos la chaleur et la clarté du foyer, puis, comme Tragomer s'était placé, stupéfait, sur un fauteuil à côté de lui, il reprit, avec une tranquillité admirable.

— Imagine-toi que j'étais à San-Francisco, avec M. Harvey et ses fils, lorsque le hasard me fit rencontrer une ancienne amie, que je n'avais pas vue, depuis trois ou quatre ans qu'elle courait le monde en quête de la fortune…

— Jenny Hawkins ?

— Oui, Jenny Hawkins. Ma foi, je ne vais pas faire de rigorisme avec toi. Le père Harvey me trimballait, depuis deux mois, dans ses ranchos. C'était plutôt monotone. La belle fille me faisait un accueil chaleureux, et l'occasion, l'herbe tendre… Je me suis décarêmé de toute cette américainerie, avec un bon souper à l'européenne…

— Alors, tu étais dans la loge, quand j'y suis entré ?

— Avec tes deux Yankees, oui. Tu penses comme j'étais pressé de me montrer. Tu te serais jeté dans mes bras, il aurait fallu me laisser présenter aux indigènes. Ils auraient parlé de notre rencontre, dans la ville. Harvey et ses fils auraient pu apprendre que j'étais en partie fine et, la pudeur anglo-saxonne aidant, je me trouvais dans une fichue passe… J'ai préféré te brûler la politesse. Tu m'en veux ?

Tragomer s'était remis. Il réfléchissait maintenant. Certes, l'explication de Sorège était acceptable, elle était même vraisemblable. Mais il y avait, pour un esprit aussi prévenu que celui de Christian, excès d'habileté dans ce récit. C'était trop bien amené, trop bien établi. Et, dans ce soin minutieux de l'agencement, la préoccupation de tromper se révélait. Il voulut pousser à bout cet admirable comédien et le forcer à montrer tout son talent.

— Je ne t'en veux pas du tout, puisque tu avais intérêt à agir comme tu l'as fait. Mais Jenny Hawkins me connaissait donc, elle aussi ?

— Pourquoi ?

— Au moment où la porte s'est fermée, tu lui as dit à voix basse : Prends garde, Tragomer !

Sorège fronça imperceptiblement le sourcil. Peut-être se sentait-il un peu rudement pressé et en concevait-il de l'humeur. Il répondit d'une voix sèche :

— Ah ! tu as entendu ? Matin ! tu as l'oreille fine. Eh bien ! oui, elle te connaissait. Et d'une façon très simple. Je t'avais vu, de ma baignoire, dès ton entrée, mais elle, en artiste intéressée à se renseigner sur la composition de la salle devant laquelle elle chante, découvrant tes amis, elle t'avait remarqué et deviné étranger. Elle m'avait, aussitôt que j'étais arrivé dans sa loge, parlé de ton hôte et de son compagnon : un Français, j'en jurerais, dit-elle. — Et un Parisien même, répondis-je. — Tu sais qui c'est ? — Parbleu ! c'est un de mes amis. — Amène-le-moi. — Tu veux rire. Si Tragomer te plaît, attendez que je sois parti. Elle me déclara que j'étais bête. Je ne pouvais lui raconter que, si je ne voulais pas être vu avec elle, c'était parce que j'allais me marier. Je m'en tirai en lui faisant une scène de jalousie. Voilà comment, à ton entrée, je m'empressai de fermer la porte, en jetant à Jenny Hawkins, en guise d'avertissement : ton nom, et, en manière de menace, ces mots : Prends garde.

Tragomer ne discuta pas le récit. Il avait hâte d'éclaircir les faits dans leur entier :

— Et, alors, c'était toi qui revenais en voiture, avec elle, après la représentation ?

— Naturellement. Tu nous as bien contrariés, va, par ton apparition soudaine, devant la porte, au moment où je m'apprêtais à descendre. Nous revenions pour souper ensemble.

— Et vous vous êtes quittés là, sans vous revoir ?

— Tu ne l'aurais pas voulu ! dit Sorège avec un joyeux abandon. Dix minutes après, quand tu te fus décidé à rentrer dans l'hôtel, Jenny ressortit, vint me rejoindre, dans la voiture où je l'attendais, et au lieu de souper à l'hôtel des Étrangers, nous allâmes à Golden-House. C'est même, en sortant de là, à deux heures du matin, que la charmante fille prit froid et se trouva enrouée, le lendemain, ce qui fit contremander la représentation et amena son départ pour Chicago.

— Où tu la revis ?

— Tu penses. Nous nous sommes même fortement dédommagés de tous les embarras que tu nous avais causés. Mais, maintenant, à ton tour, veux-tu m'expliquer quelle fureur t'a pris d'espionner cette pauvre Jenny, comme tu l'as fait ?

— Eh ! Tu es bon, toi. Je l'avais trouvée charmante, et je m'apercevais qu'un personnage mystérieux occupait la place que j'ambitionnais de prendre. J'ai voulu en avoir le cœur net, voir s'il y avait quelque chose à faire, ou non. J'ai été fixé promptement.

Sorège, les yeux clos, fumait, en souriant. Il dit d'un air bonhomme :

— Tout cela est très simple. Nous avons été rivaux, pendant vingt-quatre heures. Sans mon diable de beau-père et ses cow-boys de fils, je t'aurais joliment présenté, moi-même et de grand cœur, et tu aurais partagé ma bonne fortune. Cela se doit, entre amis, surtout en voyage.

Tragomer laissa passer un petit moment, puis, comme s'il était repris d'une curiosité nouvelle :

— Mais où l'avais-tu connue cette Jenny Hawkins ?

— Ah ! cela te tracasse ? Eh bien ! sois heureux. Je l'avais connue à Londres, à l'Alhambra, où elle chantait et dansait, sans laisser prévoir qu'elle pourrait jamais devenir une étoile.

— Est-ce que ce n'est pas une Italienne ? demanda brusquement Tragomer.

L'œil de Sorège s'entr'ouvrit et, de cette voix, dont la soudaine sécheresse seule traduisait un peu son émotion :

— Pourquoi Italienne ? Parce qu'elle chante en italien ? Oh ! toutes les chanteuses de tournée savent chanter en italien. C'est indispensable. Mais cela s'apprend en vingt leçons…

— En tout cas elle n'est ni Anglaise, ni Américaine, nos hôtes de San-Francisco me l'ont affirmé.

— Si tu le sais, ami, pourquoi me le demandes-tu ?

— Afin de savoir si tu l'ignores.

— Je pourrais l'ignorer sans inconvénient, car le passé de cette aimable enfant ne m'intéresse guère, mais je ne l'ignore pas, mon bon Christian. Je me renseigne par goût, sur toutes les personnes que je fréquente, même en passant… Et je suis tuyauté, très suffisamment, sur Jenny Hawkins…

— Qui ne se nomme pas Jenny Hawkins ?

— Non, dit froidement Sorège, elle se nomme Jeanne Baud, dite Jane Baudier, et elle est Française. Es-tu content, Tragomer ?

Il y eut, dans le ton dont ces paroles étaient dites, un tel accent de sarcasme, que Christian en serra les poings de colère. Son interlocuteur semblait si bien lui dire : Cherche, va, mon pauvre garçon, tu n'es pas de force. Tu ne me prendras pas en défaut. Je te roule, à ma guise, et continuerai tant qu'il me plaira. Voilà une heure que je te promène, en te racontant des mensonges, pour t'amener à la découverte de Jeanne Baud, qui est un personnage réel, sur l'authenticité duquel tu vas te casser le nez.

À cette minute même, Tragomer eut la certitude que Jenny Hawkins n'était pas Jeanne Baud, et que là était le nœud de l'affaire. Il fallait découvrir, sous Jeanne Baud, Léa Pérelli. Car le masque, dont la couvrait Sorège, était double, à n'en point douter. Mais le comte avait levé celui de Jenny Hawkins et montré Jeanne Baud. Il n'y avait rien à attendre de plus. Christian avait un intérêt capital à ne pas tendre ses relations avec Sorège. Il prit un air jovial et répondit :

— C'est parfait ! Je vois que tu es toujours le même : très avisé, dans tout ce que tu fais. Et, par le temps où nous vivons, ce n'est certes pas une mince qualité.

— Je tâche de raisonner un peu. Il y a tant de gens qui vont droit devant eux, comme des hurluberlus. Ah ! Dieu ! Il y a assez d'occasions de se casser le cou, sans s'amuser à choisir les mauvais chemins.

— Est-ce que tu iras habiter l'Amérique, quand tu seras marié ?

— Le ciel m'en préserve ! L'Amérique, tu l'as pu voir, est un pays impossible. Autant vivre dans une manufacture de province, au milieu de l'agitation des affaires, et sans aucune ressource de distractions. Les Américains qui se sont fait un sac le savent bien que leur pays est inhabitable autrement que pour y gagner de l'argent. Aussi s'empressent-ils de venir se fixer en Europe. Et si on voulait leur jouer un bon tour, on les obligerait à vivre dans leurs United States. Ils mourraient de chagrin.

— C'est pourquoi leurs filles manifestent une propension très vive à épouser des gentilshommes anglais ou français.

— Si le cœur t'en dit, il reste dans l'entourage de Harvey de charmantes misses, très blondes, avec la taille longue et les jambes courtes, et le menton un peu massif, qui ont des dots confortables. Il faut croiser les races, Tragomer.

— Oui ! Ce sont les nouvelles croisades ! Je n'y ai pas le goût, pour le moment. Mais je complimenterai volontiers ta fiancée, sur le choix qu'elle a su faire.

— Eh bien ! Je te mènerai chez Harvey un de ces soirs. On y offre des liqueurs extraordinaires. Tu ne t'étonneras pas trop.

— Et je ne boirai rien.

Ils riaient, avec une sécurité parfaite, en bons garçons, sans arrière-pensée. À les voir et à les entendre, il eût été impossible de se douter de la gravité des paroles échangées et de l'importance des intérêts débattus. Cependant quelqu'un, qui eût touché le cou de

Sorège, se fût aperçu que, si calme, en apparence, il était trempé de sueur, comme s'il venait d'achever une longue course. Les deux amis se levèrent et, familièrement appuyés l'un sur l'autre, ils passèrent dans la salle de jeu et s'approchèrent de la table de baccara.

— Est-ce que tu joues à présent ? demanda Tragomer.

— De temps en temps, pour passer une heure.

— Et gagnes-tu ?

— Quelquefois.

Tragomer regarda Sorège et tristement :

— Alors tu n'es pas comme le pauvre Jacques. Lui, il ne gagnait jamais.

Si maître de lui qu'il fût, Sorège tressaillit, en entendant ce nom. Une pâleur s'étendit sur son visage et, presque à voix basse, il répliqua :

— Au jeu qu'il jouait, il était impossible de gagner.

Tragomer alors secoua la tête et dit avec fermeté :

— Surtout quand on a affaire à des adversaires qui biseautent les cartes.

Ils restèrent en présence, un instant, sans parler.

Les yeux de Sorège se montrèrent, étincelants, ses lèvres tremblèrent, comme s'il allait se laisser entraîner à quelque déclaration imprudente. Mais il parvint à se dominer. Il fit trois pas, pour s'éloigner, puis il revint vers son ami et dit :

— On n'est jamais perdu par les autres, Tragomer, dit-il, c'est faiblesse de le prétendre. Chacun est maître de sa destinée. Si le malheureux Jacques était là, il te l'attesterait, lui-même.

Il releva la tête orgueilleusement, adressa, de la main, un geste d'adieu à Christian, et s'éloigna.

IV

L'agence dramatique Campistron est située rue de Lancry, au troisième, sur la cour. C'est là que, retiré de la scène, après une carrière mouvementée dans les théâtres de province, l'ancien premier ténor s'occupe de fournir à ses ex-directeurs des sujets pour tous les emplois et dans tous les genres. Mme Campistron, plus connue sous le nom de Gloriette, a eu son heure de réputation comme chanteuse de café-concert. Elle aide son mari à donner des auditions, à monter des spectacles coupés, à conseiller des amateurs. Car Campistron ne se borne pas à placer, dans tous les départements, les laissés pour compte des théâtres de Paris, il se charge aussi de fournir aux maîtres de maison dans l'embarras des spectacles tout faits : comédies, revuettes, opéras-comiques, pantomimes, et, généralement, tout ce qui se voit, s'écoute, se siffle ou s'applaudit.

Ses affaires sont prospères. Il a loué l'autre appartement du troisième, pour y faire établir une scène minuscule, où il donne les leçons et les répétitions, et qu'il appelle pompeusement son Conservatoire. C'est que Campistron n'est pas un simple fournisseur dramatique, c'est un novateur. Il a inventé une méthode : il fait chanter du ventre.

— On ne respire pas avec la poitrine, déclare-t-il d'une voix tonnante, – sa voix du *Prophète* un peu éraillée, – on respire avec le ventre !

Il a déjà, par son procédé, changé nombre de barytons en basses, et de ténors en barytons, sans parler de ceux qu'il a rendus aphones. Mais peu lui importe ! Il continue son massacre vocal, imperturbablement. Il vit de son état de correspondant, mais il le méprise. Il n'a, de son état de professeur, que des déboires, mais il s'en enorgueillit. Les malins, qui veulent de bons engagements, connaissent bien sa marotte : ils prétendent chanter d'après la méthode Campistron, et, aussitôt, ils sont prônés par le vaniteux correspondant, comme des phénomènes.

C'est devant le numéro 17 de la rue de Lancry que, suivant les indications de Frécourt, Tragomer et Marenval descendirent, un jour, vers quatre heures. La concierge, qui récurait un poêlon sur le seuil de sa loge, interrogée par Marenval, répondit d'un ton rogue :

— L'escayer en face. Si c'est pour un engagement, au troisième, la porte à gauche ; si c'est pour des leçons, la porte à droite.

Comme les deux hommes paraissaient hésitants, elle ajouta :

— Pas moyen de se tromper... Quand vous entendrez gueuler, vous serez arrivés.

Tragomer se mit à rire et dit :

— Merci, madame.

— De rien.

Elle continua à gratter son coquemar et Marenval l'entendit qui grommelait :

— Encore des cabots, qui ont des paletots de fourrure sur le dos, et pas le sou dans la poche !

— Mon cher ami, dit Marenval, en grimpant l'escalier puant et humide, je ne vous cacherai pas que cette pipelette, très physionomiste, nous a pris, vous sans doute, pour un jeune premier, et moi probablement pour un père noble, en quête d'un directeur. Elle a même exhalé son dédain, en phrases peu correctes…

— Il faut vous blaser sur toutes ces impressions, Marenval, nous en verrons bien d'autres…

— Je ne me plains pas, cher ami, je constate. Aussi bien, cela ne me trouble nullement.

Tragomer s'était arrêté au second. Des vociférations violentes s'élevèrent au-dessus de leur tête.

— On gueule, comme dit la dame de la loge, nous approchons.

Ils gravirent un nouvel étage raide comme une échelle.

— Ouf ! dit Marenval. Voilà un troisième qui peut compter pour deux. Laissez-moi souffler, Tragomer. Vous grimpez comme un chamois…

Ils s'arrêtèrent devant une porte, sur laquelle, peintes en lettres noires, se lisaient ces inscriptions : CAMPISTRON, *correspondant dramatique*. LEÇONS *de déclamation et de chant*. MÉTHODE VOCALE. Sur un papier, attaché avec quatre pains à cacheter, cette mention écrite à la main : *Sonnez fort*. La recommandation n'était pas inutile, car une tempête de cris caverneux se déchaînait, dans la profondeur de l'appartement, comme si quelque opération chirurgicale, très douloureuse, y était pratiquée sur un patient bien éveillé.

— Voyons, nous sommes devant la porte de droite, celle des leçons, dit Tragomer, il faut donc sonner à la porte de gauche, celle des engagements…

Sur cette porte les inscriptions noires étaient autres et on y lisait : AGENCE CAMPISTRON. *Engagements, Renseignements, Repré-*

sentations en tous genres, de 10 heures à 5 heures. T. L. B.

— T. L. B. dit Marenval, cela veut dire tournez le bouton.

Il fit ainsi qu'il était indiqué. La porte s'ouvrit et une pièce triste, tendue de papier fané, coupée dans toute sa longueur par une balustrade de bois, s'offrit à eux. Derrière la balustrade, deux employés, l'air minable, écrivaient. Assis sur des banquettes usées, des hommes et des femmes attendaient. Un des employés leva la tête, posa sa plume, regarda les deux visiteurs, reconnut en eux des clients peu ordinaires, et, se soulevant sur son siège :

— Vous désirez, messieurs ?

— Parler à M. Campistron, dit Tragomer.

— Il est occupé, pour le moment, mais si ces messieurs veulent parler à madame ?

Marenval et Tragomer se consultèrent du regard :

— Va pour madame, répondit Marenval.

L'employé ouvrit une barrière ménagée dans la balustrade et traversa l'antichambre. Il frappa à une porte et entra, avec des airs de mystère. Puis il revint au bout d'un instant et dit :

— Si ces messieurs veulent me suivre.

Un murmure s'éleva, parmi les gens qui attendaient sur les banquettes, sans doute depuis longtemps, peut-être sans grand espoir, et des regards de protestation, contre le passe-droit qui s'opérait brutalement sous leurs yeux, s'échangèrent entre ces sacrifiés.

— Toujours la même chose ! Nous poserons jusqu'à la fermeture, et on nous dira de revenir demain. Campistron n'était pas si fier, à Perpignan, quand il chantait avec moi la *Favorite*...

Marenval et Tragomer n'en entendirent pas davantage, ils étaient entrés dans un cabinet, sévèrement meublé de reps vert, où, devant un bureau à cylindre, une petite femme grassouillette, trop blonde, achevait de signer un engagement avec une très jolie fille, fort maquillée et qui sentait violemment le musc. Mme Campistron dit aux visiteurs en leur montrant un canapé :

— Asseyez-vous, messieurs, je suis à vous. Puis à la jolie fille :

— Voilà. Vous partez demain, et vous débutez à la fin de la semaine. Vous aurez cent francs le premier mois, et cent cinquante le second…

— C'est entendu, ma petite madame Campistron, et je vous enverrai du sucre de pomme pour que vous pensiez à moi… Est-ce une ville où on trouve ses facilités, Rouen ?

— Ville de garnison, mon enfant, renommée pour sa richesse et son goût artistique… Les hommes y sont un peu rats, mais c'est du solide. On peut compter sur eux… Quant au public… il est, comme le cidre du pays, tantôt doux, tantôt aigre… Ça dépend des années ! Bon voyage, ma belle, et soyez exacte dans vos paiements.

La jolie fille adressa à Tragomer une vive œillade, un gracieux sourire à Marenval, et, pliant son acte, elle le glissa dans son corsage en montrant la batiste de sa chemise. Mais ce fut peine perdue. Et laissant, derrière elle, l'atmosphère saturée de parfum, elle partit. Mme Campistron s'était assise auprès des deux visiteurs :

— Messieurs, qu'est-ce qu'il y a pour votre service ? dit-elle avec une mine engageante.

— Mon Dieu ! madame, la démarche que nous risquons est assez délicate, commença Tragomer. Nous sommes, monsieur et moi, à la recherche d'une chanteuse qui court le monde dans une troupe lyrique, et nous avons eu l'idée de nous adresser à M. Campistron, dont les connaissances, nous a-t-on affirmé, sont uniques en ce genre, afin de savoir où peut se trouver la tournée dont il s'agit.

— Vous n'avez pas trop présumé de notre compétence, monsieur, dit avec emphase la placeuse, et je serais bien surprise, si nous ne pouvions vous renseigner exactement. Nous avons, ici, le répertoire et la marche de toutes les tournées qui se montent soit à Paris, soit à Londres, et souvent les familles des artistes viennent nous demander où il faut adresser leurs lettres pour qu'elles parviennent à destination. Nous nous empressons de déférer à leur désir. De quelle troupe s'agit-il ?

— De la troupe Rovelli.

— Ah ! Rovelli ? reprit avec une mine dédaigneuse, Mme Campistron. Une voix blanche !… Charmant ténor, pour ceux qui aiment le veau… Ces voix-là ne plaisent pas en France. Il faut du timbre… Et le timbre, ce n'est pas en faisant passer la voix par le nez que cela s'acquiert… Si M. Campistron était là, il vous expliquerait sa méthode… Il sait donner du timbre, lui, M. Campistron… Mais pardon… Comment s'appelle la personne qui vous intéresse ?

— Miss Jenny Hawkins.

À ce nom, la figure de Mme Campistron changea brusquement, ses joues se gonflèrent, son menton s'avança, ses sourcils peints se rejoignirent, barrant son front d'une ligne redoutable, elle frappa ses mains l'une contre l'autre, et, d'une voix amère :

— Ah ! Ah ! Jenny Hawkins ! Il y avait longtemps que je n'avais entendu parler de cette personne. Jenny Hawkins ! Il est fort heureux que M. Campistron ne soit pas présent. C'eût été pour lui une émotion douloureuse.

— Et comment cela, madame ? questionna Marenval.

— M. Campistron a eu de grands déboires, avec l'artiste dont vous venez de m'entretenir… Mais, pardon, ceci importe peu. Sans doute, messieurs, l'un de vous s'intéresse à cette demoiselle ?

— Nullement, madame, répondit Tragomer qui voyait avec ennui la placeuse couper court aux confidences à peine commencées. Il s'agit tout simplement d'une affaire de succession.

— Elle hérite ? s'écria la grosse blonde, avec un accent indigné. Elle hérite ! Il n'y a que ces péronnelles-là, pour avoir une chance pareille. Oh ! tant pis ! Il faut que j'appelle Campistron. Vous permettez, messieurs ?

La placeuse saisit un tuyau acoustique, souffla fortement, puis parlant dans le porte-voix :

— Monsieur Campistron, il faut que tu viennes un instant. J'ai ici des personnes qui vont t'apprendre des choses curieuses…

Elle porta l'appareil à son oreille, écouta, puis répliqua avec vivacité :

— Laisse donc ce gros imbécile à ton répétiteur, et viens. Je te dis que cela en vaut la peine. Qu'il fasse des gammes en t'attendant.

Un pas pesant ébranla le plancher, une toux sonore se fit entendre, dans la pièce voisine, et Campistron, brun, barbu, moustachu, entra, l'air noble. Il s'inclina avec un sourire, la main à la poitrine, comme un chanteur qui reparaît, rappelé par le public, et dit, parlant d'une voix qui modulait les mots comme des notes :

— Messieurs, je suis votre serviteur. De quoi s'agit-il ?

— Ah ! Apprête-toi à pâlir, Campistron, dit la grosse blonde. Ces messieurs cherchent Jenny Hawkins, pour un héritage.

Campistron prit la pose d'Hippocrate refusant les présents d'Artaxercès. Il ferma les yeux, détourna la tête, étendit le bras. On eût dit que c'était à lui qu'on offrait la succession. Puis il dit, dans le grave :

— J'espérais ne plus entendre parler de cette ingrate.

— Vous voyez, messieurs. Qu'est-ce que je vous avais dit ? Campistron, domine-toi. Il s'agit de répondre à ces messieurs. Ils veulent savoir où est la troupe Rovelli.

— Ah ! Ah ! Rovelli, ricana dédaigneusement l'ancien ténor. Oui, c'est pour chanter avec ce polichinelle napolitain, qu'elle m'a quitté. Une fille que j'aurais fait entrer à l'Opéra, si elle avait voulu m'écouter. Mais non ! Elle s'entêtait à chanter de la poitrine. Elle chante de la poitrine ! Dérision ! Eh bien ! non ! messieurs, en dépit de tout, mon enseignement a eu son effet : malgré Rovelli et la méthode italienne, elle chante du ventre !

Était-ce avec le ventre, ou avec la poitrine, que Campistron venait de parler, Marenval et Tragomer ne se le demandèrent pas. Ils frémirent et les vitres tremblèrent, au roulement formidable qui sortit des lèvres de l'ancien ténor. Mais Campistron fut vite calmé. Ses colères étaient de théâtre, elles ne duraient que le temps de produire un effet. Il redevint souriant et dit :

— Du reste, messieurs, elle ne s'appelle pas Jenny Hawkins, mais Jeanne Baud. J'ai beaucoup connu sa mère…

Mme Campistron se fâcha, et, avec une aigreur qui impressionna son tonitruant époux :

— Ah ! Tu sais, parle de la fille, mais pas de la mère. J'ai eu assez d'ennuis avec cette femme-là. Elle t'a assez couru après. Et sa fille, j'ai toujours pensé que tu y étais pour quelque chose. Messieurs, cet homme-là a été magnifique. Il l'est encore. Et toutes les femmes… oui, toutes, étaient comme des furies après lui… Allons, parle à ces messieurs et ne raconte pas tes histoires…

Campistron ouvrait un registre et, frappant sur les folios, avec le plat de la main :

— Voici, messieurs, la marche des grandes tournées dans tout l'univers. Voulez-vous savoir où est M. Lassalle ?…

Il tourna plusieurs pages et dit :

— Le 17 de ce mois, à Bucharest… le 21 à Budapesth… le 23 à Vienne, le…

— Mais Rovelli ?… interrompit Mme Campistron.

— Rovelli et sa troupe se trouvent, en ce moment, à la Vera-Cruz… Ils vont de là à Mexico, Tampico, puis gagnent la Guyane… descendent aux Indes Néerlandaises, touchent à Colombo, et reviennent en Europe, au printemps, pour faire la *season* de Londres…

— Ah ! dit Tragomer, c'est exact ? Jenny Hawkins ira à Londres ?

— Au mois de mai, elle chantera à Covent-Garden…

— Et, monsieur Campistron, à quelle époque, exactement, a-t-elle quitté la France ?

— Monsieur, elle est partie il y a deux ans avec Rovelli.

— Deux ans, vous en êtes sûr ?

— Sûr et certain. Au mois d'août, elle travaillait encore avec moi, ici… Madame Campistron est là pour le dire, notre accompagnateur peut l'affirmer, tout le personnel de la maison l'attesterait… Mais à quoi bon ?

— On ne peut pas savoir, dit gravement Marenval. Il est bon que nous soyons fixés sur ce point…

— Eh bien ! messieurs, il y a mieux : elle qui payait, très exactement, ses leçons, elle est partie sans acquitter les cachets de son dernier mois… Je ne le lui reproche pas, dit Campistron, avec noblesse, les artistes ne sont pas des marchands… Ils travaillent volontiers pour l'honneur… Je constate seulement ce fait. Je lui ai écrit, pour lui faire des reproches d'être partie, sans m'avoir averti, sans m'avoir dit adieu… Elle n'a même pas répondu… Je ne tenais pas à un autographe, messieurs, j'ai plus de vingt lettres d'elle ici…

— Pourriez-vous nous en montrer un spécimen ?…

Campistron mit la main sur son cœur et d'un air digne :

— D'abord, messieurs, assurez-moi que vous ne voulez pas abuser de cette écriture, pour faire du tort à une femme… Jeanne Baud a été beaucoup aimée… Elle était si belle !… Pouvez-vous me donner votre parole qu'il n'y a pas d'affaire de jalousie, sous roche ?…

— Je vous la donne, dit Tragomer, pour monsieur et pour moi…

— Alors, monsieur, je vais vous satisfaire… Ma femme, cherche dans le cartonnier à la lettre B… Ici, tout est administratif, monsieur. Sans cela on s'y perdrait.

Mme Campistron ouvrit un meuble et commença des recherches. Tragomer désireux de se renseigner plus complètement reprit :

— Vous avez dit, monsieur, que Jeanne Baud était fort belle… Auriez-vous un portrait d'elle, par hasard ?

— Sa photographie, avec une dédicace débordante d'effusion… Ma femme, la photographie suffira, il y a de l'écriture dessus…

— La voici, fit Mme Campistron.

Et elle passa à son mari une carte-album, que le chanteur regarda avec satisfaction et colère :

— Oui, la voici. C'est l'ingrate. On peut dire, messieurs, qu'elle avait été douée par le ciel des dons les plus précieux, la taille, la démarche, et l'expression… Ah ! l'expression ! Mais jugez-en vous-même.

Il tendit à Tragomer la carte, que celui-ci prit avec un sentiment d'anxiété véritable. Il hésita à la regarder. Un coup d'œil allait décider de tout. Si la photographie représentait Jenny Hawkins, telle qu'il l'avait vue, à San-Francisco, la partie engagée était perdue. Il n'y aurait plus qu'à admettre, entre elle et Léa Pérelli, une ressemblance incroyable. Mais si ce n'était pas la chanteuse… Il leva le portrait à la hauteur de son visage, et poussa un cri :

— Ce n'est pas Jenny Hawkins !

— Allons monsieur, dit Campistron avec un sourire de condescendance, vous vous amusez. C'est Jeanne Baud, et comme Jeanne Baud est Jenny Hawkins, il ne peut y avoir erreur.

Tragomer ne répondit pas. Il regardait le portrait, qui lui offrait la reproduction d'une belle jeune femme brune, de haute taille, admirablement faite, bras nus, décolletée, et souriant d'un air rêveur. Pas un trait de la femme du théâtre de San-Francisco. Donc il y avait, à n'en plus douter, erreur sur la personne. Si Jenny Hawkins était Jeanne Baud, il y avait eu une substitution d'état civil et Léa Pérelli, depuis deux ans, vivait sous un nom qui n'était pas le sien.

Mais, alors, qui était la morte ?

Là Tragomer se heurtait à des réalités indestructibles. La femme assassinée, rue Marbeuf, était Léa Pérelli. Tout le monde l'avait reconnue. Et Jacques de Fréneuse, lui-même, n'avait pas contesté son identité. À défaut du visage, détruit par les coups de revolver et la furie du meurtrier, sa haute taille, et ses magnifiques cheveux blonds, les vêtements qu'elle portait sur le corps, des bagues qu'on avait trouvées à ses doigts, tout, enfin, établissait que la femme tuée était bien la maîtresse de Jacques. Et pourtant ce n'était pas elle, puisque, à présent, Tragomer, après avoir eu le soupçon qu'elle vivait, avait la certitude qu'elle portait un autre nom que le sien.

Il regarda de nouveau la photographie. Jeanne Baud était aussi brune que Léa Pérelli était blonde. Mais la taille était pareille, c'étaient les mêmes dents étincelantes dans une bouche charmante. Et de Léa Pérelli, Tragomer s'en souvenait, tout ce qui se reconnaissait encore, dans le visage broyé, c'était une bouche, qui riait affreusement de ses dents blanches. Et la même bouche, à Jeanne Baud, qu'à Léa Pérelli. Il dit :

— Voulez-vous me confier cette photographie monsieur, vous me rendrez service ? Je prends l'engagement de vous la rendre avant deux jours. Et pour que vous sachiez à qui vous avez affaire, voici ma carte…

Campistron jeta un coup d'œil sur la carte que lui tendait Tragomer. Il s'inclina plein de déférence :

— Heureux d'être agréable à monsieur le vicomte… C'est, sans doute, pour montrer le portrait au notaire de la succession ?

— Vous l'avez deviné, M. Campistron. Des amis, à moi, sont engagés dans cette liquidation, qui menace d'être épineuse. Et il faut établir l'identité des héritiers. De là l'utilité du portrait et de l'écriture…

— Je saisis…

— Cette demoiselle Hawkins était-elle de caractère agréable ?

— Elle, monsieur, s'écria Mme Campistron, de concert avec son époux, ne m'en parlez pas. La violence même. La poudre. Et la main d'un leste !

— Ma femme ! interrompit l'ancien ténor.

— Laisse donc ! C'est bien connu. Et le langage, donc ! Les halles, monsieur, les halles, quand on s'y dispute. Ah ! elle n'avait pas été élevée sur les genoux d'une duchesse. La mère Baud… Oui, Campistron, tu as beau rouler des yeux terribles, la mère était moins que rien. Et sa fille avait de qui tenir. Un jour, ici, je l'ai vue gifler Bonnaud, le ténor, parce qu'il ne voulait pas presser le mouvement du duo de *Carmen*. Non, mais il en est demeuré baba au milieu de sa phrase… Et, jamais aucun homme n'a pu rester avec elle, tant elle était méchante, et vicieuse, et… Enfin, monsieur, ça n'est pas drôle d'avoir une bonne amie qui court après les hommes et les femmes, et tout cela à la fois !

— Là ! éclata Campistron, tu es heureuse, tu as vidé ta poche à fiel sur cette pauvre fille ? Oui, monsieur, ce n'était pas une fleur de vertu, mais elle avait une voix superbe, avant Rovelli…

— Pardon, interrompit Tragomer, Rovelli la connaissait-il, avant de la rencontrer en Angleterre ?

— Il ne l'avait jamais vue !

— A-t-elle chanté en Angleterre sous le nom de Baud, avant de partir pour l'Amérique sous celui de Jenny Hawkins ?

— Oui, monsieur. Elle avait un engagement pour l'Alhambra. Ce n'était vraiment pas digne d'elle… Mais elle ne s'est pas présentée à la Direction. Il y a même eu procès, condamnation, et Jenny Hawkins a payé.

— Jenny Hawkins a-t-elle chanté en Angleterre depuis deux ans ?

— Non, monsieur, elle y débutera pour la première fois, au printemps prochain.

— De sorte que personne ne se souviendra plus de Jeanne Baud transformée en Jenny Hawkins…

— Comme vous dites. On oublie si vite. D'autant plus que personne ne l'a vue puisqu'elle avait résilié avant de paraître en public. Et la brave fille a si peu marqué, avant de prendre la carrière italienne.

— Et y a-t-il des artistes, qui ont fréquenté Jeanne Baud, autrefois, au Conservatoire, par exemple, ou chez vous, par qui elle serait exposée à être reconnue ?

— En France, à Paris, oui, il y en a quelques-uns, mais à Londres, ce serait bien un hasard.

— Merci, monsieur, je sais tout ce que je voulais savoir, dit Tragomer. Il nous reste à vous remercier de votre aimable accueil.

— Trop heureux, monsieur le vicomte, trop heureux. Les gens du monde sont sûrs d'être reçus, ici, avec faveur… Si, dans notre modeste spécialité, nous pouvons leur être utiles, nous y mettons tous nos soins… Spectacles de salon, revues, pantomimes, chansonnettes… et tout ce qui divertit, en intéressant l'esprit… Mais, permettez-moi de vous remettre le prospectus de la maison.

Les mains pleines de papiers, et emportant la photographie, Marenval et Tragomer sortirent, reconduits par le couple Campistron. Sur le palier, après les dernières politesses, ils entendirent la basse, dont la leçon avait été écourtée par leur entretien avec le maître, qui rugissait des gammes. Et, par l'escalier humide et puant, ils descendirent, retrouvèrent la concierge, qui cette fois épluchait des oignons, et qui les suivit jusqu'à la porte d'entrée d'un regard dédaigneux.

— Eh bien ! Tragomer, dit Marenval, quand ils furent dans la rue, voulez-vous avoir la bonté de m'expliquer ce que signifie la conversation que vous avez eue avec cette grosse blonde si peinte, et avec son ridicule époux de Toulouse ? Car, sur l'honneur, je n'y comprends rien.

— Réjouissez-vous, Marenval, dit Christian, notre enquête a fait un pas immense. À l'heure qu'il est, j'ai la preuve que Jenny Hawkins n'est pas la femme que l'on croit. Il faut maintenant causer avec un magistrat, car nous entrons dans la phase la plus compliquée de l'affaire.

— Alors, qu'est-ce que cela va être ? s'écria Marenval.

— Cela va être passionnant, Marenval, nous allons lutter, pied à pied, contre l'erreur, pour le triomphe de la vérité. Hier, nous pouvions être exposés à nous casser le nez. Aujourd'hui, nous marchons vers un but visible. Toute la question consistait à se convaincre que Jeanne Baud n'est pas Jenny Hawkins. J'en ai la preuve dans ma poche. Cette photographie, sur laquelle est la signature de l'élève de Campistron, prouve jusqu'à l'évidence la substitution de personne. Et il faudra bien, maintenant, que la Hawkins nous explique comment il se fait qu'elle n'a plus les traits de Jeanne

Baud, mais ceux d'une personne qu'on prétend avoir été tuée, il y a deux ans, juste au moment où ladite Jeanne Baud s'éloignait d'Angleterre, changeait de nom, se cachait à ceux qui pouvaient la connaître, et se créait, de toutes pièces, une personnalité nouvelle. Comprenez-vous, maintenant, Marenval ?

— Je commence. Mais, cher ami, est-ce que nous allons nous mettre à la poursuite de miss Jenny Hawkins ? L'entreprise pourrait nous mener loin, si cette gaillarde-là court le monde.

— Rassurez-vous. Il n'est pas question de partir, pour l'instant. Ce sera pour plus tard, peut-être. Jenny Hawkins doit venir à Londres, elle ne peut nous échapper. On ne manque pas à des engagements, pris avec un théâtre anglais, sans payer un dédit formidable… Elle viendra donc… Et, là, nous pourrons agir. La *season* de Londres n'est pas pour vous effrayer ?

— Au contraire. Et s'il ne faut que passer le détroit, ce sera tout plaisir.

Ils étaient arrivés sur le boulevard Magenta, où ils avaient pris la précaution de laisser la voiture qui les avait amenés. Tragomer dit à Marenval :

— Eh bien ! maintenant, il faut nous en prendre à la magistrature. Vous m'avez parlé de voir Pierre de Vesin, je suis prêt à l'affronter… Il y a vingt ans que je le connais. En redingote ou en robe, il ne me fait pas peur.

— Quand voulez-vous le voir ?

— Le plus tôt sera le mieux.

Marenval tira sa montre :

— Cinq heures. Il ne sera plus au palais. Allons chez lui, voulez-vous ?

— Excellente idée.

— Rue de Matignon, dit Marenval au cocher.

Quand il avait dit à son compagnon qu'il ne craignait Pierre de Vesin ni en redingote, ni en robe, Tragomer savait de qui il parlait. Le type du magistrat moderne, c'est bien cet avocat général de quarante ans, beau garçon, galant, spirituel, très éloquent, très ferré sur le Code, mais oubliant tout à fait ses graves fonctions, quand il est dans le monde, et ne se préoccupant que de jouir de la vie, au milieu d'hommes spirituels et de femmes aimables. Célibataire, riche, passionné pour les belles choses, rimant des vers charmants, lié avec tout ce que Paris compte de peintres remarquables et d'hommes de lettres célèbres, Pierre de Vesin a fait, de son bel appartement, un centre brillant où se retrouvent, le dimanche, dans une intimité précieuse, des amateurs de goût, des artistes de talent.

Les dîners de la rue de Matignon sont célèbres. Ils ne comptent que des hommes, comme convives. Quelques femmes du monde, alléchées par les récits qu'elles en entendaient, ont risqué des tentatives pour y être admises. En vain. La consigne a été maintenue. Et les Épicuriens, qui fréquentent chez cet hôte éclairé, n'ont pas vu leur tranquillité troublée par l'immixtion des femmes.

Rentré du Palais, depuis une heure, Pierre de Vesin était assis, au coin du feu, en train de lire paisiblement, lorsque son domestique parut, pour lui annoncer MM. de Tragomer et Marenval. Le magistrat posa son livre, passa dans son salon et, allant la main tendue vers ses visiteurs :

— Mon cher vicomte et vous, cousin, soyez les bienvenus. Quel bon vent vous amène ?

— C'est au magistrat que nous nous adressons, dit Marenval, gravement.

— Vous n'espérez pas que, comme maître Jacques, je vais changer de costume, dit l'avocat général en riant. Allons dans mon cabinet, nous y serons plus à l'aise.

Il les introduisit dans la pièce dont il venait de sortir, et leur montrant des fauteuils :

— Asseyez-vous. Est-ce que vous avez commis quelque crime ? Vois-je, en vous, deux complices ?

— Non ! Rassurez votre conscience, répliqua Tragomer, nous ne venons pas vous implorer pour nous. Il s'agit d'un malheureux, au sort duquel nous nous intéressons.

Le magistrat devint sérieux. Sa figure fine, à la barbe noire déjà argentée, aux yeux réfléchis, se fit attentive. Il dit :

— Je vous écoute.

— Tout d'abord, mon cher ami, vous souvenez-vous, dans ses lignes principales, et en gros, du procès de Jacques de Fréneuse ?

— Je m'en souviens mieux qu'en gros, je m'en souviens en détail, dit Vesin. Voici comment. Mon collègue Frémart, qui était de service aux assises et devait occuper le siège du ministère public, dans l'affaire, était souffrant. Il avait la goutte. Et j'avais été chargé par le patron d'étudier les affaires de la quinzaine, de façon à être prêt à suppléer Frémart s'il se trouvait dans l'impossibilité de venir au Palais, au milieu de la session. J'ai donc eu, dans les mains, le dossier Fréneuse. Et je l'ai étudié, avec d'autant plus d'intérêt, que, comme vous tous, j'avais rencontré ce garçon dans le monde, et me trouvais plein de sympathie pour sa famille. Je ne le connaissais pas assez intimement pour me récuser, mais assez pour m'attacher passionnément à éclaircir cette émouvante aventure. Je n'eus pas l'occasion de prendre la parole, et j'en fus bien heureux. C'eût été pour moi une très pénible mission de requérir contre ce jeune homme, et je l'aurais fait sans indulgence, car j'avais acquis la certitude de sa culpabilité.

— Ah ! dit Tragomer. Vous aviez trouvé, dans le dossier, la preuve de la culpabilité de Fréneuse.

— Éclatante, cher ami, et, excepté l'aveu du coupable, il n'était pas possible d'avoir des preuves plus complètes.

— Alors, vous ne doutez pas qu'il ait été condamné justement ?

— Je n'en doute pas. Je n'en peux pas douter. Il faudrait que je fusse fou pour vous dire le contraire. Et je dois ajouter que Frémart, avec qui j'ai causé de l'affaire, était du même avis. Le procureur général aussi. Et c'est par une concession sentimentale du jury, faite à la bonne tenue de l'accusé, à ses protestations, à ses larmes, à la dignité admirable de la déposition de sa mère, à l'honorabilité de la famille, que les circonstances atténuantes ont été dues, ce qui a sauvé la vie à ce pauvre diable. Sans quoi, nous allions à une condamnation capitale. La Cour avait une conviction si arrêtée, qu'elle n'aurait pas abaissé la peine et qu'elle faisait tomber la tête de l'accusé.

— Eh bien ! mon cher, dit Tragomer, elle le regretterait doublement aujourd'hui. Et ceci est un argument bien fort, contre la peine de mort. Car elle aurait envoyé un innocent à l'échafaud.

— Allons ! Allons ! Tragomer, dit le magistrat, avec un narquois sourire, ne nous emballons pas. Il est facile de déclarer un condamné innocent, il est moins aisé d'établir qu'il n'était pas coupable.

— C'est cependant ce que Marenval et moi nous avons entrepris.

Pierre de Vesin regarda ses deux visiteurs avec curiosité, redevint grave et dit :

— Ah ! Ah ! Vous deux ? Des hommes du monde qui ne connaissez rien à la procédure, très sincères, à coup sûr, étrangers à toute intrigue. Et pourquoi, je vous prie, cette résolution ? Au nom de quoi ? Dans quel intérêt ?

Marenval prit la parole, et très simplement :

— Au nom de l'humanité. Dans l'intérêt de la justice.

Le magistrat se connaissait en hommes, il connaissait surtout Marenval. Il l'avait toujours considéré comme un esprit médiocre, sans valeur en dehors du commerce, très terre à terre, et se préoccupant plutôt de jouir de sa grande fortune que de s'en faire honneur. Il l'avait vu se détourner de la famille de Fréneuse, au moment où il aurait fallu se rapprocher d'elle. Et l'absence d'héroïsme de l'ancien fabricant de pâtes n'avait point modifié son opinion sur la générosité humaine. En l'entendant parler si résolument et si noblement, il dressa l'oreille. Pour que Marenval fût, à ce point, affirmatif, il fallait qu'il y eût une base sérieuse à sa conviction toute nouvelle.

— Vous croyez donc à une erreur judiciaire ? dit-il, en examinant avec soin ses amis.

— Nous y croyons. La famille n'a jamais cessé d'y croire. Le condamné n'a jamais cessé de protester de son innocence.

— Il en est toujours, ou presque toujours ainsi. Nous passerions notre vie à réviser des procès, s'il fallait ajouter foi aux réclamations des parents et aux dénégations des condamnés. L'aveu est rare. Et, je vais vous étonner. Tout est quelquefois si bizarre, dans les affaires judiciaires, que nous avons eu des accusés qui s'avouaient coupables et qui ne l'étaient pas. Mais ceci n'est qu'une exception qui, comme dit la grammaire, confirme la règle.

— Cependant, reprit Tragomer, vous conviendrez qu'il peut paraître extraordinaire qu'un homme soit condamné pour le meurtre d'une femme, lorsque cette femme est encore bel et bien vivante ?

Cette fois, l'incrédulité du magistrat se manifesta sans réserve. Il eut un geste de commisération, et très doucement :

— Allons, mon cher ami, ne tombons pas dans les complications romanesques. Comment voulez-vous faire admettre à un vieux rat de cour d'assises, comme votre serviteur, qu'un juge d'instruction ait pu envoyer, devant la chambre des mises en accusation, et la chambre des mises en accusation, devant la cour d'assises, un prévenu, s'il n'y avait pas eu un crime de commis. Vous oubliez que j'ai eu le dossier, le procès-verbal de constat du meurtre, le procès-verbal de confrontation, l'interrogatoire de l'accusé, qui n'a pas nié qu'il fût en présence du cadavre de sa maîtresse… Et tout, et tout ! Voyons ! Nous ne sommes pas des enfants. Ne disons pas des billevesées…

— Il n'y a qu'un mot qui serve, dit Tragomer. On a condamné Jacques Fréneuse pour avoir tué Léa Pérelli, et Léa Pérelli est vivante.

— Vous l'avez vue ? demanda le magistrat d'un air railleur.

— Je lui ai parlé, répliqua gravement Tragomer.

— Oh ! Oh ! fit Pierre de Vesin, et quand cela ?

— Il y a trois mois, environ.

— Et où cela ?

— À San-Francisco.

— Et elle vous a déclaré qu'elle était Léa Pérelli ?

— Non certes ! Elle a fait mieux : elle a pris la fuite pour se soustraire à mes investigations. Si elle était restée, j'aurais pu douter. Mais elle s'est dérobée. Et c'est, pour moi, la preuve la plus concluante…

— Vous avez été dupe d'une ressemblance.

— Non ! non ! C'était bien elle ! Et le soin qu'elle a pris de changer de nom, de déguiser sa voix, de cesser de parler français, de laisser ses cheveux revenir à leur couleur naturelle, ou de porter une perruque. Enfin cette épouvante, éprouvée à ma vue et qui l'a fait fuir… C'était bien elle !

— Et qui diable, alors, était la pauvre femme qu'on a trouvée morte, et qui a été autopsiée et enterrée à sa place ?

— Je vous le dirai un jour. Pour le moment, je ne le sais pas.

— Ah ! voilà la fissure ! s'écria le magistrat. C'est toujours ainsi. Il y a, dans toutes ces affaires de revendication d'innocence, un point où tout se détraque, et où l'invraisemblance de la thèse soutenue se manifeste. Voyez l'affaire Lesurques. En a-t-on fait des efforts, pour obtenir la réhabilitation ! Il y a des gens qui croient encore au dédoublement de Lesurques. La famille, ou ce qu'il en reste, car tout cela est bien vieux, proteste toujours de l'innocence du condamné, on discute, on étudie, on donne des preuves, tout va bien jusqu'au moment où l'éperon d'argent de Lesurques est trouvé à Lieusaint, et alors patatras : tout casse ! Adieu les preuves raisonnables ! On tombe dans le mélodrame, où il suffit d'attendrir, pour avoir gain de cause. Il en ira de même, pour cette affaire. Vous bâtirez un échafaudage, qui montera convenablement jusqu'à une certaine hauteur, puis il y aura un porte à faux et tout dégringolera.

— Vous êtes terriblement sceptique, dit Marenval impressionné.

— C'est mon état, répliqua Vesin. Nous ne sommes pas là pour gober tout ce qu'on nous présente, nous autres justiciards. Ah ! nous en ferions de belles, si nous nous mettions à croire aveuglément ce qu'on nous raconte. Mais le mensonge est l'essence même de l'humanité. Pensez-vous que ce soit pour rien, qu'on fasse jurer aux témoins de dire toute la vérité, rien que la vérité, sous peine des travaux forcés ? On sait bien que, même ainsi, ils ne diront, malgré tout, que ce qu'ils voudront, ou ce qu'ils pourront. Et il faut en prendre et en laisser. Les uns sont imbéciles, les autres mal intentionnés. Quant aux enfants, on peut tout craindre d'eux. Ils sont en proie à une sorte d'hystérie inventive, qui leur fait raconter des histoires, fausses la plupart du temps. Aussi nous défions-nous d'eux, tout particulièrement. Et le scepticisme, pour un magistrat, c'est le commencement de la sagesse.

— Enfin, vous admettez bien pourtant que la justice puisse se tromper ?

— Entre nous, dans l'intimité, je l'admets, dit Vesin en riant. Mais en public je ne l'admettrais pas du tout. Je sais bien qu'on montre la justice, avec un bandeau sur les yeux : mais ce travestissement rentre dans la catégorie des accessoires, qui n'ont de valeur que pour les poètes. La justice, qui est, en somme, un pouvoir arbitraire, doit être immuable et infaillible, sans quoi elle devient impossible à faire accepter. Et vous voyez, tout de suite, où nous allons si le respect de la justice n'est pas la pierre angulaire de la société : à l'anarchie. C'est pourquoi il n'est pas possible d'admettre qu'elle se trompe. Le plaideur, qui a épuisé tous les degrés de juridiction, et qui a succombé, a vingt-quatre heures pour maudire ses juges. Après, il doit se soumettre. Le condamné, dont le pourvoi a été rejeté, n'a plus qu'à se courber sous le poids de la sentence rendue. Voilà l'opinion du magistrat. Il ne saurait en avoir une autre. Ceci vous explique les résistances que l'administration a opposées, de tout temps, à une demande de révision dans l'ordre pénal. Toute constatation d'erreur, si rare soit-elle, est un ébranlement dangereux de l'édifice judiciaire. Les précautions que la loi a prises sont nombreuses et minutieuses. Il faut qu'une demande de révision passe par une filière, où elle doit forcément rester, si elle n'est pas solide comme l'acier. Et quand elle en sort, c'est après des délais et dans des conditions telles que, pour ainsi dire, on n'accorde rien. Encore la législation, en vigueur actuellement, est-elle beaucoup plus libérale que l'ancienne. Autrefois, à moins qu'un autre accusé eût été condamné, par un autre arrêt, pour le même crime, il n'y avait pas de révision possible. Il fallait, si l'innocence d'un condamné était reconnue, que ce pauvre diable fût gracié. Il n'y avait pas d'autre issue pour le faire sortir du bagne.

— Mais c'était monstrueux ! s'écria Marenval. Comment ! Un malheureux, injustement poursuivi, qui avait subi l'angoisse de l'arrestation, de l'instruction, du jugement, qui avait fait une partie de sa peine, ne pouvait bénéficier que d'une mesure de clémence, point d'un acte de justice ? On le graciait, on ne le justifiait pas ?

— Et c'était déjà une amélioration. Aujourd'hui, il suffit d'un fait nouveau, qui soit de nature à établir l'innocence de l'accusé, pour que la révision puisse être demandée. Dans l'espèce qui nous occupe, ce serait l'existence de Léa Pérelli.

— N'est-ce pas suffisant ?

— Ce serait suffisant, si c'était établi. Mais comment l'établirez-vous ? Votre déclaration ne sera appuyée sur rien. Elle ne vaudra que comme une opinion. Et, comparée à tous les témoignages, à toutes les preuves du procès, elle sera d'un poids bien léger. Vous me demandez mon avis, je vous le donne. Il est décourageant, sans doute. Mais je dois être sincère.

— Vous pouvez tout dire, et avec une entière franchise, reprit Tragomer. Ma conviction est faite. Rien ne la changera. Je pourrai modifier ma façon d'agir, pour atteindre le but vers lequel nous tendons, Marenval et moi, mais rien ne pourra nous en détourner. Il n'y aurait plus de repos pour nous, si nous abandonnions ce malheureux, avec la certitude qu'il est innocent.

— Vous me paraissez, tous les deux, animés des intentions les plus nobles. Mais, permettez-moi de vous le dire, les plus inconsidérées. Votre conviction, basée sur la ressemblance d'une femme vivante, avec la victime de Fréneuse, est bien fragile, puisque à mes objections vous n'avez d'autres raisons à fournir que des raisons de sentiment : la douleur de la famille, les protestations du condamné. Mais oubliez-vous que, lorsque Jacques de Fréneuse a été arrêté, il s'apprêtait à partir pour l'étranger ? Il avait sur lui quarante mille francs, dont il lui a été impossible, tout d'abord, d'expliquer la provenance. Il était notoirement ruiné, criblé de dettes. Il avait payé la veille cinquante mille francs à la caisse du cercle, au moment où il allait être affiché. Et, coïncidence singulière, les bijoux de Léa Pérelli, qui étaient connus pour leur grande valeur, avaient disparu. On fait des recherches, on acquiert la preuve qu'ils ont été engagés au mont-de-piété, pour cent mille francs. Mais ils ne sont restés en dépôt que deux jours. Le surlendemain, ils ont été dégagés par une femme qui se cachait le visage, et très probablement pour le compte d'un de ces acheteurs de reconnaissances qui pullulent dans Paris. Fréneuse reconnaît que c'est lui qui a engagé les bijoux, qui, dit-il, lui ont été volontairement remis par sa maîtresse. Mais il nie la vente des reconnaissances. Il prétend les avoir remises à Léa Pérelli, avec un billet de cent mille francs que sa famille, assure-t-il, aurait certainement acquitté ; ce qui, dans sa pensée, le libérait de sa dette vis-à-vis de cette fille. Or le billet a été présenté à l'échéance. Jacques de Fréneuse a donc, évidemment, repris le billet, après le meurtre. Probablement, même, il n'a tué la femme que pour reprendre le billet. Et c'est lui qui l'a mis en circulation, le lendemain même. Car, remarquez-le, un jour s'est écoulé entre la découverte du crime et l'arrestation. Et vous songez, sur la foi d'une ressemblance, plus ou moins certaine, à essayer de mettre en mouvement toute la machine judiciaire ? Mais c'est de la démence ! Vous allez, dès les premiers pas, vous heurter à des difficultés matérielles et à des impossibilités morales tellement sérieuses, que vous serez obligés de vous arrêter.

— Si je voulais discuter, reprit Tragomer, je le pourrais et peut-être plus facilement que vous ne le croyez. Mais à quoi bon ? Ce ne serait qu'un échange de paroles vaines. J'aurais beau vous fournir des arguments acceptables, vous ne les accepteriez pas. Ce qu'il faut, c'est vous apporter la preuve que Léa Pérelli existe. Ce qui est important, c'est d'affirmer à Jacques que celle qu'il croit morte est vivante. Car remarquez bien qu'il la croit morte, sur la foi de vos affirmations. Il n'a pas douté de vos preuves. Vous lui avez montré une femme, à demi défigurée, ayant la taille, la chevelure, les vêtements, les bagues de Léa Pérelli. Et bouleversé par l'angoisse, aveuglé par la douleur, à peine a-t-il laissé tomber ses regards épouvantés sur la victime, étalée sur la dalle horrible de la Morgue. Il a détourné la tête, acquiescé à tout ce qu'on lui a affirmé. Comment aurait-il nié l'évidence ? Léa, trouvée morte chez elle, était-elle autre que Léa ? Il ne pouvait dire qu'une chose, et celle-là il la criait de toute sa conscience, c'est qu'il n'était pas l'assassin. Pris dans les embûches de l'instruction, écrasé par un faisceau de preuves où se révèle une main bien atrocement habile, il ne pouvait que protester. Il l'a fait avec fureur, tout le temps, et jusqu'à exaspérer les jurés et les juges. Car il paraissait cynique, ce malheureux, qui n'était qu'innocent. Si tous ceux qui avaient à formuler une opinion sur sa culpabilité, n'avaient pas été forts de l'instruction faite, s'ils avaient voulu réfléchir, un instant, à la ressemblance effrayante qui existe entre la stupeur indignée d'un accusé qui ne peut prouver son innocence et l'insolence endurcie d'un coupable qui s'entête à ne pas avouer son crime, ils auraient reculé, au moment de prononcer le verdict et le jugement. Mais, prévenus, sûrs d'avance d'une culpabilité que leur attestaient des hommes en qui ils avaient une confiance, d'ailleurs méritée, ils étaient tous portés à condamner, et, en toute conscience, ils ont condamné. Quand on leur montrera la femme vivante, il faudra bien qu'ils avouent qu'ils se sont trompés. On cherchera alors qui était la morte. Et il est probable que, cette fois, on se trouvera en présence d'un complot atroce préparé pour perdre un malheureux.

— Mon cher ami, dit le magistrat, tout cela, c'est du roman, ce n'est pas de la réalité. Vous rêvez tout éveillé. Cela passera. Mais permettez-moi d'ajouter ceci, c'est que si, par grand hasard, vous réussissiez à réunir des preuves suffisantes de ce que vous avancez là, si hardiment, vous pourriez vous flatter de produire une sensation qui ne serait pas ordinaire. Le rang social du condamné, le retentissement qu'a eu l'affaire, la personnalité des chevaliers qui redresseraient les torts de la justice donneraient à la cause une envergure toute particulière. J'assisterais donc, sans ennui, pour ma part, à votre triomphe. Mais n'oubliez pas que je n'y crois guère, et que je vous ai prédit que vous couriez à un échec certain.

— Eh bien ! dit Tragomer, si l'effort est vain, nous aurons au moins essayé de réussir. Et ce sera quelque chose, pour le soulagement de notre esprit. N'est-ce pas, Marenval ?

— Oui, cher ami. Et ce que vient de dire Vesin, me décide tout à fait. J'étais un peu flottant, je l'avoue, même après les assurances que vous m'aviez données. Mais, vraiment, l'infaillibilité de la justice est un dogme aussi impossible à admettre que l'infaillibilité du pape. Personne au monde, ni choses, ni gens, n'est infaillible. Et sapristi, je vais m'appliquer, avec vous, à le prouver. Il y aura des difficultés matérielles. J'ai de l'argent pour les aplanir. Il y aura des impossibilités morales. Vous avez de l'intelligence pour les surmonter. Mon argent et votre esprit lutteront en bons alliés. Et nous verrons bien si, dans le temps où nous vivons, il existe encore des bastilles, au fond desquelles les préjugés, les entêtements, les erreurs sont à l'abri de l'examen et de la discussion. Comment, sacrebleu ! le siècle a marché au point que les socialistes ont la prétention, demain, de me prendre ce que je possède, et, seule, au milieu de cet effondrement de tous les droits, de toutes les autorités, de toutes les hiérarchies, la justice serait intangible. Allons donc ! Si elle veut être respectée, il faut qu'elle soit humaine. Sinon, elle sera balayée, comme le reste !

— Bravo, Marenval, s'écria Vesin, vous vous haussez jusqu'à l'éloquence. Allez, vaillant héros, combattez ! Mes vœux vous accompagnent. Vous êtes retiré des affaires, l'entreprise à laquelle vous vous vouez vous occupera. Cela vaut mieux que de jouer au poker, ou de se mettre en banque au baccara. Si même vous avez besoin d'un conseil, je vous le donnerai, en dilettante. Car je serais désolé d'être considéré par vous comme un esprit fermé à tout raisonnement et à toute pitié. Mais la lutte que vous entreprenez là, rappelez-vous bien que je vous l'ai prédit, est celle du pot de terre contre le pot de fer. Je vous ai parlé en ami, adressez-vous à n'importe quel magistrat. Suivant son humeur, il vous dira, avec ironie, de suivre la filière en vous adressant au garde des sceaux, ou vous déclarera, avec indignation, que vous portez un défi à la justice.

— Ce défi, nous le portons, en effet, s'écria Marenval.

— Mais nous ne nous adresserons pas à un autre que vous. Je tenais à causer avec un homme compétent, avant de m'engager à fond dans l'affaire. Je comprends, malgré la bonne grâce de votre accueil et malgré la cordialité de vos paroles, que nous nous heurterons, partout, à une résistance à la fois professionnelle et systématique. La magistrature ne lâche pas sa proie. C'est un principe, pour elle, et pour la société, c'est une sécurité. Tout accusé doit devenir un condamné, et tout condamné doit demeurer un coupable. C'est fort bien. Je sais ce que je voulais savoir et je vais agir en conséquence.

— Peut-on vous demander ce que vous allez faire ? dit l'avocat général avec curiosité.

— Entendons-nous bien, alors, fit Tragomer. Jusqu'à présent, j'ai parlé au magistrat. Maintenant, je ne veux plus parler qu'à l'homme, à l'ami. Une indiscrétion sur ce que nous allons tenter, Marenval et moi, peut avoir de si grosses conséquences, que nous serions fous de nous exposer à être trahis.

Pierre de Vesin regarda les deux compagnons avec une soucieuse gravité :

— Douteriez-vous donc de moi ? Dois-je vous engager à vous taire, après avoir sollicité vos confidences ?

— Non, dit Tragomer, et la preuve c'est que je vais tout vous expliquer.

— Et moi je vous donne ma parole que j'oublierai, aussitôt, ce que vous m'aurez appris.

Ils se serrèrent affectueusement la main. Tragomer prit une cigarette, et, avec autant de calme que s'il se fut agi d'une partie de plaisir :

— Vous comprenez de reste, que la grande affaire pour nous c'est de ne pas effrayer les vrais coupables. Car si le malheur voulait qu'ils fussent informés de nos projets, ils prendraient leurs précautions et adieu, nous pourrions courir. Il suffirait que Léa Pérelli disparût, pour que tout fût perdu. Et je suppose que le coquin, qui a machiné le piège dans lequel Jacques de Fréneuse a été pris, serait parfaitement capable de se débarrasser d'elle, s'il en voyait la nécessité. Donc, toute revendication publique est impossible, pour l'instant. Vous m'auriez montré la machine judiciaire, prête à fonctionner pour réviser le procès, vous m'auriez assuré de la bonne volonté du Garde des Sceaux, que j'aurais renoncé à saisir, actuellement, la justice de l'affaire, et à lui soumettre les faits nouveaux qui peuvent rendre nécessaire la révision. Au premier bruit, toutes nos preuves disparaissaient et nous nous trouvions désarmés. Il faut, avant tout, que nous ayons les coupables dans la main, sans qu'ils puissent nous échapper. Alors nous marcherons. Nous avons donc une enquête à faire, une poursuite à effectuer, et qui sait, peut-être même des résolutions plus graves à prendre. Mais elles nous seront imposées par les événements. Et tout d'abord, il s'agit de nous mettre en rapport avec Jacques de Fréneuse, afin de lui apprendre l'existence de Léa Pérelli, et de juger, avec lui, en causant longuement et mûrement, des conséquences qu'entraîne ce fait inattendu…

— Vous allez donc partir pour Nouméa ? s'écria Vesin, en proie à un étonnement qu'il ne pouvait contenir.

— Nous allons partir pour Nouméa, déclara froidement Marenval.

— Là, dit Tragomer, nous nous concerterons avec Fréneuse, sans que l'administration puisse deviner nos projets. Écrire eût été trop dangereux : on ouvre les lettres que reçoivent les condamnés, et on lit leurs réponses. Ce sera donc de vive voix que nous étudierons la situation et que nous en tirerons telles conséquences qu'elle comportera.

— Tragomer, vous ne me dites pas tout, s'écria le magistrat avec émotion, vous vous défiez encore de moi… Vous voulez faire évader Jacques de Fréneuse ?

Tragomer ne répondit pas, il se contenta de sourire, mais Marenval se redressa, et, avec une énergie extraordinaire :

— Et quand cela serait ? Croyez-vous que si nous avons la certitude que ce garçon est innocent nous allons le laisser agoniser dans les horreurs de vos bagnes ? Nous l'enlèverons, pardieu ! Ce sera piquant ! Du moment que nous faisons le voyage, nous pouvons bien nous offrir cette petite distraction !

— Mais il y a des gardes, une garnison, un aviso surveillant, dit Vesin. C'est de la folie ! Vous encourrez des responsabilités effrayantes, si on vous prend. Et pour vous prendre, on ne ménagera pas votre vie.

— C'est notre affaire ! déclara Marenval. Vous pensez bien, mon cher, qu'on ne se jette pas dans des aventures pareilles, sans faire le sacrifice de son existence. Tragomer et moi, d'ailleurs, nous sommes bien décidés à nous défendre…

— Ne me dites pas un mot de plus, je vous trouve insensés. Ce que vous me racontez là, c'est *Monte-Cristo*. Vous retardez de cinquante ans, mes bons amis. Mais je veux croire que vous vous trouverez, dès les premiers pas, aux prises avec de telles difficultés que vous ne pousserez pas plus loin l'entreprise. Croyez-moi, si vous avez une espérance à concevoir, c'est dans une introduction légale d'instance. Écrivez un mémoire, adressez-le au ministre. Et une enquête de police, bien faite, peut…

— Tout perdre en un instant ! interrompit Tragomer. Je sais à qui j'ai affaire. Il faut cheminer souterrainement, ou bien nous échouerons…

— Et nous voulons réussir, s'écria Marenval.

— Comment comptez-vous aller en Nouvelle-Calédonie ?

— Sur un yacht que nous fréterons. Il faut que nous ayons à notre disposition les moyens d'action les plus étendus et les plus rapides.

— Et vous vous présenterez aux autorités coloniales ?

— Comme des touristes.

— Ah ! ah ! dit le magistrat devenu rêveur. Voilà une des choses les plus extraordinaires que j'aie entendues depuis longtemps. On dit que cette fin de siècle est exclusivement pratique, égoïste et rebelle aux excitations sentimentales. Il y a, là, de quoi donner à penser aux philosophes. Que vont dire ceux qui assurent que l'énergie individuelle se perd en France. Nous nous trouvons en présence d'un de ces cas d'exaltation qui ne se voient qu'aux époques ardentes et révolutionnaires. Ce que vous allez tenter est d'une démence telle, que vous êtes capables de réussir. Il n'y a que les entreprises invraisemblables qui aient, en somme, des chances de succès. On prévoit le simple, on se met en garde contre le trantran des événements probables. Mais un coup de flibuste enragé, préparé et exécuté par des gens froids… Eh ! Eh ! Rien ne prouve que ça ne doive pas aboutir ! Et quand comptez-vous partir ?

— Mais, le plus tôt possible. Juste le temps de faire nos préparatifs et de passer en Angleterre.

— Vous prendrez un navire anglais ?

— Oui. Un armateur et un équipage français partageraient notre responsabilité. Nous voulons bien nous compromettre. Mais nous ne voulons compromettre que nous.

Ils s'étaient levés. La nuit tombait, emplissant d'ombre le cabinet et, dans ces demi-ténèbres, les visages perdaient leur aspect réel. Marenval frissonna. Il lui sembla être en présence de spectres. Un sentiment d'angoisse lui emplit le cœur, et il eut une sorte de vertige, en entendant Vesin dire d'une voix funèbre :

— En effet, le cas serait grave. Il y va de la cour d'assises pour ceux qui se laisseront prendre, et si par malheur il y avait mort d'homme…

— On tâchera d'aller en douceur, chevrota Marenval.

— En tout cas, si vous ménagez la peau des autres, chacun de vous expose la sienne. Les règlements ne sont pas tendres, dans les colonies pénitentiaires, et les répressions sont terribles.

— Nous savons ce que nous risquons, dit Tragomer. Nous obéissons à des considérations qui ne peuvent être mises en balance avec les dangers à courir.

— Et rien ne nous fera reculer ! balbutia Marenval.

— Parbleu, dit Vesin, si je n'étais tenu par mes fonctions, si j'étais libre, je partirais avec vous, rien que pour faire le voyage. Mais vous m'accorderez qu'un avocat général, dans cette expédition-là, ce serait peut-être un peu vif !

— J'en conviens, dit Tragomer, mais consolez-vous, nous vous rapporterons des photographies.

Cette grave conversation finissait plaisamment. Vesin tourna le commutateur de l'électricité, et la lumière inonda la pièce, tirant des reflets éclatants des émaux et des faïences, faisant étinceler les bordures dorées des tableaux. Tout le luxe moderne, qui se révélait brusquement dans la clarté jaillissante, contrastait si complètement avec les projets qui venaient d'être développés dans cette obscurité de songe, que les trois hommes se regardèrent comme s'ils avaient besoin d'en affirmer la réalité. Mais Tragomer souriait, tranquille et résolu. Et Marenval, dans le plein jour, retrouvait tout son courage.

— Nous nous reverrons dans quatre mois, dit Vesin, car vous ne mettrez pas plus de temps pour aller et revenir. Alors, si je puis vous être bon à quelque chose, disposez de moi, je serai heureux de vous servir.

— Cher ami, si nous réussissons, nous aurons les mains tellement pleines de preuves qu'il sera impossible de nous refuser justice.

— Amen, dit le magistrat. Bon voyage et heureux retour.

Il leur tendit la main :

— Peut-être êtes-vous de grands insensés, mais ce que vous allez faire là n'est pas banal et, de tout cœur, je vous admire.

— Mon cher, dit Tragomer, moi je risque l'entreprise parce que j'aime Mlle de Fréneuse et, en essayant de réhabiliter son frère, c'est pour moi-même que je travaille. Je n'ai donc qu'un assez faible mérite. Le véritable héros, c'est Marenval. Car, lui, il se dévoue pour l'honneur.

À ces paroles qui le touchaient au plus profond de lui-même, Marenval pâlit, des larmes roulèrent dans ses yeux, il fit un effort pour parler, mais il ne put y parvenir, et il resta, tremblant d'émotion, devant les deux hommes. Enfin il agita la tête, poussa un soupir qui ressemblait à un sanglot, et, se jetant dans les bras de son parent :

— Adieu, Vesin. Vous savez à quoi vous en tenir. Si on m'attaque et que je ne puisse plus me défendre, soutenez-moi. Ne me laissez pas traiter de vieil imbécile.

Il répéta d'un air égaré :

— Adieu.

Et, prenant le bras de Tragomer, il sortit, comme s'il marchait à la mort.

V

Master Harvey possédait un des plus beaux hôtels de la place des États-Unis. Il avait trouvé patriotique de se loger sur cette place, qui portait le nom de son pays. Il disait volontiers : je suis ainsi à la fois à Paris et en Amérique. Il serait, néanmoins, retourné au-delà de l'Atlantique, depuis longtemps, si sa fille n'avait pas déclaré énergiquement que, sous aucun prétexte, elle ne consentirait à quitter l'Europe. Le père avait alors dit à sa fille :

— Ma chère, si vous ne voulez faire qu'à votre tête, alors mariez-vous, parce que moi j'ai aussi ma tête, et que je veux vivre, si c'est possible, d'une façon qui ne me soit pas particulièrement désagréable.

— En quoi peut-il vous être désagréable de rester dans des pays où vous trouvez tout pour être parfaitement heureux ?

— Je ne suis pas parfaitement heureux, si je ne vis pas en Amérique, au moins six mois de l'année.

— Je crois que vous êtes toujours un vrai sauvage.

Et Harvey, à cette impertinence filiale, avait répondu avec un indulgent sourire :

— C'est possible ! Je le crois, moi-même.

— Je me marierai donc, puisque cela facilitera la vie pour vous et pour moi.

— Qui épouserez-vous, ma chère ? Un Européen ou un Américain ?

— Un Européen, et très probablement un Français.

— Ah ! Un homme du monde, je vois.

— Vous pouvez être sûr. J'ai assez de mes frères, pour être des rustres. Je désire vivre avec un garçon bien élevé.

— Vous êtes libre.

— Je sais. Et vous serez libre, aussi, après.

Le squatter, qui avait déployé tant d'énergie pour fonder sa fortune et créer les ranchos, dont les centaines de milliers de bœufs paissaient dans l'herbe épaisse de la prairie indienne, n'avait jamais pu lutter contre la volonté de miss Maud. Et, comme il était, avant tout, pratique, il avait pris le parti de lui obéir. Cela évitait les discussions et simplifiait les rapports. En Amérique, c'était un spectacle curieux que celui de tous les Harvey, père et fils, marchant au doigt et à l'œil, conduits par cette brunette, mince et frêle. Il y avait, dans la tête de miss Maud, plus d'idées que n'en auraient pu fournir toutes les cervelles de ses frères. Et la volonté de cette petite fille rappelait, avec une nuance de nervosité qui accusait l'affinement de la race, la ténacité de son père. Harvey le savait et s'en amusait. Il disait volontiers :

— Mes trois garçons ne font pas la monnaie de ma fille. Si la nature ne s'était pas trompée et en avait fait un mâle, ma fortune aurait été décuplée par elle. Tandis que ces jeunes hommes ne sauront que la partager.

Il avait, pour elle, une haute estime, ce qui est la preuve supérieure de l'affection pour un Américain. Il disait aussi d'elle :

— Ma fille dépense bien l'argent.

Il entendait, par là, que Maud savait être prodigue, quand les circonstances s'y prêtaient, mais se montrait économe, dans le courant ordinaire de la vie. Depuis un an, il était installé avec elle en France, et s'y ennuyait supérieurement. Il ne comprenait rien aux minuties et aux finasseries de l'existence parisienne. Habitué à exprimer, toujours nettement, sa manière de voir, il provoquait l'étonnement par l'étalage d'opinions, aussi singulières que la forme dans laquelle elles étaient énoncées. L'ingénuité morale de ce yankee détonnait au milieu des subtiles hypocrisies de la société où il vivait. Et, quand il parlait, sans se soucier des protestations effarouchées et des petits cris des mondaines qui l'écoutaient, il avait l'air de tirer des coups de pistolet dans une volière.

Il était si riche qu'il avait été accueilli partout, avec empressement. Le grand monde parisien a cessé d'être fermé. Les changements économiques qui se sont produits en France, depuis trente ans, ont à ce point modifié l'assiette des fortunes que l'aristocratie, vouée par sa morgue à l'oisiveté, s'est trouvée dans l'incapacité de vivre de ses revenus et a dû comprendre qu'il lui fallait faire des concessions au monde financier. Une première évolution socialiste, dans le sens du nivellement des castes, s'est effectuée, et n'est que le prélude de la fusion complète et rapide qui va s'opérer entre la noblesse et la bourgeoisie, sous l'influence de l'argent. Il n'y aura, dans un avenir prochain, que deux classes, celle des gens qui posséderont, et celle des gens qui ne posséderont pas. Et c'est entre ces deux classes, en lesquelles se seront unifiées les diverses fractions de la société française, qu'aura lieu la lutte engagée, depuis des siècles, pour la possession de l'autorité, par la richesse et l'intelligence.

Dans un monde, aussi ouvert à l'influence de l'argent et où la colonie étrangère est absolument chez elle, Harvey ne pouvait être que très bien accueilli. Il recevait, il avait un yacht, il savait prêter cinq cents louis, sans les réclamer jamais, sa fille était élégante, originale et colossalement dotée. Il n'en fallait pas tant pour lui concilier la faveur. Il avait été reçu au Club des Chauffeurs, il faisait partie de la Société des guides, il était membre influent de l'Union des yachts. Mais il s'ennuyait. Pour ce « sauvage », comme l'appelait sa fille, l'atmosphère des salons était étouffante. Il bâillait à l'Opéra, gagnait et perdait, sans plaisir, au poker et ne se retrouvait lui-même que sur le siège de son mail, avec quatre chevaux du Kentucky sur les bras, ou à bord de son yacht de douze cents tonneaux, un vrai transatlantique, servi par soixante hommes d'équipage, et armé de six canons, avec lesquels il aurait pu se défendre, mais qui ne lui servaient qu'à saluer, quand il entrait dans un port.

Dès le premier jour, la personne du comte de Sorège lui avait été antipathique. Ce diplomate circonspect et glacé, qui ne disait jamais que le tiers de ce qu'il pensait et ne regardait jamais les gens dans le blanc des yeux, lui déplaisait extraordinairement. C'était l'antipode de sa nature. Le jour où sa fille lui avait annoncé qu'elle s'était engagée avec le jeune gentilhomme, il s'était hasardé jusqu'à lui faire quelques observations :

— Vous êtes sûre, Maud, que M. de Sorège est l'homme qui vous convient le mieux ? Vous avez observé son caractère, et vous êtes sûre de ne pas regretter de lui avoir donné votre parole ?

Miss Harvey, très tranquillement, avait déduit à son père les raisons qui avaient décidé de son choix.

— Le comte Jean est de très bonne famille. Il y a, mon père, dans ce pays de France, comme partout, du bon et du médiocre, du vrai et du faux. Il est utile de ne pas se laisser écouler de la pacotille. Nous autres Américains, on sait que nous nous connaissons encore mal en toutes choses. Alors on essaye de nous faire accepter des tableaux copiés, des tapisseries refaites, des bibelots truqués, et des gentilshommes sans authenticité. Aussi, il faut regarder de tout près, s'informer, contrôler, pour ne pas prendre du toc. C'est ce que j'ai fait. M. de Sorège est allié à tout ce qu'il y a de mieux, il a une fortune convenable, il est attaché au ministère des Affaires Étrangères, il parle anglais très correctement, et c'est un garçon tout à fait bien élevé… Voilà pourquoi je me suis engagée avec lui.

— Il ne regarde jamais, il a l'air d'une hulotte de rocher…

— Je vous assure qu'il me regarde très bien.

— Sait-il monter à cheval, seulement ? On ne le voit jamais que dans les salons…

— Assurément, ce n'est pas un gaucho. Mais il ira se promener, avec vous et avec moi, quand nous voudrons…

— Est-ce qu'il chasse ?

— Tous les Français chassent.

— Enfin, je dis : Sait-il envoyer un coup de fusil ?

— Probablement ce n'est pas Buffalo-Bill !… Mais vous ne pensez pas lui faire poursuivre le bison ou tirer l'ours gris ?…

— Je crois que la force de cet homme-là est toute dans sa tête, dit Harvey avec dédain, et que, pour les bras et les jambes, il ne vaut pas grand'chose.

— Il cause fort bien, et c'est ce qui me plaît. Vous aurez mes frères, pour les exercices du corps, et mon mari pour les agréments de l'esprit.

— Enfin, Maud, vous êtes libre.

Le squatter avait accueilli Sorège avec une parfaite cordialité, parce qu'il n'était pas dans la forme de son caractère de discuter des questions résolues. Il lui donna, sur les genoux, des tapes à ébranler un buffle et constata, avec plaisir, que le jeune homme ne fléchissait pas. L'épreuve des cocktails fut aussi favorable à Sorège. Il était de ces gens qui boivent sans risque, parce qu'ils parlent peu et ne s'étourdissent pas de leur propre excitation. Il monta sur le mail, sut prendre les guides à propos, lorsque Harvey feignit d'être fatigué, exécuta des tournants impeccables, aux grandes allures, sans avoir l'air d'y toucher.

Conduit au Havre, il visita le yacht et montra qu'il avait le pied marin. Harvey ne put le prendre en défaut, sur aucun point, et dut constater qu'il était un sportsman très complet. Néanmoins il ne se sentait pas porté vers lui par une de ces sympathies qui lui étaient faciles et nécessaires. Entre Sorège et lui, il y avait toujours un voile. Celui de ces paupières qui cachaient habituellement le regard.

Pour éprouver son futur gendre d'une façon plus complète, il prétexta la nécessité de lui faire connaître ses fils, de lui montrer ses propriétés, de lui expliquer ses entreprises et il l'emmena en Amérique. Quand ils revinrent, les idées d'Harvey n'avaient pas changé. Il avouait ne reprocher rien à son futur gendre, excepté de ne pas lui plaire. Il disait, au retour, à son ami et compatriote Sam Weller :

— Pendant les trois mois que nous avons vécu avec le comte, je ne lui ai pas vu faire une incorrection ni entendu dire une inconvenance. Vous me croirez si vous voulez, Sam, j'aurais donné dix mille dollars pour le surprendre à blasphémer le saint nom de Dieu, ou à prendre la taille à une des femmes de chambre du bord. Mais jamais rien. Cet homme-là est trop parfait. Il me fait peur.

Il est possible que la résistance opposée par son père au fiancé de son choix eût excité miss Harvey à trouver le comte de Sorège plus aimable. Jamais elle ne montra autant d'empressement, pour le mariage projeté, qu'au retour du fiancé. Jusque-là, Sorège avait été, pour elle, aux yeux du monde, un simple flirt. À compter de sa rentrée à Paris, le comte fut déclaré futur mari. C'est alors que la nouvelle de cette brillante union se propagea dans les cercles parisiens, et fut annoncée à Tragomer. Le squatter était trop répandu dans le monde où l'on s'amuse pour ne pas être connu de Marenval. L'ancien marchand de pâtes avait eu, avec Harvey, une entrée en matière, qui avait servi, pendant vingt-quatre heures, de texte aux potins de salons. C'était à un dîner, chez une Américaine bien connue pour son excentricité de langage et son goût immodéré pour la musique. Les deux hommes avaient été présentés l'un à l'autre par la maîtresse de la maison :

— Monsieur Marenval. Mon compatriote Julius Harvey…

Les deux hommes s'étaient salués et sir Harvey, tendant la main à Marenval avec un sourire épanoui :

— Ah ! Marenval et Cie n'est-ce pas ? Je vous connais tout à fait bien. C'est Harvey and C° qui fournit, depuis vingt ans, à Chaminade de Bordeaux, tous les sapins, pour vos boîtes d'emballage… Enchanté !

La figure qu'avait faite Marenval, dont toute l'ambition était de faire oublier les pâtes et le racahout, source de sa fortune, avait causé à l'assistance un précieux moment de joie. De cette rencontre datait l'aversion que Cyprien avait, manifestement, vouée à Harvey, et, au fond, à tous les Américains, qu'il englobait dans le dédain que lui inspirait le squatter. Il avait, pour miss Maud, des regards de commisération, quand elle passait devant lui, brusque, décidée, bruyante, et l'idée qu'on pût songer à épouser une fille à ce point garçonnière, lui semblait le comble de l'incompréhensible. Maintenant qu'il savait que l'heureux élu était le comte de Sorège, il ricanait en disant :

— Voilà une sélection vraiment trouvée ! Cet hypocrite, avec cette effrontée. Cela fera un joli croisement !

Tragomer et Marenval, au moment où leur départ se préparait, s'étaient rencontrés à dîner, chez Mme Weller, avec Harvey, sa fille et son futur gendre. Sorège passait la revue de la colonie américaine et subissait, philosophiquement, tous les shake-hands des compatriotes de sa fiancée. En voyant entrer Marenval et Tragomer, une légère crispation du sourcil avait seule accusé son ennui. Son sourire était resté amical et il avait écouté, avec tranquillité, son beau-père qui lui expliquait les relations commerciales anciennes qui liaient Harvey and C° à Marenval et Cie.

Mais lorsque Sam Weller avait présenté Tragomer à miss Maud, et parlé du voyage accompli récemment par le jeune homme autour du monde, Sorège avait constaté avec ennui que le squatter manifestait, pour Christian, une soudaine sympathie. Après le dîner, qui avait été somptueux, rapide et accompagné de musique, ce qui rendait toute conversation impossible et réduisait le repas à une simple manifestation gastronomique, les convives s'étaient répandus dans les admirables salons de l'hôtel Weller. Les hommes avaient été emmenés par Sam dans son cabinet pour fumer.

C'est là que sont réunis les plus beaux tableaux de l'école de mil huit cent trente achetés à prix d'or par le fastueux Américain. Le *Massacre dans une mosquée*, de Delacroix, fraternise avec le *Concert de singes*, de Decamps, et le *Goûter des moissonneurs*, le plus beau tableau de Millet, fait pendant à la *Danse des nymphes*, de Corot. Le *Coucher de soleil* de Diaz, le *Bord de la rivière*, de Dupré, les *Grands bois rouillés*, de Rousseau, disputent l'admiration aux vigoureux pâturages de Troyon et aux précieuses études de Meissonier. Harvey, à peine avait-il allumé un cigare, se dirigea vers Marenval et Tragomer, assis non loin de Sorège, et leur montrant les tableaux de son ami :

— Sam Weller a une belle galerie. Mais, si vous veniez jamais chez moi, dans le Dakota, vous verriez que mes tableaux valent les siens. Seulement moi je n'ai que des maîtres anciens… Rembrandt, Raphaël, Titien, Velasquez, Hobbéma.

Marenval regarda Harvey de travers et dit :

— Ce sont ceux que l'on copie le plus facilement.

— Oh ! mais, moi, je n'ai que des originaux.

— C'est ce que prétendent tous les collectionneurs, et les marchands ne leur disent jamais le contraire…

— Mais Sam Weller n'a que des tableaux authentiques ?…

— Peuh ! fit Marenval d'un air dubitatif.

— On connaît les peintres qui les ont faits. Certaines gens existent encore qui les ont vu faire…

— Et vos Rembrandt, vos Hobbéma, qui vous les a garantis ? répliqua Marenval avec ironie. Peut-être les a-t-on, aussi, vu faire ?

— Vous êtes incrédules, vous autres Français, dit Harvey avec calme. Mais moi j'ai acheté ces tableaux, et quand ils seront restés trente ans dans ma galerie, que tous ceux qui me connaissent les y auront remarqués, si je veux les vendre, personne ne dira qu'ils pourraient être faux, parce qu'ils sortiront de chez moi et que je suis très connu.

— Hé, fit Tragomer, le raisonnement n'est pas sans justesse. C'est le pavillon qui fait la valeur de la marchandise. Certains tableaux, achetés très cher, n'auraient-ils pas pour seul mérite le nom de leur collectionneur ?

— Vous vous moquez de nous, Américains, reprit Harvey, parce que nous sommes des esprits simples. Vous nous considérez, à peu près, comme des sauvages, qui dansent quand on leur montre des verroteries. Il y a du vrai, dans votre jugement. Mais cette naïveté ne durera pas. Nous nous formerons, et le jour où nous aurons pris connaissance de nos propres forces, nous nous passerons de l'Europe, et nous fabriquerons, nous-mêmes, nos faux tableaux. Nous avons fait, depuis vingt ans, des progrès considérables. Et nous nous perfectionnons, chaque année, davantage. Déjà nous vous expédions des cuirs, des bois, des machines, des chevaux, du blé. Nous vous enverrons de tout.

— Et qui sait, peut-être même des coups de canon ! dit Marenval avec aigreur.

— À Dieu ne plaise, répondit Harvey. Nous serions des fils ingrats envers leur mère, car nous devons tout à l'Europe, qui nous a créés, et, en particulier à la France, qui nous a donné la liberté !

— Voilà qui est noblement parlé, dit Tragomer.

— Nous aimons les Français en Amérique, reprit Harvey.

— Vos filles les aiment encore plus que vous, interrompit Marenval.

Harvey sourit.

— C'est vrai. Les Français sont aimables, délicats et bien élevés. Ils n'ont qu'un défaut : ils aiment trop leur pays. Ils ne vont pas assez chez les autres… Il faut qu'on vienne chez eux… Je ne dis pas cela pour vous, monsieur de Tragomer, qui êtes un vrai globe-trotter… Mais, vous, Marenval, avec votre fortune, est-ce que vous ne devriez pas voyager ?

La vanité était le péché mignon de Marenval. Il ne put se priver du plaisir d'éblouir Harvey, et, sans calculer la portée de ses paroles, il s'écria :

— Eh bien ! soyez heureux, Harvey, je pars avec M. de Tragomer. Nous allons faire un voyage d'outre-mer…

Il n'en dit pas davantage. La main de Christian s'était posée sur son bras, et le serrait fortement. Le comte de Sorège, assis dans un fauteuil et qui fumait béatement, sans avoir l'air d'attacher la moindre attention aux paroles qui s'échangeaient auprès de lui, venait de se lever, et de s'approcher du groupe dont Harvey était le centre. Harvey, intéressé par la communication de Marenval, demanda :

— Et où irez-vous, s'il vous plaît ?

Marenval, interdit, resta muet. Ce fut Tragomer qui se chargea des explications :

— Nous avons formé le projet, Marenval et moi, d'aller faire un tour en Méditerranée. Nous pousserons jusqu'à Smyrne et nous reviendrons par Tunis et Alger…

— Ah ! fit Harvey avec indulgence, c'est un gentil petit commencement. M. de Tragomer ménagera Marenval. Avez-vous le pied marin, Marenval ?

— Je n'ai jamais navigué, avoua Cyprien, mais je ne crois pas que ce soit plus malin qu'autre chose.

— Pour un homme libre, voyez-vous, Marenval, il n'y a pas de sensation comparable à celle de se sentir maître sur son navire, au milieu de l'Océan, entre le ciel et l'eau. Là, on n'a vraiment affaire qu'à Dieu. Mais dans votre lac intérieur, vous ne quitterez pas les côtes de vue, ou à peine. C'est comme si je me promenais sur l'Ontario ou l'Érié… Venez sur mon yacht, Marenval, avec M. de Tragomer. Je vous mènerai où vous voudrez… Il y a longtemps que j'ai envie d'aller à Ceylan. Ce sera l'occasion.

— Je vous remercie, Harvey, répondit Marenval, pour une première épreuve, notre lac intérieur, comme vous appelez dédaigneusement la Méditerranée, fort méchante, par parenthèse, me suffira amplement…

— Et sur quoi naviguerez-vous ? demanda Harvey.

— Nous avons un yacht en vue, dit Tragomer. Celui qui a servi à lord Spydell, pour aller au Cap, l'an dernier. C'est un bon petit bateau de soixante mètres de longueur, qui est très marin et qui file ses douze nœuds. L'équipage est de vingt-six hommes. Le gréement comporte deux mâts, ce qui permet de tendre des voiles et de ménager le charbon…

— Il y a même, à bord, quatre jolis canons, ajouta Marenval, qui paraissait décidé à parler chaque fois qu'il aurait fallu se taire.

— Et que comptez-vous donc faire avec cette artillerie ? dit une voix railleuse. Comptez-vous bombarder Malte ou prendre Tripoli ?

Tragomer se retourna. Sorège était devant lui et souriait d'un air énigmatique.

— Ma foi, répondit Christian, les canons y étaient, nous les avons laissés. Et puis, qui sait, les parages du Maroc ne sont pas si sûrs ! Tout récemment encore, des pirates y ont pris un navire de commerce. S'il le faut, nous pourrons nous défendre.

— Eh ! M. Marenval serait, en effet, une bonne capture. On le mettrait à rançon. Mais cette idée de voyage vous est venue brusquement. Vous n'y songiez pas, il me semble, lorsque nous avons causé ensemble, l'autre jour ?

— Ma foi, c'est Marenval qui m'entraîne, dit Tragomer d'un air insouciant. Moi, je me serais volontiers reposé, tout l'hiver. Quoi qu'en dise master Harvey, la locomotion intensive, pendant un an, est extrêmement fatigante. Mais là, sur les côtes, nous nous reposerons quand nous voudrons. Et nos stations, dans les ports, seront plus longues que nos excursions au large. Qui sait ? Peut-être emmènerons-nous des amis ? J'ai pensé à Maugiron. Nous serions sûrs, avec lui, de bien manger : il s'occuperait de la table.

— Alors, si on va à Nice et à Monaco, demanda Sorège, on vous rencontrera ?

— Mais assurément, cher ami, et si même vous voulez venir nous retrouver à Marseille, dans quinze jours, Marenval et moi, nous nous ferons un plaisir de vous y mener par mer.

À cette proposition, la physionomie de Sorège se détendit. Il hocha la tête et dit d'un ton cordial :

— Je vous remercie vivement de votre amabilité. Mais je ne puis m'éloigner de Paris. Miss Harvey, à bon droit, s'étonnerait de me voir partir, et je n'aurais aucun goût pour le faire. Je vous suivrai donc, en pensée, seulement. À moins que vous ne soyez assez aimable pour m'écrire, auquel cas vous mettriez le comble à ma satisfaction.

— En attendant, mon cher, interrompit Tragomer, qui se voyait gagné, d'instant en instant, par son rusé adversaire, vous allez me présenter, comme vous me l'avez promis, à Miss Maud Harvey…

— Avec le plus grand plaisir. À moins que M. Harvey ne tienne à procéder, lui-même, à cette petite cérémonie…

— Ainsi ferai-je, dit l'Américain avec flegme. Je crois, monsieur de Tragomer, que ma fille sera contente de vous connaître…

Ils passèrent dans le salon, où Mme Weller, au milieu d'un cercle de femmes et de jeunes filles, expérimentait un extraordinaire phonographe, qu'elle venait de recevoir d'Amérique. C'était le dernier mot du progrès : la reproduction complète de la voix des chanteurs et du son des instruments. Une troupe de minstrels accompagnait du raclement des benjos, une chanson nouvelle, qui faisait fureur en ce moment dans toutes les villes d'Amérique et dont le refrain était une clameur sauvage, rythmant une danse désarticulée. Et, du pavillon de nickel, sortaient les stridents accords des mandolines nègres, et les cris féroces du chanteur. Tout était reproduit, jusqu'au piétinement épileptique des minstrels, jusqu'aux hurlements et aux bravos du public enthousiaste.

— Maintenant, si vous voulez, dit la maîtresse de maison, je vais vous faire entendre la Patti, ou le président Mac-Kinley…

Harvey et Tragomer, pendant la mise en marche de l'appareil, s'étaient approchés de Miss Maud, et, comme M. Mac-Kinley commençait à dire : Fellow citizens of the Senate…

Le squatter, montrant à sa fille le jeune homme :

— Je vous présente, Maud, le vicomte de Tragomer, un ami de votre futur mari. Monsieur de Tragomer, Miss Harvey, ma fille…

L'Américaine eut un sourire, qui éclaira son petit visage maigre. Elle montra à Christian un pouff à côté de son fauteuil, et, avec une netteté autoritaire :

— Asseyez-vous là, dit-elle. Je suis contente de causer avec vous. J'ai envie depuis longtemps de vous connaître. Nous avons des amis communs qui ont parlé de vous, souvent, devant moi…

— Votre fiancé…

— Non ! M. de Sorège, au contraire, n'a jamais prononcé votre nom… Je sais, pourtant, que vous êtes amis, depuis bien des années. Il faut que vous ne vous étonniez pas de me voir si bien renseignée. Je suis curieuse… Et je tiens à savoir ce qui concerne les gens avec qui je me lie… Et on ne peut pas se lier plus qu'en se mariant… J'aime donc à rencontrer, intimement, ceux qui ont approché mon futur époux… On juge très bien ce que valent les gens, d'après ceux qui les entourent… Pourquoi M. de Sorège ne parle-t-il jamais de vous ? Est-ce que vous êtes fâchés ?

Tragomer, un peu surpris de cette hardiesse, pencha la tête pour dissimuler son embarras. Il lui répugnait de donner à Miss Harvey des assurances qui fussent fausses, il ne voulait pas accuser le refroidissement de ses relations avec Sorège. Un mot de la jeune Américaine à son fiancé aurait suffi pour mettre en éveil ce dangereux esprit.

— Nous sommes si peu fâchés, que si Monsieur votre père n'avait pas tenu à me faire l'honneur de me conduire, lui-même, auprès de vous, c'était Sorège qui allait me présenter…

— Tant mieux ! Je voudrais que M. de Sorège eût beaucoup d'amis comme vous… Il en a eu de très mauvais, autrefois… Qu'est-ce que c'était que ce M. de Fréneuse, qui a si mal fini ?

À cette question imprévue, une rougeur monta au visage de Christian. Il regarda attentivement miss Harvey. Depuis qu'il avait affaire à Sorège, il se défiait de tout. Il eut le soupçon que la jeune Américaine servait, inconsciemment, d'alliée à l'homme qui ne regardait jamais en face, et que l'épreuve qui lui était ainsi imposée avait été préparée comme un piège. Il voulut aller au fond de la pensée de miss Maud :

— Mon Dieu ! mademoiselle, M. de Fréneuse était un pauvre garçon, que nous connaissions, M. de Sorège et moi, depuis son enfance, et dont les aventures ont été, pour tous ceux qui l'aimaient, un grand sujet d'affliction.

— Pourquoi M. de Sorège a-t-il une extrême répugnance à parler de ces aventures, et de celui qui en fut le héros ?… Je n'ai jamais pu tirer de lui, sur ce sujet, que des réponses vagues et gémissantes.

— Mais, mademoiselle, d'où venait votre curiosité ?

— Ah ! j'ai beaucoup d'amis, qui sont de méchantes langues, et qui ne craignent pas de lancer des mots désobligeants sur tout ce qui ne se fait pas par leur entremise. On a fortement critiqué mon projet de mariage avec M. de Sorège… Mais, comme il n'y avait rien à reprendre, paraît-il, sur sa conduite personnelle, on s'est rattrapé sur ses relations… C'est ainsi que j'ai été amenée à m'occuper de ce malheureux M. de Fréneuse. Certains n'étaient pas éloignés de me faire entendre que le comte, ayant vécu intimement avec un grand coupable, il ne serait pas impossible qu'il devint un grand coupable lui-même. Naturellement, j'ai traité ces absurdités, avec le mépris qu'elles méritaient. Mais j'ai interrogé le comte Jean sur son ancien ami, et lui qui se possède si bien, il s'est troublé et a paru au supplice. Alors je me suis promis de tirer cette affaire-là au clair. Et l'occasion est bonne, puisque vous voilà assis auprès de moi et que nous pouvons causer, à notre aise, pendant que toutes ces femmes perdent leur temps à écouter les sottises que leur débite ce stupide instrument.

— Mon Dieu, miss Harvey, j'ai peine à comprendre qu'une jeune fille, telle que vous, sans inquiétudes et sans soucis, applique son esprit à des sujets aussi douloureux que celui que vous évoquez. Mais si le fait d'avoir été l'ami de Jacques de Fréneuse est compromettant, permettez-moi de vous faire observer que, moi aussi, j'étais son ami.

— Oui, mais vous, vous l'avez défendu, vous ne craignez pas de parler de lui, vous n'êtes pas à la gêne, quand on prononce son nom… Voyez-vous, moi, j'ai l'habitude de penser très clair et de parler très franc. Il y a, dans cette affaire de Fréneuse, en ce qui concerne M. de Sorège, quelque chose qui me choque… Qu'est-ce que c'est ? Vous devez le savoir. Dites-le-moi ?

Christian resta impassible :

— Je n'ai rien à vous dire, miss Maud, si ce n'est que Jacques de Fréneuse n'a jamais cessé de protester de son innocence, et que quelques-uns de ses amis, malgré les apparences, malgré les preuves, n'ont pas cru à sa culpabilité.

— Êtes-vous de ceux-là, vous, monsieur de Tragomer ?

— Oui, mademoiselle, je suis de ceux-là.

— Et vous n'avez rien fait, jusqu'ici, pour prouver que vous ne vous trompiez pas ?

— Et qu'aurais-je pu faire ? La justice a prononcé.

— Et si elle s'est trompée ?

— La justice ne se trompe pas. Elle est quelquefois trompée. Ce qui n'est pas la même chose.

— Dans cette affaire, y avait-il donc quelqu'un qui avait intérêt à égarer la justice ?

— Peut-être.

— Vous le connaissez ?

— Non, mademoiselle, je ne le connais pas.

Au même moment, inquiet de voir l'entretien se prolonger, entre sa fiancée et Tragomer, le comte de Sorège apparaissait à l'entrée du salon. Mlle Harvey, avec son éventail, lui fit, assez cavalièrement, signe d'approcher. Et avec toute la fougue primesautière de sa nature :

— Venez un peu ici. Je suis ravie que mon père m'ait présenté votre ami. Il vient de m'intéresser prodigieusement en me parlant de ce Jacques de Fréneuse, sur lequel on ne peut rien vous arracher. Pourquoi ne m'avez-vous pas dit que vous le croyiez innocent ?

— Je voudrais le croire, dit Sorège d'une voix sourde.

— Vous avez donc moins de simplicité d'esprit ou moins d'indulgence que M. de Tragomer, car lui, il admet l'innocence du condamné.

Le comte pencha la tête avec tristesse :

— Il a trop de raisons de vouloir que Fréneuse soit innocent, pour ne pas être entraîné à affirmer ce qu'il désire…

— Et quelles raisons a-t-il donc de plus que vous ? demanda avec vivacité l'Américaine. Il était l'ami de ce malheureux, comme vous, pas plus que vous…

— Ne vous a-t-il donc pas dit tout ce qui l'attachait à la famille de Fréneuse ?

Miss Maud leva sur Tragomer son clair regard. Le jeune homme eut un sourire triste :

— Il est vrai que j'étais le fiancé de Mlle de Fréneuse lorsque la catastrophe arriva, et que tous les projets formés furent brisés… Oh ! par ma faute, je m'en accuse. Je manquai de constance, de fermeté. J'aurais dû mépriser l'opinion publique, la braver… Dans le désarroi des premiers jours, j'ai eu la faiblesse de subir l'influence des mauvais propos, des lâches conseils. Je m'écartai, un peu, de ces pauvres femmes, pour lesquelles j'aurais dû redoubler de dévouement… J'ai fait comme Sorège, comme tous les autres : j'ai fui le malheur. Et quand, honteux de ma conduite, je suis revenu, priant qu'on me pardonnât, j'ai trouvé la porte close, le cœur fermé et le dédain, au lieu de l'affection… Voilà pourquoi j'ai voyagé, pendant dix-huit mois, promenant ma tristesse dans toutes les parties du monde et n'y trouvant pas l'oubli de ma mauvaise action. Voilà mon histoire, Mademoiselle. Comme vous pouvez vous en rendre compte, elle n'est pas brillante. C'est, avec une cruelle aggravation, celle de tous les amis de Jacques de Fréneuse, et vous devez comprendre, maintenant, pourquoi il n'est pas agréable à Sorège de vous en parler.

— Je lui aurais su bon gré de m'avouer la vérité. Je vous estime beaucoup d'avoir eu la franchise de m'expliquer votre faiblesse… Je comprends la résolution prise par la sœur de ce malheureux… Moi je ne pardonnerais pas un manque de courage moral… Je comprends qu'on soit pris de peur, devant un grizzli ou un puma. C'est un effet physique qu'on n'a pas le temps de raisonner. Mais une défaillance intellectuelle, je le crois bien, me trouverait impitoyable. Vous avez fait, depuis votre retour, une tentative pour voir votre ancienne fiancée, ou sa mère ?

— Non, dit sourdement Tragomer. Je savais, d'avance, que ce serait inutile.

— Et vous, comte, vous ne les avez jamais revues ?

— Jamais.

Miss Harvey demeura un instant pensive. Puis, une mélancolie, qui contrastait avec sa vivacité habituelle, passa dans ses yeux.

— Le sort de ces deux pauvres femmes est tout ce qu'on peut rêver de plus triste. Elles persistent à croire innocent ce malheureux garçon ?…

— Elles persistent.

— Et elles ne font rien ? demanda la jeune Américaine.

— Que voulez-vous qu'elles fassent ?

— Si j'étais à leur place, je ferais quelque chose. Il n'est pas admissible qu'on reste en place, à pleurer et à songer, quand on a la pensée qu'une injustice a été commise. Moi, monsieur de Tragomer, si un de mes frères, victime d'une machination, avait été condamné, je n'aurais pas eu de repos avant que son innocence eût été proclamée. J'y aurais dépensé mes forces, mon intelligence, ma fortune. Mais je ne l'aurais pas laissé au bagne, quand j'aurais dû, avec une bande de flibustiers, aller l'enlever de vive force !

À ces derniers mots, Sorège eut un rire qui sonna faux. Son regard passa, entre ses paupières discrètes, et se fixa sur le visage de Tragomer, l'étudiant avec un soin inquiet, puis il dit :

— Vous êtes une véritable amazone, Miss Maud, et vous voilà partie en guerre… Les choses ne se font pas si aisément que vous le croyez, et il y a, pour garder les forçats, de solides troupes, de bons remparts et, enfin, de rapides navires qui croisent sur la côte.

— Vous en paraissez charmé ! interrompit avec vivacité la jeune fille. En vérité, je ne vous comprends pas. Par instant, je croirais que vous avez de la haine pour votre ancien ami…

— De la haine, grand Dieu, non ! Mais je le blâme sévèrement, et de toute l'affection que j'avais pour lui, d'avoir gâché si maladroitement sa vie, et bouleversé celle des autres. Il n'avait qu'à marcher droit, dans la route qui s'ouvrait à lui. Et, par amour des chemins détournés, il s'est enfoncé dans un si fangeux cloaque de vices, qu'il a été impossible de l'empêcher de s'y perdre. Je lui en veux, Miss Maud, oui, mais de cela seulement, croyez-le bien. Et cette rancune c'est de l'amitié encore.

— Eh bien ! si vous êtes encore attaché à ce garçon, comment ne partagez-vous pas la croyance de M. de Tragomer ? Pourquoi n'essayez-vous pas de discuter la culpabilité du condamné ?

— Ah ! cela, c'est impossible. Et on s'y briserait, déclara Sorège avec force. Nier des faits matériels reconnus, prouver l'invraisemblable, se refuser à l'évidence ? Ce n'est pas une besogne pour un être sensé. On peut gémir, on peut regretter, on peut maudire. Mais s'insurger contre le bon sens, combattre la vérité même, à quoi bon ?

— Il a raison, mademoiselle, dit froidement Tragomer. Et je l'ai si bien compris que mes convictions sont purement platoniques. S'il y avait eu quelque chose à faire, je l'aurais tenté, soyez-en sûre. Et c'est parce que tout est inutile que je prends le parti de me distraire en voyageant.

— Puisque vous voyagez, pourquoi n'allez-vous pas voir ce malheureux ?

Tragomer tressaillit. Une fois encore il se demanda si l'Américaine n'était pas d'accord avec Sorège, pour le faire parler. Mais l'audace même de la question protestait contre cette supposition. Elle était, tout simplement, emportée par le génie aventureux de sa race, par la méconnaissance des obstacles, spéciale à la grande fortune, et par l'inconscience parfaite des lois et des règlements, qui caractérise la femme.

— Aller à Nouméa ? demanda Sorège de sa voix fausse. Triste expédition !

— Je n'en aurais pas le courage, dit Tragomer. Voir dans l'abjection un être que j'ai connu beau, brillant, charmant. Ce serait un spectacle trop douloureux. Et comment le trouverais-je, après deux ans de vie commune avec ses ignobles compagnons ? Le caractère s'abaisse bien vite, le corps s'use, les mauvaises habitudes se prennent. Et d'un homme intelligent et fort, la vie du bagne fait un être aveuli et dégradé. Je préfère ne pas voir cela. J'en aurais trop de chagrin.

— Cependant, vous le croyez innocent. Et vous vous résignez à penser qu'il vit dans ces misérables conditions. Vous n'essayez pas de l'en tirer ? Vous allez vous promener dans la Méditerranée, en longeant les côtes, de façon à pouvoir mettre pied à terre à Cannes et à Monte-Carlo. C'est hygiénique et réconfortant. Là vous n'aurez pas de spectacles pénibles sous les yeux, si vous savez ne pas regarder les poitrinaires. On m'avait dit que les Français étaient les derniers serviteurs de la Chimère et qu'il ne se commettait pas, dans le monde, une héroïque folie, sans qu'ils y prissent part. Je suis bien aise de voir que le sens pratique leur est venu et que, avant de suivre leur inspiration, ils consultent, maintenant, leur intérêt. Bon voyage donc, monsieur de Tragomer, je suis très enchantée d'avoir fait votre connaissance. Il est probable que vous serez revenu de votre cabotage, au printemps. Mon père et moi, nous irons à l'île de Wight, comme tous les ans ; si vous voulez venir nous y retrouver, ce sera un déplacement dans vos goûts. Pas de fatigue, pas d'émotion et de l'agrément.

Elle regardait, en parlant ainsi, le jeune homme, avec un sourire pincé, qui donnait à son mince visage une expression de dédain extraordinaire. Tragomer en parut accablé. Sorège, l'air paterne, intervint.

— Faut-il être fou, Miss Maud, pour vous complaire ? Je trouve excessif, que vous querelliez Tragomer, à cause de moi. Pourquoi exigeriez-vous de lui une sublimité dont je ne lui donne pas l'exemple ? Êtes-vous en humeur de batailler, ce soir ? Alors je suis là pour vous servir de cible. Mais de grâce, épargnez les passants !

Miss Harvey se mit à rire :

— Après tout, comte, vous avez raison, comme disait, à l'instant, votre ami, et lui aussi a raison. Et c'est moi, seule, qui ai tort de partir en guerre.

— Les peuples neufs ! fit Sorège. Ça passera, comme à nous, races fatiguées.

La jeune fille tendit la main à Tragomer, et avec toute sa bonne grâce retrouvée :

— Je me suis un peu emballée ! Vous me le pardonnerez, j'espère.

— Bien volontiers, dit le breton. D'autant mieux, qu'au fond, c'est Sorège qui a fait les frais de la fête.

Ils rirent. Sorège lui-même daigna égayer son impassible visage.

— Alors maintenant, dit l'Américaine, rien de ce qu'on va faire ou dire, ici, ce soir, n'aura d'intérêt pour moi. Je me retire.

Elle fit signe à son père, et suivie de Sorège elle s'éloigna. Aussitôt Marenval qui guettait son compagnon, depuis un assez long instant, se rapprocha et, non sans inquiétude, demanda :

— Quelle diable de conférence aviez-vous donc, tous les trois, dans ce coin ? Je vous voyais seulement, et, rien qu'à vos gestes, il me semblait que ce que vous vous disiez devait être grave.

— Vous ne vous trompiez pas. Un peu plus Miss Harvey m'offrait de me conduire, elle-même, en Nouvelle-Calédonie…

— Vous voulez rire ?

— Non, certes. Ceci se passait devant Sorège. Et j'en ai encore chaud.

— Alors la fille, après le père ? Ah ! çà, ils ont donc la rage de promener les gens sur mer, dans cette famille-là ?

— Elle m'a fait subir un véritable interrogatoire, sur le compte de Jacques de Fréneuse…

— Bah ! Et à propos de quoi ?

— Je voudrais bien le savoir. Un instant, j'ai soupçonné Sorège d'avoir préparé ce traquenard, pour m'y prendre… Mais non. Il était aussi gêné que moi-même… Le hasard a tout fait, peut-être… En tout cas, je compte, à un moment donné, tirer parti de l'incident. Miss Harvey ne saurait rester indifférente à nos efforts, en faveur de Fréneuse. Et, s'il y a lieu de lui demander son aide, dans une circonstance décisive, je ne la crois pas femme à nous la marchander.

— Même contre son fiancé ?

— Même contre lui.

— Êtes-vous sûr de ne rien avoir laissé deviner de nos projets ?

— Rien. J'ai préféré me laisser railler par cette vive et bizarre fille. Elle a, en ce moment, une fichue opinion de moi. Je m'arrangerai pour l'en faire changer !

— Vous partez ?

— Oui. J'ai encore des préparatifs à terminer et des affaires à régler.

— Où nous retrouverons-nous, demain ?

— À trois heures, chez Mme de Fréneuse. Il faut que je tâche de la voir. Je compte sur vous, pour obtenir d'être reçu par elle.

— À demain donc.

Le sombre hôtel de la rue des Petits-Champs parut s'éveiller de son morne silence, lorsque le timbre d'entrée résonna sous la main impatiente de Tragomer. Le vieux Giraud vint ouvrir la porte, il sourit à Marenval et resta stupéfait, à la vue de Christian. Son visage reprit sa taciturnité et, comme l'ancien marchand de pâtes demandait :

— Ces dames sont-elles visibles ?

— Pour monsieur, certainement, dit le serviteur, mais je ne sais pas si M. de Tragomer…

L'accent plein de reproches, avec lequel cette phrase interrompue était dite, troubla profondément le jeune homme. Il avait là, dès le premier pas dans cette maison, la notion exacte des sentiments qu'on y ressentait, maintenant, pour lui. Et c'était le vieil homme, qui le connaissait depuis son enfance, qui si souvent l'avait reconduit chez son père, le soir, après les journées de jeu avec Jacques, qui lui donnait à goûter, dans la petite salle, voisine de l'antichambre, et veillait à ce que rien ne manquât ni dans les distractions, ni dans les friandises, qui, le front détourné, se demandait si ses maîtres voudraient le recevoir. Le logis se présentait silencieux et désolé, Jacques n'était plus là, le serviteur était voûté, tremblant, triste, et lui, Tragomer, rentrait en étranger dans cette maison jadis riante et ouverte. Il dit :

— Veuillez, Giraud, ne pas annoncer à ces dames ma présence, je vais attendre là, dans la petite salle, où…

En disant ces mots si pleins pour lui de souvenirs, des larmes lui montèrent aux yeux.

— Ah ! monsieur Christian, s'écria le serviteur bouleversé, notre Jacques ne vous y tiendra plus compagnie, comme autrefois… Mais je vois que vous ne l'avez pas oublié… Oui, vous l'aimez toujours ! Ah ! Je pensais bien que c'était impossible que vous ayez, comme les autres, abandonné votre ami !…

— Non ! Giraud, je ne l'ai pas abandonné. Vous en aurez la preuve. Mais il est important que je parle à Mme de Fréneuse. M. Marenval va monter lui demander de m'accueillir. Conduisez-le ; moi j'attendrai que vous veniez me chercher…

Il entra dans la pièce où Marenval avait si longuement interrogé Giraud, sur le compte de M. de Sorège. Le vieux serviteur et Cyprien gagnèrent le salon où, toujours près de la cheminée, dans sa robe de deuil, l'inconsolable mère traînait sa vie, sans apaisement et sans espérance. Dans l'embrasure de la fenêtre, sa fille travaillait silencieuse. Aucune parole ne s'échangeait entre les deux femmes, autrement que pour le courant de la vie. En dehors de ces détails vulgaires, elles n'avaient qu'une pensée, et sur laquelle elles se savaient si bien d'accord, qu'elles n'avaient plus besoin de paroles pour se comprendre. Leur regard suffisait.

La porte s'ouvrit et, derrière le bonhomme Giraud, Marenval parut. Le visage de Mlle de Fréneuse s'éclaira d'un sourire. Elle se leva, tendit la main à Cyprien et le conduisit près de sa mère.

— Je vous avais promis de revenir, à bref délai, mes chères cousines, dit l'ancien commerçant. Me voici, et avec de meilleures assurances à vous donner que la dernière fois.

— Vous avez appris quelque chose de favorable à notre cause ?… demanda avec trouble Mme de Fréneuse.

— Oui, certes, de très favorable… Mais, avant tout, je voudrais ne pas laisser attribuer à moi seul le mérite de ce qui a été fait. Dans cette affaire, j'ai un allié habile, persévérant, à qui la plus grande part des résultats déjà acquis, est due… C'est M. de Tragomer…

Le front de Marie de Fréneuse s'obscurcit. Marenval ne se troubla pas :

— Il est indispensable que vous le voyiez. Lui seul pourra bien vous donner les renseignements si importants que nous possédons, car c'est lui qui les a obtenus à force de patience et de sagacité.

Mme de Fréneuse leva les yeux sur sa fille, pour voir comment elle accueillait cette demande. La jeune fille eut un geste de protestation, son visage pâlit, cependant elle concéda :

— Recevez-le, si vous y avez intérêt. Moi je me retirerai.

— Ne peux-tu te montrer moins rigoureuse ?

— Jamais je n'oublierai, ma mère, vous le savez bien.

— Cependant, s'il répare sa faute, s'il travaille, avec nous, à la réhabilitation de ton frère.

— Il faudra mieux que de vaines paroles de condoléance, pour me convaincre, dit la jeune fille avec amertume.

Elle sonna, et comme le vieux domestique paraissait :

— Faites monter, ici, M. de Tragomer.

Et, sans un mot de plus, elle passa devant sa mère et Marenval et sortit.

— Ce pauvre Christian ! dit Cyprien à Mme de Fréneuse. Quand vous saurez ce qu'il a déjà fait et ce qu'il est disposé à tenter, vous plaiderez, je l'espère, sa cause auprès de Marie. Il ne s'agit pas de décourager un homme aussi utile. Diable ! Sans lui que deviendrions-nous ?

Tragomer entrait. Un instant il resta indécis sur le seuil, il chercha des yeux Mlle de Fréneuse. Il ne vit que la mère de Jacques, en deuil, et les cheveux tout blancs. Ses lèvres remuèrent, ses yeux devinrent humides, il ne put trouver une parole, et, avec un respect tout filial, il plia le genou devant cette martyre. Elle lui ouvrit ses bras, et confondant leurs larmes, ils demeurèrent un instant silencieux et bouleversés. Enfin Mme de Fréneuse se dégagea, essuya ses pleurs et, regardant affectueusement le jeune homme :

— Je vous remercie, Christian, d'être revenu. Vous m'avez rendu le passé, pour quelques minutes. Voyons, maintenant, ce que vous avez fait pour que l'avenir soit meilleur.

Tragomer s'était relevé. Il s'adossa à la cheminée et s'adressant à Marenval aussi bien qu'à la mère de Jacques :

— J'ai acquis, déclara-t-il, la conviction, pour un peu je dirais la certitude, que la femme, pour le meurtre de laquelle Jacques a été condamné, est vivante.

— Léa Pérelli ! s'écria avec stupeur Mme de Fréneuse.

— Léa Pérelli. Il y a eu, dans cette affaire, une partie mystérieuse, que je suis en voie d'éclaircir, et je ne reculerai devant rien pour arriver à ce résultat. Notre ami Marenval m'aidera courageusement. Il est animé du même désir, de la même ardeur que moi. Au bout de notre entreprise est la constatation de l'innocence de votre fils. Voilà ce que nous rêvons et ce que nous allons essayer de réaliser.

— Mais comment ?

— Nous partons, demain, pour un long voyage sur mer. Nous sommes censés côtoyer les rives de la Méditerranée. Notre apparition sur les divers points que nous avons fixés : Nice, Naples, Palerme, Alexandrie, donne le change sur notre vrai dessein. Brusquement, nous nous dérobons, nous traversons le canal de Suez, nous entrons à pleine vapeur dans la mer des Indes, nous gagnons Colombo, et nous touchons la Nouvelle-Calédonie. Là, nous sommes au terme de notre voyage. Je descends à terre, je vois Jacques, et je lui pose les redoutables questions qui doivent éclairer complètement l'obscurité si habilement faite sur les réalités du crime.

— Vous allez le voir ? dit la mère en joignant les mains, suppliante. Oh ! emmenez-moi avec vous ?

— Le pouvons-nous ? Votre présence, à bord, serait l'aveu de nos projets. Il faudra, au contraire, que vous preniez sur vous de sortir, quelquefois, pendant notre absence, afin qu'on soit sûr que vous êtes à Paris...

— On ? Qui donc a intérêt à me surveiller et à vous craindre ?

— Celui, ou ceux, je ne sais encore, qui sont les complices, ou les coupables eux-mêmes, à la place de qui Jacques souffre et expie... Si nous leur donnons l'éveil, ils peuvent nous échapper... Il faudra que nous tombions sur eux, comme la foudre, pour en avoir raison...

— Est-ce que je les connais ? demanda avec angoisse Mme de Fréneuse.

— Ne me questionnez pas, répondit Tragomer, contentez-vous de l'espoir que je vous donne. Après avoir vécu, pendant deux années, dans la douleur et l'anéantissement, reprenez de la confiance et de la joie.

— De la joie, hélas ! en retrouverai-je jamais, même si je revois mon fils ? De telles épreuves brisent le cœur pour le reste de la vie. Voyez, je suis voûtée, blanche et ridée, comme une octogénaire, et je n'ai pas cinquante ans. La torture, que j'ai endurée, a été sans nom. Je prie le ciel pour que ceux, qui me l'ont infligée, n'en soient pas trop punis...

— Oh ! madame, ils le seront terriblement, car tout leur a si bien réussi, jusqu'à présent, qu'ils se croient sûrs de l'impunité. Il a fallu un concours de circonstances incroyable, pour que je tombe sur le premier fait qui a commencé à m'éclairer. Et de recherches en recherches, il a fallu bien du temps et des efforts pour arriver au point où nous sommes, et rien n'est encore fait, tout est à exécuter.

— Au moins, avez-vous bon espoir de réussir ? dit la mère, déjà effrayée par les restrictions de Tragomer.

— Ma chère cousine, dit Marenval, regardez-moi bien. Je ne m'avance pas souvent et, surtout, jamais à la légère. Pour qu'un homme tel que moi, à la fin de sa carrière, posé, heureux, libre, riche, n'ayant plus qu'à se laisser vivre, entreprenne une affaire comme celle où nous nous engageons Christian et moi, il faut qu'il soit joliment sûr du résultat ! Oui, nous réussirons ! Nous réussirons !

Et, comme Mme de Fréneuse fixait sur Cyprien ses yeux où l'admiration se mêlait à l'étonnement, il ajouta avec bonhomie :

— Tragomer me l'a promis, et j'ai confiance en sa parole.

— Mais comment saurons-nous ce qui se passera, pendant ce long voyage ?

— J'ai tout prévu, dit Marenval. Mon valet de chambre recevra des lettres, qui vous seront portées par lui et dans lesquelles nous vous tiendrons au courant. Vous ne recevrez rien directement. Une indiscrétion d'employé, un bavardage de domestique, pourraient nous découvrir, et il faut que nous cheminions mystérieusement.

— Et moi, pour vous répondre ?

— Par la même voie. Mon valet de chambre est un homme de confiance, comme Giraud… Vous pourrez lui donner vos lettres. Il nous les enverra à l'adresse du capitaine de notre yacht…

— Mais, ce que je puis vous demander, dès maintenant, reprit Mme de Fréneuse, avec une vive émotion, c'est d'embrasser ce malheureux enfant pour moi, c'est de l'assurer que mon cœur n'a jamais douté de lui, et que, dans ma détresse, j'ai compté ma propre peine pour rien, en pensant à la sienne. Il a commis bien des erreurs, il a donné prise sur lui, terriblement, par sa faute… Mais il paye sa mauvaise vie, au prix d'un supplice qui le relève et le grandit. Dites-lui tout cela. Car s'il a pleuré, il faut qu'on le console, et qu'avant de lui promettre la réhabilitation, on lui montre que rien n'est perdu en ce monde, même la douleur !

— Je ferai selon votre désir, dit gravement Tragomer, mais si vous pensez que toute erreur peut s'expier, ne daignerez-vous pas être indulgente pour celles que j'ai commises. Ne voudrez-vous pas plaider ma cause auprès de Mlle de Fréneuse ? Avant de partir, il me serait doux de lui dire adieu. Peut-être, si elle demeure impitoyable, pour ce qui la concerne personnellement, voudra-t-elle m'encourager, par affection pour son frère. Je ne lui demanderai aucun pardon, aucun espoir. Un simple souhait de réussite, et, si de hasard, je ne reviens pas, une prière.

Mme de Fréneuse se leva et, ouvrant la porte, elle passa dans la pièce voisine. Au bout d'un instant, très court, elle reparut. Sa fille la suivait. Les deux femmes étaient pâles, et des larmes roulaient dans leurs yeux. Marie s'avança froide et sombre vers son ancien fiancé et, d'une voix assurée, elle dit :

— Vous avez demandé à me voir, avant de partir, monsieur de Tragomer. Je sais que vous allez essayer de sauver mon frère. Je ne puis donc refuser, me voici.

Il resta, devant elle, troublé, tremblant, malheureux. Il eût voulu parler, et il avait promis de se taire. Sa justification lui montait, ardente, aux lèvres, des protestations emplissaient sa pensée et des regrets amers bouleversaient son cœur, en revoyant, après deux années, triste, amaigrie par le désespoir, celle qu'il avait connue rieuse, ardente et forte. Elle lui parut, peut-être, plus belle encore dans la douleur que dans la joie. Son visage avait pris un caractère de noblesse et de fierté, qui avait remplacé l'air d'insouciance et de naïveté. Elle était ainsi plus femme, et il la jugeait cent fois plus désirable. Il s'avança vers elle, et, sans qu'elle eût levé son regard vers lui, il lui parla doucement :

— Marie…

Elle frissonna, tant il y avait de souvenirs heureux effacés et disparus, dans ce seul nom prononcé par lui. En un instant, tout le passé s'évoquait. Elle revoyait la maison gaie et vivante, sa mère heureuse, son frère présent et aimé, choyé, malgré ses folies, et elle fiancée, souriante devant l'avenir joyeux.

À ce tableau si doux de la vie ancienne et si bonne, à jamais finie, elle ne put contenir son émotion, et, portant ses mains à son visage, elle éclata en sanglots. Alors Tragomer ne fut plus maître de lui, et avec une véhémence passionnée :

— Oh ! Ces larmes que vous versez, Marie, elles me désolent et me ravissent, à la fois. Vous n'avez donc pas tout oublié ? Votre cœur n'est donc pas fermé pour toujours ? Il se rouvrira pour moi. Je le sens : vous me pardonnerez. Je ferai tant que vous oublierez votre juste rancune et que votre sévérité s'apaisera. Je n'ai pas voulu partir, sans vous avoir revue. Il me semble que j'aurais échoué dans ma tentative, si je n'avais pas puisé de l'intelligence et de la résolution dans vos yeux. Maintenant je n'ai plus aucune inquiétude. Tout ira bien, nous triompherons. Et ce sera, pour vous, sachez-le, que j'aurai fait tant d'efforts. Ainsi, peut-être, me jugerez-vous digne d'indulgence, et, comparant mes torts à la réparation que je vous en aurai offerte, un jour, voudrez-vous m'absoudre.

Elle se redressa, calme, forte, décidée, et montrant à Christian son beau visage transfiguré par l'espérance, elle prononça ce seul mot :

— Réussissez !

Tragomer poussa un cri de joie, et comme la main de Mlle de Fréneuse pendait, le long de sa robe, il se courba, prit cette main blanche et amaigrie, et la pressa dévotement sur ses lèvres. Puis s'inclinant devant Mme de Fréneuse :

— Allons, Marenval, maintenant, partons !

— Partons ! répéta Cyprien avec énergie.

Il embrassa chaleureusement les deux femmes et suivit Tragomer.

DEUXIÈME PARTIE

I

La chaloupe à vapeur stoppa au bas de l'escalier du môle, et un sergent d'infanterie de marine accrocha avec une gaffe l'anneau de l'embarcation, afin de faciliter la descente du passager. Celui-ci se leva de l'arrière, où il était assis près du barreur, et dit en anglais :

— Attendez-moi, jusqu'à ce que je revienne. Peut-être en ai-je pour longtemps. Que pas un homme ne descende à terre.

— Très bien ! master Christian.

Tragomer, vêtu de coutil blanc, coiffé d'un casque colonial en liège, sauta lestement sur les dalles mouillées de l'escalier, et prit pied sur le môle. Une bande de canaques, aux cheveux rougis par la chaux, vêtus d'oripeaux sordides, contenus par quelques miliciens coloniaux, se pressait au-devant du voyageur. Le sergent commanda :

— Arrière ! Tas de brutes ! Ou gare à vous !

Et, levant un gourdin qu'il tenait à la main, il sembla disposé à mettre d'accord ses actes avec ses paroles. Les indigènes firent place et l'arrivant se trouva seul en présence du chef de poste.

— Monsieur débarque du petit navire anglais ? demanda le sergent.

— Oui, dit Tragomer, avec un fort accent, je débarque, pour cette journée. Je voudrais visiter l'établissement pénitentiaire…

— Il faut demander une permission au gouverneur…

— Ah ! Et où est le gouverneur ?

Avec l'habituelle complaisance française, le sergent chercha du regard autour de lui, et, apercevant un surveillant canaque, qui fainéantait, assis sur le parapet de l'estacade :

— Avance à l'ordre, Dérinho. Voici un étranger, que tu vas conduire au Palais… Vous ne trouverez pas le gouverneur, monsieur : il est en tournée à bord de l'aviso de l'État… Mais son secrétaire vous recevra… Oui, il est dix heures, il sera encore là… Si, par hasard, il était parti, poussez jusqu'au Café de la Cousine…

— Merci, dit, avec un sourire, Tragomer, et ne voulant pas offrir d'argent au brave sergent, il tira de sa poche un étui en paille de Manille, et le tendit au chef de poste :

— Acceptez, je vous prie, un cigare.

— Ma foi, avec plaisir… Matin ! Vous êtes passé, en venant, par la Havane.

Christian vida son étui dans la main du soldat, et, saluant, il suivit le guide qui l'attendait.

— Eh bien ! s'écria gaîment le sergent, derrière le voyageur, si j'attrape, cette fois, le cancer du fumeur, ça ne sera toujours pas avec des mégots !

Et, allumant voluptueusement un cigare de prince ou de banquier, il reprit sa faction un instant interrompue. Il faisait une chaleur violente, à peine tempérée par la brise du large. L'île Nou étendait, à l'horizon de la rade, sa côte basse frangée d'écume, et, sur le ciel sans nuages, les pitons verdoyants de l'île des Pins découpaient leurs dentelures agrestes. Un mouvement de chaloupes et de chalands, conduits par des mariniers canaques, animait la baie. Un grand bateau charbonnier emplissait ses soutes, répandant autour de lui, dans la mer, une teinte d'encre, et des navires de commerce, à l'ancre, voiles roulées sur les vergues, cheminées inactives, balançaient leurs masses endormies sur les flots bleus. À quelques centaines de mètres, affourché sur ses ancres, un yacht blanc, gréé en goélette, bas sur l'eau, taillé pour la course, dressait ses cheminées jaunes d'où s'échappait une légère fumée. Le pavillon anglais flottait à la corne de son mât d'arrière et, sur le pont, un va-et-vient de matelots indiquait que le navire était sous vapeur et prêt à partir au premier ordre.

Par un boulevard planté d'arbres, mais dont la viabilité ne faisait pas honneur à l'administration coloniale, Tragomer entra dans la ville, précédé de son guide. Par le beau temps, une poussière épaisse couvrait le chemin qui, à l'époque des pluies, devait se changer en un fleuve de boue. Des boutiques, tenues par les libérés, s'ouvraient de chaque côté, offrant à la population des objets d'utilité ou de luxe. Les petites popinées canaques, aux chapeaux tressés, vêtues de cotonnades de couleur, passaient revenant du marché, chargées de leurs paniers à provisions, répondant par des rires aux œillades des soldats de marine. Le surveillant ralentit le pas. Une assez vaste construction, surmontée du pavillon tricolore, se dressait devant Tragomer.

— Palais !… dit avec emphase Dérinho, en crachant un long jet de salive rougie par le bétel.

— Bien ! répondit Tragomer en avisant le factionnaire qui, à l'ombre de sa guérite, montait la garde appuyé nonchalamment sur son fusil.

Il donna une pièce de monnaie au guide et entra dans le palais. Une corvée de forçats travaillait à réparer la toiture d'un petit bâtiment et le surveillant, assis sur une bille de bois, fumait sa cigarette. Au-dessus d'une porte, Tragomer lut cette inscription : « Administration pénitentiaire. – Cabinet du gouverneur. – Secrétariat général. » Il entra. Un employé somnolait, qui leva la tête, en entendant des pas et dit d'une voix aigre :

— Vous désirez, monsieur ?

— Parler à M. le secrétaire…

— Encore un anglais, marmotta le plumitif et, se levant avec effort, il passa dans une pièce voisine.

— Entrez, dit-il, en reparaissant au bout d'un instant.

Le secrétaire était à demi étendu dans un fauteuil, son gilet ouvert et sa cravate défaite. Il se souleva, en apercevant le visiteur, désigna d'une main lasse un fauteuil, en face du sien, et, avec une mine qui exprimait l'étonnement qu'on vînt dans le pays sans y être contraint, il dit :

— Qui ai-je l'honneur de recevoir ?

Tragomer prit, dans sa poche, une enveloppe cachetée de rouge, et répondit, avec un salut :

— Sir Christian Fergusson, de Liverpool, et voici une lettre du consul de France à Colombo, qui me recommande à la gracieuse bienveillance de M. le gouverneur.

— Monsieur est Anglais, dit le secrétaire en prenant le papier, avec une aimable indifférence. Oui, nous ne voyons, en fait de visiteurs, que des Anglais ou des Américains. Les Français ne viennent jamais… Ils ne voyagent pas… Du reste, que voir dans ce diable de pays ?… L'établissement ?… Les camps disciplinaires ?… Triste spectacle !… Enfin ! Chacun son goût !

Il jeta un regard sur la lettre et reprit :

— Monsieur fait une étude comparative des divers régimes pénitentiaires, appliqués aux colonies par les États européens ?… Travail ingrat ! Il faut avoir vu de près les transportés, comme nous les voyons, pour se rendre compte du médiocre parti qu'on en peut tirer pour coloniser… Vilain bétail, monsieur, et difficile à conduire. Ils croient tous, en arrivant ici, trouver un Eldorado. Ils se sont gargarisés avec ces mots : la Nouvelle. Il y en a qui sont dans des maisons centrales, et qui tuent pour être envoyés à la Nouvelle ! Ils voient la colonie à travers leurs rêves, et quand la vérité s'offre à eux, il faut déchanter… Ce n'est pas une existence de planteur et de sybarite qu'ils mènent. Il s'en faut !… Ils s'imaginaient qu'ils allaient passer leur temps à se promener, en fumant, au bord de la mer, comme des Parisiens en villégiature… Ils en rabattent quand ils font connaissance avec les bagnes, les dortoirs où ils couchent enchaînés, et les surveillants qui les gardent le revolver à la ceinture… Oh ! quand ils se conduisent bien, l'administration est paternelle pour eux. On les prend dans les bureaux, on adoucit leur sort, on les rend presque heureux… Mais combien sont dignes de ces faveurs ?… La plupart n'ont qu'une idée : voler, s'évader…

Le secrétaire respira. Son auditeur l'avait écouté avec une attention qui le flattait. Il se préparait à poursuivre, Tragomer lui posa cette question :

— Est-ce que les évasions sont fréquentes ?

— Assez fréquentes, mais, presque toujours, inutiles. Pour qu'un forçat puisse se sauver, il est nécessaire qu'un navire le recueille. Nous avons eu autrefois l'évasion de M. Rochefort, avec Olivier Pain, qui est restée comme le type de l'évasion bien conduite. Mais pour qu'une telle tentative réussisse, il faut dépenser beaucoup d'argent et avoir des complices au dehors... Généralement, les évadés gagnent la brousse et vivent, là, comme des bandits dans les maquis corses... Au bout de quelque temps, ils sont repris par les Canaques, ou se rendent d'eux-mêmes... Leur seule chance est de s'emparer d'un canot et d'essayer de gagner l'Australie... Mais alors ils risquent de mourir de faim ou d'être mangés par les requins.

— Et d'où s'évadent-ils le plus facilement ?

— De l'île Nou... Le dernier qui nous a joué le tour est parti dans le you-you du surveillant, après l'avoir dépouillé de son uniforme et ficelé comme un saucisson... Mais il a été rejoint en mer et ramené... C'était un ancien instituteur, condamné pour attentat aux mœurs... Oh ! un gaillard ! il a été gratifié de cinq ans de cellule... Il n'attrapera pas de coups de soleil maintenant !

Le secrétaire rit avec complaisance, mais devant le calme imperturbable de son visiteur, il se reprit.

— Et quand les évasions réussissent, qu'est-ce que vous faites ?

— Nous nous arrangeons, avant tout, pour que les journaux n'en parlent pas, afin que le ministre ne soit pas empoigné... Ah ! monsieur, la Presse !... C'est la préoccupation incessante de l'administration !

— Et y a-t-il, en ce moment, des condamnés qui soient exemplaires par leur conduite, et qui méritent des faveurs, ainsi que vous le disiez tout à l'heure ?

— Ah ! je vois que vous faites une enquête sérieuse, dit le secrétaire, en observant Christian avec curiosité.

— Oui. Je dois publier un travail à mon retour en Angleterre, dans le *Century Magazine*... et je veux être très documenté...

Le secrétaire prit un registre et le feuilleta, puis il dit :

— Nous avons, aux subsistances, un ancien notaire qui a été condamné à vingt ans, pour avoir ruiné toute une ville de province... Il nous rend les plus grands services... Voici encore, à l'hôpital, un médecin, condamné à perpétuité, pour empoisonnement sur sa maîtresse… Il a été admirable, dernièrement, pendant une épidémie de petite vérole… Sans son dévouement, je ne sais pas comment nous nous en serions tirés… Quant à moi, je ne voudrais pas être soigné par un autre que par lui, si j'étais malade… Et il a également la clientèle de la famille du gouverneur…

— Très curieux ! fit Christian. Véritablement français !

— Monsieur, reprit le secrétaire, il ne faut pas avoir de préjugés devant le péril, et j'aimerais mieux guérir, soigné par un forçat, que mourir, traité par un honnête homme.

— Yes. Et en avez-vous encore d'autres ?

— Oui. Je signale, tout particulièrement, à votre attention un jeune homme de bonne famille, condamné à perpétuité pour le meurtre de sa maîtresse. Il est tombé dans un mysticisme extraordinaire. Il édifie l'aumônier par sa piété. Et si M. le gouverneur lui en laissait la liberté, et si les règlements s'y prêtaient, il se ferait certainement prêtre… On a été obligé de le mettre à l'écart de ses camarades, qui l'accablaient d'injures, de mauvais traitements, et l'auraient certainement tué, sous prétexte qu'il est un « mouton ». On appelle, en langage pénitentiaire, « mouton » un condamné qui espionne et dénonce ses camarades.

— Ah ! oui, un mouchard ! dit Christian.

— Parfaitement ! C'est bien cela !

— Et comment s'appelle cet étrange garçon ?

— Il s'appelait Fréneuse. Maintenant il est immatriculé sous le n° 2317.

Tragomer frémit. Une pâleur s'étendit sur son visage et son cœur se serra douloureusement. Il dit pourtant avec flegme :

— Est-ce qu'il me sera possible de voir le notaire, le médecin et cet apôtre ?

— Si cela vous est agréable.

— Cela me sera, je crois, utile.

— Je vais vous signer un permis.

— Vous serez tout à fait gracieux.

Le fonctionnaire écrivit quelques mots et dit :

— Je donne l'ordre de mettre à votre disposition le canot de l'administration. Cela vous simplifiera toutes les formalités. Le patron vous accompagnera.

— All right !

— Mais voici qu'il est onze heures passées. Avez-vous déjeuné ?

— Non, je n'ai fait que luncher, ce matin. Si vous vouliez permettre à un voyageur, envers qui vous avez été si complaisant, et qui se trouve seul dans votre pays, de vous prier à déjeuner avec lui, ce serait mettre le comble à votre hospitalité... si française...

— Vraiment, mais c'est moi qui dois vous faire les honneurs...

— Vous me désobligerez, dit Christian avec un sourire.

— J'accepte donc.

Il mit sa cravate, boutonna son gilet, prit son chapeau, et précédant Tragomer, il sortit.

Vers trois heures, le même jour, le canot de l'administration, sous l'impulsion de six paires de rames vigoureusement emmanchées à des poignets de galériens, abordait à l'île Nou, et Christian, sous la conduite du patron, se dirigeait vers l'établissement pénitentiaire. Un bâtiment était adossé au mur qui entoure le camp des forçats. Sur la porte, étaient écrits en lettres rouges et noires ces mots : *Prétoire disciplinaire.* C'est le tribunal, devant lequel les indisciplinés sont amenés pour répondre de leurs incartades. Une estrade, quelques bancs, garnissent la salle, dont les murs sont peints à la chaux.

— Asseyez-vous un instant, milord, dit le surveillant, je vais chercher le 2317 et je vous l'amène... Fumez si vous le désirez... Ça ne sent pas bon ici...

Tragomer inclina la tête sans répondre et s'adossa à l'estrade, du haut de laquelle le directeur, assisté de ses assesseurs, distribue des punitions à ces malheureux qui semblent pourtant avoir atteint le dernier degré de la souffrance. Une angoisse indicible lui serrait le cœur. Il était arrivé au but qu'il avait marqué. Le bagne lui avait ouvert ses portes. Encore un instant, et il allait se trouver en présence de celui qu'il venait chercher, de si loin, et qui vivait dans l'accablement d'un désespoir résigné.

Son état moral, il le connaissait, le secrétaire avait pris à tâche de le lui définir clairement, mais son état physique, quel était-il ? Comment avait-il supporté la terrible épreuve de la vie commune avec des brigands ? Qu'était devenu, après deux ans de captivité, le beau Fréneuse ? La vigueur avait-elle persisté dans ce corps soumis aux rebutants travaux, aux privations de nourriture, et aux ardeurs d'un climat épuisant. Le chagrin ne l'avait-il pas miné et détruit ? Était-ce un infortuné, à demi-mort de tristesse et de souffrance, qu'il allait voir paraître, et le salut, pour lui, arriverait-il encore à temps ? Un pas se fit entendre dans le silence, et, la porte rouverte, le surveillant dit :

— Entrez. Voici l'étranger qui a l'autorisation de vous voir…

Tragomer s'était détourné. Il voulait qu'il fût impossible à Jacques de le reconnaître, dès l'entrée. Il ne savait pas si le surveillant le laisserait seul avec le déporté. Il craignait un cri, un geste, une parole, qui missent à néant toute sa combinaison. Le surveillant vint à lui :

— Milord, voici le personnage. Il est un peu fou, vous savez, écoutez ses bêtises, tant que vous voudrez. Quand il vous ennuiera, vous n'aurez qu'à m'appeler. Je reste à la porte.

Tragomer éprouva un soulagement délicieux. Il allait pouvoir parler, librement, à son ami. Il brûlait maintenant de se retourner, de le voir. Il le devinait là, à trois pas, humble et obéissant, attendant des ordres. Du coin de l'œil, il apercevait sa silhouette misérable dans le rude vêtement de toile du bagne. Une ombre boucha la clarté qui entrait par la porte : le surveillant était sorti. Christian aussitôt se retourna, et, mettant un doigt sur ses lèvres, pour recommander la prudence à son ami, il marcha vers lui en souriant.

Jacques de Fréneuse ne fit pas un geste, ne prononça pas une parole. Une teinte livide s'étendit sur son visage maigre et rasé. Ses yeux s'agrandirent et s'effarèrent, comme à la vue d'un spectre. Il trembla de tous ses membres, et, les mains jointes, les lèvres balbutiantes, il dit tout bas, craignant sans doute de faire s'évanouir l'heureuse vision :

— Christian ! Christian ! Est-ce possible ? Christian !

Des larmes coulèrent de ses yeux tristes et doux, sur ses joues haves et brunies. Et il resta là, immobile, la poitrine haletante, à demi mort d'angoisse et d'espérance. Soudain il vit son ami venir à lui, il sentit que deux mains affectueuses serraient les siennes et il entendit une voix qui disait :

— Prends garde, le gardien pourrait nous entendre… Et tout serait perdu !… Mon Jacques !… Mon pauvre petit ! Dans quel état je te retrouve !… Regarde-moi, que je voie tes yeux… Comme tu as dû souffrir pour être si maigre, si abattu !

Il l'avait attiré, dans l'angle le plus éloigné de la salle. De là, il était difficile de les voir du dehors, et il était impossible de les entendre. Ils s'assirent sur un banc. Et Tragomer prit dans ses bras le pauvre martyr, le pressa sur son cœur, pleurant et riant à la fois. Cependant, celui-ci, honteux, essayait de se dégager :

— Je ne te fais donc pas horreur ? dit-il, avec amertume. Regarde mon costume. Vois ce numéro : c'est mon seul nom désormais. Tu embrasses un forçat, Tragomer ! Tu sais pourtant que je suis un assassin !

— Non ! Je sais que tu es innocent ! Et c'est pour te le dire, pour t'aider à le prouver, que j'ai fait des milliers de lieues. Jacques, embrasse-moi : la dernière bouche qui s'est posée sur ma joue, est celle de ta mère.

— Ma mère ! dit Jacques éperdu. Tu l'as vue, tu viens de sa part, tu m'apportes son baiser ? Oh ! Christian, voilà un moment qui rachète bien des souffrances !… Le ciel m'a donc pris en pitié ? Mais ne m'écoute pas ! Qu'importe ce que je dis !… Qu'ai-je à t'apprendre ? Le mot malheur résume ma vie… Parle, toi… J'ai soif de t'entendre.

— Les instants que nous avons à passer ensemble, mon bon Jacques, sont précieux. Je suis entré ici sous un faux nom. On me croit Anglais… J'ai, dans le port, un navire à l'ancre. Marenval, décidé et prêt à tout, est à bord et m'attend.

— Marenval, dit Jacques, d'où lui vient ce zèle imprévu ?

— De ses regrets de n'avoir pas assez fait pour ta cause, et de son désir de réparer ce qu'il juge, aujourd'hui, une faute.

— Mais que rêvez-vous donc ?

— Écoute. Tu as, au moment de ta condamnation, protesté de ton innocence, avec toute l'énergie dont tu étais capable. Nul ne t'a cru. Ceux qui t'aimaient le plus ont pensé que tu avais agi dans un moment de folie. Mais ils ont eu la douleur d'être obligés de renoncer à te défendre. Le meurtre était certain, évident, indéniable.

— Oui, dit Jacques, mais ce n'était pas moi qui l'avais commis. Je me suis, dans ma prison, pendant ma détention préventive, pris la tête dans les mains, me sentant gagné par la folie, car, comme tu le dis, l'évidence et la certitude m'accablaient. Cependant, je savais que j'étais innocent. Dans la salle des assises, en face de la cour et du jury, lorsque les témoins défilaient, prouvant tous mon crime, quand l'avocat général a pris la parole, pour m'accuser, je me demandais si ma raison ne m'avait pas quitté. Car ils disaient tous des choses que je ne pouvais ni nier, ni réfuter, et, cependant, je savais que j'étais innocent. Durant la plaidoirie, si remarquable, de mon avocat, je sentais qu'aucun des arguments, fournis par lui et si habilement présentés par son prodigieux talent, ne portait la conviction dans les esprits, et c'est sans étonnement que je me suis entendu condamner. Cependant, j'étais innocent ! D'où vient, Christian, que des iniquités pareilles puissent se produire, qu'un malheureux soit livré à des bourreaux, quand il n'a rien fait pour être torturé, qu'on l'insulte, le flétrisse, l'enchaîne, s'il n'y a pas, dans sa destinée, une revanche du Ciel, envers qui il a été ingrat ? Rien ne se produit, dans la vie, sans qu'il y ait une raison déterminante, et le bonheur ou le malheur se méritent par des efforts vers le bien, ou des abandons vers le mal. J'étais né sous une heureuse étoile. Autour de moi, la fortune avait répandu les faveurs les plus précieuses. J'ai tout négligé, rebuté, gâché. Au lieu de me servir des influences puissantes, pour progresser vers le mieux, je me suis ingénié à en user, pour descendre vers le pire. Le rang social, la richesse, les dons de l'intelligence, les avantages physiques, j'en ai fait des moyens d'oisiveté, de dissipation et de débauche. J'ai affligé les miens par mes caprices, mes excès et mes fautes. Je ne puis comprendre la catastrophe qui a terminé ma vie mauvaise que comme une expiation de cette existence même. Et, ayant bien médité, pleuré et souffert, je me suis courbé sous la main qui m'a frappé et j'espère, par ma résignation dans l'épreuve, mériter la miséricorde.

— As-tu donc renoncé à tout espoir de justification ?

— Comment prouverais-je, aujourd'hui, ce que je n'ai pas pu prouver, il y a deux ans ? Des circonstances mystérieuses se sont rencontrées, pour ma perte. J'avais une dette à acquitter, envers la destinée : je la paie.

— Et si ces circonstances mystérieuses, j'en avais découvert l'arrangement habile et criminel ?

— Toi, Tragomer, tu saurais ce que je me suis tué à chercher, sans parvenir à le trouver ?

— Je le sais.

— Comment donc l'as-tu découvert ?

— Par hasard.

— Tu connais le coupable.

— Pas encore, mais je sais que ce ne pouvait être toi.

— Tu as surpris le vrai meurtrier de Léa Pérelli ?

— Je n'ai pas surpris le vrai meurtrier de Léa Pérelli, pour une raison très simple, c'est que Léa Pérelli est vivante.

Les yeux de Jacques devinrent fixes, comme si une vision effrayante et lointaine les attirait. Il hocha la tête et dit :

— Je l'ai vue, étendue dans son sang. Elle était morte !

— Et moi je l'ai vue pleine de force et de santé. Elle était bien vivante !

Une ombre épouvantée passa sur le front de Jacques. Il lui sembla que la folie venait de nouveau assaillir sa pensée. Il baissa la voix et dit, avec terreur :

— Christian, es-tu sûr de ne pas délirer ? J'ai, par moments, des retours de doute qui me font croire à un trouble de ma raison. Les témoins, les juges, tout le monde a été d'accord. Je suis ici, sous cette immonde livrée. Regarde mon visage rasé, ma tête sans cheveux. Je suis un forçat, et c'est parce que Léa Pérelli est morte. Que signifierait donc tout ce déploiement de rigueur, cet excès d'infamie, si je n'avais eu à répondre d'un crime certain ? Quelle formidable et monstrueuse mystification aurait été commise ? Et que dire de ceux qui s'y seraient prêtés ?

Il rit sourdement, puis des larmes lui vinrent aux yeux, il baissa la tête, pour les cacher, et ses lèvres agitées donnèrent à penser à Christian qu'il priait.

— Jacques, je ne puis t'expliquer comment cela s'est passé, reprit Tragomer, je t'affirme que cela est. Une erreur a été commise, je ne la qualifie pas, les termes me manquent pour en exprimer l'horreur, mais elle a été commise. L'innocence, que tu as criée à tes juges, et qu'ils n'ont pas voulu admettre, est certaine. S'il y a eu un crime commis, il n'est pas de ton fait. Je l'ai assuré à ta mère et à ta sœur, dont j'ai, pour un temps, apaisé le désespoir. Je l'ai déclaré à un des magistrats qui ont étudié ta cause et qui l'avaient trouvée insoutenable, et je l'ai bouleversé par mes affirmations. J'ai prouvé à Marenval que tu étais innocent. Ce sceptique, cet égoïste, s'est enflammé d'un tel enthousiasme, qu'il a frété un navire, quitté ses plaisirs, traversé des océans, bravé la fatigue, les dangers, les responsabilités de toutes sortes, pour m'accompagner vers toi. Et quand je suis ici, à t'attester que ce crime, pour lequel tu as été condamné, n'a pas été commis, veux-tu, toi, être seul à ne pas me croire ?

— Mais un crime a été commis ! s'écria Jacques avec épouvante, je vois encore la femme morte, avec ses cheveux blonds, son visage sanglant et informe…

— Informe !

— Qui était cette femme, si ce n'était Léa ?

— C'est ce que je viens te demander.

Le forçat tordit ses mains, bouleversé par l'angoisse d'une ignorance qu'il sentait mortelle :

— Je ne sais, je ne puis savoir, comment veux-tu que je sache ? Oh ! Tu me tortures. Laisse-moi dans mon abjection et dans mon abaissement. Que vas-tu chercher ? Quel courant essaies-tu de remonter ! C'est fini, c'est perdu, c'est sans appel. On ne change pas sa destinée. Je suis un malheureux, victime de fatalités inexplicables. Tu ne m'arracheras pas à mon sort. Nul n'y peut, rien n'y peut ! Ne me bouleverse pas la pensée, avec des espoirs irréalisables. Tes idées sont folles. Tu te trompes, tu t'illusionnes. Laisse-moi. Je n'attends plus que la mort, qui me donnera le repos et l'oubli.

— En es-tu arrivé à un tel abandon de toi-même ? s'écria Tragomer. Quoi ! l'effet de la misérable condition dans laquelle tu vis depuis deux ans, a-t-il été si prompt, si complet, que tu renonces à te justifier et à confondre les coupables !

— Tu ne sais pas, Christian, quelle vie je mène, et quelles tortures morales j'ai endurées. Maintenant, tout m'est indifférent !

— Même de revoir ta mère et ta sœur ?

— Oh ! non ! Cela seulement ! Voilà ce que je souhaite ! Mais comment pourrais-tu me donner ce bonheur ? Je suis un déporté, je suis un forçat. Si bienveillant qu'on soit pour moi, je ne puis espérer de libération, avant des années et des années. Encore ne pourrais-je jamais revoir la France. Il faudrait donc que ma mère et ma sœur vinssent ici. Si elles ne sont pas parties avec toi, cette fois, c'est qu'elles ont reconnu que c'était impossible. Et, dès lors, elles ne le feront jamais. Je mourrai et elles mourront, sans que nous nous soyons revus. Voilà ce qui me déchire le cœur, Christian. J'endure mon misérable sort, je me résigne à souffrir, mais je ne puis me consoler d'avoir fait souffrir ceux que j'aime.

Il laissa tomber sa tête sur ses genoux, et les bras abandonnés, plié en deux, son corps amaigri courbé dans le sarrau de grosse toile, il pleura, gémissant comme un enfant. Le surveillant, à ce bruit, s'approcha de la porte, et, voyant Tragomer assis près du malheureux qui se désespérait :

— Ah ! Il vous raconte son histoire ? dit-il. Et ça lui chavire le cœur ?... Ce n'est pas un méchant garçon, quoiqu'il ait fait un mauvais coup... Si nous n'en avions que comme lui, ici, notre métier ne serait pas si dur... On pourrait avoir de l'humanité... Mais le plus grand nombre, milord, des gars qui vous tueraient, si on n'avait pas le revolver à la ceinture... En avez-vous assez de causer avec lui ? Je puis le reconduire...

— Encore un instant, dit Tragomer, avec calme. Il m'a ému, je voudrais connaître la fin de son aventure...

— À votre gré...

Et le surveillant, allumant une cigarette, regagna la place, à l'ombre, où il attendait, tranquillement assis.

— Tu vois, Jacques, que les instants nous sont comptés, reprit Tragomer. Il va falloir que je te quitte. Et cependant je ne t'ai rien appris de nos projets. Si tu attends ici que la vérité éclate et que ton innocence soit prouvée, des années peuvent s'écouler. Ta mère peut disparaître sans t'avoir revu. Toi-même tu peux mourir. De plus, il est impossible que nous établissions les vraies responsabilités, que nous débrouillions le lacis des preuves, enchevêtrées autour de toi, si tu n'es pas à nos côtés, pour y travailler, nous guider, nous renseigner. L'œuvre entreprise sera lente, la justice plus lente encore. Il faut agir et la devancer hardiment.

— Qu'as-tu donc rêvé ? demanda Jacques avec stupeur.

— De te faire évader.

— Moi ?

— Oui… Cela doit se pouvoir. Tu jouis, m'a-t-on assuré, d'une liberté relative. Tu travailles et tu couches dans un bâtiment dépendant des bureaux… À quelle heure le soir es-tu enfermé ?

— Je ne te dirai rien, fit Jacques avec rudesse. Tu me tentes vainement : je ne veux pas me sauver.

— Tu refuses la liberté ?

— Je ne veux pas la prendre.

— Crois-tu qu'on te la donnera ?

— Si tu as les preuves de mon innocence, poursuis la révision de mon procès…

— Quoi ! Tu ne comprends pas que nous nous heurterons à toutes les difficultés, accumulées par tes ennemis, que nous devons compter avec le mauvais vouloir de l'administration judiciaire… Commence par fuir. Après nous prouverons, je t'en donne ma parole, que tu n'étais pas coupable.

Jacques releva le front. Dans les paroles de son ami, deux mots l'avaient frappé : tes ennemis. Jusqu'alors il avait accusé le hasard de son infortune. Et cette obscurité impénétrable qui entourait sa pensée, avait contribué à son apaisement. Après s'être exaspéré contre le mystère, il y avait trouvé une cause de résignation. Mais voilà que Tragomer jetait dans son esprit un levain inattendu. Et le calme accablé, dans lequel il s'engourdissait, était troublé, en un instant, comme par une fermentation soudaine. Ses ennemis ! Il voulait les connaître et une curiosité ardente avait, maintenant, remplacé son indifférence aveulie.

— Crois-tu donc que ma perte ait été préparée par des gens qui avaient intérêt à me nuire ?

— Je n'en doute pas.

— Les connais-tu ?

— Je les soupçonne.

— Nomme-les.

Dans les yeux de son ami, Tragomer avait vu se ranimer la vie morale. Il reconnaissait son regard. Ce n'était plus le forçat déprimé et indifférent qu'il avait devant lui. Jacques de Fréneuse reparaissait.

— Si je te nomme celui qui, à n'en pas douter, a mené toute l'intrigue, tu vas en frémir d'horreur, tant son action fut basse et lâche. Il n'est pas possible d'être trahi par un être sur lequel on avait mieux le droit de compter, qui n'ignorait rien de vos pensées et de vos actions, qui était plus sûrement maître de vous perdre, puisqu'on s'était complètement confié à lui… Imagine un autre moi-même, figure-toi que tu as été livré par un second Christian, cherche aussi près de ton cœur, Jacques, et tu auras trouvé.

La physionomie du malheureux devint terrible. Ses yeux s'agrandirent, comme si un spectacle affreux se découvrait à lui, ses lèvres tremblèrent, ses mains se levèrent pour attester le ciel, et, dans un cri éperdu, il lança ce nom :

— Sorège !

Tragomer eut un rire silencieux :

— Ah ! tu n'as pas hésité ! Ce ne pouvait être que lui. Oui, Sorège, l'avisé et cauteleux Sorège, qui a trahi, vendu, déshonoré son ami !

— Mais pourquoi ? s'écria, dans une protestation furieuse, Jacques bouleversé, pourquoi ?

— Ah ! C'est ce que nous lui demanderons à lui-même, et ce qu'il nous avouera, sois-en sûr, lorsque nous le tiendrons, entre nous deux. J'ai déjà vu sa pâleur et son effarement, quand il a compris que je soupçonnais son infamie. Si je n'avais pas craint de lui découvrir nos projets, je l'aurais confondu : j'en avais les moyens. Mais alors il m'échappait et je ne te sauvais pas. Je l'ai rassuré, au contraire, je l'ai lancé sur une fausse piste, pour conquérir ma liberté d'action. Car, Sorège en éveil, les complices étaient avertis, les preuves disparaissaient et tout était perdu. Jacques, comprends-tu, maintenant, qu'il faut que tu partes, et sans retard. L'occasion est unique. Nous sommes, ici, avec un navire à nous. Demain, si tu veux risquer l'aventure, nous pouvons être en pleine mer, et c'est le salut, la liberté, la réhabilitation.

— Tu me rends fou ! s'écria douloureusement le condamné. En

si peu d'instants, tant de pensées nouvelles dans un pauvre cerveau engourdi et lassé. C'est une souffrance, un accablement. J'ai perdu l'habitude de vouloir, je ne suis plus qu'une bête asservie. Que dois-je faire ? Aliéner, en un seul jour, tous les gages de résignation, de sagesse que j'ai donnés ?... M'exposer, si je suis repris, à passer pour un hypocrite et un menteur ? Tragomer, je ne le puis pas !... Abandonne-moi à ma destinée...

— Jacques, si tu ne pars pas de bon gré, je t'enlèverai de force, dit Christian avec une énergie terrible. Je suis prêt à tout. J'ai juré à ta sœur que je te rendrais à son affection. Comprends-tu, à Marie de Fréneuse, que j'aime, qui ne sera à moi que si je te sauve... Ce n'est pas pour toi seul que je lutte, c'est aussi pour moi-même. Je sais ce que je veux, ce que je dois faire. Je viendrai, à la tête de mes hommes, t'enlever de haute lutte, si tu m'y obliges. Dans cette bagarre, je jouerai ma vie et la leur. Mais je les paierai, ce qu'il faudra, et ils n'hésiteront pas... À toi de décider...

— Eh bien ! je t'obéirai, dit Jacques avec une résolution subite. Tant de malheurs seront évités, si je puis les empêcher, en m'exposant seul au danger... Mais, même ainsi, que de risques ! Sortir d'ici n'est rien... Un costume pour que je ne sois pas reconnu en circulant hors du camp...

— Je t'apporterai, dans un endroit convenu, des vêtements pareils à ceux de nos matelots...

— Il faudra que je gagne la plage et que j'attende la nuit, pour que l'embarcation vienne me prendre.

— Je resterai avec toi... Je ne te quitterai pas...

— Mais la barque ne pourra pas aborder, à cause de la surveillance... Elle croisera au large, et il faudra aller, à la nage, la retrouver... Aurai-je la force ?

— Je te soutiendrai, je te porterai, s'il le faut...

— Et les requins ? dit Jacques. As-tu pensé qu'ils pullulent, sur ces côtes, et qu'il y a cent chances, contre une, de ne pas leur échapper... Ce sont les meilleurs gardiens de l'île, et l'administration le sait bien... C'est à peine si elle surveille la mer, tant l'évasion est dangereuse...

— Nous bénéficierons de cette confiance... Quant aux requins, nous les braverons. Cinq cents mètres à la nage, moins peut-être... D'ailleurs nous serons armés... Et le canot à vapeur, en un instant, sera sur nous...

— Eh bien ! soit ! À demain donc. Pars... N'éveillons pas les soupçons, puisque maintenant ma résolution est prise... Séparons-nous...

Ils s'étreignirent, et Tragomer sentit, à la vigueur de l'étreinte, que Jacques ne manquerait pas à son engagement.

— Je pars, mon brave, vous pouvez reconduire votre pensionnaire...

Sur le seuil du bâtiment. Christian parlait au surveillant.

— Il vous a intéressé ? milord, dit le soldat. C'est un assez bon diable, et tout à fait inoffensif... Il circule en liberté. Il n'y a pas de danger qu'il se dérange, celui-là... On lui laisserait la porte ouverte qu'il ne s'en irait pas... Allez, 2317, rentrez tout seul à votre case... Moi je reconduis le milord...

Jacques pencha la tête, pour dissimuler l'animation de sa physionomie. Il balbutia, en saluant Tragomer :

— Au revoir, Monsieur, n'oubliez pas que vous m'avez promis des livres...

— C'est entendu. À demain.

Le forçat s'éloignait. Christian impassible le suivit des yeux :

— Il est un peu fou, dit-il au surveillant, mais je crois, comme vous, qu'il est inoffensif...

— Un enfant, milord...

— Où habite-t-il ?

— Je vais vous montrer l'endroit. C'est à côté de l'aumônier... Dans un bâtiment qui sert de dépôt à la corderie... L'odeur du chanvre est saine... Il est bien, là... Et puis il peut causer avec l'aumônier... Oh ! c'est sa grande ressource, et il paraît qu'il a des idées tout à fait à part... Un peu fou comme vous disiez... Voici le gîte...

Tragomer s'arrêta.

— Bon ! j'irai le visiter demain, car je reviendrai pour voir le médecin et le notaire...

— Ah ! Les Montyons ? dit en riant le soldat. Bon ! Bon !

Et comme son compagnon le regardait étonné, il répliqua : Nous les appelons les Montyons parce qu'ici ils pourraient concourir pour le prix de vertu. Une plaisanterie, milord, oui, ce sont les honnêtes gens du bagne…

— Retournons à Nouméa, dit Tragomer. Demain, vers la même heure, je reviendrai… Demanderai-je un nouveau permis ?

— Oh ! C'est indispensable. Quoiqu'on vous connaisse bien, maintenant…

— Et vous m'accompagnerez ?

— Comme de juste.

Ils étaient arrivés au quai, où dans le canot, les rameurs dormaient étendus sur les bancs, au soleil, bercés par la houle légère, qui venait mourir en battant les marches de l'escalier. Le surveillant tira d'un sifflet attaché à son uniforme un son aigu, et, arrachés à leur repos, les forçats se redressèrent, les yeux troubles et la face blême.

— Embarquez, milord. Avant partout.

L'embarcation fendit, de sa proue, les lames de la baie, et Tragomer, perdu dans ses pensées, se laissa bercer au mouvement régulier des avirons frappant la mer.

Une heure plus tard, il gravissait lestement l'escalier du yacht et, par la coupée, sautait sur le pont. Marenval, méconnaissable dans son costume de flanelle blanche, coiffé d'une casquette marine à galons d'or, le visage tanné par le vent et la barbe en broussaille, s'élança au-devant de son ami, et l'emmenant à l'arrière, sous un tendelet de toile qui abritait le pont des rayons du soleil :

— Eh bien ? demanda-t-il ardemment. L'avez-vous vu ?

— Je le quitte.

— Tout est-il réglé ?

— Non sans peine.

— Qu'est-ce que vous me racontez-là ?

— La triste vérité. Il m'a fallu presque le menacer, pour le décider à partir.

Marenval eut un geste de stupeur :

— Sommes-nous arrivés trop tard ? N'a-t-il plus l'énergie et la force nécessaires pour s'évader ?

— Il a la force. C'était la volonté, qui lui manquait.

— Il préférait rester ?

— Oui. Il était sous l'influence de je ne sais quelles idées de résignation fataliste. Il avait horreur de la lutte, des débats. L'action l'épouvantait. J'ai cru, un moment, que le grand ressort était cassé... Cette effroyable existence est bien faite pour briser les plus fermes caractères. Et plus la trempe d'une âme est fine, plus rapidement elle est détruite, quand on la soumet à de pareilles épreuves... Il a fallu lui révéler la trahison de Sorège, pour le rendre à lui-même. Là, par exemple, il a bondi de fureur et hurlé de désespoir... Cette fois, je le tenais !

— Qu'avez-vous résolu ?

— Le plan le plus simple sera le meilleur. Je lui porterai, demain, une vareuse, un béret et un pantalon de matelot. Je resterai, le soir, sous prétexte de visiter l'intérieur de l'île, le lendemain matin, et j'aiderai Jacques à gagner un point de la côte, où, dans les anfractuosités des rochers, nous pourrons attendre la nuit. Alors vous viendrez, avec la chaloupe à vapeur, croiser le long de l'île, en vous approchant le plus possible, dès que l'obscurité tombera, et vous savez que c'est l'affaire de quelques minutes... Nous nous mettrons à la mer et nous gagnerons l'embarcation... Si je crie, vous forcerez de vitesse sur nous, car alors nous courrons un danger. En quelques instants, tout sera décidé : notre salut ou notre perte.

— Et le navire ?

— Le navire, demain, demandera ses papiers, passera à la visite, de façon à se mettre en mouvement, à sept heures du soir. Il faut que nous vous trouvions par le travers de l'île Nou, croisant, et prêts à donner le maximum de vitesse. Car nous pourrons être poursuivis... Il y a un vapeur, dans la rade... Et, si l'alarme est donnée, il faut tout prévoir, nous aurons la chasse, en un instant...

— Rien à craindre, notre yacht marche bien.

— Et si l'on nous canonne...

Marenval se tut. Son regard se dirigea vers les quatre pièces, dont les longs cols de cuivre dépassaient le bordage :

— Nous avons de quoi nous défendre, n'est-il pas vrai ? C'est cela que vous pensez, reprit Tragomer.

— Oui, dit Marenval. Mais alors nous devenons de véritables flibustiers. Et la loi ne plaisante pas avec notre cas. Il faut donc tâcher d'éviter un conflit…

— Si, cependant, il est inévitable ?

— Le capitaine et l'équipage obéiront-ils ?

— Le capitaine est anglais. Il ne se laissera pas prendre. Son équipage est discipliné, il exécutera l'ordre donné…

Marenval poussa un soupir. Il avait prévu les difficultés, le danger. Le moment de les affronter était arrivé. Il prit son parti en brave.

— On s'en tirera, dit-il. Jusqu'à présent, tout nous a réussi. Nous avons eu un temps magnifique. La traversée s'est régulièrement effectuée. Notre yacht est capable de filer dix-huit nœuds, pendant douze heures, sans faiblir. Le résultat dépendra de l'activité avec laquelle nous vous prêterons assistance, demain soir. Les minutes vaudront des heures. Comptez sur moi pour que tout marche à souhait. Je ne quitterai pas la passerelle. Et, foi de Marenval, s'il faut tout risquer, pour aller à votre secours… Eh bien ! On risquera tout !

Le soir tombait. Dans la brume transparente qui s'étendait sur la mer, les feux de l'île Nou s'allumèrent, un à un, et la forme du pénitencier, des camps, des magasins, dessinée par les fanaux qui les éclairaient, se profila dans l'éloignement. Sur cette rade silencieuse, au milieu de l'obscurité venue avec une rapidité soudaine, ce tableau du bagne, révélé par les lumières qui aidaient à surveiller ses misérables habitants, jetait dans la pensée des deux amis une profonde tristesse. Que de regrets, de douleurs, de colères, fermentaient dans cette cité du crime et de la honte. Un cri de haine et de vengeance montait, dans l'air du soir, sous le ciel limpide et semé d'étoiles. Et, parmi cette tranquillité et cette tiédeur, au milieu de cette sérénité de la nature, des hommes, véritables damnés, maudissaient la vie, qui se traînait, pour eux, dans la souffrance et la misère, sans espoir.

II

Le surveillant, qui avait amené Tragomer, montra la corderie et dit :

— Milord, voici le logis. Si vous voulez entrer, je vais appeler notre paroissien…

Christian se tourna vers un matelot qui le suivait et lui parlant en anglais :

— Entrez avec moi, Dougall.

L'homme, qui portait sur son épaule une petite caisse de bois, toucha son béret de la main et se disposait à passer la porte, quand le factionnaire l'arrêta et dit :

— Il faut laisser votre caisse dehors. On ne peut rien entrer dans les bâtiments, sans une autorisation…

— Voici l'autorisation, dit le surveillant, en sortant un papier de sa poche.

Le marin, suivant Tragomer, entra dans le baraquement, où, assis par terre, le dos à la muraille, et leur chaîne attachée à la ceinture, des forçats effilaient de gros et durs cordages goudronnés. Les têtes se levèrent avec curiosité, les mains, endolories par le rude travail, s'arrêtèrent. Un grognement s'éleva de ce bétail humain. Mais, à la vue du surveillant qui fermait la porte, le silence se rétablit apeuré. Les trois hommes traversèrent une petite cour, attenant au préau de punition, et, à travers la grille, un spectacle saisissant attira les regards de Tragomer. Un malheureux, la tête couverte d'une cagoule, par les trous de laquelle luisaient ses yeux, tournait autour de la cour, comme une bête fauve. Il marchait lentement et, à chaque pas, sa chaîne, dont l'anneau était remonté jusqu'au genou, tintait lugubrement. Sous le soleil, masqué, solitaire, silencieux, il était effrayant.

— Que fait là cet homme ? demanda Tragomer au gardien…

— Il se promène, pendant une demi-heure. Après, il rentrera dans son cachot. C'est un évadé, qui a été repris. Il a attrapé deux ans de cellule… Il ne voit personne, ne parle à personne et vit dans un cabanon de trois mètres de long sur un mètre de large.

— L'*in-pace* ! murmura avec horreur Tragomer. Voilà donc le sort qui attend les malheureux qui essayent de s'échapper…

— Ah ! Milord, si on ne les traitait pas un peu raide, il n'y aurait pas moyen d'en venir à bout…

— Il est, cependant, bien naturel qu'un condamné veuille se sauver.

— C'est naturel, mais ça nous cause bien des embêtements. Aussi n'est-on pas tendre, pour ceux qui nous brûlent la politesse...

Le solitaire, voilé de son capuchon, tournait toujours. Christian frémit, en pensant que, si Jacques retombait aux mains de ses gardiens, un sort pareil lui était réservé. Instinctivement, il tâta dans sa poche le revolver qu'il y avait mis avant de partir. La mort lui parut préférable au supplice de cet emmuré, qui ne sortait de sa cage de pierre que pour tourner, voilé, sans que les rayons du soleil, la brise du ciel, pussent lui toucher le visage.

Ils passèrent devant une forge, où des forçats martelaient, sur l'enclume, les manicles et les chaînes, qui devaient servir à entraver leurs compagnons de misère. Puis une porte s'offrit, sur laquelle était écrite cette indication : Bureau annexe des subsistances.

— C'est là, dit le surveillant.

Dans une petite pièce, meublée d'une table et de deux bancs, Jacques de Fréneuse assis, copiait, sur un registre, des notes empilées devant lui. Il leva la tête et rougit, en voyant entrer son ami. Il resta, cependant, à sa place, la plume à la main, attendant l'ordre du surveillant.

— Vous pouvez cesser votre travail, pendant que monsieur restera ici... Voici des livres qu'il a été autorisé à vous apporter...

Le matelot ouvrait la caisse et en sortait une bible, une histoire des voyageurs, et des paquets de tabac.

— Je pense que vous voudrez bien accepter ces quelques cigares, dit Tragomer au surveillant, on n'en trouve pas comme ceux-ci dans la colonie. Pour le tabac, je vous demande de le laisser à ce pauvre garçon...

— Remerciez, 2317. En voilà pour plusieurs mois, si vous ne vous le laissez pas filouter par les camarades... Allons ! Vous avez du bonheur. Tous les visiteurs ne sont pas aussi généreux...

— Monsieur, je vous remercie, dit humblement le forçat.

— Milord, quand vous voudrez repartir, je vous attends au canot... Vous ne vous perdrez pas en chemin. Moi j'ai besoin de voir le commandant qui loge à l'autre bout du pénitencier... J'en ai pour une heure...

— Prenez votre temps, je ne reviendrai qu'à la dernière limite.

— Six heures… Il fera déjà sombre…

— Emmenez avec vous le matelot. Allez, Dougall, et ne changez rien à ce qui est convenu…

Le marin salua, et, derrière les talons du surveillant, il sortit. Sur le seuil, Tragomer les suivit du regard, constata qu'ils ne prenaient pas le chemin par lequel ils étaient venus. Donc, ils ne devaient pas repasser devant le factionnaire. La chance se dessinait en faveur de Jacques. La porte fermée, Christian se jeta sur son ami et, le regardant jusqu'au fond de l'âme :

— Toujours résolu ?

— Résigné à te suivre, puisque tu le veux. Décidé à souffrir, puisqu'il le faut.

— C'est bien. Nous n'avons que peu d'instants à nous. J'ai flâné, depuis deux heures, dans le pénitencier, pour user le temps, écoutant les balivernes d'un idiot, qui a été notaire, et les lamentations d'un gâteux, qui a été médecin. Pauvre ami, voilà ce que dix ans de cette infernale existence auraient fait de toi. Mieux vaut la mort, en essayant de redevenir libre.

En parlant, Tragomer se déshabillait. Sous sa veste blanche, il avait une vareuse de laine bleue, pareille à celle que portait le matelot Dougall. Sous son pantalon, un pantalon de même étoffe que la vareuse. Il sortit, de sa poche, un béret bordé de rouge, puis une paire de souliers.

— Allons, vivement, déshabille-toi… Nous n'avons pas à craindre d'être surpris ?

— Non ! Personne ne viendra, si le surveillant est bien parti. Mais comment enlever ma chaîne ?

— Attends !

De sa poche de côté, Tragomer sortit un marteau et une petite scie d'acier montée sur un archet. Il ne put s'empêcher de sourire.

— Des outils de cambrioleur.

Il maniait déjà la scie avec adresse, et, sans que le grincement des dents sur le fer se fît entendre, la limaille tombait, comme une poussière. Un quart d'heure de travail et l'anneau du bras était entamé jusqu'à la moitié de l'épaisseur du métal. Alors avec le marteau il donna un coup sec sur la manicle, qui se brisa. Pour la jambe, la tâche fut plus facile et plus prompte. La chaîne tomba sur le sol de la case, et avec un soupir de joie, Jacques étendit ses membres libres du lien infâme. Tragomer prit la chaîne et, la roulant, il s'apprêtait à la cacher, mais Jacques dit :

— Détache ces deux anneaux, je veux les emporter…

Libre de frapper sur les chaînes, sans crainte de faire du mal au prisonnier, Tragomer brisa les deux manicles, et, pendant que Jacques, rejetant son immonde sarrau fait de toile à sac, s'habillait avec les vêtements apportés, il mit les deux atroces bracelets dans sa poche. Revêtu de l'uniforme, chaussé de souliers, Jacques se montra tout différent de ce qu'il était, sous sa livrée de forçat. Sa taille parut plus haute, ses épaules plus larges. Il ne semblait plus courbé sous le poids de son infamie désespérée. Seul, le visage glabre du condamné pouvait encore attirer l'attention sur lui et le trahir. Alors Tragomer, de son portefeuille, tira une trousse dans laquelle se trouvaient des pastels et des postiches. Il fit asseoir Jacques, et, comme s'il le maquillait pour un bal, il lui étendit, sur le visage et sur le front, une teinte couleur de brique. Puis, avec un soin extrême, il lui colla, sur le bas du visage, des poils roux. Et, satisfait de son ouvrage, il lui tendit une petite glace ronde en disant :

— Tiens. Te reconnais-tu ?

Dans le miroir, Jacques vit paraître l'image d'un vigoureux matelot, brûlé par le soleil des tropiques, et non plus la face de misère et de découragement du pauvre 2317. Tragomer lui tendit un revolver et, avec un air de résolution :

— Maintenant, prends cette arme. Car il est bien entendu, n'est-ce pas, qu'on ne te reprendra pas vivant ? Je te défendrai, s'il le faut, jusqu'à mon dernier souffle.

— Sois tranquille ! dit Jacques avec un sourire. La dernière balle sera pour moi.

— Eh bien, prends cette caisse sur ton épaule, comme la portait Dougall, et allons-nous-en.

Jacques se tourna alors vers Tragomer et, avant de passer la porte de cette misérable case, où il avait tant souffert, il se jeta dans les bras de son ami et dit :

— Quoi qu'il arrive, merci, Christian.

— C'est bien ! dit Tragomer, maintenant, assurons la physionomie et en avant !

Ils sortirent, traversèrent la cour, où se trouvait la petite forge, entrèrent dans la corderie, où les forçats continuaient à déchirer leurs doigts contre les rudes torons des câbles goudronnés, et arrivèrent à l'entrée du bâtiment, où était posté le factionnaire. Adossé à sa guérite, appuyé sur son fusil, à l'abri du soleil déjà oblique, le soldat paraissait n'avoir pas bougé. Il jeta un coup d'œil sur les deux hommes, reconnut le visiteur étranger, le matelot qui portait la caisse, et ne sourcilla pas. Tragomer, blême d'émotion et le cœur battant, porta la main à son casque de liège et dit en passant :

— Bonsoir.

— Bonsoir, répondit le factionnaire.

Jacques était dans la rue, mais pas encore sorti du pénitencier. Il fallait franchir encore l'enceinte. Mais Christian n'avait plus peur. Dans sa poche, il serrait le permis à son nom et au nom de Dougall. Il était fort de son premier succès, prêt à tenir tête au surveillant, à forcer le passage si besoin était. Une exaltation, faite de ses émotions passées, lui montait au cerveau. Il se sentait la force de dix hommes. Il avait, maintenant, la certitude de réussir. Ils arrivèrent à la grille. Là, par chance, ils tombèrent dans un défilé de corvée, qui revenait au camp. Le surveillant était fort occupé à compter ses pensionnaires, et jurait comme un païen, parce que deux forçats venaient de renverser, devant la porte, un tonnelet de brai liquide, qui empuantissait l'atmosphère.

— Ah ! les tonnerre de Dieu de salauds ! Ils l'ont fait exprès, hurlait le surveillant. Huit jours de cellule et de pain sec !… Qu'est-ce qui va nettoyer leur cochonnerie ? Pas moi, bien sûr ! Brigadier, faites-moi rester ces animaux-là, jusqu'à ce que tout soit remis en état ! Et s'ils ne peuvent pas l'enlever avec les mains, qu'ils le torchent avec la langue !

Il vit Tragomer et son matelot qui s'avançaient pour sortir.

— Ah ! Voilà les Anglais maintenant, grogna-t-il. Bon ! Passez ! Nous n'avons pas le temps de causer…

Il s'était rejeté sur les forçats, sur le brigadier et sur le brai. Tragomer et Jacques étaient dehors.

— Marquons deux points, dit Christian, avec un accès de gaîté, nous n'avons plus que trois chances contre nous. Maintenant, il faut gagner la plage et nous mettre à l'abri, puis atteindre la chaloupe sans accident et arriver à bord. Tournons à droite.

Ils tournaient le dos au quai et au quartier, se dirigeant vers la mer. Des canaques, des libérés, des soldats, passaient les regardant curieusement. Au détour d'un hangar, Jacques jeta sa caisse. Et, libre de ses mouvements, il marcha auprès de Christian. Ils passèrent derrière un bouquet de tamaris, qui croissaient dans la dune, et se trouvèrent seuls. À perte de vue, la brousse, qui venait jusqu'à cent mètres de la ceinture de récifs sur lesquels se brisait le flot, bancs de coraux couverts d'une végétation d'algues qui les verdissait et donnait à l'eau calme des relais de mer une teinte d'émeraude.

— Regarde, dit Tragomer, en montrant à Jacques l'étendue liquide qui bleuissait à perte de vue, le yacht…

Traînant, dans le ciel, la noire fumée de ses cheminées, le navire croisait, à un kilomètre de la côte, comme il avait été convenu la veille. Sous le soleil incliné déjà vers la mer, la coque blanche, très rase sur l'eau, apparaissait découpée nettement. Les moindres détails se distinguaient, et il sembla à Christian voir deux hommes sur la passerelle en arrière du rouf. L'un devait être Marenval.

— Hâtons-nous, dit Tragomer. Dans une heure le jour va tomber brusquement, et il faut que nous soyons cachés. Car le surveillant va m'attendre inutilement au canot, me chercher, et ton évasion pourra être découverte. À ce moment commencera le danger.

Ils étaient seuls, sur la dune, parmi les lentisques, les jujubiers et les herbes jaunes. Derrière eux, dans le lointain, le pénitencier profilait ses masses sombres. Et, sur la mer, régulier, tranquille, le yacht filait, louvoyant. Tout à coup, une fumée blanche monta sur le flanc du navire et une faible détonation parvint, au bout d'un instant, aux oreilles des fugitifs.

— Ils nous ont vus, dit Tragomer. C'est un coup de fusil, pour attirer notre attention. Ils nous observent, sans doute, avec une lunette, mais ils ne sont pas sûrs d'avoir affaire à nous. Répondons-leur.

Il prit, dans sa poche, une longue écharpe blanche et, cassant une branche, il l'attacha au bout, de façon à en faire un drapeau. Puis, il l'agita, par trois fois, dans l'air transparent. De nouveau, une fumée monta du bateau et une détonation apporta aux deux amis l'assurance que leur signal avait été compris. Raffermis par la certitude d'être en communication avec le yacht, ils avancèrent le long des récifs, avec plus de hâte, s'éloignant de la zone dangereuse, mettant, entre eux et une poursuite possible, le plus grand espace à parcourir et à fouiller.

Ils étaient, maintenant, parmi les rochers. Une sorte de promontoire s'avançait au large, formant une langue de corail, battue de tous côtés par la mer. Ce cap sortait, de près d'un kilomètre, des terres et s'étendait, comme un serpent endormi, sur les flots. Ils s'y engagèrent. Il n'avait pas plus de deux cents mètres de largeur. De tous côtés, il était couvert par les dunes. Une butte de rochers le terminait. C'était vers cet amoncellement, formant un abri, que Christian et Jacques se dirigeaient. Soudain, ils tressaillirent. Un coup de canon venait de résonner, dans la direction du port, puis un second, et enfin un troisième, tirés à intervalles égaux. En même temps, le vent léger qui venait de la terre, leur apporta le roulement du tambour battant la générale, et une rumeur confuse, faite de centaines de voix, dans le lointain. Ils se regardèrent en pâlissant :

— Tout est découvert ! dit Jacques.

— On est à nos trousses ! ajouta Tragomer.

Il lança un regard autour de lui. Le soleil, comme un globe de feu, incendiait les flots, dans lesquels il allait s'abîmer. Encore une heure, peut-être, et la nuit venait, instantanée, envelopper leur fuite de ses ténèbres secourables. Mais il fallait attendre une heure. Et, déjà, les meutes de gardiens canaques lancés sur la piste du fugitif devaient battre la dune. On avait vu passer Tragomer, des indices certains, sur la direction qu'il avait prise, étaient, en ce moment, donnés aux traqueurs du gibier humain.

— Gagnons la pointe du promontoire et cachons-nous dans les rochers, dit Christian.

Ils avancèrent rapidement, et, dans une petite grotte, ils se trouvèrent, pour quelques instants, libres de respirer, d'écouter et de voir.

— Regarde, dit Tragomer, voici le yacht qui vire et, en même temps, il met le canot à la mer… Ils ont compris le danger. Ils viennent à nous.

Le canot embarquait ses hommes et filait rapide sur les flots, poussé par son hélice. La distance, qui le séparait de la terre, diminuait à vue d'œil. Déjà l'œil perçant de Tragomer distinguait Marenval, assis à l'avant. Mais la tentative hardie faite pour les sauver, brusquement attirait sur eux un mortel danger. Une escouade de police, battant la brousse, venait d'apercevoir le canot, et soupçonnant qu'un rapport secret existait entre la fuite du forçat et la marche de cette embarcation vers la côte, les canaques poussant des cris pour se rassembler, marchaient dans un demi-cercle menaçant vers la bande de rochers qui abritait les deux malheureux.

Tragomer jeta un rapide coup d'œil autour de lui. Il vit sur la mer la barque qui apportait à Jacques la délivrance, derrière les rochers la troupe armée, prête à toutes les violences pour reprendre le captif. Douze cents mètres séparaient la pointe de corail, de la barque. Cinq cents mètres séparaient les poursuivants de leur proie. Il n'hésita pas. Il jeta bas sa vareuse, sa chemise, enleva ses chaussures, et ne garda que son pantalon, dans la ceinture duquel il passa un solide coutelas, et se tournant vers Jacques qui l'avait imité :

— Nous risquons d'être pris, si nous restons ; nous risquons d'être tués, si nous fuyons. Il n'y a pas à hésiter. D'ailleurs, c'était convenu : à la mer, ami, et à la délivrance, s'il plaît à Dieu !

Ils s'embrassèrent une dernière fois et silencieusement se laissèrent couler dans l'eau. Ils nagèrent. Pendant deux cents mètres, garantis par la masse des rochers, ils ne furent pas aperçus par les policiers canaques. Mais un grand cri, bientôt, les avertit qu'ils étaient découverts. Un feu de salve, le sifflement des balles, autour d'eux, leur prouvèrent que, par tous les moyens, leurs poursuivants étaient décidés à les empêcher de se sauver.

— Plongeons, dit Tragomer, ils vont encore tirer.

Mais la décharge attendue ne se produisit pas. Une barque, commandée par un surveillant et montée par douze rameurs canaques, débouchait de la côte et venait de se placer entre les fugitifs et ceux qui les fusillaient. En même temps, le canot à vapeur du yacht, risquant tous les dangers, forçait sa marche dans la direction des nageurs. Il y eut, pendant quelques minutes, une lutte silencieuse et poignante entre les deux hommes qui défendaient leur liberté et leur vie, et ceux qui essayaient de la leur reprendre. Dans le silence, la voix du surveillant cria rauque et furieuse :

— Halte ! Du canot ! au nom de la loi ! Halte !

Une voix ferme répondit, celle de Marenval :

— Avant partout !

Les deux barques n'étaient pas à cinquante mètres l'une de l'autre. Les nageurs, entre elles, et aussi près d'être saisis par les bourreaux, que recueillis par les sauveurs.

— Halte ! hurla, de nouveau, le surveillant, ou je vous coule !

— Passez dessus ! répliqua Marenval, qui se dressa à l'avant, comme pour donner plus d'autorité à son commandement.

— Go ahead ! cria le barreur.

Le surveillant fit feu de son revolver sur le canot ; la casquette blanche de Marenval, emportée par la balle, vola dans la mer. Au même instant un craquement terrible retentit. Le canot à vapeur, lancé de toute sa vitesse contre la chaloupe, venait de l'ouvrir par le milieu du bordage. Il y eut un grand cri, puis tout s'abîma et, sur les flots, il ne resta plus de visible que le canot du yacht.

— À nous ! cria Tragomer, en se dressant au-dessus des flots.

Autour des nageurs, le surveillant et ses canaques, tombés à l'eau, reparaissaient accrochés aux débris de leur embarcation. Des bras secourables se tendirent et, suffoqués, haletants, presque évanouis, les deux fugitifs furent attirés dans le canot.

— Take care ! dit l'homme de barre.

Les matelots se couchèrent. Une volée de balles, envoyée par les canaques de la police, siffla dans l'air. En même temps, une seconde chaloupe parut, faisant force de rames, vers les naufragés.

— Au yacht ! cria Marenval. Nous nous embrasserons tout à l'heure !

Le canot vira, et, fendant les flots, se dirigea vers le navire. Le soleil, à cette minute même, tomba, comme une boule rouge, dans les flots et s'y éteignit. Le crépuscule s'étendit sur la mer et, seuls, dans le lointain, sur la plage, les cris d'appel des canaques se firent entendre. Un matelot tendit à Jacques et à Christian des vêtements préparés pour eux. Et grelottants encore de leurs efforts, autant que du froid de l'eau, ils jetèrent leurs pantalons trempés et s'habillèrent. Pas un mot ne s'échangea, jusqu'à ce qu'on fût bord à bord avec le yacht.

— Eh bien ? demanda le capitaine, penché sur le bordage.

— Tout est bon ! répliqua Tragomer.

Par l'échelle de corde qui pendait le long des flancs du navire, ils montèrent. L'embarcation fut hissée sur ses pistolets, et, reprenant sa marche un instant interrompue, le navire frémissant sous l'impulsion de son hélice, mit le cap sur le large.

— Libre ! Mon bon Jacques, dit alors Marenval, en saisissant le jeune homme et en le regardant avec des yeux de tendresse. Pauvre garçon, il était temps que nous arrivions. Comme vous êtes changé !

Lavé par l'eau de mer, sans maquillage et sans postiche, le visage amaigri de Fréneuse se montrait émacié et mélancolique.

— Merci, mes amis, dit-il avec une vive effusion, merci de votre dévouement et de votre courage. Je voudrais vous dire mieux toute la gratitude qui est dans mon cœur. Mais les mots me manquent. Pardonnez-moi…

Des larmes roulèrent sur ses joues. Il les effaça du revers de sa main, étouffa un sanglot et, avec un geste farouche, s'écarta, marchant vers l'arrière du navire. Là, il s'assit sur un rond de cordages et, laissant tomber sa tête entre ses mains, il médita profondément.

— Il faut le laisser seul, dit Tragomer. Il a besoin de se reprendre. La transition, entre son anéantissement désespéré et son retour à la vie, est trop brusque : il en est accablé. Demain, il sera plus calme. Les idées se seront classées et nous pourrons l'interroger avec fruit. Mais je vous fais mes compliments, Marenval. Vous avez résisté aux autorités de votre pays, avec une maestria superlative. Vous voilà hors la loi, mon ami…

— Sacrebleu ! Avez-vous vu que ce brigadier a essayé de me tuer ? Il me canardait avec un entrain remarquable. Une de ses balles m'a enlevé ma casquette. Un centimètre de plus, il me cassait la tête.

— Mais vous, vous ne l'avez pas raté. Il n'a pas été long à tomber à l'eau !

— Cher ami, dit gravement Marenval, il fallait de la décision. J'ai vu que tout allait se gâter, si je ne coulais pas leur sacré canot. Ma foi, je n'ai pas hésité.

— Et vous avez joliment bien fait. Sans vous, Marenval, tout était perdu.

— Je le sais. Et je ne suis pas mécontent de la façon dont j'ai mené cette affaire-là. Mais, figurez-vous que ce n'était pas encore des gardes-chiourme que j'avais le plus peur pour nous et pour vous. Depuis notre départ du yacht, le canot était suivi par un énorme requin qui semblait guetter le moment où quelqu'un tomberait à l'eau. C'est un miracle qu'il ne soit pas intervenu dans la bagarre…

— Le mouvement des barques, les cris des canaques et la promptitude de l'action, l'auront dérangé. Moi aussi je craignais l'arrivée d'un squale, et je m'étais muni d'un coutelas, bien décidé à ne pas me laisser dévorer sans résistance.

— J'espère, dit froidement Marenval, qu'il aura pu se payer un morceau du gros brigadier, qui voulait absolument me massacrer…

— Vous devenez féroce, cher ami.

— Voilà comme je suis, moi, quand on me sort de mes habitudes. À propos, et le bon Dougall ?

— Eh bien, suivant le plan arrêté, Dougall a dû aller à l'embarcation de l'administration, comme s'il ne se doutait de rien. Il a, certainement, été gardé par le surveillant qui me conduisait.

— Était-ce le gros brigadier ?

— Non ! Il n'était pas de la poursuite. J'en suis bien aise. Car c'était un brave homme, et j'aurais été fâché qu'il lui arrivât du mal. Il avait une si comique façon de m'appeler : « Milord », car vous savez, Marenval, que rien n'ôtera de l'esprit des autorités coloniales que ce sont des Anglais qui ont fait le coup.

— Vous avez pris toutes vos précautions pour qu'il en soit ainsi. Mais que croyez-vous qu'il advienne de notre matelot ?

— Dougall est un garçon très intelligent. Il ne sait pas un mot de français. À toutes les questions, il répondra : je ne comprends pas, menez-moi devant le consul d'Angleterre. Voilà les instructions que je lui ai données. Une fois devant le consul, il est tiré d'affaire. Il n'a participé en rien, à l'évasion. Il n'a prêté les mains à quoi que ce soit. Il m'accompagnait, mais il s'est séparé de moi, au moment où il aurait pu être compromis. Je l'ai abandonné, preuve qu'il n'était pas du complot. Il appartient à l'équipage de l'*Albert-Édouard*, du port de Southampton. Les autorités maritimes de Nouméa ont nos papiers. Arrivé au large, l'*Albert-Édouard* redevient le *Magic*, et on peut chercher. Pendant ce temps, avec les cent livres que j'ai données à Dougall, notre brave garçon prend le bateau pour Sydney, et, croyez-moi, il arrivera en Angleterre avant nous, car il n'aura pas à traverser ce diable de canal de Torrès, qui est semé de récifs dangereux.

Marenval hocha la tête en signe d'assentiment, puis :

— Pensez-vous que nous serons poursuivis ?

— Nous le saurons dans une heure. Mais je ne m'en inquiète guère. Nous marchons comme le vent, et ce n'est pas un aviso de l'État qui peut faire la pige avec notre bateau. Ces Anglais savent construire, il n'y a pas à le nier. Et voilà un bâtiment de plaisance, qui file comme un torpilleur.

— Maintiendrons-nous cette vitesse-là longtemps ?

— Tant que nous ne serons pas sortis des eaux françaises. Une fois dans les eaux neutres, nous reprendrons notre allure de promenade.

— Et quand serons-nous hors d'atteinte ?

— Vers minuit.

— Alors, Tragomer, si nous allions dîner.

— Ma foi, je ne demande pas mieux. Ce bain m'a creusé.

— Ferons-nous avertir Jacques ?

— Non, laissons-le tranquille. Un stewart lui portera un plateau. Il mangera, là où il est, s'il a faim. La solitude est bonne pour cet esprit troublé.

Ils descendirent. Jacques seul, à l'arrière, sous la voile gonflée par le vent, appuyé au bordage, accablé de fatigue par les efforts qu'il avait imposés à son corps affaibli, étourdi par son miraculeux retour à la liberté, laissait sa tête appesantie se balancer au roulis du navire, et, dans la douceur de la nuit, dans la tiédeur de la brise, éprouvait, pour la première fois depuis bien longtemps, un apaisement délicieux. Sous ses pieds, il sentait le pont vibrer du tournoiement vertigineux de l'arbre de couche. Le bouillonnement des flots battus par l'hélice, berçait son oreille. Et il pensait : chaque tour de machine, chaque mouvement du navire, m'éloignent de la captivité, et me rapprochent de ceux qui m'aiment et n'ont cessé de me pleurer.

Une torpeur alourdissait ses membres, mais sa pensée, peu à peu, se dégageait, comme d'un brouillard, et il la retrouvait lumineuse et active. Ses yeux se portèrent sur l'étendue, et, au loin, déjà perdue à l'horizon de mer, la lumière du phare lui apparut telle qu'un petit point pâle, décroissant, prêt à disparaître, comme le malheur. Il était libre, il était entouré d'amis, il allait vers son pays et vers sa famille. Mais en même temps, il allait vers la lutte.

Un pli creusa son front. Sa liberté lui imposait de terribles devoirs. Il fallait la justifier par la découverte du vrai coupable. Il ne pouvait trouver d'excuse à son évasion que s'il envoyait le criminel impuni le remplacer dans la petite case de la corderie, à côté de la forge où les forçats martelaient eux-mêmes leurs chaînes. Instinctivement il étendit son bras et, avec joie, il le sentit débarrassé de la dure manicle. À son poignet, le calus fait par l'anneau de misère, se voyait et se verrait longtemps.

Toutes les horreurs de sa vie infamante lui revinrent à la pensée, et l'image de l'aumônier, qui seul avait essayé d'adoucir sa misère, s'évoqua devant lui. C'était ce saint homme qui lui rappelait, pour l'exhorter à la résignation, les souffrances du Sauveur, et qui lui montrait, dans les tortures imméritées qu'il lui fallait endurer, l'expiation de ses fautes anciennes. Il les jugeait bien graves et bien nombreuses. Et dans son repentir, il élevait ses regrets vers le ciel, et priait Dieu de les accepter comme un rachat de sa vie passée.

Il n'espérait pas, alors, que sa destinée changeât. Il se voyait enfermé pour jamais dans cette enceinte effroyable où s'agitaient la misère, le crime et la douleur, et c'était d'un cœur fervent et résigné qu'il acceptait son épouvantable destinée. Un élan de reconnaissance emporta sa pensée, il leva les yeux, et, dans ce grand silence de la mer déserte, sous le firmament constellé d'étoiles, pénétré de douceur, sûr que c'était à la grâce divine qu'il devait son salut, il pria avec ferveur.

Le stewart put s'approcher de lui, placer, à portée de sa main, l'en-cas que ses amis lui envoyaient. Il ne l'entendit pas, ne le vit pas. Il resta plongé dans sa méditation. La nuit noire l'enveloppait. Le yacht avait éteint ses feux pour échapper plus facilement à une poursuite possible. Et, sur la mer libre, dans la rapidité de la fuite, l'esprit de Jacques rasséréné et fortifié, se reposait en une sécurité absolue. Il ne doutait plus de faire éclater son innocence, par des preuves irréfutables.

Le doute qui l'avait torturé si longtemps, jusqu'à l'inciter à croire que, peut-être, dans une sorte d'ivresse dont il ne se souvenait plus, il avait commis le crime auquel il se disait étranger, une conviction ferme le remplaçait. Il se sentait une autre conscience, il redevenait un autre homme. L'accablement de la claustration qui le déprimait, l'anéantissait, au point de faire de lui une créature privée de sensibilité matérielle, était remplacé par la fierté lucide d'un être libre de son corps et maître de sa pensée.

Il demeura, toute la nuit, à la même place, songeant. Le pas de l'homme de garde, arpentant le pont dans sa marche régulière, ne l'arracha pas à ses réflexions. Il ne tourna pas les yeux vers le capitaine, debout sur sa passerelle, veillant avec une double attention sur la direction de son navire. Il était dans une sorte d'exaltation qui abolissait, pour lui, toutes les sensations extérieures, pour ne le laisser sensible qu'aux impressions intimes. Et celles-là étaient exquises, car il y retrouvait tout le trésor de sa délicatesse, de sa foi, de son honneur, qui lui avait été brutalement ravi, pendant ces deux mortelles années.

L'aube blanchit, les étoiles pâlirent. Le vent fraîchit, et la première corvée des matelots parut sur le pont. Jacques poussa un soupir, il comprit qu'il lui fallait sortir des sphères immatérielles où son esprit s'était reposé et purifié pendant les heures de cette veille, et rentrer dans le courant de la vie positive. Il se leva, comme le jour brusquement succédait à la nuit. Autour du navire, la mer était vide. À deux lieues, sur la droite, un gros vapeur s'avançait lourdement dans la direction des îles Loyalty. À l'arrière, pas un point suspect. À l'avant, le large, sans une voile, sans une fumée.

— Eh bien ! Jacques, dit la voix de Tragomer, nous voilà hors de peine. Maintenant nous pouvons respirer.

Fréneuse se retourna. Tragomer sortait du rouf et venait vers lui.

Il lui tendit la main en souriant :

— Pardonne-moi, ami, de t'avoir quitté hier soir. J'étais comme une bête sauvage qui a fui de sa prison, et que le grand air et l'horizon large ont effarée. J'avais besoin de me cacher, de chercher un coin d'ombre. Je n'étais plus habitué à vivre libre. Maintenant me voici remis… Le pli de la servitude est, vois-tu, difficile à faire disparaître. Surtout quand elle a été aussi lourde que celle subie par moi.

Tragomer posa sa main sur l'épaule de son ami.

— Tu as deux mois devant toi, pour reprendre possession de toi-même. C'est en cela que le voyage va t'être excellent. Petit à petit, tu rentreras dans tes habitudes de dignité et, quand tu arriveras en Europe, tu seras le Jacques d'autrefois.

Une ombre passa sur le front de Fréneuse.

— Le Jacques d'autrefois ? Jamais plus. Il est mort, celui-là. Je l'ai laissé au bagne, avec la défroque du forçat. Le Jacques que tu ramènes, n'aura plus qu'une préoccupation dans sa vie : faire oublier à ceux qui l'aimaient tout le chagrin qu'il leur a causé.

— Cela, je l'approuve, dit Christian, et ce sera justice. Mais viens avec moi dans ta cabine. Tu te vêtiras, en attendant que Marenval se lève, car il est moins matinal que moi… Et, d'ailleurs, les émotions et les fatigues de cette terrible journée l'avaient brisé… Mais il est content, va, et fier. Il ne donnerait pas sa croisière, pour le double de ce qu'elle lui coûte… Son seul regret, c'est de n'avoir pu rapporter la casquette que la balle du garde-chiourme a enlevée. Quel trophée pour un homme pacifique ! Mais il gardera d'autres souvenirs ! Ah ! voici notre capitaine…

Un jeune homme blond, la figure rasée et rose, s'avançait vers eux. Tragomer dit :

— M. Edwards, je vous présente mon ami le comte de Fréneuse. En ce moment, il est assez mal tourné, mais vous le verrez tout à l'heure à son avantage…

— Je suis heureux, Monsieur, dit le marin, avec un accent anglais très prononcé, d'avoir contribué à vous tirer d'affaire… Ce que mes patrons m'avaient raconté m'a rendu facile et agréable le service que j'ai rempli vis-à-vis d'eux… Nous avons risqué, hier, quelques petites choses, ajouta l'Anglais, avec un sourire. Mais, ce matin, nous n'avons plus à compter qu'avec ce qui porte ce pavillon-là…

Et du geste, fièrement, le capitaine montrait le Jack britannique, qui flottait à la corne de son mât d'arrière.

— Alors, vous êtes tout à fait tranquille ? demanda Tragomer.

— Je suis sur la mer qui appartient à tout le monde, maître à mon bord, et si quelqu'un voulait me parler, je lui répondrais avec cela.

Il frappa un petit coup amical sur une des longues pièces de cuivre qui s'allongeaient paresseusement sur le pont. Puis il ajouta, avec une belle assurance nationale :

— Et toute l'Angleterre serait derrière moi.

— Où sommes-nous, en ce moment, et vers quel point nous dirigeons-nous ? demanda Tragomer.

— Nous sommes par le travers de Bowen, Australie, et nous avons le cap sur la Nouvelle-Guinée. Je vais faire ralentir notre marche, car il est inutile que nous vidions nos soutes à charbon. Nous ne pourrons plus les remplir qu'à Batavia. Nous allons donc nous servir de nos voiles…

— Faites comme vous l'entendrez, capitaine. Nous avons tout intérêt à nous laisser conduire.

Ils descendirent par l'escalier, dans le salon, et gagnèrent les cabines. Pour la première fois, depuis bien longtemps, Jacques retrouvait le confort et le luxe auxquels, dès l'enfance, il avait été habitué. Une large cabine meublée d'un lit, d'une armoire à glace et d'une toilette, lui avait été préparée. La propreté anglaise y brillait, dans tous les détails de l'aménagement, et, avec une joie d'enfant, Jacques trouva les brosses, les flacons, les ustensiles, tous ces menus objets qui constituent la recherche et l'élégance de la vie.

Il se laissa tomber dans un fauteuil et resta à regarder autour de lui, comme s'il ne pouvait se rassasier de ce qui frappait ses yeux. Soudain il pâlit. Au chevet de son lit, dans un cadre d'or, il venait d'apercevoir deux portraits : ceux de sa mère et de sa sœur. Vêtues de noir, tristes et amaigries, elles semblaient pleurer l'absent. La veille du départ de Southampton, Marenval avait reçu ces photographies destinées à Jacques. Et c'était, avant le retour, une première promesse de pardon.

— Elles sont bien changées ! dit, après un assez long silence, Jacques à son ami.

— Et cependant, à ce moment-là, elles commençaient à espérer.

— Comment leur ferais-je oublier tout ce qu'elles ont souffert pour moi ?

— Oh ! bien facilement ! Les mères et les sœurs ont des trésors d'indulgence. Il leur suffira de te revoir. Ce qui leur a fait le plus de mal, ce n'est pas de te croire coupable, mais de te savoir malheureux.

— Dis-moi quelle a été leur existence depuis deux ans.

— Celle de deux recluses, de deux parias volontaires. Elles ont fui le monde qu'elles accusaient de ta perte, et se sont confinées chez elles, pour pleurer à loisir. Tout ce qui n'était pas toi leur est devenu étranger. Tout ce qui ne partageait pas leur foi dans ton innocence et leur désolation de ton martyre a été systématiquement écarté par elles. Moi-même…

— Toi, Christian ? s'écria Jacques avec surprise.

— Oui, moi, pour avoir, dans le premier moment de stupeur, courbé la tête sous la sentence qui te condamnait, pour n'avoir pas, assez promptement, réagi contre l'infamie qu'on t'imposait, j'ai été repoussé par ta mère et par ta sœur… Par ta sœur, que j'aimais et que j'aime toujours, par Marie, plus durement encore, que par ta mère… J'ai été consigné à la porte, comme un importun, comme un ennemi… Et, malgré mes efforts, je n'ai rien pu obtenir… Il a fallu, après dix-huit mois d'absence, que je revinsse avec les premiers indices de l'erreur dont tu avais été victime, pour que Mme de Fréneuse consentît à me voir… Et tu ne peux te figurer l'intransigeance farouche de ta sœur… C'est à la dernière minute qu'elle a enfin paru devant moi, et si elle m'a tendu la main, c'est parce que je lui affirmais que j'allais risquer ma vie pour te sauver.

— Chère Marie ! Et toi, pauvre Christian, tu as donc été malheureux, aussi, à cause de moi ?

— Mais je prendrai sur elle une éclatante revanche. Quand je te pousserai dans ses bras, il faudra bien qu'elle consente à reconnaître que je ne suis pas un ingrat et un indifférent. Sa fierté s'humanisera, Jacques, et je la reverrai, comme jadis, souriante et affectueuse.

Jacques redevint grave et, parlant avec lenteur, comme s'il pesait les paroles qu'il prononçait :

— Depuis vingt-quatre heures, Christian, j'ai réfléchi à ce que tu m'as révélé. La nuit qui a précédé mon évasion, et lorsque je tremblais devant les conséquences que pouvait avoir ma tentative, si elle échouait, cette nuit enfin, quand je me suis trouvé libre sur le pont du navire, seul sous le ciel et sur la mer, en présence de Dieu, j'ai songé à ce qu'avait d'étrange ton récit et j'ai résolu de poursuivre la preuve du crime commis envers moi. Il m'a semblé que ce qui primait tout devoir c'était l'œuvre de ma réhabilitation. Ma mère et ma sœur ont pleuré, pendant deux ans. J'ai enduré des tortures inexprimables et les vrais coupables se réjouissaient de ma perte, riaient de ma honte. Ce sont des monstres et je veux les punir. Si Léa est vivante, si Sorège est le complice de sa disparition, si une victime inconnue a été substituée à celle que l'on m'accusait d'avoir tuée, il faut que la vérité éclate, qu'on sache à quels mobiles ils ont obéi, comment ils ont réussi à tromper la justice et moi-même. Il faut que nous débrouillions l'écheveau, habilement emmêlé, des preuves accumulées contre moi. Il est indispensable que tu me dises ce que tu sais et que je te raconte ce que tu ignores. Car, devant les juges, je n'ai pas tout dit, je ne pouvais pas tout dire. Il y a des mystères que j'ai contribué à ne pas éclaircir, parce qu'il aurait fallu compromettre des personnes que je jugeais étrangères à cette affaire. Mais, qui sait, maintenant, si je ne me trompais pas ? C'est de la mise en commun de ce que tu as découvert et de ce que j'ai caché, que va probablement jaillir la lumière. Quand nous aurons rétabli les faits, dans leur vraisemblance, sinon dans leur réalité, alors nous conviendrons de la façon dont il faudra agir, pour obtenir le résultat cherché.

— Enfin, les voilà ces paroles que j'attendais, que je prévoyais, s'écria avec feu Tragomer. Tu n'as pas tout révélé au juge d'instruction, tu n'as pas tout dit devant le jury ? Tu as craint de compromettre, qui ? Ceux, peut-être, qui te perdaient ! Mais nous allons, enfin, comprendre ! Et cette énigme, sur laquelle j'ai pâli vainement, nous livrera son mot. Mais attendons Marenval. Il a le droit de savoir, en même temps que nous. Il s'intéresse assez à ta cause pour que nous ne lui dérobions rien de ce qui lui prouvera qu'elle était bonne et juste.

Au même moment la porte s'ouvrit, et Cyprien parut. Les mains tendues vers Jacques, il s'avança souriant et heureux :

— Eh bien ! Notre passager commence-t-il à se remettre de ses émotions ?

— Votre protégé n'aura pas trop de tout son cœur pour vous remercier de l'avoir sauvé.

— Mon cher ami, nous serons deux mois à vivre côte à côte, nous aurons le loisir de nous congratuler mutuellement. Car, sauvetage à part, nous allons faire, avec vous, Jacques, un magnifique voyage. Et comme nous passerons nos jours à nous pénétrer de votre innocence, nous aurons une admirable sécurité d'esprit.

Avec sa bonhomie, Marenval ramenait au calme l'imagination, déjà trop exaltée, des jeunes gens. Il leur rapportait la notion exacte du temps, la juste appréciation des choses, et les replaçait en équilibre.

— Mon cher Jacques, il faut vous rendre d'abord figure humaine. Le valet de chambre va venir vous barbifier. Vous trouverez, dans l'armoire, du linge, des vêtements à votre taille. Vous vous sentirez plus d'aplomb, quand vous serez lavé et changé. Rien n'est tel que de se trouver dans son costume ordinaire, pour reprendre ses habitudes. Quand vous serez prêt, vous viendrez à la salle à manger, nous déjeunerons, et puis, après, si cela vous convient, nous causerons.

Le domestique entrait. Marenval et Christian adressèrent un geste amical à leur hôte, et sortirent de la cabine.

III

En voyant Jacques habillé d'un costume de molleton blanc, coiffé d'une casquette élégante, allongé dans un rocking-chair, et fumant un excellent cigare, après avoir déjeuné en compagnie de ses deux amis, nul n'aurait pu reconnaître, dans ce jeune yachtman, le lamentable forçat qui traînait, la veille, sa misère dans le bagne de l'île Nou. Les soins du remarquable valet de chambre, que Marenval avait amené avec lui, car il ne pouvait se passer de ses éminents services, un choix dans la garde-robe préparée pour l'évadé, la douche, le rasoir, les brosses, tout ce que la toilette offre de plus méticuleux, avaient opéré cette transformation. C'était un Fréneuse amaigri, basané, émacié, sans cheveux et sans barbe, mais c'était déjà Fréneuse. Il avait retrouvé son regard et son sourire. Il dit à ses compagnons :

— Il faut maintenant que je vous donne les explications qui vont nous permettre d'étudier le problème, posé par vos affirmations, et de le résoudre, je l'espère. Et, tout d'abord, j'établirai l'état de mes rapports avec Léa Pérelli. Il y avait près de trois ans que je vivais avec elle, comme vous le savez. Au début, j'avais été très amoureux. De son côté, elle paraissait m'aimer sincèrement. Quand je l'avais rencontrée, elle arrivait de Florence, d'où le scandale de sa rupture et de son divorce, avec le chevalier San-Martino, son mari, aide-de-camp du comte de Turin, l'avait contrainte de s'éloigner. C'était une admirable blonde, aux yeux noirs, à la haute taille, aux mains patriciennes, dont l'apparition produisait partout une sensation profonde. Très instruite, mais sans esprit, quoique très intelligente, elle avait la fascination sensuelle portée au suprême degré. Il était difficile de l'approcher sans s'éprendre d'elle. Et ses grandes manières, son talent de cantatrice qui lui avait valu, à Rome, des succès éclatants dans les salons aristocratiques, achevaient de saisir l'imagination troublée par sa beauté.

Quand je la rencontrai, elle habitait rue d'Astorg un appartement meublé, et vivait décemment des restes de sa dot, restituée par le chevalier San-Martino avec une générosité très appréciable, étant donné le traitement assez peu flatteur auquel sa femme l'avait soumis. Une cameriste et un jeune valet, amenés d'Italie, la servaient plutôt mal que bien. Et le désordre de l'existence, le sans-façon des domestiques, l'irrégularité du service, offraient un tableau très particulier de l'incurie et de la facilité italiennes. C'était un mélange de luxe et de misère tout à fait curieux. J'ai vu, au début de notre liaison, Léa, en peignoir de soie, avec des saphirs de vingt mille francs aux oreilles, déjeuner sur une table sans nappe, mangeant des harengs dans de la vaisselle ébréchée, et buvant du vin de champagne dans des verres de cuisine. La tenue, l'ordre, la décence de la vie, étaient lettres mortes pour elle. Sa fantaisie, son caprice, voilà ce qui était important et ce qu'elle satisfaisait avant toute chose.

Je l'avais rencontrée à un concert de charité où elle avait chanté, d'une façon charmante, des airs hongrois, accompagnée par Maracksy, et j'avais été sous le charme de sa beauté et de sa grande tournure. Sur l'estrade, au milieu des femmes du monde qui prêtaient leur concours à l'œuvre, elle avait l'air d'une reine. Le marquis Gianori la pilotait et la chaperonnait. Ce vieux beau, teint, sanglé, et qui a une façon si inquiétante de vous caresser les doigts en vous prenant la main, n'était pas un gardien redoutable. Je me fis présenter à la ravissante Italienne et, dès le lendemain, j'allai mettre ma carte chez elle. La réponse ne tarda pas, et, la semaine suivante, je fus invité à venir prendre une tasse de thé, en entendant de la musique.

Je n'eus garde de manquer l'occasion, et, à dix heures, j'arrivai rue d'Astorg, où reçu par le jeune drôle qui se prélassait dans l'antichambre, je trouvai une douzaine de personnes de qualité variable, allant du ténorino, zézayant le français, au diplomate sérieux, et de la jeune veuve évaporée, à la douairière authentique. C'était une sorte de demi-monde, où le clinquant se mélangeait au solide, mais où il était facile de voir que le solide allait disparaître, promptement, et laisser la place à la fantaisie, en tout genre. Pour obtenir cette fin et précipiter la désagrégation du mélange, il devait suffire de l'introduction d'un élément nouveau. Mon entrée en scène amena la solution.

J'avais vingt-cinq ans, j'étais libre, riche, très recherché dans le monde. J'avais de charmantes relations, un luxe de bon aloi. Je pris Léa par le côté extérieur de ma vie, qui était justement celui auquel sa nature italienne la rendait le plus sensible. Ma voiture, bien attelée, attendant sous sa fenêtre, le bon style de ma livrée, le raffinement de ma tenue, la sonorité de mon nom et l'authenticité de mon titre, l'attention qui se fixait sur elle, quand nous sortions ensemble, lui plurent mieux que mes égards, mes soins et ma tendresse. Elle eut, d'abord, pour moi, un amour de tête, qui se changea promptement en un amour des sens.

Au bout de quelques semaines, son existence avait complètement changé. Elle ne recevait plus aucune des personnes que j'avais trouvées chez elle, au début, et, avec une facilité incroyable, elle les avait remplacées par des amis à moi. Si distinguée qu'elle fût par son éducation, elle n'avait pas le sens des distances sociales. Elle voyait aussi facilement des gens de basse extraction que des gens de haute origine, et la vulgarité des manières ne paraissait pas la choquer. On eût dit qu'elle ne s'en rendait pas compte.

Je l'ai trouvée, souvent, assise en face de sa cameriste italienne, une lourde fille de Lombardie, et jouant aux cartes avec elle, toutes deux fumant leur cigarette. Quand je lui en faisais reproche, elle me disait :

— Qu'est-ce que ça fait ? Elle est à ma disposition, aussi bien pour me distraire, en faisant une partie de bésigue, que pour m'empêcher de me baisser, en boutonnant mes bottines. Elle est payée, elle sert, voilà tout. Quant à la cigarette, tout le monde fume, en Italie, même les femmes de la cour.

Son absence de respectabilité était doublée d'une ignorance de l'économie, qui allait jusqu'à l'insouciance la plus complète. Jamais je ne l'ai vue se préoccuper de savoir comment elle paierait ce qu'elle achetait, ni avec quoi elle ferait face aux dépenses de sa vie courante. Tant qu'elle avait de l'argent, elle en dépensait. Quand le tiroir était vide, elle se privait. Et c'était curieux de voir comme cette femme, habituée au luxe et qui donnait sans compter, avec une largesse princière, avait peu de besoins et se contentait facilement. Je l'ai surprise, avant que je fusse initié aux difficultés de sa position, à vivre avec des mets de son pays, qu'elle prétendait manger par goût et qui coûtaient à peine quelques sous par jour.

Puis, un beau matin, j'arrivai au milieu d'une descente d'huissier, d'une saisie et de toute une avalanche de papiers timbrés, et trouvai Léa en pleurs devant ses bijoux, auxquels elle tenait tant et qui avaient une grande valeur, saisis à la requête de ses fournisseurs exaspérés par son sans-gêne et son mépris des engagements contractés. Mon premier mouvement fut de prendre mon portefeuille et de dire à l'huissier : combien ? Léa, avec une furie de désintéressement amoureux, protesta, pleura, refusa. Mais l'officier ministériel avait vu jour à être payé. Il passa outre aux protestations de la débitrice, et, pour la première fois, Léa me coûta de l'argent.

Si je ne lui en avais pas offert, il est probable qu'elle ne m'en aurait jamais demandé. Mais, à partir du jour où j'eus payé, elle trouva tout naturel de continuer à profiter de ma générosité. Ici commence la période vraiment déplorable de mon existence. C'est sur les folies que j'ai faites pour soutenir le train de maison de Léa, que s'est basée l'accusation sous laquelle j'ai succombé. J'avais de quoi vivre très largement, comme garçon, et subvenir à toutes les exigences coûteuses de la vie mondaine. J'avais déjà entamé l'héritage paternel, à cette époque. Mais les quelques terres que j'avais vendues étaient de rapport médiocre, et mes revenus n'avaient pas beaucoup diminué. Je possédais encore quarante mille francs de rente.

Pour fournir aux besoins de Léa et à mes nécessités personnelles c'eût été à peine suffisant, même si une sage économie avait réglé la dépense courante. Mais le désordre, qui régnait chez ma maîtresse, était en quelque sorte constitutionnel, comme une maladie, et moi-même je n'étais pas très prévoyant. Au bout de quelques mois, je me trouvai dans les embarras les plus graves. À quoi bon vous rappeler les détails de cette triste époque ? Vous les avez connus, aussi complètement que moi-même. Vous, Marenval, vous m'avez aidé en différentes circonstances à payer des dettes urgentes, dont le non-règlement m'aurait compromis sans recours. Toi, Christian, tu as essayé de m'arracher à ma débauche et à mon abaissement. Le jeu était devenu ma ressource, et, pour soutenir mes forces épuisées par les nuits passées autour des tables de baccara, je m'étais mis à boire.

Pendant ces années maudites, où vous m'avez vu descendre, degré à degré, jusqu'à la boue du ruisseau, ma raison avait disparu, mon cœur s'était atrophié. Je vivais comme une brute et les lueurs d'intelligence, qui se manifestaient encore en moi, ne servaient qu'à satisfaire mes vices. Car si Léa s'était attachée par la reconnaissance qu'elle avait de mes efforts pour la faire vivre riche et heureuse, moi je commençais à me lasser d'elle et je la trompais. Il eût mieux valu, sans doute, renoncer à elle, me réfugier auprès des miens, me ranger et recommencer à vivre. J'étais si jeune que c'eût été possible, mais je persistais dans ma liaison, avec une sorte d'entêtement stupide, comme si, en me séparant de Léa, j'avais renoncé à tous les sacrifices que j'avais déjà faits. J'étais, pour tout dire en une phrase, dans la situation d'un joueur qui court après son argent. Elle me coûtait une si grosse somme que je ne pouvais me décider à la quitter. Et puis je craignais son exaltation.

Cette femme hautaine, violente, avait des retours à la fierté de son ancienne condition qui la rendaient redoutable. Je l'avais vue, un jour que cette lourde servante lombarde, à laquelle elle tolérait de si inexplicables familiarités, lui avait répondu d'un ton insolent, se jeter sur elle, la renverser, la frapper, et, s'affolant par sa brutalité même, risquer de blesser cette fille grièvement. Elle assurait que, dans ces moments-là, elle perdait la raison et voyait rouge. Je tuerais, disait-elle, et un homme ne me ferait pas peur. Elle m'avait tant de fois prouvé sa jalousie, tant de fois elle m'avait menacé de sa colère si je la trompais, que je n'étais pas sans souci de ce qui se passerait, si les preuves de mon infidélité lui étaient fournies. À vrai dire, je ne pensais pas qu'elle pût se livrer à des violences contre moi. Elle m'aimait trop. Mais je n'étais pas loin de croire qu'elle pût se frapper elle-même.

— Que me resterait-il, si je te perdais ? disait-elle. Ma vie serait en ruines. J'ai tout quitté pour te plaire. Quand je t'ai rencontré, j'étais encore une femme du monde. Aujourd'hui que suis-je ? Une fille ! Ma famille ne me connaît plus. Elle ne répond pas à mes lettres. Je reçois la modeste pension qui m'est allouée, par les mains d'un homme d'affaires. J'ai rompu, pour toi, avec mon passé, il faut que ton avenir m'appartienne.

Un soir, qu'elle avait chanté chez des amis, Vignot, l'illustre compositeur, l'entendit et s'enflamma d'admiration pour sa voix et son style. Il lui proposa de la faire entrer à l'Opéra pour créer le principal rôle dans l'ouvrage nouveau qu'il avait promis à la direction. Mais Léa refusa. Il avait été convenu, entre elle et sa famille, qu'elle ne chanterait jamais sur un théâtre. Elle avait pris l'engagement de ne jamais se donner en spectacle, et, avec une fidélité à sa parole qu'elle faisait sonner très haut, elle refusait les avantages sérieux qui lui étaient offerts. Je la poussai à accepter les ouvertures de Vignot. J'aurais été content de la voir en état de se suffire à elle-même. Je trouvais lourd le fardeau de mes dettes, sans cesse augmentées. Peut-être, dans l'enivrement du succès, se serait-elle détachée de moi. Elle aurait eu à subir tant de sollicitations, d'adorations, d'enthousiasmes, que, sans doute, elle m'aurait laissé libre de m'éloigner, pour devenir maîtresse de se donner à un autre.

Mais son indolence s'accordait avec sa volonté pour refuser ces propositions, et elle restait inactive, vivant dans le désordre et l'insouciance. Elle recevait ses compatriotes, ou mes amis. Je savais qu'elle avait eu à repousser les tentatives de certains d'entre eux. Je n'en avais nul souci. Ils m'auraient rendu service en me l'enlevant.

C'était une raison pour qu'ils n'y réussissent point. De tous ceux qui m'aimaient, seul Christian n'avait jamais sympathisé avec Léa. Il avait vu, promptement, où me mènerait cette liaison et combien elle serait féconde pour moi en embarras. Tout ce qu'il avait pu faire pour m'empêcher de prendre la responsabilité de la vie de ma maîtresse, il l'avait risqué. Jusqu'à se brouiller momentanément avec moi, et plus durablement avec elle.

Sorège, au contraire, ne tarissait pas en éloges sur la beauté, le charme, la distinction de Léa. S'il n'avait pas été si expansif, en ma présence, il eût été possible de le croire amoureux. Mais il ne se cachait pas assez de moi pour que je pusse le soupçonner. Il était aux petits soins pour Léa, lui tenait compagnie quand je la laissais seule et jouait le rôle d'un confident parfait. Il avait été refusé par ma sœur, à laquelle il avait pensé pour en faire sa femme. Il venait beaucoup moins chez ma mère, où du reste j'allais peu moi-même. Son hostilité contre Tragomer, qui, lui, n'était pas assidu auprès de ma maîtresse, se traduisait par de continuelles insinuations et d'habiles sarcasmes.

C'était la troisième année de ma liaison avec Léa, et jamais la situation n'avait été plus grave. Elle devait aboutir à une catastrophe. Et si je n'avais pas été impliqué dans la tragique aventure qui m'a conduit au désastre, j'aurais été entraîné aux pires résolutions, car un courant de folie m'emportait. Habituellement Léa ne recevait, chez elle, que des hommes. Elle était convaincue, avec raison, que la société des femmes est inutile et peut-être dangereuse.

— Si j'amène une femme chez moi, disait-elle, et qu'elle soit laide et bête, mes amis n'auront aucun plaisir à la rencontrer. Si elle est jolie et spirituelle, mon amant peut s'éprendre d'elle et je risque de le perdre.

Pour ces raisons de prudence, elle ne frayait pas avec les femmes. Elle ne fit qu'une exception au bout de trois ans de liaison avec moi, et lorsqu'elle me croyait attaché par des liens très forts. Cette infraction à la règle, établie si sagement par elle, fut cause de mon malheur. Elle avait rencontré une jeune femme très élégante, très jolie, chanteuse agréable, qui lui avait plu par la grâce de son caractère et par une attraction mystérieuse et perverse que je ne l'aurais pas crue capable de subir. Car peu vicieuse et très amoureuse de l'homme, jamais Léa n'avait paru disposée à aller à Lesbos. Ce fut sa nouvelle amie qui se chargea de modifier ses mœurs et, avec l'ardeur qu'elle portait en tout, ma maîtresse devint aussi jalouse de Jeanne Baud, qu'elle avait pu l'être de moi…

Jusque-là, ni Marenval, ni Tragomer n'avaient fait un geste, ni prononcé une parole. Ils avaient écouté Jacques religieusement, ne protestant contre aucune de ses redites, ne tentant d'écourter aucune des parties de son récit, dans l'espoir de saisir quelque indice utile, quelque renseignement nouveau. Mais lorsque le nom de Jeanne Baud fut prononcé, pour la première fois, par Fréneuse, tous deux se dressèrent, et, d'un regard échangé, ils se communiquèrent l'impression instantanément ressentie. La lumière commençait à poindre, dans l'obscurité qui les avait entourés jusque-là. L'apparition de Jeanne Baud dans l'existence de Jacques et de Léa, donnait à la découverte de Tragomer une importance décisive. Le lien, entre Jenny Hawkins et Jacques, se montrait et ce premier fil de la trame, dans laquelle le malheureux avait été enveloppé, se dessinait à leurs yeux. Jacques surpris, s'arrêta.

— Qu'y a-t-il, dans mon récit, qui vous étonne particulièrement ? demanda-t-il à ses deux amis.

— Ce nom de Jeanne Baud, qui, si nous ne nous trompons, est prononcé par toi, pour la première fois.

— J'avais de sérieuses raisons pour ne pas parler de cette jeune femme. Vous les comprendrez tout à l'heure, quand je vous aurai raconté toute mon aventure.

— Mais avant de reprendre ta narration, un simple détail : Comment était cette Jeanne Baud. Grande, petite, blonde, brune, des yeux bleus ou bruns ? Fais-nous son portrait, aussi exact que possible.

— Quand je l'ai connue chez Léa, car c'est chez ma maîtresse que je l'ai vue, pour la première fois, c'était une ravissante fille de vingt-cinq ans, très blanche de peau, avec des épaules admirables, des cheveux noirs et des yeux gris. Elle formait avec Léa un couple splendide : même taille, même ligne somptueuse, même vigueur. Seulement Léa était aussi blonde que Jeanne était brune. Belles toutes les deux à impressionner, quand elles étaient ensemble. Je crois bien que cet effet extraordinaire qu'elles produisaient fut pour beaucoup dans leur liaison… Elles en étaient fières, et prenaient plaisir à le produire…

— Encore une question, fit Tragomer. Léa Pérelli n'était-elle pas teinte ?

— Oui. La couleur blond Titien de ses cheveux n'était pas naturelle. Je ne l'ai jamais connue autrement que blonde. Mais sa couleur naturelle devait être le châtain foncé… Elle se faisait onduler, tandis que Jeanne Baud ondulait naturellement…

— C'est bien, dit Christian. Tu peux continuer.

Il se tourna vers Marenval et, avec un geste de satisfaction :

— Je suis fixé, maintenant…

— Je restai, poursuivit Jacques, assez longtemps sans soupçonner les raisons secrètes que ces deux personnes avaient de ne se point quitter. Continuellement, je trouvais Jeanne chez Léa, et, quand celle-ci sortait sans moi, c'était pour aller chez son amie. Le point de départ de leur liaison avait été le désir exprimé par Jeanne Baud que Léa lui donnât des leçons de prononciation italienne. La jeune chanteuse voulait quitter la carrière de l'opérette, et utiliser sa jolie voix en chantant le répertoire italien. Le grand talent de Léa, son style, la perfection de sa diction étaient de précieux enseignements pour Jeanne. Et elles avaient commencé à travailler sérieusement.

Elles ne se quittaient plus, et moi, pris par mes occupations, par mes soucis, par mes plaisirs, je ne me doutais pas de ce qu'il y avait d'évidemment passionné dans la tendresse que se témoignaient ces deux femmes. Ce fut Sorège qui, le premier, attira mon attention sur cette situation. Avec sa prudence habituelle, en procédant par des insinuations sarcastiques, il éveilla mes soupçons et me poussa à les éclaircir. Il paraissait enragé contre les deux amies, il fulminait contre ce vice qui, pour ma part, me laissait très froid, et on eût pu croire, à l'entendre, qu'il était l'amant de l'une d'elles. Je le vis à ce point exaspéré que je lui demandai s'il était jaloux de Jeanne Baud. Il changea de physionomie, se reprit et plaisanta. Ce qu'il en disait, c'était pour moi seul. Lui, en quoi cela lui importait-il ? À la vérité, il haïssait les femmes qui avaient des goûts contre nature. Mais, en l'espèce, il ne voyait que mon intérêt et ne se préoccupait que du ridicule qui pouvait m'atteindre. J'étais, il faut le dire, bien démoralisé par ma mauvaise vie, bien gangrené d'esprit et de cœur. Car l'idée que Léa m'était infidèle, dans ces conditions imprévues, ne m'inspira ni dégoût ni colère. Et la curiosité malsaine de posséder Jeanne Baud s'empara, dès ce moment, de ma pensée. Je les épiai toutes les deux. Et bientôt leur manège devint apparent pour moi. Je découvris leurs habitudes, leurs heures de rencontre. Il y avait un étrange raffinement de vice dans leurs rapports et je reconnus l'imagination emportée de Léa, la fougue de ses désirs, dans la variété des décors, le choix des occasions et l'audace des rapprochements, qui marquaient leur liaison.

Une fois, pendant une soirée où dix de mes amis étaient réunis chez Léa, je faillis les surprendre dans la chambre de ma maîtresse. Un enfantillage étonnant donnait du piquant à leur intrigue. Elles avaient une façon de se fixer des rendez-vous, en ma présence même, sans avoir besoin de se parler. Léa, par badinage, prenait Jeanne dans ses bras et se mettait à danser follement, puis elles se laissaient tomber essoufflées, à demi pâmées sur le divan, où elles restaient ensuite l'une près de l'autre, comme dans une sorte de demi-sommeil. Un jour que j'arrivais chez Léa, vers quatre heures, je la trouvai, son chapeau sur la tête et l'air affairé. Elle me tendit son front avec distraction et me dit :

— Je suis obligée de sortir pour une heure. Mon père a chargé un de ses amis d'une commission pour moi et il faut que j'aille le voir, au Grand-Hôtel, aujourd'hui, car il part demain pour Londres.

— Alors, je m'en vais. À ce soir.

— Non, reste, au contraire, un instant. J'ai donné campos à mes domestiques. Jeanne doit venir tout à l'heure. Tu la recevras et tu la prieras de m'attendre. Nous devons dîner ensemble.

— Bien.

En un instant, l'idée très nette de m'emparer de l'amie de Léa s'était imposée impérieusement à moi. Une heure de liberté. L'appartement vide. Tout s'arrangeait à souhait. Je laissai partir ma maîtresse et j'attendis Jeanne. Elle arriva souriante, vêtue d'une robe de soie grise, coiffée d'un chapeau de bleuets qui donnait à sa chevelure brune et à son teint pâle un éclat extraordinaire. Elle ne parut pas étonnée de l'absence de Léa, enleva son chapeau, jeta ses gants sur la table et s'assit près de moi. Je ne sais vraiment ce que je lui dis. Autant qu'il me souvienne, je lui parlai de sa beauté. Sa tête était renversée sur le dossier du divan, tout près de la mienne, et, de cela, j'ai gardé très nettement la mémoire, ma bouche contre son oreille, je lui effleurais le cou avec ma moustache. Elle ne se retirait pas et je la voyais tressaillir doucement. En profil perdu son visage me montrait un sourire qui retroussait ses lèvres entre lesquelles luisaient ses dents blanches. De son corps émanait une odeur d'héliotrope qui me montait au cerveau. Au bout d'un instant, je passai mon bras autour d'elle, l'attirai à moi, sans qu'elle fît de résistance et, avec une fougue passionnée, elle se donna.

À partir de ce jour, je pris la résolution ferme de quitter Léa. Jeanne était une maîtresse charmante, bien plus femme que l'altière Italienne. Elle m'avoua qu'elle m'aimait depuis longtemps et qu'elle avait eu souvent l'envie de me le dire. Je ne lui fis aucune allusion à ses rapports avec Léa, mais, chose bizarre, je me sentis plus jaloux d'elle que je ne l'étais de ma maîtresse. L'idée qu'elle cédait à Léa m'était insupportable. Et je me mis résolument à gêner leurs rendez-vous. Je fus le Bartholo de ces étranges Rosines. D'ailleurs, à des symptômes très frappants, je pus me convaincre que Jeanne se refusait maintenant à Léa. La rage, l'amertume, la rudesse de celle-ci se manifestèrent, avec une liberté incroyable. Si je l'avais poussée un peu, elle se serait plainte à moi de l'abandon dans lequel elle se dévorait.

Elle eut un retour passionné vers moi. Je me vis dans l'obligation de la consoler des trahisons dont j'étais l'objet. Mais mon nouveau caprice était trop vif pour me laisser la faculté d'abuser Léa sur mes véritables sentiments. Tous les jours je me détachais d'elle davantage. Je résolus de jouer mon va-tout pour me libérer vis-à-vis d'elle. Il me fallait une somme importante, afin de liquider mon passif et de laisser à Léa, en la quittant, de quoi vivre au moins pendant une année. Recourir au crédit, il n'y fallait plus penser. J'étais brûlé autant qu'on pouvait l'être. Il ne me restait qu'un moyen de sortir de mes embarras. C'était d'aller au jeu et de livrer une décisive bataille.

Je rassemblai tout ce que je possédais d'argent disponible, je vendis mes derniers bijoux, quelques bibelots de valeur, et, pendant deux nuits, je me mis en banque au cercle. Je taillais à banque ouverte, et je réussis à gagner cent quatre-vingt mille francs. C'était de quoi me libérer et me remettre à flot pour un temps. Je ne me tins pas pour satisfait et, si bien traité par la chance, je résolus de la violenter, pour obtenir d'elle le maximum de ce qu'elle pouvait me donner. Une troisième nuit, je repris la banque. J'avais devant moi tout ce que j'avais gagné en quarante-huit heures. Mais il me fallait le double, afin de payer le passif qui m'accablait, de laisser une somme importante à Léa et de mettre à exécution le projet que j'avais formé de partir pour l'étranger.

Le moment qui s'écoula entre la satisfaction que j'éprouvai en me voyant possesseur d'une somme qui aurait suffi à me permettre de liquider ma situation et de vivre, de nouveau, en sécurité, et la résolution que je pris de jouer quitte ou double, fut le plus important de ma vie. Si, à cette minute-là, j'avais eu le courage d'aller en arrière, tout ce qui m'est arrivé de désastreux pouvait être évité. Ma liaison avec Léa cessait, par la force des choses. Je n'avais qu'un mot à dire à Jeanne Baud pour rompre avec elle. Je rentrais chez moi, je me retrouvais dans la vie de famille et j'étais sauvé.

Mais comment aurais-je pu prendre une résolution si sage ? Comment aurais-je eu un retour de conscience ? Mes bons instincts semblaient complètement abolis, je n'avais plus en moi que des tendances mauvaises. J'avais oublié ma mère, qui pleurait, ma sœur, qui me suppliait. La satisfaction de mes caprices, l'assouvissement de mes passions les plus misérables, telle était mon unique loi. J'ai été un être bien méprisable et bien lâche. J'ai vu ma pauvre mère, à mes genoux, me suppliant de lui revenir, de ne pas l'abandonner, de ne pas déshonorer sa vieillesse. Je suis resté sourd à ses prières, j'ai ri de son désespoir.

Ah ! que de fois, dans mes nuits de détresse, enchaîné avec mes compagnons de misère et de crime, je me suis rappelé ces scènes affreuses, où j'avais le honteux courage d'opposer aux larmes de ma mère un cynisme ricaneur et féroce. Comme je l'ai regretté cet aveuglement, qui me livrait aux pires conseils de mes flatteurs et de mes parasites et m'empêchait d'écouter la douce prière des deux anges qui essayaient de me sauver. Mais la fatalité avait décidé. J'étais marqué pour le malheur, et justement, je dois le dire.

La troisième nuit, comme si le sort me poursuivait avec fureur et voulait me faire payer les faveurs dont je n'avais pas su me contenter, je reperdis tout ce que j'avais gagné, plus quarante mille francs, que le garçon de jeu m'avança sur ma signature. Anéanti, hébété, j'arrivai, au jour, chez Léa, et il lui fut facile de voir que j'étais sous le coup d'un malheur que je jugeais irréparable. En effet, tout ce que je possédais était aux mains des usuriers. Ma mère avait payé, pour moi, des sommes importantes. Mes amis, las de me prêter de l'argent, que je ne leur rendais pas, commençaient à m'éviter. J'étais arrivé au dernier degré. Et, dans la crise que je traversais, je n'avais plus que le choix entre deux résolutions : me tuer ou partir.

Me tuer, je n'y songeais guère. Mais partir s'accordait fort bien avec mes projets. Seulement, il fallait pour l'honneur de mon nom, payer ma dette de jeu. C'était quarante mille francs qu'il était urgent de trouver. Là, mes amis, le rouge me monte au visage, tant ce que j'ai à vous narrer est honteux. Tous mes malheurs ont été justifiés par l'indélicatesse de ma conduite. Léa m'offrit ses bijoux pour les engager. Si j'avais refusé, si j'étais allé, une fois de plus, aux pieds de ma mère, je suis sûr qu'elle se serait dépouillée pour me tirer d'embarras. Mais il aurait fallu donner des gages, me ranger, quitter ma vie infâme, rentrer dans la tranquillité de la vie de famille. Je ne le voulais pas. La mort ou la fuite, mais point l'honnêteté.

J'acceptai l'offre de Léa. Ses perles, ses saphirs, ses diamants, j'emportai tout, et, écoutez bien ceci : avec l'intention arrêtée de ne plus reparaître devant elle. J'obtins quatre-vingt mille francs du Mont-de-Piété. J'envoyai la reconnaissance à Léa, pour qu'elle pût, avec l'argent que je comptais lui expédier avant l'échéance, dégager ses parures, et j'allai payer ma dette. Je passai chez Jeanne Baud, qui s'était préparée à m'accompagner à Londres, et j'obtins d'elle qu'elle me rejoindrait le lendemain au Havre. J'allai demander à déjeuner à Sorège, le seul de mes amis dans lequel j'eusse assez de confiance pour lui révéler mes tourments, ma déconfiture, mon départ.

Sa surprise parut extrême, en apprenant que j'étais arrivé à de telles extrémités. Il blâma l'emprunt que j'avais fait à Léa, mit sa bourse à ma disposition, mais il n'avait pas une fortune suffisante pour m'aider efficacement. Très amicalement il accepta de me servir d'intermédiaire, auprès de ma maîtresse, pour lui apprendre mon départ. Il me fit observer qu'il pourrait être dangereux pour moi de renseigner Léa sur le pays vers lequel je me dirigeais. Il m'accompagna chez moi, m'aida à terminer mes préparatifs et me conduisit au chemin de fer. Là, il m'embrassa affectueusement, me fit promettre de lui écrire, si j'avais besoin de quoi que ce fût. Et le train partit. Je ne l'ai revu qu'à la cour d'assises, quand il vint y déposer, avec une mesure et une habileté qui me furent très favorables.

Vous n'ignorez pas comment je fus arrêté, ramené à Paris et comment s'est dénouée cette tragique aventure. Vous savez maintenant tout ce qui s'est passé, tout ce que j'ai caché au juge d'instruction, aux jurés, à mon avocat, même à ma mère. À quoi m'aurait servi de mêler aux péripéties scandaleuses de ce procès la pauvre Jeanne Baud, qui n'avait commis qu'une faute, celle de m'aimer. Je la laissai, avec une douce reconnaissance de cœur, à l'écart de cette boue et de ce sang. Elle avait dû partir pour l'Angleterre, où un engagement au théâtre de l'Alhambra l'attendait. Traîné brusquement en prison, et de la prison jeté au silence et à l'obscurité de cette tombe qui s'appelle le bagne, je ne sais ce qu'elle est devenue. Je souhaite que, moins malheureuse que moi, elle ait pris une revanche sur la vie. Il ne serait pas juste que tout ce qui s'est trouvé mêlé à ma lugubre destinée ait été impitoyablement frappé.

Jacques se tut. Le soir venait. La journée s'était écoulée tout entière, prise par le développement de ce terrible récit. Tragomer et Marenval avaient cessé, depuis longtemps, de fumer, saisis par l'intérêt brûlant du drame, auquel ils étaient mêlés, maintenant, de la façon la plus complète, et dont ils connaissaient, mieux que l'auteur principal, les ressorts secrets. Il y eut un assez long silence, pendant que Jacques se remettait de l'émotion qui, à revenir sur les péripéties de son histoire, avait pâli et creusé son visage. Puis, avec son habituel sang-froid, Tragomer prit la parole :

— Mon cher Jacques, ta confession sincère a eu le mérite de ne laisser aucune obscurité dans notre esprit. Je devine à la satisfaction de Marenval que la vérité lui a sauté aux yeux comme à moi…

— Parfaitement ! interjeta Cyprien. C'est clair comme le jour…

— Mais, reprit Christian, il faut, quelque regret que j'en éprouve, t'apprendre ce que Jeanne Baud est devenue. La pauvre fille n'a pas eu une destinée aussi heureuse que celle souhaitée généreusement par toi. Car, au moment où tu as été arrêté, elle était morte.

— Morte ! s'écria Jacques avec stupeur. Et comment ?

— Mon cher ami, c'est l'évidence. Puisque Léa Pérelli est vivante et court le monde, sous le nom de Jenny Hawkins, après avoir, pendant quelques jours, porté celui de Jeanne Baud, c'est que celle à qui elle s'est substituée, était morte. Et la femme de la rue Marbeuf, ta prétendue victime, ne pouvait être que Jeanne Baud, et était sûrement Jeanne Baud.

— Mais c'est impossible ! protesta Jacques.

— C'est certain ! reprit Tragomer. L'identité de la victime devait être établie par sa présence dans l'appartement même de Léa. Qui donc, autre que Léa, pouvait avoir été tuée rue Marbeuf ? Qui donc pouvait porter une robe à elle, du linge à elle, des bijoux à elle ? Oh ! les précautions, pour tromper tous les regards, ont été habilement prises. La femme a été défigurée, son visage est labouré par les balles du revolver. Mais qui donc pourrait douter que ce soit Léa Pérelli ? Jeanne Baud a la même stature, la même ampleur de lignes, tu nous l'as dit. Qui donc va soupçonner la substitution ? Toi-même, tu n'y songes pas. Tu n'as aucun doute. On te montre la femme morte. Tu n'hésites pas à la reconnaître. Et pourtant Léa est vivante, et Jeanne Baud a disparu.

— Mais, dit Jacques, la femme morte était blonde ! Et Jeanne Baud était châtain foncé…

— Naïf, s'écria Christian. Ne t'ai-je pas demandé si Léa se teignait les cheveux ?…

Fréneuse fit un geste d'horreur, ses yeux se creusèrent sous ses sourcils froncés.

— Ah ! Ah ! reprit Tragomer. Tu commences à comprendre ! Tu entrevois l'atroce et funèbre toilette qu'on a fait subir à la malheureuse victime. Ils avaient un terrible sang-froid, ceux qui ont machiné l'intrigue sanglante, car ils ont pensé à tout. Ils ont habillé, paré la morte, et ils lui ont teint la chevelure, avant de lui tirer dans la tête les balles qui devaient la défigurer. Ils voulaient assurément te perdre, mais ils voulaient aussi se sauver. Car les assassins, ce sont ceux qui ont accompli cette profanation et déshonoré le meurtre même, par ce maquillage de la mort. Mais cesse de te débattre contre l'évidence. Tout est sûr, maintenant. N'a-t-on pas été retirer les bijoux du mont-de-piété, le lendemain même du meurtre ? Ce n'est pas toi qui l'as pu faire, puisque tu n'avais pas la somme et que tu avais remis les reconnaissances à Léa. On t'a accusé de les avoir vendues, parce qu'il fallait trouver une explication du dégagement et parce que la justice veut tout comprendre. Mais il est certain que c'est Léa qui a repris ses bijoux avant de partir. Tout était ainsi combiné pour faire de toi un voleur et un assassin. Et l'effet cherché a été obtenu. Vainement tu t'es débattu, vainement tu as montré les quarante mille francs, qui te restaient de l'engagement, après que tu avais payé ta dette de jeu. Vainement tu as prétendu que, puisque tu étais parti, tu ne pouvais pas avoir dégagé les bijoux. On t'a répondu : Vous avez vendu les reconnaissances. Et, comme il était impossible de prouver le contraire, ta perte a été consommée. Car tout s'enchaînait, alors, dans le crime : tu avais tué Léa, pour lui reprendre les reconnaissances. Le vol et l'assassinat devenaient logiques. Et c'était ce qu'il fallait, pour la sauvegarde de la société et le triomphe de la justice !

Jacques, morne, le front penché, n'écoutait plus. Il rêvait. Tragomer l'avait convaincu. Les ressorts secrets du piège lui apparaissaient maintenant. Mais ils avaient été si habilement montés, qu'il se demandait, les connaissant, les voyant, en quelque sorte, fonctionner sous ses yeux, comment il aurait pu faire pour leur échapper, et si, même à l'heure actuelle, il réussirait à y prendre les vrais coupables. À cette pensée, brusquement il releva la tête, et le sang aux joues, le regard étincelant :

— Mais qui donc enfin a commis cette action effroyable ? Toi qui connais si bien toutes les circonstances du meurtre, Tragomer, connais-tu les meurtriers ?

— Ici, mon cher ami, nous entrons dans les hypothèses. Ce qui était certain, pour Marenval et pour moi, après notre première enquête, c'était ton innocence. Les moyens de l'établir étaient beaucoup moins sûrs. Nous avions affaire à des gens tellement forts, qu'il aurait suffi de leur donner l'éveil pour rendre toute investigation impossible. Léa Pérelli, avertie par Sorège, disparaissait et il fallait courir le monde pour la retrouver. En somme, jusqu'à présent, il n'y a que des apparences de culpabilité. Mais elles sont terribles. Elles pèsent sur Léa et sur Sorège, mais quels sont les motifs auxquels ils ont obéi ? Si puissantes que soient les présomptions morales qui peuvent se déduire de ton récit et de la connaissance, que nous avons maintenant, des relations qui existaient entre Jeanne Baud et toi, ce ne sont que des présomptions. Je soupçonnais bien quelque mystère comme celui que tu nous as révélé. Mais il nous faut des preuves formelles, et c'est avec toi que nous allons les chercher. Voilà pourquoi il était nécessaire de te délivrer. Si nous avions attendu que ton innocence eût triomphé, notre vie et la tienne se seraient consumées en recherches peut-être infructueuses. Nous avons préféré commencer par le dénouement et t'ouvrir les portes de ta prison. Maintenant te voilà maître d'agir. La première partie du drame se termine. La seconde va commencer.

Comme Jacques restait songeur, devant le problème effrayant qui se posait, Marenval prit la parole :

— Voyez-vous, mon cher, ce qu'il y a de particulièrement excitant dans votre affaire, c'est qu'elle est un vrai défi au bon sens. La dénouer paraît si bien impossible, qu'avant de partir nous avons consulté un jeune magistrat des plus éminents. Parbleu, je peux bien le nommer, c'est Pierre de Vesin. Et son étonnement n'a égalé que sa curiosité. Mais il n'a pas mis en doute, un seul instant, que nous ne marchions à un échec. C'est la lutte du pot de terre contre le pot de fer. Que peut-on contre ce formidable pouvoir qui s'appelle la justice ? Il est blindé par ses codes, retranché dans ses prétoires, défendu par tous ses auxiliaires juridiques et, enfin, il est rendu invulnérable par la nécessité sociale qui impose l'infaillibilité de ses arrêts. Et nous osons partir en guerre contre cette Bastille, plus imprenable que la première, car elle contient le palladium de l'ordre, et abrite la souveraine majesté de la raison d'État ! Eh bien, oui ! Nous allons tenter l'aventure. C'est extravagant ! C'est incompréhensible ! Nous avons déjà risqué les galères, Tragomer et moi, pour vous arracher à votre détention, en combattant les agents de la force publique, en nous conduisant comme de simples flibustiers. Et tout ça nous est absolument égal ! Nous en avons pris notre parti. Jamais le proverbe : la fin justifie les moyens, n'a été d'une application plus rigoureuse que dans notre cas. Nous voulons réussir à tout prix. Et quand nous aurons apporté la preuve que vous étiez une victime et non un coupable, qu'on vous retenait par suite d'une monstrueuse erreur judiciaire, eh bien, nous verrons s'il y aura, dans le pays de l'audace et de la générosité, des gendarmes pour nous arrêter et des juges pour nous punir. Moi, je n'ai aucun remords, aucune inquiétude, aucune hésitation. Et je suis ravi de mon voyage !

La naïve bonne humeur de Cyprien avait détendu les visages crispés. Le contraste de la gravité extraordinaire des actes commis, avec la placidité habituelle de celui qui les commettait, donnait à sa déclaration une piquante saveur de dilettantisme. En cette occasion, Marenval se montrait d'une insouciance sublime. Et il piétinait les lois avec une tranquillité, narguait les pouvoirs publics avec une sérénité, qui ne pouvaient se trouver, à un degré égal, que dans l'âme d'un héros, ou dans celle d'un bandit. Et avec sa physionomie béate, ses joues roses encadrées de favoris poivre et sel, ses bons yeux humides de joie, Marenval ne donnait l'impression ni d'un bandit ni d'un héros. Il avait l'air d'un bourgeois riche, qui voyage pour son plaisir. Et, en effet, sous ce tendelet de toile, dans la fraîcheur de la brise du soir, bercés par le rythme des flots se brisant contre les flancs du navire, éclairés par les obliques rayons du soleil couchant, les trois hommes, assis dans leurs rocking-chairs, sur le pont de ce joli yacht qui filait vers les colonies hollandaises, semblaient plus occupés à jouir de la vie qu'à chercher un secret de mort.

— Mais, reprit Jacques, si je vous ai raconté ce que vous ne connaissiez pas de mon aventure, apprenez-moi ce que j'ignore de vos recherches. Tragomer ne m'a rien expliqué de précis, quand il est venu me chercher à l'île Nou. Je désire savoir dans quelles conditions la lutte contre nos adversaires va se présenter, ce que fait Sorège et où se trouve Léa.

— Mon cher, dit Christian, tu penses que j'avais autre chose à faire, quand je t'ai vu dans ta case, que de te raconter des histoires. Avant tout, il fallait t'emmener, et tu ne paraissais pas du tout décidé à me suivre. Maintenant, nous avons deux mois devant nous pour discuter et combiner. Nous mettrons le temps à profit. Ce que nous devions redouter le plus, c'était que ton évasion, annoncée par les journaux, ne donnât l'éveil aux coupables. Mais, sur ce point capital, l'administration pénitentiaire, elle-même a pris soin de nous rassurer. Les évasions sont systématiquement cachées au public. On télégraphiera en France, le ministre saura tout et ne dira rien. Quand le secrétaire du gouverneur m'a laissé entendre qu'on se fiait surtout aux requins et aux canaques pour avoir raison des évadés, je l'aurais embrassé ! Tu as vu qu'on nous a fait les honneurs d'une poursuite spéciale. C'était dû sans doute à la nationalité anglaise que j'avais adoptée. On a risqué des frais pour l'ennemi héréditaire. Mais nous voilà dégagés des entournures. Et nous allons surprendre Sorège de la façon la plus avantageuse pour nous. Ce qu'il importe que tu saches, dès à présent, c'est que Jenny Hawkins reviendra en Europe au printemps, et qu'elle chantera à Londres, pour la première fois, depuis qu'elle a changé de nom. Elle se croit assez sûre de sa transformation, pour affronter le regard de ceux qui l'ont connue autrefois, et il est certain que si, moi-même, j'ai eu de l'hésitation, en la voyant paraître sous sa chevelure brune, pas un de ceux qui l'ont rencontrée seulement, ou peu fréquentée, ne découvrira son ancienne personnalité sous la nouvelle. Les plus avisés diront : Jenny Hawkins ressemble à cette pauvre Léa Pérelli. Ce sera tout. Elle ne court donc aucun risque. Quant à Sorège, très habilement, il s'est arrangé pour passer la saison, avec son beau-père et sa fiancée, à l'île de Wight et à Londres. Le bon Julius Harvey ne se doute pas qu'il conduira, lui-même, Sorège au-devant de Jenny Hawkins. Nous allons donc tomber au travers des combinaisons de tes ennemis, qui n'ont pu se concerter et qui vont se trouver dans l'obligation de se défendre, sur un terrain difficile, gênés par toutes sortes d'entraves sociales. Il n'en faudra pas moins pour rendre la partie égale, et nous donner des chances de victoire.

— Donc Sorège se marie ? dit Jacques songeur. Et c'est une Américaine qu'il épouse… Très riche, sans doute ?

— Excessivement riche. Son père est le Roi de la prairie. C'est une espèce de pasteur archi-millionnaire. Un Laban, dont Sorège a rêvé d'être le Jacob. Il a déjà été inspecter ses troupeaux, avec lui, dans le Far West, l'an dernier. C'est à la faveur de ce voyage que j'ai découvert sa complicité avec Léa Pérelli.

— Et comment est sa fiancée ?

— Ah ! ça t'intéresse ? Tu la verras. C'est une petite Américaine, impétueuse et fantasque, qui ne sera pas commode à mener. Je ne jurerais pas qu'elle n'ait du sang indien dans les veines. Je ne donnerais pas grand'chose de Sorège, si elle apprend jamais ses vilenies. Elle le scalpera moralement, avec férocité.

— Et tu penses que ni Léa, ni Sorège ne soupçonnent la possibilité de ma réapparition ?

— Comment la soupçonneraient-ils ? Ils doivent te croire aussi définitivement enterré que la femme morte. Que Sorège ait eu l'inquiétude de me voir faire une enquête sur l'existence de Léa et sur les relations qu'il a conservées avec elle, cela, je n'en puis douter. Son attitude, ses paroles, tout me prouve qu'il a deviné que j'étais déjà maître d'une partie de la vérité. Mais, entre cette partie et le tout, il existe de telles lacunes, qu'il a la conviction tranquillisante que je ne pourrai jamais arriver à déchiffrer l'énigme. Et il n'a pas tort, puisque, même après notre audacieuse tentative, nous sommes encore à la merci des événements et des individus, et qu'il va falloir que tu apparaisses, toi-même, pour le confondre et démasquer sa complice.

— J'y réussirai, sois-en sûr, dit Jacques avec fermeté. Vous n'aurez pas tant fait, pour moi, inutilement. Je suis engagé dans la même voie que vous, et je poursuivrai l'entreprise jusqu'à la dernière limite. Si Sorège, comme tu l'affirmes, et comme je commence à le croire, a joué un rôle abominable dans ma terrible aventure, je te réponds qu'il en sera puni, ainsi qu'il mérite de l'être. Quant à Léa...

Il passa la main sur son visage subitement assombri :

— Je ne sais à quels mobiles elle a obéi en assurant ma perte avec une telle cruauté... J'ai eu bien des torts envers elle... Mais si coupable que je fusse, elle s'est trop vengée... Elle m'aurait pris la vie, peut-être serait-elle excusable... Mais m'accabler sous un tel fardeau d'infamie, déshonorer les miens, et nous vouer tous à une douleur qui ne devait avoir d'autre fin que la mort, c'est d'une âme si affreuse que je me considère comme libre d'agir désormais, vis-à-vis d'elle, sans aucun ménagement. Je ne crois pas outrepasser mon droit, en me défendant, comme on m'a attaqué : à outrance. Vous pouvez donc compter sur moi, mes amis, comme je compte sur vous. Il est nécessaire, pour votre justification, pour ma réhabilitation que nous réussissions. Dans la lutte qui commence, je n'ai à exposer que ma vie. Je n'ai guère de mérite en la risquant, car elle ne vaut plus grand'chose. Mais, telle qu'elle est, je l'estime autant que celle de Sorège. Maintenant, comme le disait fort bien Christian, il n'y a qu'un instant, nous avons devant nous deux mois pour réfléchir. Ne parlons donc plus de rien. Laissez-moi me reprendre à la vie libre, au milieu de vous. J'ai besoin de me refaire moralement et physiquement, car je veux être à la hauteur de ce que vous attendez de moi.

Il faisait noir sur le pont. La nuit des tropiques était tombée brusquement, et des phosphorescences éclairaient le sillage du navire.

Dans l'obscurité où les formes des trois amis se distinguaient vagues, la voix de Marenval s'éleva :

— Nous sommes le 15 février. En ce moment, à Paris, il fait probablement un froid de loup et on patauge dans la neige. Ici, nous jouissons d'une température d'été. Quand nous serons dans la Méditerranée, le mois d'avril aura ramené le soleil. Nous flânerons sur la côte, quelques jours, pour qu'on annonce notre présence, puis nous passerons par Gibraltar et nous filerons vers l'Angleterre. C'est alors que l'affaire s'engagera. Jusque-là, vivons en joie. Le temps est beau, la mer est belle, comme dit la chanson. À notre première escale, nous expédierons une dépêche à mon domestique pour qu'il la transmette à Mme de Fréneuse. Une fois qu'elle sera rassurée sur le sort de son fils, tout sera bien.

— Ces messieurs sont servis, dit le stewart qui parut en haut de l'escalier.

— Eh bien, alors, allons dîner.

Ils prirent, chacun, Jacques par un bras, et se dirigèrent vers la salle à manger.

TROISIÈME PARTIE

I

Comme miss Jenny Hawkins rentrait vers dix heures du matin, les bras chargés de fleurs qu'elle venait d'acheter au marché de Covent-Garden, sa femme de chambre, en lui ouvrant la porte de l'appartement, lui dit :

— Il y a au salon quelqu'un qui attend madame…

— Et qui donc ?

— Voici la carte que ce monsieur m'a priée de remettre dès que madame rentrerait.

Jenny Hawkins prit le carré de bristol et lut : Comte Jean de Sorège. Elle ne se donna pas le temps d'enlever son chapeau et son collet. Elle donna la brassée de fleurs à sa femme de chambre, ouvrit la porte du salon et entra. Assis près de la fenêtre, dans la petite pièce meublée massivement et sans grâce, à l'anglaise, Sorège regardait au dehors. Il se retourna vivement, et voyant la jeune femme s'avancer vers lui, fraîche, souriante et animée par sa sortie matinale :

— Votre triomphe d'hier soir, dit-il, ne vous a pas fatiguée, il me semble, puisque vous voilà levée tôt, et si alerte…

Il lui tendait la main. Elle parut ne pas remarquer son mouvement, et, s'approchant d'une glace, elle se décoiffa, arrangea ses cheveux, tout en parlant :

— Vous étiez au théâtre ? La représentation a bien marché… Rovelli a été très applaudi… Moi aussi du reste.

Elle revint à lui et s'assit sur une chaise basse, près de la cheminée.

— Oui, j'étais au théâtre, dit-il, et je n'étais pas seul, à vous couver des yeux. Il y avait dans la salle d'autres personnes qui s'intéressaient également à vous…

— Votre fiancée, et l'excellent Julius Harvey, sans doute ? dit Jenny d'un ton ironique, et avec un vif regard.

— Oui, certes, miss Harvey et son père étaient des plus empressés à vous admirer, dit Sorège. Ils vous doivent leur tribut d'éloges, à titre de compatriote. Mais ce n'était pas à eux que je faisais allusion… C'était à deux de vos anciennes connaissances : Christian de Tragomer et le père Marenval.

Les traits de la chanteuse devinrent durs. Ses paupières abaissées devant ses beaux yeux gris mirent une ombre sur son visage, sa bouche se crispa. Elle dit :

— Ils sont nouvellement arrivés ?

— D'hier matin. Je venais vous avertir, pour que vous ne soyez pas surprise, si vous vous trouvez brusquement en leur présence.

Elle eut un geste lassé :

— Je croyais pouvoir compter sur une plus complète sécurité. Toujours ce fardeau d'inquiétudes et de soucis, qui retombe sur moi, au moment où je croyais l'avoir rejeté définitivement !

— Il dépend de vous d'assurer, en effet, votre avenir contre toute

recherche inquiétante, dit avec placidité Sorège. Vous n'avez qu'à
bien tenir votre personnage. Ce que vous avez fait à San-Francisco,
faites-le à Londres, et vous écarterez de vous le danger. Que pouvez-vous redouter de Tragomer, ici, où vous êtes connue de tous
vos camarades, de votre directeur, du public, des Américains qui
vous applaudissent depuis deux ans, et qui tous affirmeraient, s'il
en était besoin, que vous êtes bien miss Jenny Hawkins ? Il n'est
qu'un seul être, au monde, qui ne se laisserait pas prendre à votre
métamorphose et dont vous ne pourriez affronter, sans danger, la
présence. Mais celui-là ne reparaîtra jamais. Nous l'avons enfermé,
vivant, dans un caveau aussi sûr que celui où on l'aurait descendu
mort. Soyez donc en repos. Seulement ayez de l'énergie, comme
vous savez en avoir quand il le faut. Vous êtes une vraie femme,
Léa, capable de toutes les générosités et de toutes les infamies. Je
vous avais devinée et c'est pour cela que je vous ai aimée passionnément.

— Non, Jean, si vous m'avez aimée, dit la chanteuse avec tristesse,
c'est parce que j'aimais Jacques et que vous le haïssiez. Vous dites
que vous me connaissez. Moi aussi je vous connais : et vous avez
une âme atroce. Oh ! vous êtes habile et vous excellez à cacher
vos véritables sentiments. J'ai été, pendant longtemps, votre dupe.
Vous m'avez fait croire à votre dévouement et à votre tendresse.
Mais j'ai fini par voir clair dans votre esprit, si ingénieusement fermé pourtant, et j'y ai reconnu la perfidie, la jalousie et la cruauté.
Certes, Jacques a été bien indigne, bien traître, bien lâche ! Mais
que dire de vous, qui avez usé de son indignité, de sa traîtrise, de
sa lâcheté, pour m'entraîner à le perdre ? Et qui sait, si vous ne vous
êtes pas joué, une fois de plus, de ma crédulité, et si le malheureux
n'était pas moins coupable que vous ne me l'avez prouvé ? Je me
défie de vous, Sorège, maintenant, car je vous ai vu à l'œuvre et je
sais de quoi vous êtes capable.

Les yeux que Sorège tenait baissés, suivant son habitude, se levèrent clairs et perçants sur la jeune femme, et l'expression de
sournoise douceur qu'offrait son visage disparut brusquement. Il
se dressa décidé, farouche, et tout à fait menaçant :

— Qu'est-ce que cela ? dit-il, d'une voix âpre. Des doutes ? Dieu
me pardonne, peut-être des remords ? Perdez-vous la tête ? Oubliez-vous dans quelles conditions je suis intervenu pour vous ti-

rer d'affaire, lorsque vous deveniez folle de terreur ? Ma chère, allez-vous être ingrate ? Ce serait une grande faiblesse et une notable imprudence. Nous ne pouvons nous tirer d'embarras – car il ne s'agit que d'un embarras, ne l'oubliez point, et non d'un danger – qu'en restant fermement unis. Je ne vous abandonnerai pas, moi, songez à ne pas vous trahir. Par le diable, je vous croyais plus d'estomac ! Êtes-vous capable de lâcher pied, comme une Française, au lieu de tenir bon, en vraie Italienne ? On sait haïr, dans votre pays, pourtant, on sait se venger. On a du sang sous la peau. Avez-vous perdu le souvenir de ce que Jacques avait osé, et, aussi, de ce qu'avait fait l'autre ?

— Non ! je n'en ai pas perdu le souvenir. Si je n'avais pas eu, pour me soutenir, la mémoire de ce que j'ai souffert, je n'aurais pu vivre. Cependant j'ai passé de terribles nuits avec, sous les yeux, le tableau effrayant de la femme morte…

Elle avait baissé la voix et, cependant, Sorège jeta autour de lui un regard rapide, comme s'il voulait s'assurer que personne n'avait pu entendre. Il alla, d'une allure de chat, jusqu'à la porte, l'ouvrit silencieusement, regarda dans la pièce voisine, s'assura qu'elle était vide, et revint, du même pas souple et comme feutré, vers la jeune femme.

— Il s'agit de ne pas être bête, dit-il avec douceur. Voyons, ma petite Léa, tu ne vas pas te mettre l'âme à l'envers. Je suis là, pour te défendre s'il y a lieu. Et si Tragomer te tourmente, je me charge de le mettre à la raison. Viens près de moi, ne pense plus qu'à ton succès et fais-moi bonne mine. Nous ne nous voyons pas si souvent… Et tu sais combien je t'aime…

Il lui prenait la main et, l'approchant de ses lèvres, il baisait sensuellement son poignet souple et son bras frais. Elle l'écarta avec rudesse :

— Oh ! pas d'hypocrisie ! Oubliez-vous que vous vous mariez, dans quelques semaines ?

Il se mit à rire :

— Qu'est-ce que ça prouve ? Vas-tu prétendre, parce que je me marie avec cette planche à bank-notes qui s'appelle miss Harvey, que je ne t'aime pas ? Mais je fais une affaire, mignonne, tu ne peux l'ignorer. Et quand je serai marié et très riche, tu oublieras facilement le mariage, en partageant la richesse.

Jenny Hawkins resta un moment silencieuse, puis d'un air grave et résolu :

— Écoutez, Sorège, l'heure est venue de nous expliquer franchement. Nous savons trop ce que nous sommes, l'un et l'autre, pour essayer de nous tromper sans utilité. Vous m'avez aimée, c'est vrai, mais de quel triste et honteux amour ! J'ai subi votre volonté et je me suis donnée à vous, parce que vous me teniez dans un danger de mort. Vous avez été féroce. Rappelez-vous la première nuit, passée à Boulogne, quand je me sauvais en Angleterre sous le nom de Jeanne Baud. Vous m'avez menacée, terrifiée, et si jamais homme abusa d'une femme, c'est vous ce soir-là ! Si un viol peut être exécuté, intellectuellement, vous avez commis ce crime. Vous m'avez forcée à vous subir, en me criant : « moi dans ton lit, tout de suite, ou toi en prison, tout à l'heure ! » Si je ne vous avais pas cédé, vous auriez été capable, dans votre fureur, d'aller me dénoncer, avant que j'aie pu prendre le bateau. Est-ce vrai ? Et c'est grinçant des dents de fureur, le visage inondé de larmes d'angoisse, révoltée de dégoût et de haine que je me suis livrée. Et vous, monstre, vous paraissiez transporté par mes frémissements d'épouvante et de colère. Plus je vous repoussais, de toute la révolte de ma chair, plus vous étiez affolé de passion. On eût dit que c'était ma résistance que vous aimiez, et que vous jouissiez plus de cette victoire que de votre amour.

Il répondit, impassible et les yeux clos, avec un froid sourire :

— Il y a du vrai, mais tu exagères. Je ne suis pas un amant banal, mais je ne suis pas sadique, que diable ! Et il ne m'est pas indispensable d'entendre des cris de douleur sortir d'une belle bouche, pour avoir du plaisir à la baiser. Seulement, je me permettrai, ma petite Léa, de te faire remarquer combien tu manques de finesse dans le raisonnement, lorsque après m'avoir manifesté ton intention de me refuser toute bonté, tu me montres que tu as compris tout ce dont je suis capable d'énergie diabolique. Voyons, ma petite, coordonne un peu tes idées. Si je suis un gaillard aussi redoutable que tu viens de me le dire, tu as vraiment bien tort de me braver, car alors tu dois être sûre d'avance que je te contraindrai, ou que je te briserai…

Ils se regardèrent, cette fois, hardiment, tous les deux, comme des adversaires qui mesurent leurs forces. Mais Léa baissa les yeux la première, et soit calcul, soit soumission véritable, elle dit :

— Ne me menacez pas. Vous savez que c'est ce que je supporte le moins facilement. C'est votre brutalité première qui m'a toujours animée contre vous. Je ne méconnais pas les services que vous m'avez rendus, mais ne me les rappelez pas si durement. Vous prendriez à tâche de me pousser à la résistance que vous n'agiriez pas autrement, à moins que ce ne soit un retour de votre férocité ancienne qui vous entraîne à me caresser, comme font les tigres, avec les griffes…

Elle souriait maintenant, mais le sourire tremblait sur ses lèvres. Et si Sorège avait relevé ses paupières baissées, il eût été mécontent du regard de sa maîtresse. Mais peut-être le voyait-il tout de même, car il avait d'étranges facultés. Il dit :

— Très bien ! ma chère, vous vous calmez. C'est fort sage. Je suis venu ce matin, pour vous parler seulement des rencontres que vous êtes exposée à faire. Ce soir, je vous rendrai visite, pour autre chose. Cette Tavistock-Street est fort bien choisie, on y est près du centre, et cependant à l'écart. Je reconnais là votre tact habituel. La maison est tranquille, vous êtes à souhait ici.

Il se levait et prenait son chapeau, comme un visiteur prêt à se retirer. Mais avec lui, c'était toujours le dernier moment, qui était le plus important, et la dernière phrase, qui avait le plus de valeur :

— Ah ! j'oubliais de vous dire pourquoi j'étais, surtout, venu vous voir… Master Julius Harvey a quelques amis à dîner, après-demain. Il voudrait obtenir que vous vinssiez chanter, dans la soirée…

Jenny Hawkins pâlit et d'une voix tremblante :

— Quels amis reçoit-il ? Quel piège me tendez-vous ? Quelle atroce épreuve allez-vous me faire encore subir ?

Il dit tranquillement :

— La décisive épreuve. Après celle-là vous serez maîtresse de votre destinée, vous n'aurez plus rien à craindre. Vous pourrez même vous passer de moi, si cela vous plaît. Car vous aurez prouvé, à Tragomer et à Marenval, que vous êtes Jenny Hawkins, et ne serez jamais, pour eux, que Jenny Hawkins. N'est-ce pas la peine de risquer le coup ? Soyez ferme, je vous montrerai que je suis vraiment l'homme que je vous ai laissé entrevoir. Viendrez-vous ? Il faut que je rende réponse à mon beau-père, et surtout à ma fiancée, qui brûle de vous connaître. Elle prétend, dans son enthousiasme à la française, que vous êtes « épatante ! Épatez-la, plus qu'elle ne l'espère, ma belle, ce sera justice !

Il riait. Elle fut stupéfaite de son audace. Mais elle y puisa de la confiance :

— Soit, je viendrai.

— À merveille. Je vais, de ce pas, commander le bracelet que master Harvey vous offrira. On est talon rouge, quoique cow-boy, et on se fend de cinq cents livres, pour mettre des perles au bras de miss Jenny Hawkins, qui chantera trois morceaux, devant quarante personnes. À ce soir, ma chère.

Il l'attira à lui, posa sur son front un baiser fraternel, et, silencieusement, sortit de son pas glissant. Derrière lui la chanteuse détendit les lignes de son visage et se laissa tomber dans un fauteuil, accablée et morne.

— Quel supplice ! N'ai-je pas trop payé mon salut, au prix d'un pareil esclavage !

Elle posa son menton dans sa main et se prit à rêver douloureusement. En venant annoncer que le déjeuner était servi, sa femme de chambre la trouva à la même place, le regard fixe, et la lèvre crispée, repassant dans sa pensée ses tristes souvenirs.

À la même heure, près du pont de Londres, deux dames en deuil, voilées soigneusement, descendirent d'un hansom, et, non sans inquiétude, jetèrent autour d'elles un regard. Une activité bruyante emplissait le quai de la Tamise de travailleurs occupés à décharger les steamers qui se pressaient le long du port. Le fleuve roulait ses flots jaunes, entre les carènes noires des navires, et, sur le pont de Londres, c'était un défilé incessant de voitures et d'omnibus. Du haut de la berge, la Tour se dressait noire et mystérieuse, et l'entrée des Docks Sainte-Catherine s'ouvrait avec ses amoncellements de marchandises. Amarré près du quai, un yacht, nain au milieu des géants qui l'entouraient, élevait son pavillon tricolore, parmi les jacks bleus d'Angleterre. La plus âgée des deux dames montra, du geste, à sa compagne le petit bateau coquet et fin :

— Voici le *Magic*… Descendons sur le quai…

Par un escalier de pierre, elles gagnèrent la berge, et se dirigèrent, au travers des travailleurs, des courtiers, des matelots et des mendiants, vers la passerelle qui reliait le yacht à la terre. Comme elles en approchaient, un grand jeune homme brun parut à la coupée, et s'avança vers elles :

— Voici monsieur de Tragomer, dit la plus jeune des deux dames, en relevant son voile avec une hâte de mieux voir.

Le visage de Mlle de Fréneuse apparut dégagé de l'étoffe qui le masquait, et entraînant sa mère qui tremblait d'émotion, elle l'aida à gravir les planches qui montaient vers le pont.

— Soyez les bienvenues, mesdames, dit Christian en se découvrant, votre arrivée est passionnément attendue ici…

Marie leva les yeux sur Christian, comme pour s'assurer que ces paroles ne signifiaient pas plus qu'elles ne disaient. Elle vit la belle figure du jeune homme hâlée par le vent de la mer, brunie par le soleil des tropiques, elle la vit aussi radieuse et triomphante.

— Il est là ? demanda-t-elle.

— Dans le salon.

Elle était devant l'escalier. Elle lui tendit la main. Il n'aurait pu dire si c'était pour qu'il la serrât, ou pour qu'il l'aidât à descendre. Mais, pour la première fois, depuis bien longtemps, Christian eut le bonheur de sentir, se donnant à lui, cette main qui l'avait si durement repoussé.

— Venez, ma mère, dit la jeune fille en précédant Mme de Fréneuse.

Elles entrèrent dans la demi-obscurité du pont. Une porte s'ouvrit, un cri étouffé retentit, et, en face d'elles, tel qu'elles l'avaient connu quand il était heureux, beau, jeune et souriant, elles virent Jacques qui leur tendait les bras. Mme de Fréneuse, pâle ainsi que pour mourir, demeura un instant immobile, dévorant du regard ce fils qu'elle avait cru ne jamais revoir, puis, avec des sanglots, elle cacha son visage dans ses mains, comme si elle craignait que cette vision délicieuse s'évanouît. Elle se sentit portée, plutôt que conduite vers un fauteuil, et, quand elle rouvrit les yeux, elle trouva son fils à genoux, qui la regardait en pleurant.

— Oh ! mon cher enfant, c'est bien toi ! balbutia la pauvre femme. Est-ce possible que ce soit toi ? Dieu a fait pour nous un miracle.

— Oui, ma mère, dit Jacques gravement, mais ce sont ces amis fidèles qui l'ont exécuté. Nous leur devons beaucoup. Car ce n'est pas seulement ma vie qu'ils auront sauvé, mais l'honneur de notre nom.

— Comment nous acquitter jamais ?

— Oh ! il ne faut pas en parler si vite. La reconnaissance est douce, quand elle s'adresse à des cœurs exquis. Et vouloir s'acquitter c'est se priver d'une grande jouissance. Mais rassurez-vous, notre dette, au moins vis-à-vis de l'un de nos sauveurs, est de celles qui se peuvent payer aisément…

Mlle de Fréneuse rougit à ces paroles de son frère, pourtant elle ne détourna pas son regard et Tragomer eut cette joie de voir sur ses lèvres glisser un sourire. Mais elle revint à Jacques qu'elle semblait ne pouvoir se rassasier de regarder, de toucher, d'embrasser. Marenval adossé à la boiserie assistait, sans essayer de contenir son attendrissement, à cette scène émouvante. Il avait, depuis deux mois, aspiré à ce moment, où il mettrait le fils dans les bras de la mère. Il s'en promettait des jouissances délicieuses. Il avait dit souvent à Tragomer : ce sera une scène extraordinaire ! Il dut avouer, depuis, qu'il avait été remué plus qu'il ne s'y était attendu et qu'il avait, lui Marenval, un dur à cuire de la vie parisienne, blasé et sceptique, pleuré comme une vieille bête. Il se pencha sur Christian et lui glissa dans l'oreille :

— Laissons-les ensemble. Nous reviendrons tout à l'heure. Et puis j'ai les yeux qui me cuisent, je ne serais pas fâché de prendre l'air.

Ils sortirent, sans même que les deux femmes, dans leur ravissement égoïste, s'aperçussent de leur absence. Elles étaient trop occupées à s'indemniser de toutes les tendresses dont elles avaient été privées depuis deux années.

— Et tu es sûr, cher enfant, que tu ne cours ici aucun danger ?

— Non, ma mère, à la condition de ne pas me montrer. Si mes ennemis soupçonnaient ma présence, ils pourraient me dénoncer. Mais cette situation ne se prolongera pas. Et, dans quelques jours, nous n'aurons plus de précautions à prendre pour nous voir.

— Comme tu es maigre et pâle !

— Oh ! j'ai beaucoup changé à mon avantage, depuis deux mois… J'ai des cheveux maintenant et des moustaches, et je ne suis pas trop dissemblable à moi-même. Si vous m'aviez vu, quand je me suis évadé, je vous aurais fait pitié…

— Tu as bien souffert ?

— Oui, ma mère, mais utilement souffert. Enfermé dans cette tombe, avec la quasi-certitude de n'en jamais sortir, je me suis replié sur moi-même, j'ai examiné ma vie passée et je l'ai jugée avec sévérité. J'ai été amené à penser que je payais, durement peut-être, mais justement, les fautes que j'avais commises. Une dernière faveur de la destinée avait placé près de moi un prêtre excellent, l'aumônier du pénitencier, qui s'était intéressé à mon malheur, en me voyant si différent de mes compagnons d'expiation. Il s'attacha à me ramener au bien. J'étais révolté et furieux, il me rendit doux et résigné. Il réveilla dans mon âme les croyances de mon enfance innocente, il me montra le ciel comme le suprême recours, et la prière comme l'unique consolation. Pendant de longues journées, les bras occupés seulement par un travail grossier et rebutant, pendant d'interminables nuits brûlantes et fiévreuses, si je n'avais pas eu l'idée de Dieu pour adoucir mon esprit, je serais devenu fou ou je me serais tué. J'en avais pris la résolution, dès mon arrivée. Je venais de passer soixante-cinq jours, enfermé dans une cage, avec le rebut du genre humain, n'entendant que des paroles infâmes, des chants obscènes et des projets de vengeance, vivant sous la bouche d'un canon chargé à mitraille. L'existence me parut impossible à supporter, et je me promis d'y échapper par la mort.

— Malheureux enfant ! gémit Mme de Fréneuse, en posant ses mains tremblantes sur la tête de son fils. Un suicide…

— Oh ! non, ma mère, c'était bien inutile. J'avais été pris en haine, dès le premier jour, par mes compagnons. Ils me traitaient de monsieur, d'aristo, de fils de famille. Car, il y a une hiérarchie, même dans ce triste et abject monde, et ce sont les plus souillés, les plus infâmes qui sont les plus respectés. Ils avaient, me voyant si peu pareil à eux, la conviction que j'étais un espion, un mouchard, un mouton, comme ils disent dans leur argot, et, un jour que le surveillant s'était absenté pendant quelques instants du chantier où nous peinions sous le soleil, ils se jetèrent à cinq sur moi. Leur projet était simple. Nous tirions sur la route, pour aplatir les pierres dont elle était rechargée, un lourd cylindre de fonte. Ils avaient décidé de me coucher devant et de faire passer cette masse sur moi. Leur crime devenait un simple accident. Le pied m'avait manqué. Le rouleau, tiré par la corvée, ne pouvait s'arrêter brusquement, et j'étais écrasé...

— Les monstres !

— Oui, ma mère. C'est aussi ce que je pensai, en me voyant saisi, terrassé, étendu sur le sol et en les entendant s'encourager, avec des rires affreux, à tirer ce pesant rouleau pour me broyer... Je n'avais qu'à les laisser agir, j'étais, suivant mes vœux, exaucé, délivré de la vie... Mais une révolte contre l'acte atroce de ces hommes, je ne sais quel instinct de conservation me souleva en un instant et, au lieu de subir mon dernier supplice, je me défendis énergiquement. J'étais encore vigoureux, malgré les privations endurées, et, d'un élan, je renversai deux des assaillants. Les autres se jetèrent, de nouveau, sur moi, étonnés de ma résistance. D'un coup de ma chaîne j'en assommai un... À leurs cris, au bruit de la lutte, le surveillant revenait. D'un regard, il se rendit compte de ce qui s'était passé et mit le revolver à la main... Tout rentra dans l'ordre. Mais, le lendemain, le directeur prévenu me retira du milieu effroyable où je vivais, et me plaça dans les bureaux du pénitencier... Là j'eus, sinon plus de liberté, au moins le droit de souffrir seul, de pleurer sans exciter la risée et de prier sans être insulté. C'est alors que mes idées changèrent peu à peu, et que, dans le grand silence de ma vie cloîtrée, je devins un autre homme. Tout ce que j'avais aimé et recherché passionnément : le plaisir, le luxe, toutes les vanités humaines, m'apparurent comme des misères. Je pensai, moi qui n'avais jamais cherché qu'à m'étourdir. Et toute l'inutilité pernicieuse de l'existence que j'avais menée me fut démontrée. Il y avait autre chose à faire, sur la terre, qu'à poursuivre la joie. D'autres hommes souffraient, manquaient du nécessaire, passaient leurs jours à peiner pour un maigre salaire, et leurs ateliers, leurs chantiers, leurs mines, étaient aussi des bagnes. Ceux-là, cependant, n'avaient pas mérité d'être malheureux. Avec un peu de cet argent, que je prodiguais si follement autrefois, il devait être facile de diminuer leur misère, d'alléger leur fardeau, de leur donner du bonheur. Je résolus, si je sortais jamais de ma prison, de me consacrer aux humbles, aux déshérités, en souvenir de ce que j'avais souffert moi-même. Je fis part de mes pensées à un prêtre admirable, qui s'était enfermé volontairement au milieu des criminels, pour les moraliser et les sauver. Il m'encouragea, s'attacha à moi, et se convainquit de mon innocence. Ce fut, ma chère mère, un grand soulagement pour moi, quand j'entendis, pour la première fois, tomber d'une bouche humaine ces paroles : « Je crois que vous n'êtes pas coupable. » C'était le représentant de Dieu sur la terre qui me relevait ainsi à mes propres yeux. J'en fus pénétré de reconnaissance. Et ce Dieu, au nom de qui l'œuvre de pitié, de douceur et de confiance, s'accomplissait, je fis serment de me donner à lui.

— Quoi ! Jacques, tu veux…

— Me faire prêtre, oui, ma mère. Et, en même temps qu'un acte de repentir, ce sera un acte de sagesse. Ne vous y trompez pas. Dans ce monde, même quand j'aurai fait triompher la vérité et prouvé mon innocence, je ne serai pas moins marqué d'une note infamante. On ne se lave jamais complètement d'une souillure comme celle qui m'a été infligée. Les visages de mes amis se feront froids, malgré tout, à mon aspect, les mains se tendront avec réticence. La tare subsistera toujours et quand même. J'aurai à souffrir de constater, à chaque instant, que, si je suis accueilli, c'est par tolérance et que la sympathie est obligée de se forcer pour aller à moi. Il sera donc plus digne de me retirer d'une société, qui ne me serait ouverte que par charité. Et la retraite, que mes convictions m'imposent, ma fierté me l'aurait conseillée. Je resterai près de vous, pour vous faire oublier les chagrins que je vous ai causés, et ma vie s'écoulera à vous payer ma dette de tendresse. Vous retrouverez vraiment votre fils, et qui sait si, dans un temps, comparant ce que je serai à ce que vous m'aurez vu être, vous ne serez pas amenée à penser que ce fut pour me mieux sauver que la providence sembla vouloir me perdre.

— Oh ! non ! cher enfant ! Jamais, quelque douceur qu'il y ait pour moi dans tes promesses, je ne pourrai me rappeler sans frémir l'horrible cauchemar de ces dernières années. Vois mon visage flétri, mes cheveux tout blancs, et le tremblement de mes mains. J'ai vieilli de vingt ans, en vingt-quatre mois, et j'ai l'air d'une septuagénaire. J'avais donc commis de grands péchés, moi aussi, pour avoir été si durement frappée ? Car le châtiment, que tu acceptes, a été étendu à ta sœur, à ta mère, et cela ce n'était pas juste !

Le visage de Jacques se crispa et ses regards devinrent tristes.

— Oui, et voilà ce qui me rendra sévère pour ceux qui m'ont poursuivi de leur haine. C'est que des innocents ont été atteints par eux, en même temps que le coupable. Je m'égarais, ma mère, à l'instant, quand je vous parlais de miséricorde, de douceur et de charité. L'heure n'est pas encore venue, pour moi, d'être indulgent et secourable. J'ai d'abord à condamner et à punir…

— Es-tu sûr d'y réussir ?

— Les coupables ne peuvent m'échapper. Ils sont dans mes mains. Il me suffira de paraître pour les confondre. Leur seule sécurité est faite de la certitude où ils sont que je ne reviendrai jamais. Mais si je connais leurs crimes, j'ignore les raisons qu'ils ont eues de les commettre. Et c'est en cela surtout que résidera ma justification. Il faut que je prouve, ma mère, non seulement que j'ai été condamné injustement, mais quel fut le coupable, et pourquoi il le fut. C'est l'œuvre à laquelle je consacrerai mes dernières énergies d'homme. Après, je ne veux plus être qu'indulgence et mansuétude.

— Ainsi, dit Mme de Fréneuse, cette malheureuse femme, pour qui tu avais fait tant de folies et qu'on t'a accusé d'avoir tuée, est vivante…

— Elle est vivante, et elle est en cette ville. Hier soir, elle chantait à Covent-Garden, et avec nos amis j'ai assisté à la représentation. Dans une loge obscure, grimé comme un acteur, afin que nul ne pût me reconnaître, j'ai passé la soirée en présence de Léa Pérelli. Tragomer ne s'était pas trompé. C'est bien elle… Mais la trace de ses remords est visible sur son visage. En dépit de sa beauté, toujours éclatante, elle souffre, j'en suis sûr. Je ne sais quel vertige l'a emportée, au moment où elle a commis l'action atroce dont j'ai été rendu responsable. Mais je ne doute pas qu'elle ne la déplore. Et qui sait, peut-être est-elle disposée à la réparer ? Je saurai tout cela, avant peu, car il faut que je tente auprès d'elle une démarche décisive. De l'entretien que j'aurai avec elle dépendra le succès de notre entreprise.

— Aucune influence autre que la tienne ne saurait-elle avoir de prise sur cette femme, dit Mlle de Fréneuse . Ne serait-elle pas accessible à la pitié ? Si j'allais la trouver, pour la supplier...

— Non. C'est impossible. Ce serait lui donner l'éveil sans risquer d'obtenir un résultat. Je comprends bien, petite sœur, que tu crains pour moi et que tu voudrais m'empêcher de m'exposer. Tu penses qu'affolée à ma vue, Léa est capable d'appeler, de faire du scandale et de provoquer mon arrestation. Ne crains rien de tout cela. C'est une femme trop forte pour recourir à des moyens si vulgaires. Entre elle et moi, le débat sera tout moral. Je ne redoute aucune traîtrise, aucun coup de force. Oh ! je serais moins rassuré si j'avais affaire à mon excellent ami Sorège...

— Ah ! le misérable !

— Oui, le misérable ! Celui-là mérite toute haine et tout mépris. Mais, patience ! Attendons de savoir exactement quel rôle il a joué dans le drame, et il sera puni, je vous en réponds, de tout ce qu'il nous a fait souffrir.

La physionomie de Jacques changea et se fit souriante, il s'assit entre sa mère et sa sœur, avec un air de soulagement heureux.

— Mais assez parlé de ces atrocités et de ceux qui les ont commises, purifions notre pensée et adoucissons nos cœurs. Dites-moi ce que vous faites, racontez-moi comment vous êtes installées à Londres. Je ne veux pas que vous viviez tristes et recluses, à présent. Plus de robes noires et de voiles sombres. Voilà une petite fille, qui a la gravité d'une aïeule. Est-ce que son esprit ne s'ouvrira plus jamais qu'aux sujets austères, et son cœur est-il insensible pour toujours ?

Et comme Marie rougissait et détournait les yeux :

— Tragomer m'a fait sa confession, poursuivit Jacques. Je sais quelle a été sa faiblesse. Je sais aussi quelle a été ta sévérité. Mais il a réparé un instant d'abandon, par des mois de persévérance. Si je suis entre vous deux, mes chéries, c'est à lui que je le dois. Il ne faut pas l'oublier. Vous ne saurez jamais, car moi-même je l'ignore, tout ce qu'il a fait d'intelligent et de courageux pour arriver à me délivrer. Je vous dirai le peu que je sais, et cela suffira à vous remplir d'admiration et de reconnaissance pour mes deux sauveurs : Marenval et Christian. Marenval, je crois bien qu'il trouvera sa récompense dans sa satisfaction même. Il s'est conduit comme un héros. Il s'en rend compte, et cette pensée suffit à son bonheur.

Mais Christian ? Comment le paierons-nous de ses peines, si ma sœur ne se charge pas de notre dette ?

Mlle de Fréneuse leva les yeux sur son frère, et avec un admirable sourire :

— Je savais que je pourrais le récompenser de ce qu'il allait risquer pour nous. Il savait aussi que je lui tiendrais compte de sa fidélité. Je ne lui fais cependant pas l'injure de penser qu'il ait agi uniquement pour me satisfaire. Je crois qu'il entrait autant d'amitié que d'amour dans son dévouement… Mais, sois tranquille, je ferai honneur à l'échéance…

— Est-ce que je peux l'appeler ? Il serait juste de lui adresser quelques paroles d'encouragement…

Mlle de Fréneuse acquiesça d'un signe de tête. Jacques pressa le bouton d'une sonnette électrique. Ce ne fut pas le stewart qui entra, ce furent les patrons du yacht, Marenval et Tragomer. Debout dans le salon, sous le jour cru des hublots cerclés de cuivre, Mlle de Fréneuse, un peu pâle, regardait venir Christian. L'avait-elle aimé, avant de le repousser si durement ? Cette fière et grave fille n'était pas de celles qui disent légèrement les secrets de leur cœur. En ce moment, elle le regardait fixement, et devant elle, ce rude Tragomer, avec sa carrure de géant, ses bras d'hercule, tremblait d'émotion.

— Je voulais justement vous parler, monsieur de Tragomer, dit avec un accent ferme et net Mlle de Fréneuse. Il y a six mois, quand vous êtes parti, vous m'avez tendu la main et j'y ai placé la mienne. C'était, de votre part, me demander d'oublier mes griefs, et, de la mienne, c'était y consentir. Peut-être n'était-ce pas tout ce que vous souhaitiez, mais c'était tout ce que je pouvais alors vous accorder. Vous avez, depuis, acquis de grands droits à notre gratitude. Mon frère prétend que moi seule je puis vous remercier comme il convient, de l'affectueux dévouement que vous lui avez témoigné. Je ne suis pas de celles qui se montrent ingrates. Je suis pénétrée de reconnaissance pour vous, et s'il m'est possible de vous en donner une preuve, parlez, je suis prête à vous accorder ce que vous désirez.

Les yeux de Tragomer devinrent troubles, ses lèvres tremblèrent. Il voulut parler, il ne put pas. Et, comme il restait immobile et muet, la poitrine soulevée par une émotion inexprimable, Mlle de Fréneuse, de nouveau, lui tendit ses doigts frêles, et doucement :

— Cette main que vous m'avez demandé de vous tendre, à votre départ, maintenant que vous voilà de retour, voulez-vous que je vous la donne ?

Tragomer la prit, la pressa, et, la portant à ses lèvres, courbé comme devant une idole, il dit :

— Oui. Pour toujours.

— Gardez-la donc. Mais souvenez-vous qu'elle ne pourra vous appartenir que quand le nom de celle qui vous l'accorde sera lavé de toute tache. Je serai votre femme, Christian, mais seulement quand vous pourrez m'épouser avec l'approbation de tous.

— Soyez tranquille, Marie, et vous aussi, madame, ce moment ne se fera pas attendre.

Ils étaient heureux. Marenval exultait. Toute cette joie, il s'en faisait honneur. Les instants passaient rapides et le jour tombait, déjà, quand Mme de Fréneuse et sa fille se décidèrent à quitter Jacques. En descendant du yacht, elles se croisèrent avec un homme de visage distingué, qu'à sa tournure il était facile de reconnaître pour un Français. Il s'arrêta pour les laisser passer, salua et s'engagea sur la passerelle du navire. Sans doute il était attendu, car Marenval, qui se promenait sur le pont, vint avec empressement au-devant de lui et, lui donnant une vigoureuse poignée de main, l'entraîna en disant :

— Venez par ici, mon cher avocat général.

— Chut ! fit le visiteur en souriant, pas de qualité ni de nom, mon cher ami, si vous voulez bien.

Et, suivant son guide, il descendit. C'était Pierre de Vesin. Sans doute il ne venait pas pour la première fois à bord du *Magic*, car il suivit sans se tromper le chemin qui, par les cloisons étanches, conduisait à l'arrière. Là, dans un petit fumoir qui avoisinait la salle à manger, il trouva Tragomer et Jacques. Il leur serra la main, et s'asseyant :

— Je viens de rencontrer votre mère et votre sœur, dit-il. Elles paraissaient ravies. Les pauvres femmes ! Il était grand temps que leur horizon s'éclairât. Mais les affaires sont en bonne voie et je vous apporte des nouvelles qui vous satisferont. Le commissaire spécial chargé de surveiller les faits et gestes de Jenny Hawkins est arrivé. Il s'est mis en rapport avec M. Melville, le chef de la Sûreté anglaise, un homme de premier mérite, qui va prendre en main la direction des opérations. La demande de poursuites contre Jenny Hawkins n'a pas marché toute seule… Si nous considérons la chanteuse comme Américaine, il est extrêmement difficile de l'arrêter en Angleterre, à raison d'un crime commis en France, et pour lequel une condamnation a déjà été prononcée. Si nous lui rendons son nom véritable de Léa Pérelli, elle devient Italienne et c'est une complication nouvelle. Si elle était en France, la chose serait simple : un mandat d'amener, et tout serait dit. Ici, dans cette diable d'Angleterre, tout est malaisé… Il n'y a pas de pays où la liberté ait plus de garanties… Cela va jusqu'à la licence. C'est la terre promise des scélérats.

— Eh bien ! que va donc faire votre commissaire spécial ? demanda Tragomer.

— Surveiller étroitement Sorège et la chanteuse, se tenir prêt à intervenir, s'il y a lieu. En tout cas, nous renseigner minutieusement sur ce que vos adversaires feront. Moi, je suis en vacances, je n'agis, en la circonstance, que comme un simple particulier, votre ami, rien de plus. J'ai laissé mon titre et mes fonctions à Paris. Le Garde des sceaux, que j'ai été voir avec le procureur général, s'intéresse prodigieusement aux suites de l'affaire. C'est un libéral très ardent, qui verrait une gloire pour lui, si la réparation d'une grande injustice avait lieu sous son ministère. On nous a tannés par trop, depuis longtemps, avec les révisions compromettantes, pour que nous ne soyons pas ravis d'en tenter une avantageuse. Le monde entier verrait ainsi, que nous avons l'amour pur de la vérité et de la justice. Voilà ce que notre chef a dit, ou à peu près, et immédiatement il s'est mis d'accord avec la Sûreté pour que tout soit conduit rapidement et silencieusement.

— Mais qu'a-t-il dit de notre opération à Nouméa, le ministre ? demanda Marenval, en se frottant les mains.

— Ça, mon cher ami, c'est ce qu'on appelle un cas réservé. Il n'en a pas été question. Le rapport sur l'évasion est arrivé à Paris. Mais il est impossible d'y rien relever contre vous. Les précautions prises par Tragomer pour déguiser son identité ont trompé l'Administration. C'est, suivant le gouverneur, un navire anglais qui a fait le coup et qui a gagné l'Australie à toute vapeur. Si vous ne vous vantez pas de votre rapt, vous êtes couverts contre toute responsabilité. Une fois les preuves de l'innocence de M. de Fréneuse dans nos mains, il suffira à celui-ci de se constituer prisonnier pour que les choses suivent leur cours régulier. Mais ces preuves, voilà le point capital, il les faut matérielles. Et tout dépend de leur production. Si vous n'obtenez pas l'aveu du vrai coupable, la situation pour M. de Fréneuse devient très grave, et il ne lui reste plus qu'à gagner l'Amérique du Sud, pour y vivre à l'abri des poursuites. En vérité, je n'ai jamais vu d'affaire aussi difficile et aussi périlleuse. Tout est irrégularité, de quelque côté que l'on se tourne, les règlements et les lois sont outrageusement violés. Cependant, je constate qu'il est impossible d'en sortir autrement.

— Depuis que vous êtes arrivé à Londres, dit Tragomer, avez-vous rencontré Sorège ?

— J'ai dîné, hier, avec lui chez Julius Harvey. On a parlé de vous et il a été d'une impudence magnifique : il a fait votre éloge.

— Patience, il ne le fera pas toujours. Celui-là, je me le suis réservé. Il a un compte à régler avec moi, pour toutes ses perfidies. Je veux lui dire, une bonne fois, ce que je pense de son caractère. À moins qu'il ne se trouve si compromis, en compagnie de miss Jenny Hawkins, qu'il n'y ait plus qu'à le laisser se débrouiller avec votre commissaire.

Pierre de Vesin hocha la tête :

— Ah ! c'est un gaillard trop fort pour que vous puissiez le réduire si facilement. Il a une partie si belle engagée, qu'il se défendra avec fureur. Songez qu'il s'agit pour lui « d'être ou de ne pas être », comme dit si bien Sir Henry Irving. S'il triomphe, il a les millions de Julius Harvey, sans compter le bonheur de nous avoir roulés tous, dans le grand style. S'il échoue… Ah ! mes amis, c'est là qu'il sera dangereux. Le tigre acculé, sur d'être perdu, voudra faire quelques victimes… Prenez garde, à ce moment-là !

— J'ai tué des tigres, dit tranquillement Tragomer. Ça se boule comme un lapin. Vous faites tort à Sorège, il est infiniment plus redoutable.

Jacques avait assisté à toute cette discussion sans prononcer une parole, il paraissait absorbé par ses réflexions. On eût pu croire qu'il n'entendait pas. Cependant il parut écouter, avec intérêt, les dernières paroles de Christian et, posant doucement sa main sur le bras de son ami :

— Nul n'a le droit de disposer de Sorège, sans mon consentement. Il n'appartient à personne qu'à moi. Je ne l'abandonnerai même pas à la justice. J'aurai cette suprême pitié, qu'il n'a pas eue, de le soustraire à la honte. Si son infamie a été telle que Tragomer la soupçonne, je me réserve le droit de le juger et de le punir.

Tragomer baissa la tête en signe de consentement :

— C'est bien ! C'est juste, je n'ai rien à contester.

— Quant à Léa Pérelli, continua Jacques, vous n'aurez pas long-temps à attendre, avant de savoir à quoi vous en tenir sur son compte. Et demain même vous serez fixés.

Vesin et Marenval s'étaient levés.

— Vous venez dîner avec moi ? dit le magistrat à son parent.

— Oui, je passe un habit et je vous suis. Nous laisserons ces deux jeunes gens en tête à tête.

— Où allez-vous ? demanda Tragomer.

— Au Savoy. C'est là qu'on mange le mieux.

— Et le plus cher !

— Vous ne dînerez pas mieux qu'à bord.

— C'est possible, dit l'avocat général en riant. Mais n'oubliez pas que, moralement, les juges ne doivent pas se trouver à la même table que les jugés.

— À huitaine alors, comme on dit au Palais, répliqua Marenval.

— Et en attendant, à demain, chez Julius Harvey.

II

Le squatter habitait un fort bel hôtel situé Grosvenor-Square. Il avait maison montée, à Londres comme à Paris. Tous les ans, sa fille l'emmenait, pour deux mois, en Angleterre. Souvent un ou deux des fils se décidaient à venir retrouver leur père. Ils avaient moins de répugnance à habiter l'Angleterre que la France. Ils s'y sentaient moins dépaysés. Les mœurs, les idées, les coutumes, les goûts, leur paraissaient intolérables en Europe. Ces robustes jeunes gens étouffaient dans les limites étroites des convenances. Ils avaient souvent envie d'enlever leur habit, au milieu d'une soirée, et de mettre leur cravate blanche dans leur poche. La vie au grand air des Anglais leur offrait un agrément qui compensait pour eux les tristesses de l'internement dans les salons.

Au sortir d'un dîner, ou d'une représentation, ils partaient sur la Tamise en bateau, ou faisaient cinquante lieues, en chemin de fer, pour aller chasser le renard. Et, ayant cassé quelques avirons, ou claqué quelques chevaux, ils revenaient rafraîchis et joyeux. Leur père les enviait, mais il était tenu sévèrement par miss Harvey qui ne lui laissait pas faire tout ce qu'il aurait souhaité.

La société américaine de Londres, aussi favorablement accueillie par la gentry que celle de Paris par le grand monde, rivalise de luxe avec les familles les plus aristocratiques de l'Angleterre. Elle jette l'argent par les fenêtres, avec un abandon plus fastueux encore à Londres qu'à Paris. On dirait que ces parvenus de la fortune, qui ont à peine cent ans d'existence nationale, veulent étonner le vieux monde par l'étalage de leur vitalité extraordinaire. Les Anglais, tout en jalousant cette expansion de forces et cette réalisation de puissance, ne peuvent se défendre d'un faible pour ces enfants ingrats qui ont frappé leur mère. Ils n'oublient pas que le même sang coule dans leurs veines. Et, comme des grands-parents indulgents, ils sourient aux escapades américaines, jusqu'au jour où, avec leur sens pratique, ils comprendront qu'ils ont intérêt à les encourager. Alors l'alliance anglo-saxonne sera faite, dans les deux mondes. L'aigle des États-Unis et le lion britannique chasseront de compagnie.

Pour l'instant, les rapports se bornent à des raouts et des dîners entre millionnaires, préludes de mariages qui croisent le sang des gentilhommes de la conquête avec celui des éleveurs de porcs ou des exploiteurs de mines. La statistique des unions, qui ont fait entrer les petites misses de Chicago, de New-York ou de Philadelphie dans les plus illustres maisons anglaises, est curieuse. On y voit que l'Angleterre a drainé plus de cent millions de dollars sous forme de dots. Et les journaux du nouveau monde renchérissant sur les agences matrimoniales, publient, pour la facilité des accords, la liste des jeunes filles à marier aux États-Unis avec le chiffre de leurs apports.

Quand l'industrie conjugale est affichée avec une pareille sérénité, l'échange des bons rapports entre contrées productrices de maris, et pays éleveurs de femmes, est singulièrement facilité. La famille Harvey avait donc un pied en France et l'autre en Angleterre. Mais la France triomphait, puisque le comte de Sorège avait été admis comme fiancé. Cependant, depuis que Tragomer était arrivé à bord du *Magic*, et avait reparu chez le squatter, il semblait que le prestige de Sorège eût diminué. Les deux plus jeunes frères, Philipp et Edward, étaient en ce moment à Londres, et leur enthousiasme pour la large carrure de Christian avait été significatif. Le cow-boy Philipp avait déclaré, sans ambages, à sa sœur que c'était un homme tel que le gentilhomme breton qu'elle aurait dû choisir :

— Celui-là est un des nôtres : il monte à cheval comme le vieux Pew, qui nous a élevés ; il marche, sans voir jamais la fin de ses jambes ; il manie la carabine et le couteau ; il a pêché dans les grands lacs… Ma sœur, pourquoi n'avez-vous pas, pour votre argent, trouvé un vigoureux garçon comme le comte Christian, au lieu d'avoir déniché ce triste hibou de Sorège. Puisque Julius Harvey et Sons payait la dot que vous vouliez, il fallait prendre tout ce qu'il y avait de mieux.

— Mais Philipp, avait répondu miss Maud, ce qui est le mieux, dans la prairie, n'est pas ce qui est le mieux dans un salon. Et puisque je suis décidée à vivre en Europe, peut-être est-il préférable que je sois la femme d'un homme tranquille que d'un casse-cou, comme vous et mes autres frères.

— Ma sœur, c'est pour vous, il est donc juste que vous suiviez votre goût, avait ajouté M. Edward Harvey, mais, si vous pensez à vos enfants futurs, vous avez plus d'intérêt à épouser un good boy, comme Tragomer, qu'un stock-fish comme Sorège. Mais c'est pour vous !

— Eh ! dit la jeune fille, rien ne vous prouve que M. de Tragomer aurait voulu de moi. D'ailleurs, il me l'a dit lui-même, son cœur n'est pas libre.

— All right ! Il n'y a plus rien à discuter.

L'engouement de ses frères pour le simple, fier et rude Christian, avait assurément influencé miss Maud, car, depuis une semaine que le *Magic* était amarré au quai de la Tamise, elle était allée deux fois le visiter, elle avait invité Christian et Marenval à dîner chez son père. Elle rencontrait, en outre, les deux Français, presque chaque matin, à Hyde-Park, où elle allait se promener à cheval, au petit pas, avec ses frères, ce qui mettait ces centaures dans un état d'abattement lamentable. Il ne fallait rien moins qu'une bonne partie de cricket, au lords-cricket Ground, pour remettre les deux jeunes sauvages dans leur état normal. Et Tragomer maniait le maillet avec une vigueur, qui n'avait pas peu contribué à lui valoir la faveur des frères de Maud.

La veille même du jour où les dames de Fréneuse étaient venues à bord du yacht, Marenval et Tragomer en faisant leur promenade ordinaire, sur les bords de la Serpentine, avaient rencontré miss Maud qui marchait, suivie d'un valet de pied et de sa voiture :

— Où donc sont vos frères, miss Harvey, dit Christian, aussitôt les shake-hands, vous ont-ils abandonnée ?

— Ils sont au cercle des Archers, à suivre un match des plus intéressants, paraît-il. Marchons-nous ?

— Marchons.

Ils se rangèrent de chaque côté de la jeune fille, et prirent son pas. Au bout d'un instant de silence, Christian dit d'une voix discrète :

— Vous rappelez-vous, miss Maud, une conversation que nous avons eue, il y a six mois environ, le soir où votre père m'a fait l'honneur de me présenter.

— Oui, parfaitement, et j'y ai pensé, depuis, avec un intérêt particulier. Il s'agissait de votre ancien ami, Jacques de Fréneuse, et ce que vous m'aviez raconté, à cette époque, m'avait impressionnée vivement. Vous paraissiez si confiant en l'innocence de ce malheureux que je me suis, à différentes reprises, demandé ce qu'on pourrait faire pour s'en assurer.

— Vous l'aviez bel et bien indiqué, ce soir-là, reprit Christian avec un sourire. Et même vous m'aviez fort malmené, parce que je ne tentais rien en faveur de mon ami. Moi, vous écriiez-vous, si un de mes frères était frappé d'une condamnation injuste, je ne m'arrêterais devant rien pour le délivrer. Sorège même, à ce propos, vous plaisanta agréablement, mais sans vous calmer. Vous étiez très montée contre moi. Heureusement vous vous êtes adoucie depuis et nos rapports n'ont pas souffert de cette première impression.

Miss Harvey regarda Christian et très nettement :

— Pourquoi revenez-vous sur ce sujet, puisqu'il ne vous a pas été favorable ? Je vous connais assez, maintenant, pour comprendre que ce n'est pas sans raisons ? Y a-t-il donc du nouveau pour votre ami ? Auriez-vous acquis la preuve certaine de son innocence ?

Tragomer continua à marcher, la tête penchée et sans regarder la jeune fille :

— Est-ce qu'on peut vous parler en toute confiance, miss Harvey ? Les femmes de votre pays savent-elles être discrètes, quand on le leur demande ? Ce serait une grande supériorité sur les femmes d'Europe, qui sont incapables de résister à l'envie de parler, et qui feraient couper le cou à leur meilleur ami pour le plaisir de lâcher ce qu'elles ont au bout de la langue.

— Les femmes d'Amérique, sous ce rapport-là, sont des hommes, dit miss Harvey. Vous pouvez leur confier votre secret, elles se laisseraient tuer sans le trahir. Nous sommes des sauvages encore, comprenez-le bien. Et nous avons, en même temps que les défauts, les vertus des sauvages.

— Eh bien ! Alors j'aurai confiance en vous et je vous mettrai de moitié dans mes projets... Je vois à la figure de Marenval qu'il aimerait autant que je sois plus réservé, mais, tant pis, je me risque...

— Risquez-vous, cher ami, dit Cyprien, seulement commencez par prévenir miss Harvey des conséquences que peut avoir notre entreprise pour certaine personne qui lui tient de près...

Maud s'arrêta brusquement et pâlit :

— Est-ce de M. de Sorège que vous voulez parler ?

Tragomer hocha la tête :

— Marenval a bien fait de poser, tout de suite, la question comme elle doit l'être. Vous voyez comme, dès le premier mot, vous êtes troublée, miss Harvey, et comme il est périlleux à moi de mettre aux prises votre sincérité avec votre intérêt.

Le sang revint aux joues de la jeune Américaine. Elle se remit en marche, et d'un ton décidé :

— Donc, c'est bien M. de Sorège qui est engagé dans l'affaire en question ? Mais ne croyez pas que je sois de caractère à vouloir m'illusionner, en ce qui le concerne. Quelle fille serais-je, si pouvant savoir la vérité sur le compte d'un homme dont je dois porter le nom, je refusais de la connaître ? S'il a commis une mauvaise action, parce que je l'épouserai, l'en aura-t-il moins commise ? Se boucher les yeux, pour ne pas voir, c'est imiter l'autruche qui se cache la tête, croyant éviter le danger. M. de Sorège est mon fiancé. Il n'a point de fortune, il n'a pas de génie, il n'a pas une instruction hors ligne, il n'a que son nom. Si ce nom n'est pas sans tache, je n'en veux pour rien au monde.

Ce fut net et sec, comme un coup de cravache. Il n'y avait pas à douter de la bonne foi de la jeune fille. La franchise éclatait dans ses yeux.

— Eh bien ! voilà donc la vérité, puisque vous voulez la savoir. Au lieu d'aller nous promener sur les côtes d'Égypte et de Syrie, Marenval et moi, nous avons traversé l'isthme de Suez, gagné la mer des Indes, passé à Batavia, et abordé à la Nouvelle-Calédonie. Sous un faux nom et avec de faux papiers, je suis descendu à terre. J'ai vu Jacques de Fréneuse, et, le lendemain, Marenval et moi, au travers d'une bagarre épouvantable, nous l'avons enlevé de vive force.

— Est-ce possible ? s'écria miss Harvey avec saisissement. Quoi ! M. Marenval et vous ? Des Français ! Des hommes du monde ! Vous avez fait cela ? Oh ! si Edward et Philipp le savaient ! Ils perdraient la tête !

— Chut ! Il ne faut justement pas qu'ils le sachent, interrompit doucement Tragomer.

— Et alors, le pauvre garçon, vous l'avez ramené ?

— Il est à bord de notre bateau.

— Sur la Tamise ?

— Devant les Docks. Sa mère et sa sœur vont le voir demain. Elles sont arrivées secrètement à Londres. Nous les cachons avec soin, car leur présence ici donnerait grandement à penser, et nous ne pouvons réussir, dans notre entreprise, qu'à la condition d'agir mystérieusement.

— Les chères femmes ! Comme elles vont être heureuses ! Ah !

je voudrais assister à leur joie. Mais dites-moi, car cette aventure me passionne, vous avez fait des milliers de lieues, par amitié pour M. de Fréneuse ?... Vous avez quitté, vous des Parisiens, votre ville, vos plaisirs, vos habitudes, et navigué pendant si longtemps, risqué votre vie...

— Marenval l'a parfaitement risquée, en effet, dit Christian. Il a failli être tué d'un coup de revolver... Et si vous l'aviez vu, dans ce moment-là, il était superbe !

Miss Harvey tendit la main d'enthousiasme et, avec une vibration dans la voix, qui remua Cyprien jusqu'au fond du cœur :

— Eh bien ! je ne pensais pas que jamais vous deviendriez un héros ! Mais les Français sont capables de tout ! Et vous ne me dites pas ce que vous faisiez, pendant ce temps-là, vous M. de Tragomer...

— Lui, répondit Marenval, il était à la nage avec Jacques, le soutenant, l'encourageant, sous une grêle de balles, et dans des parages infestés de requins... Oui, miss Harvey, l'épisode a été vif !... Nous avons dû couler le canot de l'administration, pour arrêter sa poursuite. Mais nous n'avons pas tiré un coup de feu, même pour nous défendre, car Français, nous ne pouvions oublier que nous avions affaire à des Français... Ah ! nous l'avons échappé belle ! Et je vous assure que le soir à bord, filant à toute vitesse, nous avons dîné de bon appétit !

— Votre ami était près de vous, sauvé par vous. Votre joie devait être vive, et sa reconnaissance à lui devait être profonde.

— Il était comme fou. Mais peu à peu il a repris sa lucidité. Nous avons mis en commun ce que nous avions découvert et ce qu'il savait. Il en est résulté, pour nous, la preuve de sa non-culpabilité.

Miss Harvey réfléchit un instant, puis d'un ton grave :

— Et cette non-culpabilité, M. de Sorège, suivant vous, la connaissait ?

— Nous n'en pouvons pas douter.

— Vous le prouverez ?

— Elle résultera clairement de l'épreuve que nous allons tenter et pour laquelle votre concours nous est nécessaire. Voici ce dont il s'agit. Nous dînons, après-demain, chez votre père, avec quelques-uns de ses amis… Manifestez, dès ce matin, le désir d'avoir, pendant la soirée, la Jenny Hawkins, qui chante en ce moment à Covent-Garden. Sorège la connaît. Il sera votre intermédiaire, si vous savez l'exiger, et il vous amènera la cantatrice.

— Bien ! cela sera fait. Ensuite ?

— C'est tout. Le reste nous regarde. Seulement, soyez prudente, ne dites pas une parole de trop à Sorège. Vous avez des amis à divertir, vous avez entendu la belle Hawkins au théâtre, et il vous plairait de la faire chanter dans votre salon. S'il présente des objections, insistez, mais ne nous découvrez pas.

— Soyez tranquille.

— Je vous demanderai seulement une invitation pour un jeune Anglais, de nos amis, qui viendra, si vous l'y autorisez, prendre une tasse de thé chez vous, dans la soirée.

— Il se nomme ?

— Pour tout le monde, il se nommera sir Herbert Carlton. Pour vous, il se nomme Jacques de Fréneuse.

— Mon Dieu ! que préparez-vous donc ? demanda miss Maud avec inquiétude.

— Vous le verrez. Puisque cette affaire vous passionne, vous allez assister à une de ses plus importantes péripéties. Vous m'avez poussé à risquer tout, pour sauver mon ami, miss Harvey. Il faut que vous m'aidiez, maintenant, à arriver au but, quoi qu'il en puisse résulter.

— Je vous y aiderai loyalement, monsieur de Tragomer, et si quelqu'un a des reproches à se faire, tant pis pour lui. Avant tout il faut s'occuper de défendre les honnêtes gens.

— Quand Jacques de Fréneuse paraîtra, dit Christian, regardez bien la Jenny Hawkins et Sorège. Si maîtres qu'ils soient d'eux-mêmes, ils nous livreront leur secret, par l'égarement de leurs yeux et la pâleur de leur visage. Vous avez vu jouer *Macbeth*, miss Harvey, et vous savez quelle est l'épouvante de l'assassin couronné, quand il voit se lever, au milieu du festin, l'ombre de sa victime. Examinez la chanteuse et votre fiancé : ils vous donneront la comédie. Mais nous avons affaire à des gens très forts. En une circonstance à peu près pareille, la Hawkins a eu une admirable contenance. Peut-être essaiera-t-elle de se dérober. Sous aucun prétexte, ne la laissez communiquer avec Sorège, devant vous, ne la laissez sortir du salon. À partir du moment où Jacques de Fréneuse sera en présence de ses adversaires, c'est lui qui doit les combattre, sans aide, à sa guise, et vous n'aurez qu'à les empêcher de l'éviter.

— Je vous engage ma parole qu'il en sera ainsi.

— C'est bien ; maintenant, quittons-nous et à demain.

Miss Harvey remonta dans sa voiture, et les deux Français continuèrent leur promenade, admirant, comme s'ils n'avaient aucun sujet de préoccupation, l'élégance des attelages qui commençaient à circuler le long des pelouses verdoyantes.

L'hôtel Harvey est une fort belle demeure de style Louis XVI, bâtie par le duc de Sommerset, et que l'Américain a payée un bon prix. L'aménagement intérieur est luxueux. Miss Maud a eu le bon goût de respecter la décoration ancienne des salons toute en tons clairs, à trumeaux contournés, surmontés de jolies peintures camaïeu. Une salle à manger admirable, ornée d'une cheminée de pierre, dans le rétable de laquelle est encadré un panneau de Gainsborough, peut contenir quarante convives.

Ce soir-là, comme les dames venaient de se lever, une quinzaine de gentlemen, parmi lesquels Christian et Marenval, fêtaient, suivant l'usage, des flacons de choix. Les jeunes cow-boys, à la gêne dans l'habit noir qui emprisonnait leur torse solide, se dédommageaient de la dure contrainte que leur imposait la correction mondaine, par l'absorption de quelques verres de whisky. Les Français, depuis le commencement du dîner, avaient à peine touché leurs verres. Julius Harvey, qui était très sobre, à cause de la goutte menaçante, faisait assez tristement les honneurs de la table. Sorège était engagé dans une conversation, qui paraissait l'intéresser vivement, avec Geo Seligman, le grand lanceur des mines d'or sur le marché européen. Il était dix heures, et déjà l'atmosphère commençait à devenir épaisse dans la salle à manger, lorsque Julius dit à ses hôtes :

— Si vous avez envie de fumer, sortons d'ici, car ma fille va, certainement, nous prier bientôt de venir au salon…

— Nous irons même, Tragomer et moi, l'y rejoindre tout de suite, si vous le permettez, dit Marenval.

Sorège leva la tête, mais ne fit aucune tentative pour suivre ses compatriotes. Son plan de conduite devait être arrêté, et il n'était pas homme à le modifier. Tant que Jenny Hawkins ne serait pas arrivée, il n'avait rien à craindre. Il pouvait donc se donner du répit, et réserver ses moyens d'action pour le moment où il serait utile d'en faire usage. Marenval et Christian, traversant une serre remplie des plus belles plantes des tropiques, et rafraîchie par une vasque de marbre où, d'un rocher tapissé de lierre, coulait une eau limpide, entrèrent au salon.

Sous l'éclat de la lumière électrique les femmes en grande toilette, groupées autour de miss Maud, offraient le plus charmant tableau. Quelques jeunes misses Américaines, à la fraîche carnation, au menton un peu lourd, cheveux blonds, larges épaules et tailles longues, babillaient dans un anglais sifflant et guttural. Leur conversation avait pour objet la chanteuse, dont la présence annoncée offrait aux hôtes de Julius Harvey un attrait peu ordinaire. Quelques-unes l'avaient entendue en Amérique, d'autres l'avaient applaudie récemment à Covent-Garden, toutes la connaissaient. Aucune ne l'avait vue de près. Et la grande réputation de l'artiste, la beauté éclatante de la femme, faisaient de son apparition, dans le salon de miss Harvey, un événement sensationnel.

L'arrivée de Marenval et de Tragomer fut accueillie avec faveur. Ces Français étaient sympathiques dans le milieu américain de Julius. On les savait voyageurs, riches, on les connaissait aimables, on était disposé à leur pardonner de n'être pas de race anglo-saxonne. On leur tolérait gentiment cette infériorité. C'était une grande preuve de bienveillance. Miss Gower était en train de raconter une visite qu'elle avait faite la semaine précédente au château de Craig-y-Nos, chez la Patti, et elle avait capté victorieusement l'attention de l'auditoire :

— Figurez-vous qu'il y a un théâtre sur lequel on peut jouer des opéras entiers. N'est-ce pas prodigieux ? On y a représenté, la semaine dernière, un ballet, dans lequel la grande cantatrice mimait le principal rôle…

— C'est bien la peine d'avoir la plus jolie voix du monde !

— On ne s'imagine pas le luxe de cette maison. Les invités y trouvent chevaux de selle, voitures à leur disposition. Ceux qui veulent pêcher ont le lac et la rivière, ceux qui préfèrent la chasse sont libres dans les bois et dans la plaine. C'est un train royal !…

— Les artistes ne sont-ils pas, dans notre siècle, les rois de l'univers. On ne les détrône pas, eux, on ne les chasse pas à coups de fusil, on ne les insulte pas dans les journaux. Il n'est grâces qu'on ne leur prodigue, hommages qu'on ne leur rende, louanges qu'on ne leur adresse. Et leurs listes civiles ne sont jamais discutées. Quand ils vieillissent, on les honore, et quand ils meurent on leur fait des funérailles solennelles. Voilà des gens enviables ! Et qu'ont-ils donné à la foule en échange de cela ?

Une voix ironique répondit :

— Presque rien : leur génie !

Tous les regards se tournèrent vers celui qui avait parlé. C'était Pierre de Vesin qui entrait. L'avocat général, souriant, s'approcha de miss Maud et lui baisa la main, il salua le groupe gracieux des femmes, et s'adossant à la cheminée :

— Le tableau qui vient d'être tracé est aimable, mais il a un pendant, qu'il faut montrer. Dans la carrière artistique, comme dans toutes les autres, il y a du bonheur. Et si certains finissent dans l'opulence et dans la gloire, d'autres disparaissent effacés et misérables, comme un astre qui, après avoir longtemps brillé, s'obscurcit et s'éteint. Vous avez eu Garrick, qui a laissé des millions à ses héritiers et est enterré à Westminster. Nous avons eu Frédérick-Lemaître, qui mourut endetté et qui dort sous une humble pierre payée par ses derniers admirateurs. N'enviez pas la destinée des artistes. Ils souffrent, même dans leur triomphe. Et l'éclat, dont quelques-uns sont resplendissants, est largement compensé par les amères tristesses de beaucoup d'autres. Ils donnent, en somme, beaucoup plus qu'on ne leur rend, et si vous mettiez dans une balance d'équité, d'une part, le talent de l'artiste, de l'autre, les bravos et l'argent des spectateurs, ce serait certainement le talent qui pèserait le plus lourd.

— Vous avez parfaitement raison, dit miss Harvey. Et, en Amérique, on dételle la voiture de Sarah Bernhardt.

La conversation fut interrompue par l'entrée des fumeurs que ramenait le maître de la maison. Un personnage, portant sous son bras des cahiers de musique, se montra à l'entrée du salon. Julius se pencha vers sa fille :

— C'est l'accompagnateur, sans doute. Notre étoile ne va pas tarder à paraître.

Miss Maud déjà s'approchait du musicien et le conduisait vers le piano qui occupait tout un angle du salon. Quelques invités étaient arrivés et une cinquantaine de personnes se groupaient au gré des sympathies. C'était l'élite de la colonie américaine. Les millions de tous ceux qui se pressaient ce soir-là chez Julius Harvey auraient suffi à payer la dette d'un État européen. Il y avait les rois des chemins de fer, les princes des mines d'argent, les hauts seigneurs de l'élevage du mouton, du cheval et du porc, sans parler des suzerains du pétrole et de la construction des wagons. Tout un Gotha de la grande industrie, du haut commerce et de la finance triomphante.

À l'écart, Marenval, Vesin et Tragomer s'étaient placés. Ils occupaient l'embrasure d'une fenêtre, entre la porte d'entrée et le piano. Rien, de ce qui allait se passer dans le salon, ne pouvait leur échapper. Sorège était auprès de la belle duchesse de Blenheim et causait, avec une imperturbable sérénité. Une porte cependant venait de s'ouvrir et la voix d'un valet avait prononcé, dans le murmure des conversations, ces trois mots, qui avaient amené un immédiat silence :

— Miss Jenny Hawkins.

Sur le seuil, grande, svelte, fière, un peu pâle, mais le sourire aux lèvres, la chanteuse parut. Elle était vêtue d'une robe de damas blanc, ornée de dentelles d'or. Un collier de perles seul entourait son cou et un peigne de diamants étincelait dans sa chevelure châtaine. D'un regard impérieux et presque menaçant, elle parcourut l'auditoire, comme si elle y cherchait ceux qui se préparaient à l'attaquer et celui qui avait promis de la défendre. Ses yeux passèrent sur Marenval, Vesin et Tragomer, sans s'arrêter et se fixèrent interrogateurs sur Sorège. Celui-ci, souriant toujours, se leva, et traversant le salon avec une admirable aisance, il alla offrir son bras à la chanteuse.

Tous deux seuls debout, au milieu de l'assistance, semblaient braver le sort. Le front altier de Jenny Hawkins ne se baissa pas et, d'un pas ferme, elle entra dans ce salon où elle savait que son avenir devait se décider. Miss Maud et Harvey s'avançaient au-devant d'elle et, déjà, la remerciaient de la bonne grâce qu'elle avait mise à les satisfaire. Et du coin où ils étaient réunis, les trois Français ne pouvaient se défendre d'admirer le courage, le sang-froid et l'orgueil supérieurs, avec lesquels cette femme tenait son rôle. À peine un soulèvement plus rapide de sa poitrine de neige, un clignement nerveux de ses yeux charmants, témoignaient de l'angoisse qui la torturait. Elle était, en apparence, aussi tranquille, aussi à l'aise que la plus insouciante des invitées de Julius Harvey.

Tragomer choisit ce moment pour se lever et aller saluer la chanteuse. Elle le vit s'approcher et un frisson courut sur sa chair satinée, mais elle ne tourna même pas la tête. Ce ne fut qu'en l'entendant lui adresser la parole, en anglais, qu'elle fit un mouvement de surprise, si parfaitement exécuté que Christian en demeura saisi d'admiration.

— Ah ! Monsieur de Tragomer, je crois ? dit-elle.

Elle lui tendit une main, qu'il serra, et avec sa superbe tranquillité, la voix pure et calme :

— Nous avons fait du chemin, l'un et l'autre, depuis le soir où nous nous sommes rencontrés…

— Vous avez remporté de nouveaux triomphes, dit Tragomer.

— Et vous, fait de nouvelles explorations. Avez-vous été heureux dans vos découvertes ?

Cette phrase, à double entente, fut détachée avec une si belle ironie que Christian trembla. Il pensa : quelle garantie de sa sûreté peut-elle avoir, pour me railler ainsi, et dans de pareilles circonstances ? Puis, il jugea que, peut-être, elle essayait de l'intimider. Il riposta :

— Je compte vous en faire juge, si cela peut vous intéresser.

— Vous n'en doutez pas.

Elle adressa un signe de tête au jeune homme et gagna le piano, conduite par miss Harvey. Sorège était allé s'asseoir près de la cheminée, et là, ses paupières closes, il paraissait s'absorber dans une attente religieuse. Mais il ne perdait point de vue la chanteuse. Un silence profond s'établit. Le pianiste préluda et, comme pour accentuer le défi qu'elle avait porté à Tragomer, Jenny Hawkins chanta l'*Ave Maria* de l'Othello, que le jeune homme avait entendu à San-Francisco, pendant la soirée mémorable. Elle détailla délicieusement les angoisses et les supplications de Desdémone. Sa belle voix si pure semblait avoir gagné en souplesse et en étendue. Un murmure de plaisir passa sur l'assistance et, sans crainte de manquer de distinction, les hôtes de Harvey applaudirent avec enthousiasme. Les cow-boys, eux-mêmes, avaient été saisis par le charme de l'inspiration, et, stupéfaits des sensations éprouvées, ils demeuraient immobiles, dans un angle du salon, ne pensant plus à se réfugier au fumoir, comme ils en avaient formé le projet.

De nouveau le piano résonna et, radieuse dans sa blanche toilette, debout au milieu de l'auditoire, le fascinant par sa beauté autant que par son talent, Jenny Hawkins promena un long regard de domination sur ses auditeurs. Elle chantait, maintenant, les douloureuses plaintes de la *Traviata*, quand la pauvre femme sent la mort l'effleurer de son aile. Les adieux à la vie, au bonheur, à l'amour, s'échappaient de ses lèvres, en phrases déchirantes et mélodieuses. Soudain, au moment où Jenny Hawkins prononçait les paroles dernières et égrenait, avec un sentiment poignant, les notes de la cadence finale, ses yeux demeurèrent fixes, une pâleur s'étendit sur son visage, son bras se leva et traça, dans le vide, un geste épouvanté, la voix expira sur ses lèvres et, adossée au piano, comme pour y prendre un point d'appui afin de ne pas tomber en arrière, la chanteuse demeura immobile, effrayante, dans sa pose de tragique terreur.

Un homme venait de paraître dans l'encadrement des portières de soie du salon. Et triste, pâli, maigri, spectre redoutable et douloureux, elle venait de reconnaître Jacques de Fréneuse. Les auditeurs, saisis par ce spectacle, bouleversés par l'attitude de la chanteuse, attribuant à l'inspiration ce qui n'était que l'effet de l'épouvante, éclatèrent en transports d'admiration. Mais, déjà, miss Harvey s'était approchée de Jenny Hawkins et lui prenait les mains, la questionnant :

— Qu'avez-vous, madame, souffrez-vous ?

— Rien ! balbutia la chanteuse... Rien !

Et, de son regard terrifié, elle indiquait, à la jeune fille, l'étranger debout, immobile dans l'encadrement des portières de soie. Celui-ci souriait, maintenant, sûr de son pouvoir. Il ne regardait plus

Jenny Hawkins. Ses yeux s'étaient fixés sur une autre morne figure, dont il suivait avec une âpre joie les grimaçantes déformations. Debout, lui aussi, Sorège se demandait s'il perdait la raison, ou si quelque miracle avait fait sortir de la tombe celui qu'il y avait enfermé vivant. Lui aussi, il avait suivi le regard de Jenny Hawkins et avait aperçu le formidable visiteur.

Il passa une main sur son front et fit un pas en arrière, comme pour fuir, mais brusquement il vit Tragomer et Marenval qui l'observaient. Il eut la force de penser : Je me perds. Un peu de résolution et je vais échapper à ce danger. Que peuvent-ils contre moi ? Et moi, je peux tout contre lui ! Au même moment, l'étranger salua de la tête Tragomer qui se levait pour aller à sa rencontre, et tous deux, traversant le salon, s'avancèrent vers le piano. Là se tenaient miss Maud et Jenny Hawkins. Vers laquelle marchaient-ils d'un pas si tranquille ? Était-ce vers la maîtresse de la maison, pour la saluer, ou vers la chanteuse, pour la perdre ?

Voyant ces deux hommes aller à elle, Jenny Hawkins laissa échapper une sourde plainte. Il lui sembla que son cœur cessait de battre et que ses yeux venaient de s'éteindre. Elle ne regardait plus et ses oreilles ne percevaient que de vagues bruits. Elle entendit confusément Tragomer qui disait :

— Miss Maud, permettez-moi de vous présenter un de mes amis, sir Herbert Carlton…

À ces mots, Jenny Hawkins éprouva une impression de soulagement délicieux, une lueur d'espoir rendit la clarté à son cerveau. Elle recommença à penser, à comprendre. N'avait-elle pas été le jouet d'une illusion ? Pourquoi ce jeune homme, qu'on nommait Herbert Carlton, serait-il Jacques de Fréneuse ? Ne pouvait-il y avoir là une ressemblance extraordinaire et terrible ? Elle en avait failli mourir. Elle n'osa cependant pas regarder le nouveau venu, qu'elle devinait à deux pas d'elle. Elle dirigea ses yeux vers Sorège et, avec terreur, elle le vit aussi bouleversé, aussi tremblant qu'elle.

Dans l'angoisse de sa physionomie, elle pressentit le désastre imminent. Il croyait donc, lui aussi, que la victime avait pu s'échapper malgré toutes les précautions prises, les infamies consommées, les crimes commis ? Il n'admettait pas que le prétendu Herbert Carlton pût être un autre que Jacques de Fréneuse. Elle souffrit tellement de ne pas savoir, qu'elle voulut, au risque de se perdre, voir l'homme, le voir en face, jusqu'au fond du cœur, pour découvrir sa pensée véritable. Elle leva les yeux et regarda.

À portée de la main, plus pâle encore de ses émotions contenues, aux côtés de Tragomer grave et attentif, elle reconnut Jacques. C'était lui. Il le lui avouait, par le regard qu'elle connaissait si bien, par le mouvement des lèvres qu'elle avait aimées, par le parfum coutumier qui venait jusqu'à elle. Elle frémit, sûre, cette fois, et, résignée, attendit son arrêt. Elle ne résistait plus à la fatalité. Une force supérieure s'imposait, et ayant tant lutté, tant fui, tant craint, comme la bête traquée qui se voit prise, elle se repliait sur elle-même et, passive, offrait sa gorge au coup mortel.

Soudain, la voix de Jacques s'éleva, et, cette fois, toute erreur était impossible.

— Je remercie doublement M. de Tragomer, puisqu'il m'a procuré l'honneur de vous être présenté, miss Harvey, et le plaisir d'entendre chanter la grande artiste qu'est miss Hawkins.

— Vous habitez Londres, sir Carlton ? demanda Maud.

— Depuis une semaine. Je suis un pauvre provincial. J'arrive du fond d'un pays perdu, où des revers de fortune m'avaient contraint à vivre. J'étais seul, abandonné, malheureux. Mais des amis se sont souvenus de moi, et m'ont tiré de mon désert. Aussi jugez de la joie que j'éprouve, ce soir, miss Harvey, et de ma reconnaissance.

La voix était si triste, si douce, si tendre que Jenny Hawkins frissonna de douleur. Mais elle n'eut pas le loisir de s'attendrir longtemps. Avec une audace qui semblait devoir ne reculer devant rien, Sorège venait de se jeter dans la mêlée, et il prenait l'offensive.

— Vous avez chanté divinement, miss Hawkins, dit-il en regardant ses adversaires avec hauteur, et je comprends le bonheur de monsieur…

Il semblait interroger sa fiancée et solliciter une présentation. Miss Maud déféra à son désir.

— Sir Herbert Carlton, un ami de M. de Tragomer.

— Je m'en doutais, dit Sorège avec une superbe ironie. Mais est-ce que miss Hawkins ne complétera pas notre plaisir, en nous chantant le second couplet de cette exquise mélodie ?

— Dois-je vous en prier, miss Hawkins ? demanda Jacques.

Tremblante, en assistant à la rapide succession de ces épisodes, la chanteuse avait passé de la crainte à l'espérance, et de l'espérance au désespoir, avec une promptitude faite pour briser toutes les énergies. Cependant elle luttait encore. Elle se tenait droite, dans sa toilette blanche, et aucun de ceux qui la regardaient n'aurait pu soupçonner l'effroyable tempête qui bouleversait le cœur de la malheureuse. Un groupe était au milieu du salon, composé de trois hommes et de deux femmes, qui causaient avec une aisance et une tenue parfaites. Et les uns et les autres étaient en proie à la terreur ou à la colère. Les gestes étaient arrondis et moelleux. Les paroles étaient gracieuses et douces. Les cœurs grondaient de haine, et les bouches retenaient difficilement les provocations et les outrages.

— Je vais chanter, puisque vous le désirez, dit Jenny Hawkins.

— Messieurs, reprenez vos places.

Et miss Maud, suivant la promesse qu'elle avait faite à Tragomer, tirant à elle un siège, se posta près du piano, à deux pas de la chanteuse. Tragomer, Sorège et Jacques, comme d'accord, remontèrent vers la porte qui donnait dans la serre. Ils y pénétrèrent, et là, sans hésitation, avec une hardiesse qui stupéfia ses deux interlocuteurs, Sorège dit :

— Que signifie cette comédie, Jacques ? Pourquoi, ici, sous un faux nom et affectant de ne pas me connaître ? Que veut dire cette défiance ? Doutais-tu de la joie que j'aurais à te revoir, et comment t'es-tu fié à Tragomer, plutôt qu'à moi, dès ton arrivée ?

En une phrase, la situation se trouvait nette et débarrassée de toute équivoque. Sorège était audacieux, mais Jacques ne pouvait plus être sa dupe. Il le connaissait maintenant. Il répliqua aussi nettement qu'il avait été questionné.

— Je suis, ici, sous un faux nom, Sorège, parce que je suis un malheureux, qui ne peut plus porter son nom véritable. Je me défie de toi, parce que je ne suis pas sûr que tu n'aies pas contribué à me perdre, et que tu ne sois pas prêt à me trahir.

— Moi, cria Sorège, moi, ton ami d'enfance, moi, qui ai pleuré ton malheur, comme s'il était mien !

— Et qui continues à ne rien faire pour le réparer, interrompit rudement Jacques. Depuis combien de temps, Sorège, sais-tu que Jenny Hawkins est la même femme que Léa Pérelli ?

Il le regardait en face, l'autre ne sourcilla pas.

— Es-tu fou ? Quoi ! Cette Américaine ! Léa Pérelli ! Hélas ! Tu sais bien qu'elle est morte ! Une ressemblance, qui m'a frappé, t'abuse. Oh ! je sais bien qu'il y a une similitude de traits incroyable !

Il fut interrompu par Tragomer qui lui posa sa main sur le bras et dit, avec tristesse, car il le voyait perdu :

— Ne mentez pas, Sorège. Vous savez bien que vous m'avez avoué, à moi, que Jenny Hawkins était Jeanne Baud... Vous ne pouvez plus vous tirer d'affaire que par la franchise. Si vous avez commis une faute, expliquez-la, sans réticences. Peut-être, Jacques pourra-t-il avoir de l'indulgence. Mais n'essayez plus de nier. C'est inutile. Chaque pas que vous ferez, à présent, dans cette voie, vous perdra plus sûrement...

— Me perdra ! interrompit Sorège avec violence. Mais quel étrange renversement des rôles ! C'est moi qui serai perdu ! Moi qui n'ai rien à me reprocher...

— Tandis que moi, n'est-ce pas, ajouta Jacques, en riant amère-ment, j'ai été convaincu d'un crime ! Oui, Sorège, tu as raison. Si je suis coupable, tu es innocent !

— Jacques ! Est-ce possible ! Tu m'accuses. Tu me soupçonnes. Mais de quoi ?

— Je vais donc te le dire, puisque tu as l'audace de me le deman-der, puisque tu n'as pas disparu, en me voyant, pour te dérober à tes responsabilités, et puisque, contre toute évidence, tu luttes en-core. Je t'accuse d'avoir connu, dès le premier instant, l'existence de Léa, quand on me jugeait pour l'avoir tuée. Je t'accuse d'être venu, en cour d'assises, sous la foi du serment, déposer sans dire la vérité, ce qui est un crime pour tout honnête homme, mais ce qui, pour toi, Sorège, mon ami, mon frère, comme tu le disais tout à l'heure, est la plus basse et la plus lâche action qui se puisse commettre. Voilà ce dont je t'accuse, puisque tu tiens à le savoir.

Sorège avait supporté cette terrible apostrophe avec une fermeté absolue. Il n'écoutait pas. Il n'avait pas besoin d'écouter. Il savait, d'avance, ce que Jacques allait dire. Il tâchait de gagner du temps, pour réfléchir. Il pensait : il sait que Léa est vivante, il sait qu'elle s'est substituée à Jeanne Baud. Mais sait-il que c'est Jeanne Baud qui est morte ? Tout est là. Si ce point est encore obscur pour lui, rien n'est perdu. Léa est vivante, mais ce n'est pas un crime de vivre. Et moi, je puis n'avoir appris son existence que plus tard. Voilà le plan. Avec une rapidité merveilleuse, de la conception il passa à l'exécution.

— Folie ! Folie ! s'écria-t-il. Tu es abusé par des apparences trompeuses. Si je n'ai rien dit, au moment du procès, c'est que je ne savais rien. Tu as reconnu Léa Pérelli dans Jenny Hawkins. Tragomer aussi l'avait reconnue. Mais j'ai été sa dupe, plus longtemps que vous, et ce n'est qu'à la fin de mon voyage, lorsque Tragomer m'a rencontré à San-Francisco, que j'avais réussi à découvrir l'identité de la chanteuse. Mais j'ai été trompé, comme vous !

Et, tout en parlant, il continuait de penser. Avec la dextérité d'un habile tisserand, il entre-croisait les fils de son intrigue. Il faut que je sorte indemne d'ici, et que je voie Léa avant eux. Si je puis causer, un quart d'heure, avec elle, je lui ferai comprendre qu'elle doit partir. Elle disparue, je suis sauvé.

— Toi ! reprit Jacques, toi, trompé ? Non, Sorège, tu n'as jamais été dupe. Pour une raison que j'ignore, tu avais intérêt à ne rien dire. Car je ne vais pas aussi loin que je pourrais aller, comprends-tu, et je ne vois encore, en toi, qu'un ami infidèle, qui m'a abandonné au lieu de me défendre. Mais si, pour ton malheur, tu as été complice...

La physionomie de Jacques prit une expression terrible. Il se leva et, résolu, menaçant, il dominait ainsi, de toute la tête, Sorège courbé et hésitant :

— Si tu as été complice, il faudra que tu me paies toutes les tortures que j'aurai endurées à cause de toi, les prières de ma sœur désespérée, les larmes de ma mère, dont la vie aura été brisée par ta faute...

Le visage de Sorège se crispa, un pli amer contracta ses lèvres, et, avec une rage qu'il ne pouvait plus contenir :

— Assez de menaces ! J'ai été trop patient ! Si ta sœur et ta mère ont pleuré, c'est sur tes folies, et nul autre que toi n'en est responsable. Si tu as souffert, c'est parce que tu avais commis d'impardonnables fautes. Cesse donc de déplacer les responsabilités. Le bagne fait-il, miraculeusement, un saint d'un malheureux perdu de vices ? Et parce que tu as été condamné, as-tu acquis le droit de juger les autres ? Ne perdons pas, plus longtemps, le sens commun. Il y a ici un honnête homme, indignement traité, mais ce n'est pas toi ! Aussi bien, je suis las de supporter tes outrages. Tu prétends avoir le droit de me poursuivre de ta vengeance. Moi je proteste que tu es fou, et je le prouverai si tu m'y contrains. Crois-moi, sois prudent, n'abuse pas du bonheur que tu as eu de t'évader. Le bruit ne convient pas à tout le monde. Et il vaudrait mieux vivre paisiblement, sous le nom anglais dont tu t'es servi, ce soir, que d'attirer sur toi une attention qui pourrait être périlleuse. Tu m'as repoussé, Jacques, et j'étais disposé à te servir. Je suis dégagé de tout devoir envers toi, maintenant. Adieu !

Il fit trois pas vers le salon, et il touchait déjà, de la main, le bouton de la porte, mais elle s'ouvrit d'elle-même. Marenval et Vesin parurent sur le seuil. Une bouffée de chaleur parfumée, un murmure de voix charmées, un bruit d'applaudissements parvinrent jusqu'à la serre. C'était Jenny Hawkins qui finissait de chanter.

— Fermez la porte, Marenval, je vous prie, dit froidement Tragomer. M. de Sorège voudrait trop audacieusement prendre congé de nous. Mais il nous croit plus naïfs que nous ne le sommes.

— Prétendez-vous me contraindre ? s'écria Sorège.

— Vous contraindre ? Quel terme violent ! Non, mais nous avons le dessein de continuer avec vous la conversation, devant M. de Vesin, avocat général à la cour de Paris – oh ! rassurez-vous, en vacances à Londres et nullement magistrat, en cette occasion, mais simple touriste, – et notre cher Marenval que vous connaissez bien. Plus il y aura de témoins de ce que nous avons déjà dit et de ce que nous sommes décidés à dire encore, mieux cela nous ira. Nous sommes, à l'inverse de ce que vous conseilliez à l'instant, décidés à faire autant de bruit que possible. Et Jacques ne se changera pas, pour vous être agréable, en sir Herbert Carlton à perpétuité, afin, par cette ingénieuse substitution, de faire pendant à Jenny Hawkins. Non, Sorège, nous ne donnerons plus dans vos chausse-trappes. Ce temps-là est passé. Vous êtes percé à jour. Et lorsque Jacques aura eu un entretien d'une heure avec Léa Pérelli, il sera, soyez-en sûr, en état de vous confondre et de se réhabiliter.

Sorège fit un geste si menaçant que Tragomer se jeta devant Jacques. Autour de lui, ils étaient quatre, et tout espoir de leur échapper lui parut perdu.

— Misérables ! cria-t-il, vous abusez de la force et du nombre, pour me séquestrer...

— Allons donc, monsieur, dit Marenval, vous vous moquez. Vous appelez être séquestré rester dans une serre délicieuse, en compagnie de gens comme il faut. Au surplus, nous allons, si vous le voulez, appeler miss Maud Harvey et la prier de vous garder auprès d'elle, jusqu'à ce que miss Hawkins soit partie, et notre ami Fréneuse à sa suite. Dès que cette double sortie sera effectuée, vous aurez toute latitude pour rentrer dans les salons et souper avec les hôtes de monsieur votre beau-père. Ne faites donc pas la mauvaise tête. Et tout se passera correctement.

Sorège pensa : Si je peux être libre dans une heure, tout sera peut-être encore réparable. Il dit :

— Je n'ai rien à craindre. Vous ferez ce qu'il vous plaira. Je n'avais pas l'intention de m'éloigner d'ici, mais vous m'avez violenté, insulté, et je compte que vous m'en accorderez réparation, si ceux de vous qui ont encore de l'honneur ont un peu de courage.

Il regardait dédaigneusement Fréneuse, en parlant ainsi, et semblait provoquer Tragomer :

— Prends garde à toi, Sorège, s'écria Jacques. N'aie pas trop d'exigences, ce soir, car, demain, il te restera peut-être si peu d'honneur que ce sera te faire une charité que de répondre à ta provocation.

Il échangea un dernier regard avec son ennemi et, saluant Vesin, il sortit de la serre. Entourée d'admirateurs, Jenny Hawkins, un sourire sur les lèvres, se tenait au milieu du salon. Elle vit de loin Jacques s'avancer vers elle et frémit, mais elle ne bougea pas. Ses bras tombèrent le long de son corps, comme brisés, et son éventail palpita entre ses doigts tremblants, ainsi qu'un papillon blessé. Jacques venait, le regard fixe et impérieux. Il traversa les groupes, et, s'approchant d'elle, il réussit à l'isoler entre miss Harvey et lui. Il prononça, d'abord, des paroles banales de félicitations, puis, sûr de n'être entendu que par elle :

— Vous allez rentrer chez vous et m'attendre. Dans une de-mi-heure, je viendrai. Donnez des ordres pour que je sois reçu.

Elle baissa la tête et répondit :

— Je vous obéirai.

— Bien.

Il recula d'un pas et, tout haut, en souriant à miss Harvey :

— Vous nous avez, ce soir, donné une fête rare, et miss Hawkins a chanté d'une façon divine.

III

Dans l'appartement de Tavistock-Street, miss Jenny Hawkins était de retour. Debout au milieu du salon, éclairée par les deux lampes de la cheminée, sa sortie de bal tombée à la taille, elle venait de renvoyer sa femme de chambre en lui disant qu'elle se déshabil-lerait seule, et elle guettait, dans le silence, l'arrivée du redoutable visiteur attendu. Un bruit de roues, dans la rue solitaire à cette heure tardive, un pas rapide dans l'escalier, une main impatiente qui heurtait le bois de la porte d'entrée, et, traversant le corridor obscur, elle alla ouvrir elle-même. Par les portières du salon en-trebâillées, une lueur filtrait qui lui permit de reconnaître Jacques, malgré son chapeau baissé sur les yeux, le collet de son paletot relevé jusqu'à la bouche.

Il entra brusquement, passa devant elle, s'arrêta dans le salon éclairé, sans même se retourner pour voir si elle le suivait, enleva son chapeau et son paletot, puis, s'adossant à la cheminée, il regar-da fixement celle qui possédait le secret d'où dépendait son salut. Elle, bouleversée, mais plus belle encore de son épouvante, dans sa blanche toilette, ses épaules splendides étincelant à la lumière, attendait, le front baissé, qu'il lui adressât la parole. Il dit avec un accent d'ironie terrible :

— Les morts peuvent revenir sur la terre, Léa, puisque vous voici vivante, devant moi, après que j'ai été condamné pour vous avoir tuée. Vous vous croyiez bien débarrassée du malheureux Jacques, n'est-ce pas ? Et vous dormiez tranquille, me sachant dans une tombe plus sûre que la vôtre. J'en suis sorti pourtant, moi aussi, et je viens vous demander compte de tout ce que j'ai souffert.

Elle hocha la tête et sourdement :

— Avez-vous été seul à souffrir ? La responsabilité de ce qui est arrivé est-elle à autrui ou bien à vous-même ? Est-il possible que vous ayez oublié ce que vous avez fait ? Êtes-vous sûr que vous soyez en droit d'accuser si sévèrement ? Deux ans, quand on souffre, passent lentement et l'on a le temps de réfléchir. Avez-vous examiné votre conduite, en même temps que vous jugiez celle des autres ?

— Malheureuse ! Vous me rappelez les heures les plus tristes de mon existence, alors que dans la solitude et le silence de mon bagne, je m'épuisais à chercher les causes de mon malheur. Pouvais-je juger ce que je n'avais pas le moyen de comprendre ? J'ignorais tout de ma destinée. Mon infortune était, pour moi, une énigme indéchiffrable. Et si lourdes qu'eussent été les erreurs par moi commises, elles ne pouvaient suffire à justifier l'excès de ma misère. Établir des responsabilités, comment y aurais-je réussi ? L'obscurité avait été si habilement faite autour de moi que rien n'aurait pu m'éclairer ! Léa Pérelli morte, pourquoi ? Comment ? Et de la main de qui ? Je me suis perdu dans le chaos de mes conjectures. Les juges, l'avocat, les jurés, nul n'a pu voir ce qu'il était matériellement impossible de soupçonner : un piège infâme, dans lequel un innocent était pris ; et, pendant qu'il s'y débattait fou de douleur et d'ignorance, la prétendue victime fuyait bien vivante, riait de la justice dupée, de l'innocence torturée, et se réjouissait, avec son complice, de ce que l'affaire avait été menée si gaillardement et poussée jusqu'à un dénouement si heureux ! Et moi, la tête pleine de ténèbres, ballotté, des juges qui me prenaient pour un scélérat endurci, en m'entendant nier éperdument, aux avocats qui me trouvaient stupide en me voyant me taire quand il aurait fallu me défendre, objet de risée pour les gardiens, d'horreur pour la foule, traîné dans la fange par les journaux moralisateurs, près de perdre la raison et de croire, moi-même, à mon crime, j'allais, de geôle en chiourme, échouer à Nouméa, parmi les bandits, sous un ciel de feu. Voilà ce que je devenais : le plus lamentable des êtres. Et pourquoi ?… Pour avoir eu le malheur d'aimer une créature féroce, qui se faisait un jeu de mes souffrances, et s'applaudissait de mon abjection !

Léa leva le bras, et, pour la première fois, regardant Jacques de ses yeux encore troubles de terreur :

— Non, pas pour avoir eu le malheur de l'aimer, répliqua-t-elle, mais pour avoir eu l'indignité de la trahir !

À ces mots, première lueur dans l'obscurité qui, depuis deux ans, l'enveloppait, Jacques bondit et, toute son intelligence tendue pour pousser plus avant la pénétration du mystère :

— Ah ! tu commences donc à avouer, infâme ! Tu voulais te venger ?

— Oui, répliqua Léa avec force. Je l'ai voulu, mais tu m'y avais forcée. Et le hasard a été, pour les trois quarts, dans ce qui est arrivé.

— Je vais donc enfin savoir ! cria Jacques avec une sorte de délire. Je te tiens là, maudite, et tu parleras, entends-tu, quand je devrais t'arracher ton secret du cœur avec mes ongles ! Oh ! je serai sans pitié, comme tu l'as été. Ne compte sur aucune grâce. Tu vas tout dire, ou, sur l'honneur, je te tue, et cette fois tu ne ressusciteras pas !

Il se dressait effrayant et son visage exprimait une résolution implacable. Mais Léa semblait devenir plus calme, à mesure qu'il se montrait plus exalté. Elle s'assit lentement sur un siège, près de lui, et avec douceur elle dit :

— Il est inutile que tu me menaces, je suis résolue à parler. Si tu n'étais pas venu à moi, et que j'eusse connu ta présence à Londres, je serais allée te trouver. Il y a trop longtemps que ce secret pèse sur ma conscience et que le remords me torture. Tu parles de ce que tu as souffert, tu vas apprendre ce que j'ai souffert, moi aussi, et après tu compareras. Ta servitude n'était peut-être pas plus dure que ma liberté. Car toi tu avais le droit de pleurer, de maudire, et moi il me fallait briller, charmer et enfermer ma douleur en moi-même. Je n'ai pas été seule coupable, mais je crois bien que j'ai été seule à expier.

— Tu avais des complices ? demanda Jacques.

— Un seul.

— Sorège ?

— Oui.

— Le misérable ! Pourquoi m'a-t-il perdu ?

— Parce qu'il m'aimait !

Jacques demeura immobile, silencieux, respirant à peine, tant il était oppressé par l'angoisse de ce moment solennel. Enfin il ajouta :

— Mais toi, Léa, pourquoi t'es-tu prêtée à son infamie, pourquoi as-tu contribué à me perdre ?

Elle dit d'un ton farouche et désespéré :

— Parce que je t'aimais !

— Et c'est pour cela que tu m'as condamné à un supplice pire que la mort ?… Qui donc était la femme assassinée et que t'avait-elle fait celle-là ?

— Ce que tu m'avais fait toi-même. Elle me trahissait effrontément, elle allait partir avec toi, elle m'insultait de son triomphe, elle raillait ma jalousie. Elle me bravait, enfin !

Jacques frémit, il venait de comprendre. Il murmura, comme effrayé :

— C'était Jeanne Baud ?

— Oui, c'était elle !

— Et qui donc l'a tuée ?

Elle releva orgueilleusement le front et, avec un air terrible, elle répondit :

— Moi !

— Toi, Léa, malheureuse ! Et comment cela ?

— Tu vas le savoir !

Un silence s'établit, troublé seulement par la respiration haletante de Léa. Le murmure de la ville endormie s'éteignait, et de rares voitures roulaient sourdement au loin. Jacques s'assit, morne et las, sur le canapé, et, sûr d'apprendre, maintenant, ce qu'il avait tant désiré connaître, il s'apprêta, sans hâte, à écouter. La femme, penchée vers lui, le visage assombri par une émotion violente, les coudes sur ses genoux, balançant son corps, dans un mouvement inconscient, d'une voix saccadée, parla :

— Tu sais combien je t'ai aimé et de quelle passion exclusive. Pendant deux ans, tu as été toute ma vie. Mes habitudes, mes goûts, mes caprices, j'ai tout subordonné à ta fantaisie, et jamais roi n'a été plus complaisamment adulé par une favorite, qui avait tout à espérer de lui, que tu n'as été choyé par une maîtresse qui n'avait rien à attendre de toi. Je n'étais pas vénale, je ne t'ai jamais demandé d'argent. J'ai vécu de ta vie, et si tu as dilapidé ta fortune, rends-moi cette justice que je ne t'y ai point poussé, et que je n'y étais pour rien. Tu m'as aimée, toi aussi, et l'amour, c'est toi qui me l'as révélé. Avant toi je n'avais connu que des indifférents : mon mari, des bellâtres de mon pays, qui n'avaient aucun pouvoir sur mes sens. Toi, le premier, tu m'as rendue folle. Et je me suis attachée à toi avec une ardeur égale au bonheur que tu me donnais. Tu m'amenais tes amis, tu paraissais fier de ma beauté et de l'admiration que j'inspirais. Tu n'étais pas jaloux, et tu avais bien raison. Pourquoi l'aurais-tu été, tu savais que j'étais à toi exclusivement, et qu'un autre homme ne pouvait exister pour moi. Tous les compagnons de ta vie dissipée m'ont fait la cour, je puis te le dire, tous, excepté Tragomer qui se défiait de moi. Tu l'as su de tous, excepté d'un seul. Car celui là, du premier jour où il m'avait parlé, je l'avais jugé, et il me faisait peur…

— Sorège ? demanda Jacques.

— Sorège, répéta Léa. Celui-là n'était pas un viveur insignifiant comme les autres. Il s'imposait par l'originalité de son attitude et l'ironie de sa parole. Il ne pouvait passer inaperçu et, quand on l'avait rencontré une fois, il fallait se souvenir de lui, fût-ce pour le haïr. Il ne m'inspira que de la crainte. Il s'approcha de moi et, avec des manières cauteleuses trouva moyen de m'exprimer ses sentiments, sans qu'aucun aveu, clairement fait, vînt le compromettre. Il savait se garder contre une révélation et, si j'avais eu l'idée de me plaindre de ses tentatives, il aurait eu le droit de me mettre en demeure de répéter ce qu'il m'avait dit, sans qu'il fût possible d'y relever rien d'incorrect. Je n'osai pas plaisanter avec toi de ses obsessions comme je l'avais fait pour tous les autres. Sûr de l'impunité, il ne se contraignit plus, et me déclara que, par un moyen ou par un autre, il m'obtiendrait. Je lui répondis avec dédain et mes paroles durent le faire atrocement souffrir, car, pour la première fois, je le vis perdre son impassibilité. Il pâlit, et, avec des menaces affreuses, il me jura que, dût-il te tuer, il me rendrait libre d'être à lui. Car, ajouta-t-il, il savait bien que la passion que j'avais pour toi m'empêchait de lui céder de bonne grâce.

— Le lâche, dit Jacques, la figure contractée par la fureur. Pourquoi ne m'as-tu rien dit ?

— Parce que tu commençais à te détacher de moi, que je le sentais, et que lui ne manquait aucune occasion de me le prouver. Il jouait le rôle de Iago, avec une science atroce. Seulement c'était Desdémone qu'il assassinait de ses confidences empoisonnées. Tout ce que ta confiance, trop grande, lui révélait de tes affaires ou de tes plaisirs, il accourait me le répéter. J'aurais dû le chasser, car il me torturait. Mais j'avais soif de savoir, et je me prêtais à ses délations, croyant en tirer parti pour te conserver plus facilement. Il riait, cependant, lui, l'atroce personnage, et cyniquement comptait les jours qui me restaient à être heureuse. Nos entretiens étaient des débordements d'injures. Je le chargeais de malédictions, lui m'insultait grossièrement de ses certitudes de me posséder. Et nous nous quittions, chaque fois, plus exaspérés l'un contre l'autre. C'était au moment où notre ménage allait le plus mal. La gêne était venue, les dettes s'accumulaient, les créanciers se faisaient pressants. Et toi, plus fou que jamais, enragé de jeu, passant tes nuits au cercle, tes journées aux courses, tu me délaissais complètement. J'étais abandonnée par l'amant que j'adorais, traquée par l'homme que je haïssais, et, sans défense, sans secours, livrée aux inspirations violentes de mon esprit exaspéré. Tout était danger pour moi. À ce moment précis, je fis la connaissance de Jeanne Baud. Elle voulait aborder la carrière italienne, et me demanda de l'aider à corriger sa mauvaise prononciation. J'étais sans occupation, traînant dans l'ennui l'inutilité de mes jours. Je pensai que donner des conseils à cette charmante artiste serait une distraction. Et par exception, moi qui n'avais jamais reçu de femme, je la laissai venir chez moi. Tu te la rappelles, n'est-ce pas, jeune, gaie et rieuse, vivant insoucieuse de tout, avide seulement de plaisir, et s'y donnant avec folie. Jamais je n'avais eu d'amies que des femmes comme il faut, quand je vivais encore dans le monde. La vivacité des effusions de Jeanne me parut singulière, mais elle était si attentionnée, que je mis sur le compte de l'amitié ce qui devait être attribué à la passion. J'étais malheureuse, j'avais, en cette aimable fille, une compagne de tous les instants, qui comblait le vide de mon existence. Je m'attachai tendrement à elle. Mais je ne soupçonnais pas encore comment elle m'aimait. Ce fût un soir que nous revenions, toutes deux, de l'Opéra et qu'elle m'avait reconduite chez moi, que j'eus la révélation foudroyante de ce qui se passait dans son cœur. Je t'attendais.

Nous venions de souper toutes les deux, lorsqu'on sonna à la porte.

— C'est Jacques, m'écriai-je. Il aura oublié sa clef. Attendez ici, je vais lui ouvrir.

Je gagnai le vestibule et, à travers la porte, je demandai :

— Jacques, est-ce toi ?

Ce fut la voix de Sorège qui répondit :

— Non, c'est moi, j'ai besoin de vous dire un mot, j'entre une seconde, et je pars.

J'avais bien envie de le congédier, mais la présence de Jeanne me rassurait. Je n'avais rien à craindre. J'ouvris. Il entra dans le salon sans se douter que je n'étais pas seule. Il me dit, tout de suite, sans même s'asseoir :

— Vous attendez Jacques ? Il ne viendra pas.

— Et pourquoi cela ?

— Parce qu'il est ailleurs.

— Au cercle ?

— Non. Il vient d'en partir.

Il riait, en parlant ainsi, le monstre, sachant bien tout le mal qu'il me faisait. Je blêmis. Il s'en aperçut et me dit :

— Regardez-vous donc dans la glace, Léa, voyez votre visage bouleversé. Jacques vous fera mourir, si vous ne prenez le parti de le quitter. Il vous trompe cependant assez pour que vous lui rendiez la pareille.

Je criai :

— Taisez-vous, misérable ! Vous savez bien que si je le trompe jamais, ce ne sera pas avec vous.

— Allons donc ! Vous y viendrez, ma belle, et plus tôt que vous ne croyez. C'est mathématique ! Vous serez à moi. C'est Jacques, lui-même, qui y travaille. Une admirable créature, comme vous, ne se résigne pas éternellement à l'abandon. Être trompée pour des vieilles dames comme la Deverrière et la Trésorier, ou des haridelles, comme...

Je l'interrompis furieusement :

— Jacques fût-il mille fois plus infidèle qu'il n'est, je ne le tromperais pas avec vous. Avec d'autres peut-être ! Oui, si je savais que cela pût vous faire souffrir, vous qui vous ingéniez à me torturer !

Il eut un mouvement de colère, et d'un geste brusque, me saisissant à plein corps, il balbutia :

— Tout de suite, alors ! Je vous tiens et je vous prends !

Il était fort et m'avait jetée sur le canapé. Je me débattais avec rage et je lui crachais ma haine, avec des injures, en luttant, lorsque la portière de la salle à manger se leva et Jeanne parut disant tranquillement :

— Eh bien ! Monsieur de Sorège, ne vous gênez pas ! Voulez-vous que je vous aide ?

L'effet fut immédiat. Il se redressa exaspéré de sa déconvenue, tremblant de ses efforts, et, sans dire une parole, mais jetant, sur Jeanne et sur moi, un mortel regard, il sortit. Moi, les nerfs tordus, le cœur brisé, j'éclatai en sanglots. Jeanne, à genoux près de moi, s'efforçait de me consoler. Mes larmes coulaient sans fin, et elle les essuyait avec ses baisers. Ses étreintes se resserraient à mesure que ses paroles devenaient plus tendres. J'étais dans ses bras, sans savoir ce que je faisais, et, sans penser à ce qu'elle me disait, je l'écoutais stupide, avec cette sensation unique, que c'était bon d'être aimée et que la douceur des caresses que je recevais valait mieux que l'énervement des attentes d'un amant infidèle. Le temps passait. L'espoir de te voir venir s'éloignait. La tendresse de Jeanne m'engourdissait. Elle m'offrait de rester, près de moi, avec une voix si suppliante, que je ne résistai pas. Et puis, c'était une femme, et il me semblait que je n'étais pas coupable envers toi qui semblais prendre à tâche de légitimer mes représailles. J'eus honte le lendemain, je voulus ne plus revoir cette folle, mais elle pleura à son tour, et je compris que les douleurs que j'avais souffertes par toi, j'allais les lui faire endurer à elle. Et puis, je trouvais doux d'avoir un cœur dévoué à qui confier ma peine, et, moitié par faiblesse, moitié par bonté, je ne la repoussai pas. Six mois se passèrent ainsi, les plus mauvais de ma vie. Je t'aimais plus passionnément peut-être, depuis que je ne t'appartenais plus exclusivement. Il semblait que mes sens se fussent affolés, et, à la pensée que tu pourrais te séparer de moi, j'étais prête à accepter la mort. Tu te souviens de la fin de cette terrible période où tu passais au jeu tes nuits et tes jours, atteint d'un vertige qui te conduisait au gouffre où devait tout sombrer : ta fortune, ton honneur, ta vie. Sorège, qui avait reparu près de moi, comme si rien ne se fût passé entre nous, et que je n'osais chasser dans la crainte que tu t'en étonnasses, me tenait au courant de toutes les phases de la terrible partie engagée par toi. Il était redevenu souriant et ne me parlait plus d'amour. J'aurais dû tout craindre. Mais une sorte d'hébétude m'accablait. Je n'étais vraiment pas, à cette époque-là, en possession de ma raison. Mes nerfs étaient tendus outre mesure, et je vivais dans une absence d'équilibre moral qui me mettait à la merci des impulsions de mon désespoir ou de ma colère. Je te vis arriver, fou d'angoisse, ayant perdu tout ce que tu avais réalisé et devant payer une somme importante à la caisse du cercle, sous peine d'expulsion. Je te donnai mes bijoux, pour les engager. Je t'aurais donné ma vie, si tu me l'avais demandée. C'est alors, écoute bien cela, que se produisit cette effroyable péripétie qui, en me jetant hors de moi-même, amena tous les désastres.

La voix enrouée par l'émotion que lui causait le rappel de ces terribles souvenirs. Léa s'arrêta un instant. Jacques, impassible, ne l'interrompait plus, pris par l'intensité poignante de ce récit. Ni les souffrances imméritées de sa maîtresse, ni ses joies criminelles, ne lui avaient arraché un soupir. Il était resté muet, devant l'affirmation de la jalousie, insensible aux aveux de la trahison. Il était sans remords, il avait expié. Sa pitié, il la réservait pour lui-même. Il aurait voulu hâter la fébrile abondance de Léa racontant la tragique aventure. Ce qu'elle disait de Sorège, de Jeanne, d'elle et de lui-même, qu'importait ! Ce qu'il était avide de savoir c'était comment il avait été perdu, et comment il allait pouvoir se réhabiliter. Léa passa son mouchoir de dentelle sur son front humide, et comprimant son cœur, qui battait à l'étouffer :

— Voici ce qui arriva d'imprévu et de monstrueux. Le lendemain du jour où je t'avais donné tout ce que je possédais, vers quatre heures, j'eus la visite de Sorège. Il se présenta froid, le visage fermé, comme impressionné par un événement grave. Il s'assit et me regarda en silence, avec une expression de pitié, que je ne lui avais jamais vue. Enfin il se décida à parler, et, dès les premiers mots, je criai de fureur. Il venait m'apprendre que tu étais l'amant de Jeanne, et que, sans espoir de te refaire ici, tu avais résolu de partir avec elle, pour Londres, où elle venait, à mon insu, de contracter un engagement. Quoiqu'il fût habitué aux excès de ma colère, Sorège parut effrayé. Il essaya de me calmer, avec sa bonhomie perfide.

— Je vous l'avais bien dit que l'heure viendrait où il vous faudrait compter avec un ami sincère. Vous voyez ce qu'est l'inconscience de votre amant et quelle est l'ingratitude de votre amie. L'un et l'autre vous insultent et vous trahissent. Hésiterez-vous à rompre la première avec Jacques, et à chasser cette drôlesse pour qui vous n'avez eu que trop de bontés ?

Je voulus protester, me débattre :

— Qui me prouve que vous ne me trompez pas ? Vous êtes capable de tout, pour arriver à vos fins. Comment n'aurais-je rien soupçonné, rien vu de leur intimité ? Et vous, n'avez-vous pas trop d'intérêt à mentir, pour que je vous croie si facilement !

— Il ne s'agit plus de discuter, dit-il froidement. Vous voyez bien que je ne les charge pas. À quoi bon ? Ils sont assez fous et assez coupables. Sachez donc que c'est de Jacques, lui-même, que je tiens les détails que je vous donne. Et jugez de leur précision. Jeanne, qui habite un appartement meublé, a donné congé, la semaine dernière. Ses malles sont faites depuis hier, et elle va les mettre à la consigne à la gare du Nord. Elle se dirige, elle, sur Boulogne. Lui, il partira par une autre ligne, et ira la rejoindre. Est-ce clair ?

Il parlait avec un tel calme que je n'essayai plus de discuter. Je ne doutais plus. La vérité m'accablait, et une colère folle commençait à bouillonner dans mon cœur. Je hurlais de rage, dans ce petit salon où j'avais vécu des heures si heureuses, en me voyant doublement trahie. Car je perdais tout à la fois : mon amie et mon amant. Sorège, impassible, sans me donner un encouragement, comme s'il comptait, pour son triomphe, sur l'excès de mon mal, m'écoutait et me regardait. Il dit :

— Mais est-ce que Jeanne ne doit pas vous revoir, avant de partir ?

— Je l'attends tout à l'heure. Mes domestiques ont congé, je comptais dîner avec elle. Elle ne viendra pas. Elle n'aura pas cette impudence !

— Hé ! Hé ! ricana Sorège. C'est une grande et délicate jouissance que d'assister à la mystification qu'on a préparée, et de railler la confiance stupide de celle que l'on trompe ! Je ne serais pas surpris qu'elle vînt vous embrasser, une dernière fois, avant de vous emmener votre amant !

— Malheur à elle ! criai-je.

— Bah ! Que pourriez-vous lui faire ? dit Sorège, en riant. Vous n'allez pas lui arracher les yeux, ou lui crêper le chignon ? Ce serait bien vulgaire.

Je ne lui répondis pas. Dans ma tête ébranlée et où mes idées semblaient se heurter, avec un bruit de vagues, des lueurs passaient sinistres. Je me sentais emportée par un vertige de meurtre. Sorège me dit :

— Je regrette beaucoup de vous avoir prévenue. Vous me paraissez en veine de faire des sottises. Allons, calmez-vous. Je viendrai, après dîner, voir comment vous serez. J'espère vous trouver plus raisonnable.

Il partit. Je restai affalée sur un divan, la tête dans les coussins, ressassant, jusqu'à la souffrance aiguë, tout ce que m'avait versé de venimeux dans la pensée, ce monstre, qui, j'en ai eu la conviction depuis, avait tout combiné pour me pousser à un acte de suprême démence. Un coup de sonnette me tira de mon engourdissement et me mit sur mes pieds. Je regardai la pendule. Elle marquait sept heures. J'allai ouvrir. C'était Jeanne. Elle entra gaiement, m'embrassa, dans l'obscurité du vestibule, chantonna, en me suivant dans le salon, et resta stupéfaite en voyant, à la demi-clarté du jour tombant, ma pâleur, mon désordre et mon angoisse :

— Qu'as-tu ? me cria-t-elle inquiète.

Je la regardais pendant ce temps-là et je voyais sa robe de voyage, son chapeau rond, son sac de cuir. La certitude que Sorège avait dit vrai s'imposait à moi, foudroyante. Je repris brusquement mon sang-froid, en présence de tant de duplicité. Je répondis avec calme, presque avec lassitude :

— J'ai la migraine, tu vois, je suis en robe de chambre. Si tu veux, nous ne sortirons pas pour aller dîner. J'ai ici de quoi improviser un bon repas. Nous resterons bien tranquillement au coin du feu, et tu me tiendras compagnie aussi tard que cela te plaira.

D'habitude, Jeanne accueillait une semblable proposition, en bondissant de joie. Elle resta froide et une ombre passa dans son regard.

— Dîner, oui, avec plaisir, comme je te l'avais promis. Mais passer la soirée avec toi, je ne le pourrai pas. J'ai rendez-vous, pour une affaire sérieuse, avec mon professeur de chant, le père Campistron. Il faudra que je te quitte à neuf heures.

Son hypocrisie me mit hors de moi. Je lui dis, en la regardant ironiquement :

— Tu es sûre que c'est chez ton professeur de chant que tu vas ?

Mon accent, mon attitude, la troublèrent soudainement. Elle recula d'un pas et balbutia :

— Mais qu'est-ce que tu me demandes-là ? Pourquoi te tromperais-je ?

Je marchai vers elle, jusqu'à la toucher, et poitrine contre poitrine, je lui dis :

— Parce que tu m'as trompée, déjà, et que tu me trompes encore, parce que tu es une infâme créature, qui, non contente de me voler ta tendresse, me vole aussi celle de mon amant !

Elle rougit, et, les dents serrées par la crainte et par la colère :

— Qui t'a dit cela ?

— Je le sais.

— C'est faux !

— C'est faux ? Tu pars avec lui pour l'Angleterre. Tu me l'emmènes, quand tu sais que je ne puis vivre sans lui, tu m'assassines, tu me…

Ma voix s'embarrassa dans ma gorge, et hors de moi, je restai devant elle, sans paroles, comme hébétée. Elle me crut impuissante, écrasée, et reprenant courage, avec un rire insultant, elle dit :

— Eh ! tu ne l'aimais pas tant, puisque tu l'oubliais très bien avec moi !

Elle me bravait, me reprochait ce qui faisait mon secret remords, elle me blessait au plus sensible de moi-même. Je reculai et, ne trouvant plus un mot assez flétrissant pour le lui lancer, de toute ma force je la frappai au visage. Elle poussa un cri sourd, devint livide, et, les yeux fous, se jeta sur moi, en grinçant des dents. Je sentis ses mains se nouer autour de mon cou et je perdis le souffle. Je me défendis, meurtrissant sa poitrine, lui donnant du genou dans le ventre, essayant de la renverser. Nous luttâmes ainsi, sourdement, sans un cri, soufflant la haine et le meurtre. Un brouillard s'étendait devant mes yeux. Je la saisis à la gorge et je la serrai, avec mes doigts, jusqu'à entrer les ongles dans la chair. Brusquement elle cessa de combattre et tomba sur le tapis. Je me jetai sur elle, comme une furie. J'avais perdu la notion de tout. En moi, ne survivait plus que l'instinct de la brute qui veut tuer pour vivre. Au bout d'un instant, je me lassai, et comme elle ne résistait plus, étendue inerte, je me relevai et les yeux encore hagards, je regardai. Elle était étendue immobile, le visage violacé par les coups, les yeux retournés, la bouche grimaçante, horrible et menaçante, encore. Je reculai. Instantanément l'épouvante entra en moi, avec le retour de ma raison. Je frémis, en voyant cette malheureuse immobile et convulsée. Je la saisis, je la voulus relever. Elle était lourde et molle dans mes bras. Je l'appelai, elle ne me répondit pas. J'allais crier au secours, voulant essayer de la ramener à la vie. La prudence m'arrêta. Je lui tâtai le cœur, penchai mon oreille sur sa poitrine. Je reculai épouvantée : aucun battement. Elle était morte ! Un désespoir immense s'empara de moi. Était-ce possible que je fusse devenue si criminelle ! Sans doute elle m'avait trahie, insultée, frappée. Mais je l'avais tuée. Et maintenant, qu'allais-je devenir ? Toutes les conséquences de mon acte se développèrent, en une seconde, dans mon esprit. Je me vis arrêtée, poursuivie, condamnée. Je fus prise d'une terreur indicible. Je voulus me soustraire, tout de suite, au sort qui m'attendait. Et, sans savoir où j'allais, mais fuyant ma victime, sans songer à me vêtir, sans argent, avec des pantoufles aux pieds, je m'élançai dans l'escalier et me sauvai. J'étais déjà arrivée à l'entresol, lorsqu'une main m'arrêta et une voix me dit brusquement :

— Et bien ! Léa, où courez-vous donc ?

Je restai stupide, sans réponse. C'était Sorège, qui, ainsi qu'il me l'avait annoncé, venait savoir ce qui s'était passé. Mon trouble, le désordre de mes vêtements, lui en apprirent, sans doute, autant qu'il fallait, car il me prit par le bras, et, tout bas, il me dit :

— Êtes-vous folle ? Que signifie cela ? Remontez avec moi.

Il me fit rentrer dans l'appartement, ferma la porte au verrou, pénétra dans le salon, le premier, car je ne voulais point passer devant lui, et voyant, dans les ténèbres envahissantes, Jeanne Baud étendue, il lâcha un juron et, se tournant vers moi :

— Voilà une fichue affaire ! Vous l'avez exécutée ? C'était une grande coquine, mais le procédé est brutal !

Je criai, poussée par un besoin de me disculper :

— Elle me frappait, tenez, voyez mes bras, mon cou, je n'ai fait que me défendre !

Il répondit, avec un flegme effrayant, en une telle situation :

— J'en suis convaincu. Mais la voilà morte tout de même. Et vous êtes perdue !

Je me jetai sur lui :

— Allez-vous m'abandonner ? Que deviendrai-je sans vous ? Sauvez-moi !

Et je fondis en larmes. Il me regarda avec tranquillité :

— Vous abandonner, moi ? L'avez-vous cru ? Vous ne me connaissez donc pas ? Je savais que vous auriez besoin de moi, à un moment donné. Et je vous ai prévenue que vous me trouveriez. Me voici, prêt à vous défendre.

— Hâtez-vous ! criai-je, tremblante de fièvre.

— Nous avons le temps. Il est huit heures. Vos domestiques ne rentreront pas avant minuit, et ils ne viendront, sans doute, pas dans l'appartement ?

— Non.

— Jacques seul pourrait venir. Il s'en gardera bien. Et pour cause. Nous sommes donc maîtres d'agir.

Il réfléchit un instant, puis il regarda la femme morte, et répéta plusieurs fois :

— Oui, c'est le seul moyen. Il n'y a que ce parti à prendre. Quoi qu'il arrive, c'est s'assurer le temps de fuir.

Il s'approcha de moi, et, me dominant de toute sa résolution ferme et lucide :

— Il est impossible de faire sortir ce cadavre d'ici. On le trouvera donc, fatalement, demain, quand vous serez partie. Mais on découvrira son identité, et vous serez poursuivie, reconnue et livrée. Il y a ici une femme morte, pourquoi serait-ce Jeanne Baud ?

— Qui donc à sa place ? demandai-je.

— Vous.

— Moi ! Comment serait-ce possible ? Vous perdez le sens !

Il poursuivit sans me répondre :

— Jeanne Baud a tout réglé pour son départ, elle disparaît, on ne la cherche pas. Il faut que la femme tuée, ici, soit Léa Pérelli. Sous le nom de Jeanne, Léa part pour Londres. Nul ne la connaît. Elle prend passage, sur un bateau, pour l'Amérique, et, pendant ce temps-là, agents de police, magistrats, toute la clique judiciaire s'escrime à débrouiller l'affaire que nous leur avons laissée sur les bras. Jeanne et Léa ont la même taille, la même allure. Seul le visage et la chevelure diffèrent. Mais le visage peut devenir méconnaissable. Et l'eau, qui sert à Léa, pour se blondir les cheveux, peut servir pour Jeanne. L'identité s'établit avec un flacon de teinture sur la tête et une balle de revolver dans la figure. La tête cassée d'un coup de pistolet, ou bien étranglée, Jeanne est toujours morte. Ce n'est que le genre de meurtre qui change. Peu de chose. L'important est de dépister les malins de la Sûreté. Et comment n'y pas réussir ? Une femme est trouvée morte dans son appartement, vêtue de ses habits. Comment douter que ce soit elle, et pourquoi aller chercher midi à quatorze heures ? Léa Pérelli est morte, et Jeanne Baud court le monde. Voilà le problème résolu. Qui donc pensait que cela serait difficile ?

Il rit, dans le silence, devant ma stupeur. J'avais suivi son raisonnement, j'en avais compris la redoutable habileté. Mais je lui criai :

— Et qui donc, si je pars, et si Jeanne Baud disparaît, aura commis le crime ?

— Ah ! Ah ! ricana-t-il. Vous devenez curieuse. Vous voilà prise à mon piège ! Vous demandez qui aura commis le crime ? Eh bien ! ce sera celui au profit de qui il a pu se commettre.

Je tremblai de comprendre. Il ne me laissa pas le loisir de douter :

— Qui donc est coupable, en tout ceci ? Qui donc vous a trahie indignement ? Qui donc, avec votre argent en poche, aurait enlevé une autre femme ? Qui donc, perdu de dettes, sans espoir, sans crédit, presque sans honneur, peut être moralement jugé capable d'avoir tué sa maîtresse ?

— Jacques ? criai-je avec horreur. Oh ! Jacques ! Jamais ! Jamais !

J'aime mieux me livrer, être emprisonnée, jugée, tuée. Mais une telle infamie ? Non ! non !

— Infamie semblable à la sienne ! C'est lui rendre la pareille ! Tout bonnement ! Que de scrupules vous avez, quand il en avait si peu ! Il vous plantait là, gaîment, au risque de vous faire mourir de désespoir et de colère. A-t-il hésité, lui ?

— Moi, je ne veux pas ! Non ! Je ne veux pas ! Laissez-moi !

Il devint alors rude et menaçant :

— Ah ! çà, en voilà assez ! Je suis bien bon de me donner tant de peine, pour vous convaincre. Je cherche à vous sauver et vous tenez à vous perdre. Libre à vous. Qu'est-ce que cela peut me faire, à moi ? Je suis votre dernier ami, le plus sûr, le seul dévoué. Dieu sait quelle responsabilité j'encours pour vous ! Et vous me rebutez ? Adieu !

Il fit un pas vers la porte, et, à la pensée de rester seule avec ce cadavre, je perdis toute énergie. Ma suprême honnêteté, battue en brèche par les arguments captieux de ce misérable, chancelait, prête à céder. Tout ce qu'il est possible de faire pour corrompre une âme qui résiste au mal et veut se réfugier dans le sacrifice, il le tenta. Et sa victoire fut bientôt assurée. Oh ! nuit effroyable ! Dont je revois encore les atroces occupations. Il fallut déshabiller la femme morte, lui mettre mes vêtements, mes souliers, mes bijoux. Enfin, à nous deux, nous dûmes accomplir la funèbre toilette de sa chevelure. Les sombres anneaux devinrent dorés, sous nos mains profanatrices. Tableau d'épouvante et d'horreur. Cette eau parfumée coulant sur le front pâle du cadavre. Ce travestissement macabre de la morte, pour le cercueil. Comment ai-je pu supporter cette épreuve sans que mon cœur se brisât ? Le reste se perd dans une sorte de brouillard. J'étais à demi morte, quand Sorège se servant d'un révolver que tu m'avais donné, tira, à bout portant, trois balles dans le visage de la victime, déjà endormie depuis plusieurs heures. Sorège m'habilla, inconsciente, avec la robe de Jeanne, me mit son chapeau sur la tête, un voile épais sur le visage, et prenant le sac de cuir, qui contenait ses papiers, me fit quitter ma maison. Il n'avait de tout ce qui m'appartenait pris que les reconnaissances du Mont-de-Piété, que tu m'avais rapportées, le matin même. J'ignorais alors l'usage qu'il en voulait faire. Il me conduisit au chemin de fer, dégagea, avec le bulletin de consigne trouvé dans le sac, les bagages de Jeanne, et me prenant un billet de première, il me mit lui-même dans le train de Boulogne. Là, me voyant en sûreté, il me dit :

— Descendez à l'hôtel du Casino, et attendez-moi. Demain soir, j'arriverai, pour vous donner des nouvelles.

Le train partait. Il m'adressa un dernier signe d'encouragement, et, presque évanouie de fatigue et d'angoisse, je quittai Paris, laissant derrière moi l'horreur d'un double crime : celui que j'avais commis et celui que je laissais commettre.

Jacques immobile, tremblant, regardait Léa avec plus de pitié que de colère. L'horreur de la situation dans laquelle la malheureuse avait été placée, le pénétrait lui-même. Il oubliait les conséquences affreuses qu'avait eues, pour lui, l'acte commis, et ne voyait que l'immédiat danger couru par sa maîtresse. Il dit d'une voix lente :

— Oui, tout était audacieusement combiné et devait réussir. Mon trouble et l'impossibilité, absolue pour moi, de soupçonner le sort de Jeanne, devaient concourir à assurer le secret. La femme trouvée morte chez Léa, vêtue des vêtements de Léa, pouvait-elle être autre que Léa ? Je n'en doutai pas moi-même. Moins ferme que toi, je détournai les yeux du cadavre quand on me le montra dans la salle sinistre de la Morgue, et ne le maniai pas, comme vous l'aviez fait. Il faut une grâce d'état, pour examiner, de si près, les morts ! Le cœur me leva, et je ne sus que pleurer, quand il aurait fallu discuter et inventorier. Et tu ne te disais pas tout cela, malheureuse, pendant que les heures s'écoulaient et assuraient ma perte !

— Si, Jacques, je me le disais. Mais Sorège était venu comme il l'avait annoncé. Et, retombée sous l'autorité si rude de mon complice, j'étais hors d'état de résister. Je l'essayai, dès la première heure. J'eus une crise de désespoir et de remords. Je le suppliai de chercher un moyen de te disculper, quand je serais à l'abri des poursuites, il ricana et avec une ironie affreuse :

— Que je m'amuse à tremper dans une aussi sale affaire pour innocenter M. Jacques de Fréneuse ? Allons donc ! Vous êtes folle ! Il s'est fourré dans la nasse, qu'il y reste !

— Mais sa mère, qui n'a rien fait, elle, et qui va pleurer toutes ses larmes, sa sœur qui est innocente, et dont l'avenir est brisé !

Il changea de visage et abandonnant son calme :

— Ne me parlez pas de sa sœur ! Vous me feriez regretter qu'il ne soit pas plus compromis ! Je les hais, ces gens-là, entendez-vous ! Et la sœur, plus que tous les autres. J'ai eu la hardiesse de l'aimer, et elle m'a méprisé, repoussé. Voilà ce que je n'oublierai jamais !

Il était, en ce moment-là, si atroce, si monstrueux, que je perdis la tête :

— Je ne veux pas rester à votre merci. Vous me faites peur. Votre amitié est aussi redoutable que votre haine. Laissez-moi partir, je deviendrai ce que je pourrai, mais séparons-nous.

Il me prit le bras, et, perdant toute mesure, il cessa d'être l'homme bien élevé que j'avais connu, et se montra brutal et grossier :

— Créature stupide, croyez-vous que je vais subir vos caprices ? Je suis votre maître, ne l'oubliez pas. Vous m'appartenez. Vous savez bien pourquoi je vous ai tirée de peine. C'est que je vous veux, et voilà tout. Qu'est-ce que cela pouvait me faire qu'on vous coupât le cou, pour avoir tué votre camarade, dans un accès de fureur jalouse ? Est-ce que j'ai pour habitude de me mêler des querelles de filles ? Je me suis donné la tâche de vous sauver, parce que vous me plaisez, que je veux vous posséder, et que je vais satisfaire ma fantaisie, tout de suite.

Il m'avait saisie. J'essayai de résister, mais j'étais trop épuisée, depuis deux jours, par les émotions subies. Je sentis ses lèvres sur les miennes. Je criai :

— Vous me faites horreur !

— Et moi je te trouve délicieuse !

— J'aime mieux mourir !

— On dit ça !

— Lâche !

Il desserra son étreinte, et d'un ton furieux :

— Assez de simagrées ! Ou, sur l'honneur, je sonne et je te livre au commissaire de police.

Léa se cacha la tête entre ses mains et, plus honteuse qu'elle n'avait été en racontant le meurtre, elle dit sourdement :

— J'eus peur, je cédai. Devant ma conscience, c'est ce que j'ai fait de plus abominable !

Dans le silence, Jacques et elle demeurèrent immobiles, pénétrés d'horreur. Enfin la malheureuse releva son front humilié et, d'un élan désespéré, se jetant aux pieds de celui qu'elle avait perdu :

— Oh ! Jacques, pardonne-moi, je t'en supplie. J'ai été infâme ! Mais tu vois bien que c'est lui qui a tout fait. N'est-il pas cent fois plus criminel que moi, quoiqu'il n'ait pas exécuté le meurtre ? Il l'avait préparé, assuré, presque conseillé. Oh ! pardonne-moi ! Je t'aimais tant et je t'ai fait tant de mal ! J'ai été lâche. J'aurais dû écrire aux juges, te disculper, me livrer. Je n'ai pas eu cette vertu. J'ai tremblé, j'ai fui, et, pendant ce temps-là, tu expiais ton infidélité par le supplice le plus douloureux que puisse endurer un homme. Jacques, je suis à ta discrétion, fais de moi ce que tu voudras. Ce Sorège, je l'abhorre. Il m'a violentée encore, hier, et j'aimerais mieux mourir que d'être à lui, surtout maintenant que je t'ai revu. Jacques, tu es toujours le même, toi, tu n'as pas changé, tu es toujours généreux et bon. Tu ne m'as pas dénoncée, quoique tu aies deviné mon crime. Je te tiens là, près de moi, je te sens, comme autrefois. Et je le comprends bien, même quand je te poursuivais de ma haine, je t'aimais toujours. Jacques !… Jacques !

Elle se roulait à ses pieds, sur ses genoux. Elle levait vers lui sa belle figure inondée de larmes et toute sa chair frémissait. Sa face souriante et enfiévrée se haussa jusqu'au visage de Jacques et, dans un mouvement de folle ardeur, les yeux fixes, elle lui tendit ses lèvres. Il l'éloigna doucement, se dégagea et la laissa devant lui, accablée de cette froideur qu'elle avait espéré vaincre :

— Il est tard, Léa, dit-il, la nuit s'avance. Il faut songer à demain. Je te sais gré de ta franchise. Je n'en abuserai pas pour te perdre. Je ne suis pas un Sorège, moi. Mais il faut que je me disculpe. Il faut que j'aie la preuve matérielle de mon innocence. Et cette preuve, toi seule peux la fournir.

— Je te la donnerai. Je n'hésite pas. J'ai trop souffert. Je ne puis plus vivre ainsi. Ces aveux que je viens de te faire, veux-tu que je te les écrive ? J'y suis prête !

Une ombre passa sur son visage et elle eut un sourire navré :

— Mais Sorège sait que tu as tout découvert. Il sait que nous sommes enfermés ici et que je vais parler… Prends garde à toi,

Jacques !

Il eut un geste d'indifférence :

— Je ne le crains pas.

— Tu as tort.

— Il ne peut rien contre moi. Je ne fais pas un pas, dans Londres, sans être suivi par les gens de la police française. On me surveille et on me protège, en même temps. Il ne l'ignore plus.

— Alors c'est moi qui suis perdue. Pour m'empêcher de l'accuser, il essaiera de se défaire de moi. Pour me punir de l'avoir abandonné, il me frappera.

— Il aura bien assez à faire de se défendre contre moi. Nous avons un terrible compte à régler ensemble. Tu peux m'en croire, pauvre femme, il est plus en danger que toi.

Jacques se recueillit un instant :

— Tu m'as offert de me donner ta confession par écrit. J'accepte. Sois tranquille, je ne m'en servirai que quand tu seras en sûreté. Reste enfermée chez toi. Défends ta porte. Ne revois plus Sorège, et je me charge de t'en débarrasser.

Léa hocha la tête douloureusement.

— Tu ne le connais pas. Il m'atteindra à travers la muraille, si je reste ici, à travers l'espace, si je fuis. Il est terrible et frappe toujours autrement qu'on ne le prévoit. Veille sur toi-même, Jacques. Il te hait mortellement. De moi, il adviendra ce qu'il en peut advenir. Peu importe ! Mais tu as une revanche à prendre, publique, haute, éclatante. Ne la compromets pas par une imprudence.

Il répondit gravement :

— Ma vie est finie, Léa, et la poursuite de ma réhabilitation, ainsi que la punition de Sorège, sont les derniers actes d'homme que j'accomplirai. J'ai vu le monde et je l'ai jugé. Ses joies sont vaines, ses douleurs sont réelles. Je m'en retirerai. Si je n'avais pas le devoir de dégager mon nom, à cause de ma mère et de ma sœur, je n'accepterais rien de toi. J'irais frapper à la porte d'un couvent, et je passerais ma vie dans la méditation et le silence.

— Quoi ! Jacques ! Jeune, riche encore, avec l'espoir du bonheur, tu veux fuir le monde ?

— Oui, Léa.

— Le ressort de ton âme est-il donc brisé ? N'as-tu plus de désirs, n'as-tu plus de rêves ?

— Je connais la vie, maintenant. J'en ai épuisé les joies et les douleurs. Rien ne vaut la peine que les hommes prennent pour tuer l'ennui par le plaisir. À peine a-t-on commencé de vivre, que la vieillesse arrive, et puis la mort. C'est une misère. Je tâcherai, en adoucissant le sort des malheureux, d'expier le mal que j'ai fait.

— Ne te reverrai-je pas, Jacques ?

— Si, une fois encore, pour que tu me remettes ta confession et que tu me dises adieu.

— Ce soir, si je suis encore vivante, dit Léa avec un pâle sourire, je chante *Roméo et Juliette*. Ce sera mon dernier triomphe. Assistes-y, Jacques, si tu es libre. Les couronnes qu'on me donnera seront comme des hommages funéraires. Plus jamais on ne m'entendra sur cette belle scène, où hier encore j'oubliais mon infamie, au milieu des acclamations et des louanges. Il faut quitter tout cela ; l'art, qui m'a refait une personnalité et qui m'a soutenue dans mes plus dures épreuves, l'ivresse du succès, qui me procurait, pour une heure, l'engourdissement de mes souffrances, l'idolâtrie de la foule, qui me permettait de m'illusionner sur ma dégradation réelle. Je rentrerai dans l'ombre… Qui sait si ce ne sera pas l'ombre éternelle ? Mais ce ne sera que justice.

Elle fit un geste de hautain mépris :

— Je suis folle ! Tout ce clinquant ne vaut pas un regret.

Elle montra à Jacques la fenêtre que l'aube blanchissait et, avec un sourire, où toute sa grâce ancienne reparaissait :

— Tu me pardonneras, Jacques, n'est-ce pas ?

Il voulait répondre, elle lui imposa silence :

— Non. Ne dis rien. Attends à ce soir… Adieu !

Elle le conduisait vers la porte. Dans le vestibule obscur, Jacques sentit le bras de Léa le frôlant doucement, comme pour le guider, puis une gorge palpiter contre sa poitrine et, sans qu'il pût s'en défendre, une bouche mordante se posa sur ses lèvres. Il frémit, repoussa vaguement ce fantôme de l'amour disparu. Il entendit un douloureux soupir. La porte s'ouvrit et se referma. Il était seul. L'escalier s'ouvrait devant lui.

IV

Sorège rentré à son hôtel, après la terrible soirée où Jacques était apparu pour le confondre, se plongea dans une méditation sévère. Il n'était pas homme à s'attarder aux sentimentalités. Il allait droit au but pratique. Toute la question, pour lui, était de savoir ce qu'il pouvait craindre ou espérer de Léa et dans quelle mesure elle armerait Jacques contre lui. Qu'elle le haït, il n'en pouvait douter. Elle le lui avait dit et redit, cent fois. La veille encore, sa fureur de le subir s'était épanchée en violences et en injures, qui la lui rendaient encore plus désirable. Il était de ces monstres qui aiment à entendre les cris de leur victime et à se délecter de ses larmes. L'amour, chez lui, se doublait de cruauté. Il désirait Léa, mais il l'exécrait. Il se donnait, en l'asservissant à ses caprices, la volupté de la dégrader davantage.

Que cette femme, qu'il avait traitée comme une esclave, prit sur lui, lorsque l'occasion s'en présentait, une revanche terrible, cela était dans l'ordre. Il l'eût fait, donc l'idée ne lui venait même pas que Léa hésitât à le faire. Dès que Jacques et elle vont s'être avoué leurs torts réciproques, pensait-il, leur alliance contre moi sera accomplie. Mais que peut Léa ? Son champ d'action est limité par le souci qu'elle aura de ne pas se compromettre. Me perdre, bon. C'est tentant pour elle, mais, le diable, c'est qu'elle se perd du même coup. Et quelle parité y a-t-il, entre le dommage qu'elle me cause, et celui qu'elle subit ? Aucune. Elle peut m'accuser de duplicité, de mensonge. Elle doit, en même temps, reconnaître qu'elle a commis un meurtre. Et si elle m'accuse, qui a le moyen de me convaincre ? Aucun témoin. Son seul témoignage. Vis-à-vis de Jacques et de sa séquelle d'amis, il a quelque valeur. Devant un juge, il n'en aurait aucune. Donc, résultat matériel nul. Mais le tort moral que cette misérable peut me faire, serait suffisant pour sa vengeance. Elle me disqualifierait, me compromettrait sans rémission et c'est ce que je ne supporterai à aucun prix. Comment éviter cette conjoncture ?

Il réfléchit longtemps. Il avait allumé un cigare et fumait. Dans les spirales de fumée bleue qui de ses lèvres montaient, lentes, vers le plafond, il voyait passer incertaines les images de Jacques et de Léa. Tantôt il les discernait mornes et lasses, tantôt actives et triomphantes. Mais toujours l'une près de l'autre, unies dans le même dessein, liées par le même intérêt. Brusquement, il se leva, d'un geste effaça cette vision avec la fumée dispersée, et se mit à marcher dans la chambre. Il laissait échapper de brèves paroles, fuites de sa pensée bouillonnante, comme les jets de vapeur d'une chaudière.

— Qu'est-ce que je risque ? Un duel avec Jacques ou avec Tragomer ? Je ne les crains ni l'un ni l'autre… Une accusation pour faux témoignage devant la cour d'assises ?… Niaiserie ! À quoi cela les conduirait-il ? Ils ne peuvent rien contre moi… Mais moi je peux beaucoup encore. Il faut que je voie cette stupide Léa, que je sache d'elle ce qu'elle a avoué à Jacques… Et surtout que j'obtienne qu'elle n'écrive rien… Enfin, il est indispensable qu'elle disparaisse… Je la terrifierai, s'il le faut… Elle me craint, elle m'obéira… Une fois partie, je jouerai mon jeu hardiment… Je ne puis m'en tirer qu'avec de l'audace… Mais, avant tout, il faut prendre des forces. Il se coucha et dormit jusqu'au jour.

À l'heure où Sorège ouvrait les yeux, ayant reposé comme s'il avait une conscience pure, Jacques revenu au yacht, était enfermé dans le rouf avec Marenval et Tragomer. Le jour gris et fumeux, qui éclaire les matinées de la capitale anglaise, se levait. Le mouvement des barques sur le fleuve, le labeur des ouvriers, sur les quais, commençaient. Mais l'attention des trois hommes n'était pas attirée par le spectacle de cette activité méthodique, incessante, qui est la marque du travail anglais. Rien de ce qui passait autour d'eux ne les intéressait. Ils étaient tout au récit que leur faisait Jacques de son entretien avec Jenny Hawkins.

— Tout ce que nous avions deviné, dit Tragomer, se trouve donc exact. Et nous en aurons la preuve irrécusable.

— Elle doit me la remettre ce soir.

— Nous touchons au but, dit Marenval avec enthousiasme.

— Nous tenons le monstre à l'hallali, reprit Tragomer, mais soyez sûr qu'il fera une belle défense. Vous avez vu par son audace, hier soir, quand il n'était qu'imparfaitement découvert, ce que nous pouvons attendre de lui, aujourd'hui que toute la vérité est connue. Il faut donc l'attaquer, avec la dernière vigueur. Si nous ne lui cassons pas les reins tout de suite, il se retournera et nous aurons à subir un choc suprême. Avant tout, c'est une question d'honnêteté, il faut prévenir Harvey. Si nous le laissions dans l'ignorance de ce qu'est l'homme qu'il a accueilli dans sa famille, il aurait le droit de nous le reprocher. D'ailleurs, j'ai pris l'engagement de tout dire à sa fille.

— Voilà qui va porter un coup à l'engouement nobiliaire en Amérique, dit Marenval. Si, pour son argent, on ne peut même plus se payer des maris de tout repos ! Autant rester filles !

— Il faudra aussi prévenir Vesin. Il nous a été d'un puissant secours, il est juste qu'il soit, des premiers, à apprendre le succès de nos efforts.

— Enfin, dit Jacques, il faut annoncer à ma mère que tout est en bonne voie…

— J'irai, si tu le veux bien, chez Mme de Fréneuse, dès ce matin, dit Tragomer.

— Oui, bon Christian, répondit Jacques avec un sourire. Cela t'est dû. Car c'est toi l'initiateur, c'est toi qui as, le premier, vu dans l'obscurité criminelle et qui as montré à notre cher Marenval la petite lumière, si lointaine et si faible, qui te guidait.

— Quand je pense à ce qui s'est passé, depuis six mois, déclara Cyprien avec un naïf épanouissement, il me semble que je rêve. Je me vois encore dans la salle à manger du club, après le départ de Maugiron et des petites femmes, lorsque Tragomer entama son récit. Ce qu'il me racontait me parut d'abord impossible, puis je fus saisi par l'émotion de la vérité entrevue et, enfin, je me sentis comme fou. J'avais une envie incroyable d'entrer dans l'affaire et, en même temps, je ressentais une peur terrible des complications que j'allais affronter… Ah ! je dois l'avouer, sans l'ascendant que Tragomer prit sur moi, dès cette soirée, j'aurais lâché pied. Mais il m'emballa, il n'y a pas à dire ! Et une fois le petit doigt pris dans cet engrenage, ce fut fini. Il fallut que le corps entier y passât. La visite à Mme de Fréneuse, les confidences du vieux Giraud, et l'entrevue avec le père Campistron… Ah ! mon cher Jacques, c'était bien extraordinaire. À chaque pas que nous faisions dans la voie où nous étions entrés, nous voyions un peu plus clair. Jamais plus attachante aventure n'a été courue par deux hommes. Aller à la recherche d'un Nansen ou d'un Andrée, n'était rien, en comparaison de l'intérêt de notre expédition. Car nous, nous n'allions pas seulement au secours d'un homme, nous marchions à la découverte de la vérité. Vesin l'avait bien senti, lui, quand il nous disait, avec son dilettantisme de magistrat sceptique : « Vous ne réussirez pas, mais je vous envie de faire cette tentative, et si je n'avais pas une situation officielle, je partirais avec vous ! » Eh bien ! nous ne nous sommes arrêtés devant rien, nous avons été contre vent et marée, c'est le cas de le dire. Et aujourd'hui, nous voilà au port, avec Jacques devant nous, et la vérité dans notre poche. C'est une belle réussite ! Et dont on parlera, j'ose le croire !

— La vérité, dit Jacques, n'est pas encore dans notre poche, mais elle y sera ce soir.

Tragomer secoua la tête d'un air soucieux :

— Tant que je n'aurai pas, dans la main, ces preuves matérielles : l'aveu confirmé de la coupable, je ne serai pas tranquille.

— Eh ! que craignez-vous donc encore, cher ami ? demanda Marenval avec impatience.

— Que Sorège fasse disparaître Jenny Hawkins, avant qu'elle ne se soit exécutée. Je connais l'autorité despotique exercée par ce drôle sur la malheureuse fille. Il la fascine, l'étourdit, l'épouvante. Il me l'a escamotée, sous le nez, à San-Francisco, avec une adresse prodigieuse. Il est homme à trouver un moyen de l'éloigner. Et après, cherche !

— Eh ! mordieu ! Prévenez la police anglaise s'écria Marenval, avec la fougue d'un homme à qui on conteste une victoire qu'il considère comme remportée. Ne nous laissons pas battre, à la dernière seconde, par ce scélérat. On se moquerait de nous.

— Soyez sans crainte, dit Jacques, j'ai pris mes précautions. Léa s'est engagée à rester enfermée, chez elle, et à ne recevoir qui que ce soit, jusqu'à ce soir. Demain, elle sera partie. Et Sorège n'aura plus à compter qu'avec nous. Agissons donc comme il a été convenu. Toi, Christian, va porter la bonne nouvelle à ma mère. Vous Marenval, allez chez Vesin. Moi, j'irai chez miss Harvey, et nous nous y retrouverons tous.

Dès son réveil, qui fut parfaitement lucide, après avoir déjeuné, Sorège prit un cab et se dirigea vers Tavistock-Street. Jamais il ne faisait les choses à moitié. Il avait bien dormi, bien mangé. Il se sentait sûr de lui. L'important était de parler à Jenny. S'il parvenait jusqu'à elle, il ne désespérait pas de la rallier à sa cause. Avant tout, il fallait savoir ce qui s'était tramé entre elle et Jacques. La voiture, en s'arrêtant net, devant la maison, le tira de ses combinaisons. Il sauta sur le trottoir, et, entrant vivement sous la porte, il s'engagea dans l'escalier.

Un vieux gentleman, vêtu d'un pantalon troué, d'une redingote historiée de taches sans nombre, le chapeau de soie sur la tête, était occupé à laver consciencieusement le carreau du vestibule. Sorège l'examina d'un coup d'œil et passa. Mais dans l'attitude, dans la physionomie, dans le costume exagérément misérable, il releva des détails qui le mirent en éveil. Il soupçonna un détective. Il regarda, par-dessus la rampe, en montant lentement. L'homme avait cessé de laver, et la tête levée le suivait des yeux. Arrivé au second, Sorège sonna. Nul bruit à l'intérieur, aucun battement de porte, pas le moindre glissement de pas. Un silence d'appartement vide. Il sonna de nouveau et attendit, le cœur frémissant. Rien ne bougea. La certitude que Jenny était chez elle, et qu'elle ne voulait pas ouvrir, s'imposa à Sorège. La conviction aussi qu'elle entrait en lutte avec lui et qu'elle était gagnée à ses adversaires. Il pâlit de colère, mais résista à l'envie qu'il avait de jeter la porte, en dedans, d'un coup d'épaule et de pénétrer de force. Le gentleman en haillons et chapeau haut de forme, qui ne lavait plus, lui donna à réfléchir. Si je fais du bruit, si cette idiote de femme appelle, je puis être mené au bureau de police. Ne risquons pas d'explications. Il demeura, encore un instant, immobile, collé au bois de la porte, écoutant, et il lui sembla, de l'autre côté de la porte, entendre comme un vague soupir. Il eut la pensée que Jenny écoutait, elle aussi, guettant anxieusement son départ. Et parlant comme à une ombre, il souffla à voix basse :

— Jenny, vous êtes là, je le sais. Folle ! Ouvrez-moi. Il y va de votre salut… Je ne vous veux que du bien… Les instants sont précieux, on vous trompe… Écoutez-moi…

L'ombre ne répondit pas. Sorège, le cœur gonflé de rage, fit un geste menaçant, et lentement se décida à descendre l'escalier. Le gentleman sordide s'était remis à frotter avec sa lavette, sur le carreau, et semblait y ajouter de la saleté. Comme Sorège passait devant lui, il leva la tête et, d'une main crasseuse, touchant son chapeau, il dit d'une voix enrouée :

— C'est la jeune dame de l'appartement meublé que vous cherchez ?... Elle est dehors, pour la journée...

Sorège ne daigna même pas répondre. Il toisa l'homme et sortit. Son hansom attendait. Il se fit conduire à Hyde-Park. Il était dix heures. Il descendit au coin de Picadilly et gagna le jardin à pied. Il marcha le long de la Serpentine, rembruni par la conscience de son premier échec. Évidemment Jenny le trahissait, mais qu'avait-elle pu dire ? Les femmes sont si habiles à présenter les choses, sous l'aspect qui leur est le plus avantageux. Sans avouer la vérité entière, n'avait-elle pu rejeter sur lui toute la responsabilité ? À cette pensée, il serra les poings et son visage se contracta. Comme il le constatait lui-même, la veille, en préparant son plan de défense, aucun témoin. Ce qui le servait pouvait lui nuire, et s'il avait le moyen de nier toute participation au crime, de son côté, Jenny pouvait affirmer que c'était lui qui l'avait, sinon commis, au moins aidé à commettre. Leur sécurité, à tous deux, avait toujours dépendu de leur union. Marchant d'accord ils pouvaient se défendre. Séparés, ils étaient perdus.

Il en eut la certitude, là, au bord de cette jolie rivière artificielle, entourée de gazon vert, et sur laquelle se penchaient des arbres au feuillage naissant. Il frémit de crainte, en même temps que de colère. Mais il ne songea pas à capituler. Bien au contraire, il s'affermit dans sa résolution de lutter jusqu'à la dernière extrémité, dût-il y périr. Un mince sourire crispa ses lèvres. Périr soit, mais pas seul. Succomber, mais pas sans s'être vengé.

Les cavaliers commençaient à arriver, dans les larges allées au sol élastique. Les voitures roulaient au trot de leurs attelages, les plus beaux du monde. La vie élégante renaissait, dans sa quotidienne et monotone splendeur. Sorège ne put supporter l'idée de s'y mêler. Il s'enfonça dans l'intérieur du parc, du côté de Kensington, et passa, à se promener, quelques-unes des heures qui le séparaient du moment où il était attendu chez Julius Harvey. Il entra dans un restaurant de Regent-Street, mangea ni plus ni moins que d'habitude, et, comme deux heures sonnaient, il arriva à l'hôtel de Grosvenor-Square.

Il monta le grand escalier, trouva au premier étage le maître d'hôtel, qui l'attendait avec la même respectueuse déférence, et l'introduisit, comme chaque jour, dans le petit salon où miss Harvey avait coutume de se tenir. Elle était assise, au coin de la cheminée où brûlait un clair feu de bois. La fenêtre, par contre, était ouverte et laissait pénétrer à flots le soleil. Elle se leva, en voyant entrer son fiancé, et alla à lui, sans que rien indiquât dans son attitude un changement de dispositions à son égard. Elle avait le visage calme, le regard assuré, mais, par hasard, sans doute, elle tenait entre les doigts un ouvrage assez volumineux auquel elle travaillait, de sorte qu'elle ne lui tendit pas la main. Elle lui désigna un siège, en face d'elle, posa son ouvrage sur la table, et ferma la fenêtre.

— Voilà le soleil qui tourne, dit-elle, il commence à faire frais… Ce printemps anglais est glacial…

Il affecta de plaisanter :

— Fait-il meilleur en Amérique ?

— Oh ! En Amérique, tout est mieux, fit-elle. Les saisons ne trompent pas, ni les hommes.

Il leva la tête. L'allusion était directe. Une attaque commençait. Il riposta immédiatement :

— Les femmes aussi, sans doute ?

Une rougeur passa sur le front de miss Maud :

— Les femmes surtout ! dit-elle avec orgueil.

Il la regarda, de ses yeux demi-clos, qui ne laissaient pas pénétrer sa pensée, mais suivaient si bien celle des autres, et d'un ton assuré :

— Eh bien ! miss Maud, il faut en donner la preuve. Que signifie l'accueil que vous me faites ?

Elle se releva légèrement dans son fauteuil et répliqua :

— Monsieur le comte, je vous le dirai quand vous m'aurez expliqué comment vous avez laissé condamner, sans le défendre, votre ami Jacques de Fréneuse.

Il eut une moue dédaigneuse :

— Ah ! c'est de cela qu'il retourne ? Mais demandez-le à lui-même. Vous l'aviez, hier soir, chez vous, sous le nom de Herbert

Carlton. Il est à penser qu'il saura vous expliquer, à vous, mieux qu'il ne l'a fait aux juges, les circonstances dans lesquelles il a été compromis. C'est toujours une mauvaise note, vis-à-vis des honnêtes gens, qu'une condamnation... On ne condamne pas les gens si facilement. Et si l'Amérique est le pays de la sincérité, la France est celui de la justice.

— Belle phrase ! Très belle phrase ! Mais je sais que vous parlez avec facilité. Aussi, n'est-ce pas avec des mots que vous me satisferez.

— En sommes-nous là, que j'aie à me disculper devant vous ?

— Nous en sommes au point exact où il faut que chacun sache à quoi s'en tenir. Nous énumérions, tout à l'heure, les qualités de nos pays d'origine. L'Amérique, entre autres, en possède une qui prédomine dans tous ses actes : c'est le sens pratique. Je suis tout à fait Américaine, sous ce rapport-là, et je veux, si je vous épouse, monsieur de Sorège, n'avoir pas à me repentir de porter votre nom.

— Miss Maud, vous avez parfaitement raison, car c'est le seul apport que je vous fasse, ou peu s'en faut. Mais soupçonnez-vous que mon nom puisse être compromis ?

— Monsieur le comte, il y a beaucoup de manières d'être compromis. On peut l'être matériellement, comme par de mauvaises affaires qui entraînent la faillite. Ceci ne tire pas à conséquence, pour nous autres Américains. On tombe, on se relève. C'est le jeu de bascule du commerce et de l'industrie. Le tout est de finir en haut. Mais ce à quoi nous attachons une importance énorme, c'est à l'intégrité morale. Un homme qui a commis une action déshonnête est, pour une fille qui se respecte, aussi parfaitement impossible à épouser qu'un domestique nègre, ou qu'un coolie chinois.

Sorège sourit. Il entr'ouvrit ses paupières et, avec tranquillité :

— De quoi m'accuse-t-on ? Car on m'accuse, je n'en puis douter, et pour me justifier, il faut que je connaisse les calomnies que l'on répand sur moi...

— Je souhaite de toute mon âme que ce soient des calomnies, car je rougirais trop d'avoir placé ma main dans la vôtre, si vous aviez fait ce qu'on met à votre charge.

— Mais, tout d'abord, qui sont ceux qui témoignent contre moi ?

— M. de Tragomer, M. Marenval, et enfin M. de Fréneuse lui-même…

— Fréneuse ! Cela va de soi. Il faut qu'il s'en prenne à quelqu'un… Tragomer et Marenval, cela s'explique : l'un est son ami, l'autre est son parent…

— Mais, vous aussi, vous étiez son ami ! Et c'est là ce qui rend votre conduite incompréhensible. Pourquoi n'avez-vous pas, pour M. de Fréneuse, l'absolu dévouement de M. de Tragomer ? Pourquoi n'avez-vous pas l'aveugle confiance de M. Marenval ? Pourquoi toutes vos réponses, quand je vous ai parlé de lui autrefois, étaient-elles ambiguës, et, maintenant, sont-elles hostiles ? Il y a un secret, entre lui et vous ? Soyez franc, dites ce qui vous a séparés, et ce qui vous éloigne encore ?

— Il y a son crime, dit Sorège froidement, il y a sa condamnation. Et cela est, certes, bien assez. Pensez-vous que j'aie pu oublier et que le monde, si je manquais à ce point de mémoire, ne m'aurait pas rappelé que Jacques de Fréneuse a passé en cour d'assises, qu'il s'est assis sur le banc des malfaiteurs, qu'il en a été arraché par les gendarmes, qui l'ont conduit, menottes aux mains, en prison, puis au bagne. Vous me reprochez mon éloignement, mais n'en a-t-il pas été de même, pour tous ceux qui l'entouraient ? Un malheureux, tombé aussi bas, est un pestiféré, dont chacun s'écarte avec horreur. Ce n'est peut-être pas sublime, mais c'est très humain. On ne fait pas d'un forçat son compagnon habituel. Et quand la société, par une sévère condamnation, a rejeté loin d'elle un indigne, ce n'est pas le moment d'aller le prendre dans ses bras pour le chérir et le glorifier. Je ne suis qu'un homme et non un ange, Vincent de Paul ou l'homme au manteau bleu auraient agi plus chrétiennement sans doute. Mais je n'avais pas assez de vertu pour me singulariser sans danger. Et d'ailleurs, Tragomer et Marenval se sont-ils conduits autrement ? Le malheureux Jacques a été un paria pour eux, comme pour tous ceux qui l'avaient connu. L'abandon a été complet et la fuite générale. Que vient-on, aujourd'hui, m'en faire un crime ? Il a fallu deux ans à Tragomer pour se reprendre. Et encore, savez-vous pourquoi ? Parce qu'il aimait Mlle de Fréneuse et n'a pas réussi à l'oublier, quoiqu'il ait essayé, en voyageant autour du monde. Quant à Marenval, c'est un snob, à qui on fera faire tout ce que l'on voudra, en lui promettant qu'il sera question de lui dans les journaux. Ces messieurs ont conçu le secret dessein d'enlever Fréneuse à sa geôle et de le ramener en Europe. Ils ont exécuté leur plan, avec un bonheur rare. Voici le condamné en liberté. Mais de là à établir son innocence, il y a aussi loin que de la Nouvelle-Calédonie à l'Angleterre. Et ce n'est pas en accusant, à tort et à travers, un homme qui se sent fort de sa conscience, qu'on arrivera à prouver qu'un juge d'instruction, douze jurés, trois conseillers et toute la cour de Cassation, à la file, ont pu se tromper si grossièrement et envoyer au bagne un innocent.

— À moins de prouver, dit miss Harvey, que les apparences avaient été si habilement arrangées qu'il eût été impossible de ne pas croire à la culpabilité de ce malheureux !

— Oh ! C'est ce que disent tous les condamnés ! Et c'est trop facile ! Mais quand il faut fournir une preuve…

La jeune fille l'interrompit et le regardant en face :

— Cette preuve, si on l'avait ?

Sorège blêmit, ses yeux lancèrent un éclair. Il s'écria :

— Et quelle preuve ?

— L'aveu même du crime, par son auteur.

— Et cet auteur, quel est-il ?

— Une femme. Faut-il vous dire son nom ? Encore peut-on choisir. Car on lui en connaît trois : celui sous lequel vous l'avez introduite ici, Jenny Hawkins, la chanteuse de Covent-Garden, Jeanne Baud, la fugitive que vous avez fait passer il y a deux ans en Angleterre, ou Léa Pérelli, la misérable avec qui vous avez machiné le complot dont Jacques de Fréneuse a été victime. Ceci est très clair, monsieur de Sorège, il s'agit de répondre, maintenant, et sans plus d'ambiguïté.

— Et Jenny Hawkins a porté contre moi de telles accusations ?

— Et elle les renouvellera, par écrit. Elle en a pris l'engagement.

De tout ce qui venait d'être dit, l'intelligence en éveil de Sorège ne retint que ce futur : elle les renouvellera. Donc, Jenny n'avait encore rien écrit, rien signé. Il entrevit le salut. Il eut un accès d'hilarité qui sonna étrangement dans le silence du salon.

— Ah ! Elle écrira ! Vraiment ! Je n'en suis pas en peine. Pour de l'argent, on obtiendra de cette fille ce qu'on voudra. Qu'est-ce que cela lui coûte ? Elle partira, la poche bien garnie, et ira chanter ailleurs, sous un quatrième nom. L'univers est vaste. L'Italie et l'Espagne lui sont ouvertes... Les femmes de théâtre savent se maquiller. On trompe son monde facilement. Et qu'est-ce qu'un écrit, pour satisfaire la rancune ou l'intérêt des gens ? Ce soir, miss Maud, je vous apporterai, si vous le désirez, le démenti formel de tout ce qui a été articulé contre moi, et signé de cette fille. Par contre, je réclamerai qu'on me montre l'écrit dans lequel elle m'accuse.

Miss Harvey se tourna vers Sorège, avec une émotion qu'elle ne parvenait plus à cacher :

— Écoutez ! Je ne veux pas oublier que j'ai eu de l'amitié pour vous. Il vaudrait mieux avouer franchement ce que vous avez à vous reprocher, que de persister à nier contre toute évidence. Vous vous perdez, je vous le jure... Cette fille ne ment pas, quand elle s'accuse... M. de Tragomer ne ment pas, ni M. Marenval, ni Jacques de Fréneuse ne mentent...

Sorège se leva brusquement et d'une voix furieuse :

— Si ce n'est eux, c'est donc moi ?

La porte, au même instant, s'ouvrit et Julius Harvey, rouge d'indignation, parut :

— Par ma foi, oui, c'est vous, dit-il, puisqu'il faut qu'on vous le dise. By Jove ! Vit-on entêtement pareil ? Ma fille vous a bien ménagé. Moi, je n'aurais pas pris tant de précautions !

Sorège fit un geste terrible :

— Comment appelez-vous la façon dont vous vous conduisez à mon égard ? dit-il. Dans tous les pays du monde, cela se nomme un guet-apens ! Vous étiez apostés, pour m'écouter, me surprendre... Allons ! faites venir vos acolytes. Il est temps de se regarder face à face !

Il n'avait plus rien du Sorège circonspect et discret, qu'on avait coutume de voir. Ses traits durcis étaient empreints d'une indomptable énergie, ses yeux, largement ouverts, flamboyaient et il se dressait redoutable, tout prêt à attaquer aussi bien qu'à se défendre. Derrière Julius Harvey, Tragomer, Marenval et Jacques avaient paru. Du geste Sorège les englaba tous dans la même insulte :

— Vous écoutiez aux portes ! Approchez-vous, messieurs, vous serez plus à l'aise pour entendre. Je donne un démenti formel aux accusations qui ont été portées contre moi. Je n'ai su que ce que j'ai dit, hier soir, à M. de Fréneuse lui-même, et trop tard pour l'en faire profiter. Quant à sa conduite personnelle, vis-à-vis de ses anciens amis, il vaut mieux n'en pas parler, et s'il ne se souvient pas des services que Léa Pérelli lui a rendus, c'est un ingrat !

Tragomer fit un mouvement si violent, du côté de Sorège, que Jacques lui posa la main sur le bras, pour l'arrêter.

— Les comptes que j'ai pu avoir avec Léa Pérelli seront réglés, entre elle et moi, dit-il. Quant à ceux que j'ai avec M. de Sorège, ils sont d'une nature telle que, dans son intérêt, je ne l'engage pas à insister…

— Qu'aurais-je donc à craindre ? demanda audacieusement le comte.

— Vous ? Rien ! dit Jacques. Un autre homme, le déshonneur !

— Vous m'insultez ? cria Sorège livide.

— Je vous avais bien dit de ne pas insister, reprit Jacques avec calme. Vous n'avez rien à y gagner. Je m'étonne de votre ténacité. Je vous ai connu plus clairvoyant. Mais puisque vous tenez à ce que les paroles décisives soient dites, soyez satisfait. Quand on s'est conduit, envers un ami qui vous ouvrait son esprit et son cœur, en toute confiance, comme vous avez agi envers moi, on est le dernier des misérables, monsieur de Sorège. J'ai rencontré au bagne, d'où je reviens, beaucoup de scélérats, je n'en ai jamais vu d'aussi parfait que vous !

— Voilà donc ce que vous voulez ? Une rencontre qui vous relève et qui vous lave.

— Détrompez-vous, monsieur, je ne cherche point de rencontre avec vous. Je vous juge, mais je dédaigne de vous punir.

— Êtes-vous devenu lâche ? ricana Sorège. Cela vous compléterait.

— Je suis devenu patient, dit doucement Jacques, et je le prouve.

— Eh bien ! soyez-le donc plus qu'aucun homme au monde !

Il fit trois pas, et levant le bras, il chercha à frapper son ancien ami au visage. En un instant, la physionomie de Jacques changea et devint effrayante. Il saisit le poignet de Sorège, qu'il rejeta en arrière avec force, et poussant un cri de fureur :

— Il faut donc vous tuer ?

Il se calma soudain, lâcha le comte, et, s'adressant à miss Harvey :

— Excusez-moi, mademoiselle, je ne voulais pas vous rendre témoin d'une scène de violence, mais j'y ai été contraint.

Sorège se tourna vers Maud et, avec une imperturbable audace :

— Je vous ai promis des preuves, miss Harvey, dit-il ; quoi qu'il advienne, je vous les fournirai.

Il salua Julius d'un signe de tête, et, toisant Tragomer, Marenval et Jacques :

— Nous nous reverrons, messieurs.

— Je ne vous le souhaite pas, dit Marenval avec dédain.

Sans répondre, Sorège marcha vers la porte et sortit. Ce fut comme une délivrance pour tous ceux qui étaient présents chez Harvey. Miss Maud s'approcha de son père, et avec un sourire contraint :

— Vous m'excuserez, je pense, d'avoir résisté à vos conseils, en voulant épouser ce personnage ? Votre coup d'œil ne vous avait pas trompé, et vous aviez jugé comme il fallait.

— Ma chère, un homme qui n'aimait ni les chevaux, ni les chiens, ni les bateaux, qui méprisait les affaires et qui ne regardait jamais en face, ne pouvait être un brave homme. Vous étiez libre. Je vous laissais faire. Mais vous causerez, je crois, un grand plaisir à vos frères, quand vous leur annoncerez que vous avez renvoyé ce monsieur.

— Un snob ! murmurait Marenval. Il m'a traité de snob ! Eh bien ! Tragomer, je vous promets qu'il me le paiera.

— Chut ! dit Christian à voix basse. Ce n'est pas l'heure de récriminer, il faut agir. Avec un gaillard comme Sorège tout est à craindre, tant que nous ne l'aurons pas mis à bas. Vous avez vu comme il s'est énergiquement défendu. Laissons Jacques et allons chez Vesin.

Les cow-boys venaient d'entrer et désarticulaient les épaules des hôtes de leur père, avec de vigoureux shake-hands. Tragomer et Marenval profitèrent du tumulte pour disparaître. En passant, ils entendirent miss Maud, assise près de Jacques de Fréneuse, qui disait :

— Votre mère et votre sœur doivent ne pas vivre, en attendant le résultat décisif de votre entreprise. Je voudrais les connaître. N'est-ce pas, vous me conduirez chez elles ?

Et Jacques répondit :

— Oui.

En descendant l'escalier, Marenval s'arrêta et prenant un air malin :

— Savez-vous ce que je crois, Christian ? C'est que miss Maud est en train de devenir amoureuse de notre ami. Cette petite Américaine est romanesque comme une Allemande…

— Et elle ne serait pas fâchée de devenir Française.

En sortant de chez Julius Harvey, Sorège tremblait de fureur. Sur le trottoir, à l'air libre, il se soulagea en jurant de façon à scandaliser un policeman, qui faisait tranquillement sa ronde. Tout d'abord, il marcha droit devant lui, sans savoir où il allait. Son sang bouillait et sa tête lui semblait près d'éclater. L'homme froid avait perdu son calme. Il était dans un de ces moments où on compte pour rien la vie d'autrui et la sienne. Si, d'un mot, il avait pu anéantir l'hôtel Harvey avec tous ceux qu'il contenait, l'affront qu'il venait de subir devant eux eût été formidablement vengé. Il suivait les rues, sans but, ressassant ses rancunes et sa colère. Brusquement il s'arrêta. Il était arrivé devant Withe-Hall. Il se promena de long en large, devant le palais, pensant profondément.

Malgré ses précautions, ses stratagèmes, tout s'écroulait, par la faute de ce misérable Fréneuse. Tout ce qu'il avait accumulé de mensonges, de perfidies, pour le perdre, n'avait servi de rien. Jeté au fond d'un gouffre si profond, qu'il semblait impossible d'en sortir jamais, il remontait vers la lumière, vers la liberté, vers le bonheur. Et lui, Sorège, assistait impuissant à ce changement de fortune. Le dessein bien net de se venger s'imposa à son esprit : frapper son ennemi, dût-il succomber en même temps. Dans la passe où il se trouvait, c'était quitte ou double. En beau joueur, il n'hésita pas et fit d'avance le sacrifice de sa vie, pourvu qu'il pût écraser Jacques.

Il se décida à retourner chez Jenny. C'était elle qui devait assurer son triomphe ou sa perte. Seule, elle était en mesure de lui fournir les moyens de se défendre. Si elle voulait, s'il parvenait, une fois encore, à la dominer, à l'asservir, soit par la persuasion, soit par la violence, tout était réparable. Il prit le Strand et se dirigea vers Tavistock-Street. Il était quatre heures quand il passa devant Charing-Cross.

En marchant, il pensait : Jenny, avant de partir pour le théâtre, dînera chez elle, comme à son habitude. Si, lorsque je suis venu ce matin, elle était absente, quand je me présenterai tout à l'heure, elle sera certainement rentrée. Coûte que coûte, par n'importe quel procédé, il faut que j'obtienne qu'elle m'entende, ne fût-ce qu'un quart d'heure. Que je la voie, que mes yeux se fixent sur les siens, et je la forcerai à m'obéir. Sa volonté sera paralysée par la mienne.

Il arriva devant la maison, et avec satisfaction constata que le gentleman en guenilles n'occupait plus le vestibule. Il monta vivement et sonna à la porte de l'appartement. Nulle réponse. Le même silence d'abandon. Il resta sur le palier à attendre. Aucune manifestation d'existence dans l'appartement. Sorège trembla à la pensée que Jenny était, peut-être, déjà partie, afin de ne pas se trouver en face de lui. Si Jacques l'avait fait déménager, comment la chercher dans cette ville si vaste ? Et l'heure pressait, le danger grossissait. Il fallait, à tout prix, empêcher la trahison de s'achever. Si Jenny avait parlé, il était capital de la détourner d'écrire. Mais, pour obtenir ce résultat, il fallait la voir. Et la porte demeurait close, et l'appartement semblait vide. Il dit tout haut :

— Quand je devrais rester jusqu'à la nuit, je la verrai.

Il s'assit sur une des marches de l'escalier. Il était dans l'obscurité et la solitude, embusqué, comme un chasseur à l'affût. Au bout d'un instant, il dit encore à haute voix :

— La folle a peur de moi, qui viens pour la sauver, tandis que les autres la trompent et la perdent.

Aucun souffle, pas un glissement de pied révélant la présence d'un être vivant dans le logis. La colère gagna Sorège. Il se releva et, frémissant d'impatience :

— Quand je devrais enfoncer la porte, je saurai, dit-il, si elle se cache de moi.

Il prit son élan et donna un tel coup dans le panneau de bois, qu'il le fendit dans toute sa hauteur. Au même instant, la porte s'ouvrit et Jenny, très pâle, parut sur le seuil. Du geste, elle montra l'appartement à Sorège et dit d'une voix lasse :

— Puisque je ne saurais échapper à votre persécution, entrez.

Il se glissa, sans répliquer, heureux d'avoir réussi à pénétrer chez elle, malgré sa résistance, et augurant bien de ce premier avantage. Dans le petit salon, il s'assit, sans en être prié, et comme elle se tenait debout, les bras croisés, le regardant d'un air soucieux :

— Vous êtes donc passée à l'ennemi ? dit-il d'un ton sardonique. Que vous a-t-on promis pour que vous vous tourniez contre moi ?

Elle ne répondit pas. Il poursuivit :

— Sans doute, on vous a assuré l'impunité ? Mais comment serait-ce possible ? Léa Pérelli vivante, c'est Jeanne Baud sous la terre. Et si c'est Léa qui l'y a mise, ce n'est plus Jacques de Fréneuse. De quelle façon, par quel prodige, innocentera-t-on l'un, tout en ménageant l'autre ?

Avec un accent douloureux, elle dit :

— Qui vous permet de croire que je demande à être ménagée ?

— Alors vous marchez, de vous-même, au-devant de l'expiation ?

Elle redressa son front superbe et, avec une flamme soudaine dans le regard :

— Pourquoi pas ?

— Êtes-vous tombée à ce point d'accablement que vous ne vouliez plus vous défendre ?

— J'en ai assez des ruses, des tromperies, des fuites et des mystères. Tout, plutôt que de recommencer la vie que je mène depuis deux ans.

— Eh ! plaignez-vous-en donc ! Vous n'avez jamais été si favorisée. La célébrité vous est venue, avec la richesse. C'est à croire que le sang est un engrais pour le bonheur ! Et vous méprisez toutes ces heureuses chances ? Voyons, réfléchissez-y. Cela en vaut la peine.

— Je suis lasse d'être le mensonge vivant !

— Eh ! vaudrait-il mieux être la sincérité morte ? Vous divaguez, ma chère. Savez-vous de quoi il retourne pour vous, si vous jouez le jeu que vous a conseillé la clique de Fréneuse ? De la maison centrale, pour le moins, et, qui sait, peut-être de l'échafaud !

— Soit !

— Voyons, Jenny, nous ne jouons pas le quatrième acte de la *Juive*. Il ne s'agit pas de faire des fioritures, dans un grand air. Tout est vrai, sérieux, décisif. C'est arrivé ! Et surtout, cela peut arriver. Ne badinez pas avec la justice. Elle est sans bienveillance. Il n'y a pas de lauriers artistiques qui tiennent. Ces gens fourrés d'hermine vous condamneront rudement, si vous vous laissez prendre. Écoutez-moi avec intelligence, seulement pendant un quart d'heure, et après je vous laisse libre d'agir. C'est convenu, hein ? Tout d'abord, voyons. Que vous a dit Jacques ? Que vous a-t-il demandé ? Que lui avez-vous promis ? Vous vous êtes retrouvés, hier, après la maudite soirée d'Harvey ? Il y avait du temps que vous ne vous étiez vus et la cordialité la plus grande n'a pas dû régler vos rapports ! Il doit vous en vouloir ? Il a aussi une rude dent contre moi ! Comprenez bien, ma chère, que nos destinées sont liées étroitement, l'une à l'autre, et que me frapper, pour nos ennemis, c'est vous atteindre vous-même.

Il avait pu parler à loisir. Pas une fois elle n'essaya de l'arrêter. Adossée à la cheminée, sur la tablette de laquelle son coude droit était appuyé, elle jouait, machinalement, avec une longue épingle de chapeau, à tige d'acier et à tête d'or incrustée de saphirs. Elle plantait et replantait la pointe acérée de l'épingle dans la peluche de la tablette, et ne paraissait pas prêter la moindre attention à ce que Sorège lui disait. Il ne perdit pas patience. Il savait qu'avec cette nature violente et primesautière il devait ruser. Sans découragement, il reprit son argumentation :

— Le but de Jacques était évidemment d'obtenir de vous des aveux ? S'il soupçonnait le gros de l'affaire, il lui fallait en connaître le détail : ce qui donne toute leur force aux faits et inspire aux esprits une certitude. Il vous a fait parler ?… Que lui avez-vous dit ? Comment a-t-il réussi à vous convaincre ? Quelle comédie a-t-il jouée ? Il aura feint de vous aimer encore ?

À cette dernière insinuation, jetée d'une voix doucereuse, il la vit tressaillir. Il comprit qu'il avait touché juste, et redoubla :

— Qu'est-ce que lui coûtent les protestations tendres ? Il connaît votre crédulité. Il en a si souvent abusé ! Quelques paroles caressantes, une promesse d'oubli, un espoir de réconciliation, peut-être ! On s'en ira, bien loin, oublier les heures mauvaises, pour ne se souvenir que de l'ancien amour. Est-ce cela ?

Une pâleur s'étendit sur le visage de la femme. Ses yeux se firent plus sombres. Son souffle devint court. Elle souffrit atrocement. Alors, avec un rire où sonnait la vengeance, il poursuivit :

— Oui, sans doute. Et vous vous êtes prise au piège ! Allons ! Il était temps que je vinsse, pour vous rendre à vous-même !

Elle leva la tête, et avec gravité :

— C'est vrai, ce que vous dites-là. Il était temps, en effet !

— Ah ! Vous voyez bien, triompha-t-il.

Elle le regarda avec un mépris superbe :

— Vous me comprenez mal. Toute cette journée que je viens de passer seule, enfermée, à réfléchir, a été pleine d'heures mauvaises. Le danger donne des soupçons et je sais que je cours des dangers. Le souci de se sauvegarder, rend lâche. Et malgré les promesses qui m'ont été faites, je me demandais, avec angoisse, si je n'avais pas à redouter quelque tromperie. J'ai délibéré, pour savoir si je tiendrais l'engagement que j'avais pris, ou si je m'y soustrairais par la fuite. Jusqu'à votre arrivée, j'hésitais. Maintenant je suis fixée.

— Vous partez ?

— Non, je reste.

— Vous vous perdez !

— Mais je sauve un innocent.

— Vous êtes folle !

— Vous me l'avez déjà dit, et, par instants, j'ai pu le croire. Mais vous venez de me rendre le sentiment de la vérité et de la justice. Vous vous êtes, en quelques minutes, montré si fourbe, si lâche et si misérable, que je ne puis songer à abandonner celui contre qui vous vous acharnez. Entre le salut de Jacques et le mien, j'avais la honte de balancer. Vous me conseillez. Il n'y a plus de doute. Me livrer, de nouveau, à un monstre tel que vous, c'est compléter mon crime.

Il bondit sous l'outrage, et debout cette fois :

— Voilà comme vous me récompensez des services que je vous

ai rendus ? Je me suis compromis, pour vous, et vous me livrez à mes ennemis !

— Je n'ai été qu'un instrument de haine, dans vos mains habiles, je le sais maintenant. Le mal que j'ai fait, c'est vous qui l'avez prémédité et préparé. Vous en êtes plus responsable que moi. Vous ne vous êtes pas compromis pour me sauver. Vous m'avez perdue pour vous satisfaire. Nous étions à deux de jeu. Et, finalement, c'est moi qui ai été votre dupe, votre victime, toujours révoltée, et maintenant implacable !

Il ricana :

— Allons donc ! Voilà enfin la vérité. Et quelle arme lui donnerez-vous contre moi à ce héros de votre suprême roman ?

— Mon aveu écrit et signé, pour faire foi de son innocence et de mon crime.

Il marcha vers elle.

— Où est ce papier ?

— Que vous importe !

— Vous allez me le remettre, à l'instant.

— Jamais !

— Ah ! stupide créature, prends garde ! Tu me connais bien, pourtant. Et tu dois savoir que je n'hésiterai pas à te briser, s'il le faut pour ma sécurité.

— Vous pouvez chercher. Vous ne trouverez rien.

— L'as-tu donc envoyé déjà ?

— Ce matin même.

— Tu mens ! Tu m'as dit que, jusqu'à mon arrivée, tu avais hésité !

Elle fit un mouvement, en se voyant devinée, et instinctivement tourna les yeux vers un buvard, placé sur une table, près de la fenêtre. D'un élan il y courut, et, malgré les efforts qu'elle fit pour l'en empêcher, la tenant d'une main, fouillant de l'autre, il se saisit d'une lettre, sur laquelle était écrit le nom de Jacques.

Il s'écarta d'un air sombre, regarda Léa profondément et dit :

— La voici donc ! Je ne croyais pas que vous auriez osé me dénoncer.

— À quoi vous sert de la prendre ? cria la chanteuse avec colère. Si vous la détruisez, j'en puis écrire une autre !

— Aussi vais-je prendre mes précautions, en conséquence. Asseyez-vous à cette table…

Il lui montrait la table, où le buvard froissé était ouvert. Elle ne répondit même pas. Il s'avança, la prit par le poignet et, la poussant jusqu'à la chaise placée devant la table.

— Maintenant, écrivez.

— Et quoi donc ?

— Simplement ceci : « C'est sous une menace de mort, que m'a été arraché le prétendu aveu que possède M. de Fréneuse. Libre et maîtresse de moi-même, je le rétracte complètement. Je n'ai jamais commis le crime dont il m'a contrainte à m'accuser. »

Elle le regarda avec tranquillité :

— Et puis ?

— C'est tout !

Elle se releva. Ils étaient face à face, ne se contraignant plus, soufflant la haine et la violence.

— Par le diable ! Tu l'écriras, drôlesse, ou je t'écraserai !

Il lui saisit la main et la serra de toute sa force. Léa rugit de douleur en même temps que de colère. Elle se débattit. Mais il la tenait comme avec une pince d'acier. Elle cria :

— Vous me faites mal ! Laissez-moi !

— Obéis !

— Non !

— Obéis !

Elle poussa un hurlement et se tordit, les larmes aux yeux :

— Grâce ! Vous me torturez ! C'est lâche !

— Brute, obéis ! Je te casse le bras, si tu n'obéis pas !

Il était effrayant de fureur et la pensée du meurtre apparaissait dans ses yeux. Elle tomba à genoux, affolée. Près d'elle, renversée dans la lutte, l'épingle à tête de saphirs et à tige d'acier, vrai stylet, luisait sur le tapis. De la main gauche elle la prit et se releva. Il la poussa, d'une bourrade, vers la table :

— Allons ! Dépêchons ! Je n'ai pas le temps de m'amuser. Ta main n'est pas assez froissée, ni assez engourdie pour que tu ne puisses écrire… Écris…

Comme elle demeurait hébétée, debout, sans se mouvoir, il la frappa violemment à l'épaule :

— Allons-nous recommencer ?… Tonnerre ! Je te…

Il ne prononça pas une parole de plus. Avec un cri de rage Léa s'était retournée, et l'avait frappé à la gorge, avec la longue aiguille. La lame disparut au-dessous du col. Sorège resta debout, les yeux fixes, la bouche ouverte, un sourire stupide sur les lèvres. Ses bras s'ouvrirent, battirent l'air. Il essaya d'arracher la pointe assassine qui le perçait, fit deux pas au hasard, et, fléchissant les genoux, tomba avec un soupir effrayant. Son buste toucha le tapis et le choc fit entrer l'épingle jusqu'à la tête d'or incrustée de pierres bleues. Il eut une convulsion, qui le retourna sur le dos, et ne bougea plus.

Penchée sur lui avec épouvante, Léa le vit grimaçant, terrible et inerte. Pas une goutte de sang n'avait coulé. L'épingle bouchait hermétiquement la plaie et la pointe était allée jusqu'au cœur. À pas furtifs, comme si elle craignait de le réveiller de son effrayant sommeil, Léa jeta un manteau sur ses épaules, ouvrit la porte et, fuyant celui qui, mort, l'effrayait encore plus que vivant, elle s'évada dans la rue. Inconsciente elle s'en alla dans la direction de son théâtre. Il était six heures. Elle passa devant la concierge qui lui dit :

— Ah ! madame, vous êtes en avance. Voici votre clef. L'habilleuse n'est pas encore arrivée. Est-ce que vous dînerez dans votre loge ?

Elle ne répondit pas et monta l'escalier qui conduisait au premier étage. Elle suivit un long couloir, ouvrit une porte, et entra dans la pièce qui lui servait de salon. Elle s'assit morne, dans l'obscurité, puis, avec d'affreux sanglots, elle se mit à pleurer désespérément.

Ce soir-là, miss Harvey ne fut pas en retard et arriva dès le lever du rideau dans sa loge. Capulet présentait sa fille aux seigneurs rassemblés dans son palais. Juliette souriait, mais une tristesse voilait la grâce de son visage. Elle chanta, avec un éclat fébrile sa valse. La scène de rencontre avec Roméo lui valut une double salve d'applaudissements. Elle ne salua pas et parut insensible à la faveur du public. Elle dit avec un accent profond la phrase :

« Et la tombe sera notre lit nuptial. »

Le rideau baissa et ne se releva pas malgré les cris enthousiastes du parterre. Jamais Rovelli et Jenny Hawkins n'avaient mieux chanté. C'était une impression unanime dans la salle. Et la représentation commençait de façon à s'achever en triomphe. Julius et ses deux fils étaient dans la loge, où une place avait été gardée pour Marenval. Tragomer et Jacques avaient loué une baignoire afin d'être hors de vue. Ils avaient dîné chez Mme de Fréneuse. Et le temps s'était écoulé, si heureux, dans la tendre intimité de la famille, que onze heures sonnaient quand ils entrèrent dans la salle.

Le quatrième acte finissait. Tragomer, aussitôt la toile baissée, se rendit dans la loge d'Harvey, et Jacques se dirigea vers les coulisses du théâtre. Il allait, suivant sa promesse, retrouver Jenny Hawkins et recevoir d'elle la déclaration écrite, qui devait le sauvegarder invinciblement. Sous la conduite d'un huissier, il parvint au premier étage, et, dans une atmosphère étouffée et capiteuse, en amoureux qui vient voir sa belle, pour tous les gens de la maison qui croisaient ce jeune homme élégant, il suivit le couloir des loges et s'arrêta devant une porte, à laquelle son conducteur frappa. L'habilleuse ouvrit et Jacques vit la chanteuse à demi étendue sur un divan, entourée de bouquets et de corbeilles de fleurs. Pâle, immobile, dans la robe nuptiale de Juliette, elle semblait la fille de Capulet, endormie du sommeil pareil à la mort. Elle ne fit pas un mouvement en voyant entrer Jacques. Un sourire triste glissa sur ses lèvres. Elle dit doucement :

— Vous arrivez bien tard, mon ami. J'ai eu un grand succès. Voyez ces fleurs… On m'acclame, on m'envie… Je suis une belle idole, n'est-il pas vrai ? Et qui ne voudrait être à ma place ?

La femme de service sortit. À peine la porte était-elle refermée, Léa bondit sur ses pieds, et toute changée, le visage contracté, la voix frémissante, attirant Jacques dans l'angle le plus reculé et le plus sourd de la pièce :

— Regarde-moi bien… Ne me trouves-tu rien de nouveau dans le regard ? Suis-je la même femme ?

— Qu'avez-vous ? demanda Jacques effrayé de son agitation. Que s'est-il passé ?

— Ce qui devait être, fatalement ! dit-elle, l'air égaré. Sorège est venu chez moi…

— Vous l'avez reçu ?

— Il a bien fallu ! Il menaçait de m'attendre jusqu'à ce que je sorte. Je ne pouvais lui échapper. On n'évite pas l'inévitable ! Je vous l'avais dit… Je le savais… Mon sort était fixé d'avance !

— Qu'a-t-il donc osé ? demanda Jacques avec un commencement d'inquiétude.

— Tout ce dont il est capable…

Elle releva ses bracelets et montrant, sous le blanc du maquillage, la trace des doigts de Sorège.

— Il m'a à demi brisé le bras, pour me forcer à désavouer ma déclaration… Il m'aurait tuée… je crois…

— Et vous avez obéi ?

Elle releva le front, regarda Jacques dans les yeux, et, avec un sourire qui lui rappela la tendre, fidèle et amoureuse Léa des jours anciens, elle dit :

— Je n'ai pas obéi, Jacques, non parce qu'il s'agissait de ma vie, mais parce qu'il s'agissait de la tienne.

— Alors ?

Elle baissa la voix et l'air peureux :

— C'était lui ou moi, Jacques. Il fallait choisir. J'ai choisi. Il ne fera plus de mal à personne ! La déclaration, que je devais te remettre, ce soir, est dans sa poche. C'est là qu'on la trouvera. Moi je n'ai pas osé la prendre… Il est étendu, dans le salon de la maison de Tavistock-Street, les yeux terriblement ouverts et la bouche encore menaçante…

— Vous l'avez tué ?

— Tais-toi, malheureux ! On ne doit pas le savoir, avant demain. Il faut que je sois libre, jusqu'à la fin du spectacle. Je n'ai pas terminé ma tâche. On me paye. Il faut que je chante. Et le public est fou de moi, justement, ce soir.

Elle avait l'air égaré en parlant ainsi. Jacques crut que son cerveau, trop rudement surmené par toutes les épreuves subies, n'avait pu résister et qu'elle devenait folle. Il pensa à appeler, il ne crut pas ce qu'elle lui disait. Mais il vit dans les yeux de la pauvre femme une pensée de désespoir si effrayant qu'il eut le pressentiment d'un malheur prochain.

Dans le couloir la voix de l'avertisseur se fit entendre :

— En scène pour le dernier acte.

Et passant près de la porte :

— Miss Hawkins, peut-on commencer ?

Elle répondit tranquillement :

— Je descends.

Elle cueillit, dans une corbeille, une orchidée blanche à taches rouges, et la présentant à Jacques :

— Garde-la, en souvenir de moi. Elle est comme mon âme, cette fleur : ensanglantée et cependant pure…

— Léa, dit Jacques effrayé, demande un instant de répit. Tu n'es pas en possession de toi-même…

— Si ! Jamais je n'ai été plus sûre de moi… C'est l'acte de la mort, Jacques, tu verras comme je le chanterai bien. Va, va m'entendre. Je le veux…

Il voulut la calmer, la retenir :

— Léa !

Elle le regarda profondément, lui sourit encore, puis, d'un mouvement passionné, se jetant dans ses bras :

— Embrasse-moi, veux-tu ? C'est la dernière fois que nous nous trouvons ensemble. Permets-moi d'emporter sur mon front le souvenir de tes lèvres.

Il se prêta doucement à son caprice. Alors, avec une force extraordinaire, elle le serra sur son cœur et cria :

— Oh ! si tu m'avais toujours aimée ! Je vivrais, je serais heureuse !

Elle fit un geste désolé :

— Ah ! C'est trop tard ! Adieu !

Elle lui jeta un dernier baiser, du bout des doigts, et s'élança au dehors. Déjà le sublime prélude de l'acte des tombeaux se déroulait à l'orchestre. Jacques soucieux, troublé, rentra dans la salle et rejoignit Tragomer. L'acte était commencé et Roméo chantait. Jacques se pencha vers Christian et lui murmura :

— Je ne sais ce qui va se passer, mais Léa a la tête perdue. Elle vient de me dire que Sorège, cette après-midi, était venu la menacer, la frapper et qu'elle l'avait tué.

— Mon Dieu ! dit Tragomer, mais elle alors, la malheureuse !

— Regarde-la… N'est-elle pas effrayante…

La pâleur de la mort sur les joues, Juliette se levait de sa couche funèbre et venait tomber dans les bras de son amant. D'une voix assourdie, comme par le crépuscule de la nuit éternelle, elle disait son ivresse de se réveiller sur son cœur. Puis le poison faisait son œuvre et Roméo pâlissait, défaillant. Elle le retint avec force, penchée sur lui, avec une expression de douleur poignante, comme si elle se reprochait cette mort qu'il se donnait pour l'amour d'elle. Elle arracha de la ceinture de Roméo le poignard qui y était attaché, et, jetant sur la lame un regard de soulagement heureux, elle lança comme un cri de délivrance la phrase :

« Ah ! fortuné poignard ! Ton recours me reste ! »

D'un bras ferme, elle se porta un coup à la place même où Sorège avait été frappé. Elle resta debout, mais la voix s'éteignit sur ses lèvres. Un filet de sang glissa de sa gorge sur la robe blanche. Ses yeux se voilèrent. Au même moment, Rovelli relevé se jeta sur sa camarade en criant :

— Au secours ! Elle est blessée !

Une effrayante clameur s'éleva de tous les points de la salle. Les spectateurs, debout, regardaient épouvantés. La chanteuse agita lentement sa main, comme pour dire que tout était inutile. Elle eut un dernier sourire, espérant que Jacques le recueillerait. Sa beauté resplendit à cette seconde suprême, si éclatante, que le silence se fit parmi les deux mille assistants et qu'on entendit le dernier soupir qui sortait de ses lèvres. Elle chancela, comme une fleur coupée, et, sur cette scène, où elle venait de triompher, dans la gloire de son art, dans la sublimité de son sacrifice, elle tomba morte.

*

De Scotland-Yard, M. Melville, prévenu par le téléphone, s'était aussitôt transporté au domicile de la chanteuse. Sur le tapis du salon, Sorège, grimaçant et livide, était étendu. Dans la poche de sa redingote, la déclaration écrite par Jenny Hawkins, et faisant foi de l'innocence de Jacques, avait été trouvée et transmise à l'ambassade française par la police de Londres. Vesin était reparti pour Paris, afin de hâter la révision du procès. Et les Harvey sur leur yacht, Marenval, Tragomer et la famille de Fréneuse sur le *Magic*, de conserve s'étaient dirigés vers Cowes.

Dans l'intimité d'une existence active et libre, voguant sur la mer, ou à l'ancre dans les rades du Solent, les jeunes gens passèrent deux mois délicieux. La beauté de Mlle de Fréneuse, réchauffée par le bonheur, avivée par l'espérance, rayonna alors de tout son éclat retrouvé. Elle se montra charmante et tendre pour Christian, comme si elle avait à tâche de lui faire oublier ses rigueurs passées.

Jacques, simple, doux, un peu grave, si différent de lui-même qu'il n'était plus possible de le reconnaître, se plaisait à causer avec miss Harvey, qui lui demandait interminablement le récit de ses aventures et de ses misères. Il avouait ses erreurs, ses folies, ses fautes, et retraçait les souffrances de sa vie, avec une humilité et une émotion qui troublaient profondément la jeune fille. Il ne retrouvait l'ardeur et la force de sa jeunesse que pour canoter ou monter à cheval avec les cow-boys. Encore fallait-il qu'il fût sollicité vivement par eux et prié par sa mère. Mme de Fréneuse, inquiète des tendances mystiques de Jacques, désireuse de le voir reprendre goût à la vie normale, encourageait l'intimité de son fils avec Maud. Mais il fut très promptement établi que rien ne modifierait, aux heures de joie, des projets formés et mûris dans les heures d'angoisse.

Le mois d'août finissait et Julius Harvey annonçait l'intention de gagner Portsmouth, afin de s'approvisionner en charbon et en vivres, pour faire la traversée d'Amérique. Il avait des affaires à régler dans son pays, les cow-boys étaient obligés de rentrer dans la prairie pour surveiller l'élevage. Miss Maud se résignait à accompagner son père. Mais elle aurait voulu emmener Mmes de Fréneuse et Jacques.

— Le procès, qui consacrera l'innocence de votre fils, ne viendra pas avant quelques mois. Qu'allez-vous faire d'ici là ? Si vous rentrez en France, vous ne pourrez y vivre que très retirées, et M. de Fréneuse devra vraisemblablement se constituer prisonnier. Car jusqu'au prononcé du nouveau verdict, il continuera à être réputé coupable. Venez donc, avec nous, à New-York… Nous laisserons mon père et mes frères aller au Dakota, et nous nous installerons bien tranquillement à Newport. M. de Tragomer nous accompagnera, car pour M. Marenval, je le crois pressé de retourner à Paris.

— Venez, Tragomer, disaient les cow-boys, nous irons jusque sur les hauts plateaux tirer des bisons. Il y en a encore quelques beaux troupeaux, et nous camperons sous la tente avec les Cherokees… Vous verrez là des étalons, comme il n'y en a pas de plus beaux au monde, et qui courent vingt-quatre heures sans débrider… Nous pêcherons le saumon, dans les creeks… Il y a de bons coins où on en prend qui datent du déluge : des monstres !… Venez, Tragomer, venez ! Une fois Jacques sur le sol américain, nous le remettrons en forme… C'est un beau sportsman : il ne faut pas qu'il devienne curé !

L'effort suprême fut tenté par miss Maud elle-même. Un soir qu'elle se promenait sur le pont du *Magic*, en rade de Cowes, avec Jacques, elle s'arrêta brusquement et s'accouda au plat-bord du yacht. La mer était phosphorescente. De tous côtés, des feux électriques marquaient la place des navires à l'ancre, un vent léger et tiède chantait dans les cordages. Des étoiles sans nombre criblaient le ciel de leurs scintillements d'or pâle. C'était une nuit sereine et délicieuse. La jeune fille, mordillant une rose, se penchait, regardant la mer, sans prononcer une parole, Jacques, auprès d'elle, écoutait, au loin, distraitement, une musique qui chantait dans l'obscurité. Miss Maud se releva et fixant sur le visage de Jacques ses yeux perspicaces :

— Monsieur de Fréneuse, il faut parler ce soir sincèrement, dit-elle, afin de n'avoir, plus tard, ni regrets ni arrière-pensées. Vous avez formé des projets qui affligent votre mère et votre sœur. Je ne vous parle pas de vos amis, dont nous sommes. L'autorité, à laquelle ils peuvent prétendre sur vous, est bien faible, comparée à celle de ces deux femmes qui ont tant pleuré sur votre destinée. Cependant il est telle affection, qui peut avoir une influence décisive sur la vie d'un homme. Encore faut-il que celui qui en est l'objet, la connaisse.

Elle s'arrêta, un peu oppressée, autant par la gravité de sa confidence que par la difficulté de la compléter. Mais c'était un esprit décidé et elle continua hardiment :

— Vous avez fait beaucoup de folies, mais vous les avez expiées par beaucoup de souffrances. Vous êtes donc quitte envers vous-même. Pourquoi, lorsque vous constatez avec quel chagrin votre famille vous verrait renoncer au monde, persistez-vous dans votre résolution ? Vous devez quelques compensations à celles qui ont souffert à cause de vous. Enfin, si une femme, émue par vos malheurs, touchée par votre relèvement, sincèrement éprise de vous, offrait de soigner les plaies secrètes de votre cœur, de les guérir, et de mettre son bonheur à refaire de vous l'homme que vous deviez être, repousseriez-vous sa tendresse offerte ?

Elle releva fièrement son front intelligent et volontaire :

— Je suis cette femme, qui vous aime et qui vous tends la main. Si vous y placez la vôtre, vous aurez en moi une compagne résolue et dévouée. Le bien que vous aurez rêvé de rendre à l'humanité, pour le mal qu'elle vous a prodigué, je vous aiderai à le faire. Tout ce que je vous demande c'est de me répondre franchement, car je souffre de ne pas savoir si je dois me réjouir ou me résigner. Dites oui, je vais avec vous trouver mon père et j'embrasse votre mère de tout mon cœur. Dites non, je pars demain, pour que vous ne me voyiez pas pleurer.

Elle tendait la main. Il la vit pâle, dans la nuit claire, et les yeux brillants d'émotion. Il se courba avec une respectueuse douleur :

— Dût ma sincérité vous affliger, miss Maud, je vous obéirai en parlant franchement. Je suis touché jusqu'au plus profond de moi de votre généreuse et charitable affection. Vous avez été tentée, ce qui est bien d'une femme, par l'œuvre de douceur et de pitié à accomplir envers un malheureux. Mais je me juge plus sévèrement vous ne me jugez vous-même. Je sais quelles souillures contient encore ce cœur que vous croyez purifié. Je mesure mieux la profondeur de ma chute et je ne crois pas qu'un ange, tel que vous, puisse si facilement m'en relever. Je ne me sens pas digne de vous, miss Harvey, et c'est avec une humilité bien méritoire que je vous l'avoue, en pleurant de reconnaissance pour votre bonté.

Il avait pris sa main, et, la portant à ses lèvres, il la mouillait de larmes. Il continua d'une voix tremblante :

— Enfin, il faut que je vous le confie, comme je l'ai confié à mes autres amis : je ne suis plus libre de disposer de moi. J'ai fait un vœu, dans l'instant le plus grave de ma vie, au moment où se décidait mon salut ou ma perte, j'ai juré de me donner à Dieu, s'il me permettait de revoir ma famille, mon pays et de prouver mon innocence. Il m'a exaucé. Je ne m'appartiens plus : je me dois à celui qui, après m'avoir justement puni, a eu souverainement pitié de moi. Pardonnez-moi, miss Maud. Si une femme pouvait accomplir l'œuvre que vous aviez rêvée, c'était bien vous. Et c'est Dieu seul qui vous aura été préféré.

Elle le regarda une dernière fois, comprit que tout était fini, poussa un soupir, et laissant tomber, dans la mer, la fleur qu'elle touchait de ses lèvres, comme tombaient, dans le néant, les rêves caressés par sa pensée, elle prononça ce seul mot :

— Adieu !

Et glissant sur le pont, ainsi qu'une ombre, elle disparut.

Le lendemain, le yacht de Julius Harvey leva l'ancre et s'éloigna dans la direction de la côte anglaise.

Les Abymes, avril-août 1898.

ISBN : 978-1722769420

30315285R00153

Made in the USA
Lexington, KY
08 February 2019